Ulrike Barow

# Baltrumer Kaninchenkrieg



LEDA

Ulrike Barow
Baltrumer Kaninchenkrieg
Inselkrimi

1. Auflage 2015

ISBN 978-3-86412-083-1

Leda-Verlag, Rathausstraße 23, D-26789 Leer
info@leda-verlag.de
www.leda-verlag.de

Satz: Heike Gerdes
Titelillustration: Carsten Tiemeßen
Druck und Bindung: GGP Media GmbH, Pößneck
Printed in Germany

ULRIKE BAROW

# BALTRUMER KANINCHENKRIEG

INSELKRIMI

LEDA

Handlungen und Figuren dieses Krimis sind frei erfunden. Eventuelle Übereinstimmungen mit lebenden oder verstorbenen Personen sind zufällig und nicht beabsichtigt.

## Wer ist dabei?

| | |
|---|---|
| Michael Röder | ist Oberkommissar auf Baltrum und |
| liebt Sandra, | seine Frau, |
| und Amir, | ihrer beider Heidewachtel |
| Eilert Thedinga | aus Grotegaste hilft über Ostern seinem Baltrumer Kollegen |
| Arndt Kleemann, | Hauptkommissar aus Aurich, ist ein guter Freund von Röder |
| Gero Schonebeck | Hauptkommissar aus Aurich, war schon einmal auf der Insel |

Die *Proniggels*

| | |
|---|---|
| Edith Oligs | ist nicht mehr dabei |
| Anke Hasekamp | arbeitet im Kindergarten und mag Enno |
| Enno Seeberg | mag nicht so sehr die *Proniggels*, aber Anke |
| Mark Tiesler | arbeitet im Nationalparkhaus und behauptet: Alle Tiere haben Rechte |
| Friedemann Untied | ist auf Baltrum für das Seelenheil zuständig |
| Melissa Harms | ist PETA-Mitglied und fürsorgliche Mutter ihres Sohnes Jonas |

*Rupf – Rettet unsere Pflanzenwelt*

| | |
|---|---|
| Hartmut und Ingeborg Opitz | lieben ihren Garten und hassen Kaninchen |
| Oliver Abels | ist im Gemeinderat und will am Wettbewerb »Unser Dorf hat Zukunft« teilnehmen |

**Jäger**

| | |
|---|---|
| Jörg Weber | ist Jagdpächter und hat Respekt vor seiner Frau Elena |
| Reinhard Petri | mag nicht alle und arbeitet bei der Gemeinde |
| Werner Gronewald | aus Aurich soll zwischen den Parteien vermitteln |
| Hajo Akkermann | hält sich für einen Mörder |
| Tino Middelborg | ist der neue Bürgermeister und hat viele Ideen |
| Thomas Claaßen | ist Gemeindemitarbeiter und gerne dagegen |
| Maren und Jan Schmitz | wollen beim Schatzkofferspiel gewinnen |

Wie sie dort lag. Ihr Kopf eingebettet ins tiefe Gras. Die Augen geschlossen. Bewegungslos wie im Tiefschlaf. Ihre braunen Schultern an den kleinen bewachsenen Hügel unterhalb der weißen Randdünen geschmiegt. Die kräftigen nackten Beine, auf denen sich zwei Fliegen umeinander bemühten, arbeitslos, entspannt. Sogar das kreisrunde Loch in ihrer Stirn, aus dem in feinen Streifen das Blut über ihr Gesicht gelaufen war, störte diese Ruhe nicht. Im Gegenteil. Die Farbe des Blutes harmonierte mit den orangenen Mohnblüten auf ihrer Bluse. Eine ganze Weile blieb er neben ihr, betrachtete sie, dann stützte er sich mit den Händen ab, nahm im Aufstehen sein Gewehr, schulterte es und stolperte durch das feuchte Dünengras zurück zum Katastrophenweg. Sein Fahrrad stand am Zaun beim Niedersächsischen Turnerbund. Er hatte Rückenwind.

Es würde Unruhe auf der Insel geben. Ausgerechnet jetzt, wo der erste Ansturm der Ostergäste zu erwarten war. Auf der hohen Düne rechts von ihm spielten drei kleine Kaninchen. Hajo Akkermann nahm sein Gewehr von der Schulter und legte an.

Auf dem Weg zum Westen der Insel wurde ihm bewusst, dass sie eine lange Hose, Gummistiefel und eine dicke Wolljacke getragen hatte. Immerhin war es erst Ende März und die letzten Tage waren kühl gewesen. Die braunen Beine, die muskulösen Schultern waren nur eine wohlige Erinnerung an viele Jahre, in denen er im Bett neben ihr aufgewacht war. Selbst die Bluse war seiner Fantasie entsprungen. Sie glich der, die sie sich im Harz während einer ihrer seltenen Urlaube gekauft hatte.

»Ich möchte echt mal wissen, wo Edith bleibt.« Anke Hasekamp setzte erneut die Schere an und bemühte sich, genau dem Strich zu folgen, den Mark auf die große Pappe gemalt hatte. Ein Stück den Hals hoch, dann der runde Hinterkopf, die beiden hochstehenden Ohren und … »Manno, geht das schwer.« Sie stöhnte so laut, dass Enno sie erstaunt anblickte.

»Soll ich es mit einem Messer versuchen?«, fragte er.

Anke nickte. »Ist vielleicht eine bessere Idee.« Sie schob die große Pappe über den Wohnzimmertisch. »Ich mache uns mal Tee.«

»Aber nicht wieder Ingwertee«, bat Mark Tiesler. »Von dem habe ich beim letzten Mal so einen flotten Otto gekriegt …«

»Schon gut. Echt ostfriesisch. Mit Kluntje und Sahne.«

»Wie – mit Sahne? Sahne von der Kuh? Ich denke, du hast nur Hafersahne im Haus? Hast du deinem Veganerleben entsagt?«, wunderte sich Mark.

»Für nette Gäste habe ich auch Kuhsahne«, erklärte sie.

»Für mich ist Hafersahne völlig in Ordnung, das weißt du«, lächelte Mark.

Enno Seeberg knallte das Messer auf den Tisch. Er hatte genug. Sollten sie sehen, wie sie fertig wurden. Sowieso 'ne dämliche Idee, das mit der Demo. Völlig bekloppt.

Er schaute in die Runde. Da saß seine Freundin Anke. Die Frau, der er seit einem Vierteljahr nicht mehr von der Pelle wich. Anke mit den braunen Augen. Und was machten diese braunen Augen? Sie lächelten Mark an.

Ausgerechnet Mark mit seinem ständigen »Alle Tiere haben genau so viel Rechte wie die Menschen.« Als ob der noch nie Fleisch gegessen hätte. Erst im letzten Sommer hatte er ihn bei einer Grillparty mit einem großen Kotelett auf dem Teller gesehen. Da war er sich beinahe sicher. Der sollte man nicht so tun, als wäre er der Tierretter. Außerdem – was sollte das heißen: ›Das weißt du‹? Was lief da zwischen denen?

Jetzt fehlte nur noch Edith. Die große Vorsitzende. Und Friedemann Untied. Dann wären sie vollständig. Zumindest der harte Kern, der sich regelmäßig bei Anke im Wohnzimmer traf, um darüber nachzudenken, wie man sich für die Kaninchen auf der Insel einsetzen könnte. Die *Proniggels* eben.

*Proniggels*. Ihm stieg der Lachreiz die Kehle hoch. Ausgerechnet er hatte diesen Namen erfunden. Nach fünfzehn Sanddornschnäpsen im *Sealords*. Nachdem er wieder einmal an seine Lieblingsszene aus dem Film ›Karniggels‹ von Detlev Buck hatte denken müssen. So hatte es sich fast von selbst ergeben. Karniggels – und wenn man Karnickel liebte, gehörte man eben zu den *Proniggels*. Logisch. Aber niemals ernst gemeint. Alle anderen waren begeistert gewesen. Der Name hatte sofort seinen Siegeszug über die Insel angetreten. Inzwischen wusste jeder, wer die *Proniggels* waren.

Zu Anfang war auch Melissa dabei gewesen. Aber dann war sie einfach nicht mehr erschienen.

Er hustete. Hoffte so, den Anfall in den Griff zu bekommen. Doch es nützte nichts. Genau in dem Moment, als es aus ihm herausbrach und ihm Tränen über die Wangen liefen, klopfte es.

»Habt ihr einen Scherz gemacht? Kann ich mitlachen?«, hörte Enno Seeberg die tragende Stimme des Pastors.

»Nein, keine Ahnung, was mit Enno ist.« Anke stand auf. »Aber der beruhigt sich schon wieder. Ich gehe jetzt in die Küche. Das Teewasser wartet.«

»Meine Lieben, leider konnte ich nicht eher. Ich musste meine Predigt für morgen ausarbeiten. Als Pastor hat man eben immer ...«

»Schon gut, Friedemann. Setz dich zu uns.« Mark Tiesler rückte ein wenig und zog einen Stuhl heran. »Wir haben dir genug Arbeit aufgehoben.«

Enno zog ein Taschentuch aus der Hose und schnäuzte sich. Er hatte das vage Gefühl, dass Anke nach der Sitzung einige unangenehme Fragen stellen würde. Er durfte es nicht übertreiben. Enno hatte zu lange um sie gekämpft, um jetzt zu riskieren, dass sie ihn an seinem neuerworbenen, ökologisch nachhaltig hergestellten Sweatshirt packte und nach draußen schob. Besser, er klinkte sich wieder ein. Er nahm das Messer vom Tisch und schnitt den Rest des Kaninchenkopfes aus der großen Pappe. Dort, wo Mark die Augen des Tieres eingezeichnet hatte, ritzte er ovale Löcher hinein. Dann nahm er sich das nächste Pappquadrat.

Das Geschirr klirrte leicht, als Anke das Tablett auf den Tisch stellte. Lächelnd verteilte sie die Tassen. »Der Tee braucht noch drei Minuten.«

»Übrigens – ich habe mit Melissa gesprochen.« Friedemann Untied legte vorsichtig einen Kluntje in seine Teetasse. »Ich habe ihr ein weiteres Mal eindringlich klar gemacht, wie wichtig jedes Lebewesen auf dieser schönen Insel ist.«

»Und? Was hat sie gesagt?«, fragte Mark.

»Sie hat gesagt, dass auch Blumen Lebewesen sind. Und dass sie sich nicht mehr sicher ist, was richtig ist«, antwortete der Pastor. »Außerdem müsse sie sich um ihren Sohn kümmern.«

»Da hast du ihr bestimmt geraten, eine Runde zu beten, oder?« Enno hielt es nicht mehr aus. Sollte doch jeder nach seiner Fasson selig werden. Wenn Melissa nicht mehr wollte – bitteschön.

Obwohl, ein wenig wunderte es ihn schon. Sie war die erste gewesen, die sich für die Kaninchen auf der Insel eingesetzt hatte. Gegen alle Widerstände. Dann waren Edith Oligs und Anke dazugestoßen. Friedemann Untied und Mark Tiesler, der Mann vom Nationalparkhaus, waren die Nächsten gewesen. Sie hatten lange überlegt, was sie gemeinsam tun könnten, um jedem klarzumachen, dass kein Mensch das Recht hatte, über Leben und Tod anderer zu entscheiden. Das galt eben auch für Kaninchen. Dafür hatte sich Melissa Harms engagiert eingesetzt. Doch dann hatte sie sich nach und nach zurückgezogen. Vielleicht war ihr das Gerede des Pastors genauso auf den Keks gegangen wie ihm.

Es war still geworden in dem kleinen Wohnzimmer. Nur die Kerze mit dem fröhlichen Wachshasen darauf knackte leise und warf zuckendes Licht in den Raum.

»Sag mal, was hält dich eigentlich bei uns?« Das Lächeln auf Ankes Gesicht war verschwunden. »Ich habe immer das Gefühl, dass du nicht hinter der Sache stehst. Deine blöden Sprüche ständig! Lass es einfach. Du musst nichts tun, was du nicht willst!«

Notbremse. Dringend.

»Tut mir leid. War nicht so gemeint.« Mein Gott, wie er es hasste! Warum konnten die nicht einfach gehen und ihn mit Anke alleine lassen?! »Soll ich noch einen Kaninchenkopf ausschneiden? Als Friedensangebot?«

»Wir haben keine Pappe mehr. Fünf Köpfe reichen für unsere Aktion«, erklärte Anke ernst. »Aber es wäre schön, wenn du Holz von draußen holen würdest, nachdem du deinen Tee getrunken hast. Das Kaminfeuer lässt nach.«

Enno ließ den Tee stehen, nahm den Binsenkorb, der vor dem großen Ofen stand, und verließ das Wohnzimmer. Mochten sie sich ihre Mäuler über ihn zerreißen.

Draußen fuhr ihm ein kalter Nordwestwind unter sein Sweatshirt. Besser hätte er eine Jacke angezogen. Egal. Er ging die paar Meter bis zum Schuppen, an dessen Wand einige Kubikmeter Holz lagerten. Er stapelte einen Scheit nach dem anderen in den Korb und war froh, als er die Haustür wieder hinter sich schließen konnte. Als er das Wohnzimmer betrat, hörte Enno gerade noch Mark sagen: »Gronewald soll vermitteln.«

Gronewald? Meinte Mark etwa Werner Gronewald, seinen alten Berufsschulbekannten aus Norder Tagen und jetzigen Angestellten beim Landkreis? Unter anderem für die Jagd auf den Inseln zuständig? »Welcher Gronewald? Wobei soll er …?«

»Tino Middelborg hat ihn gebeten«, erklärte Mark. »Unser Bürgermeister will wohl endlich Rechtssicherheit, was das Abschießen der Kaninchen anbelangt. So hat er es mir zumindest erzählt.«

»Ist vielleicht nicht schlecht«, überlegte Friedemann Untied. »Fast alle Gemeinderatsmitglieder sind auch Jäger. Da wird Middelborg bestimmt nicht ausgewogen informiert. Nein – gut, dass der Gronewald kommt.«

»Na, ob Gronewald da der Richtige ist, wage ich zu bezweifeln. Der war bei der jährlichen Deichschau einer der Experten, oder Mark?« Enno stellte den Korb neben dem Kamin ab und legte einige Holzscheite nach.

»Stimmt. Genau wie ich. Natürlich haben wir uns da die Schäden angesehen, die die Kaninchen angerichtet haben.«

»Vielleicht kannst du Kontakt aufnehmen und mit ihm reden?«

Mark Tiesler schüttelte den Kopf. »Das überlasse ich gerne dir. Ich habe vor Mittwoch keine Zeit. Wirklich nicht.«

»Okay, dann spreche ich mit ihm.« Enno war froh, etwas Positives in die Runde werfen zu können. »Ich kenne ihn und kann die Sachlage mal aus unserer Warte schildern.«

»Gute Idee.« Anke schaute ihn etwas versöhnlicher an. »Noch ’ne Tasse Tee?«

»Gerne.« Was sollte es? Solange diese Tierfreunde hier am Tisch saßen, konnte er auch Tee trinken. Später, zum Abendessen, würde er sich ein Bierchen genehmigen.

Er hatte Gronewald lange nicht gesehen. Auch als sie beide eine Ausbildung in der Verwaltung gemacht hatten, waren sie eher nebeneinander hergelaufen. Er selbst war in Norden aufgewachsen, Werner Gronewald war kurz vor der Ausbildung von Wilhelmshaven nach Norden gezogen. Ihre Interessen waren damals ziemlich unterschiedlich gewesen. Enno hatte immer bei kniffligen Fragen in Rechtssachen Auskunft geben können. Werner war der Ansprechpartner für die nächsten Partytermine und Veranstaltungen in Norden und Umgebung gewesen. Er würde ihn am Montag anrufen. Mal sehen, was der zu sagen hatte.

»Ich muss los.« Mark klopfte auf den Tisch. »Wann sehen wir uns wieder?«

»Ich würde sagen, am Mittwoch«, schlug Anke vor. »Am Dienstag ist Gemeinderatssitzung. Vielleicht gibt es dann schon neue Erkenntnisse. Außerdem müssen wir unseren Plan für die Osterfeuerdemo genau besprechen. Hoffentlich wird das Wetter am

Ostersamstag gut. Sonst können wir die Aktion gleich vergessen. Eine Demo ohne Zuschauer bringt schließlich nichts.«

Mark schüttelte den Kopf. »Mittwoch kann ich nicht. Da haben wir Generalprobe. Für das Theaterstück, das Ostersonntag Premiere hat. Aber macht ihr man. Ihr könnt mir Bescheid geben.«

Prima. Mittwoch war genau der richtige Tag. Es war immer der richtige Tag, wenn Mark nicht konnte. Wenn Enno den Blick aus Ankes braunen Augen nicht mit diesem Heini teilen musste.

Blieb nur zu hoffen, dass sich der Pastor ebenfalls bald auf den Weg machte und sich kuschelige Zweisamkeit einstellte. Nur er und Anke.

Er hatte Glück. Auch Friedemann Untied verabschiedete sich eine gute Viertelstunde später. Doch Enno musste schnell feststellen, dass es mit dem gemütlichen Abend schwierig werden könnte.

Anke blitzte ihn zornig an, als er die letzten Tassen zu ihr in die Küche brachte. »Wieso bist du eigentlich immer so zynisch? Erklär es mir. Ich denke, du stehst hinter unserer Sache. Wenn nicht, dann frage ich mich, warum du mitmachst? Geh in die Kneipe, wenn dich unsere Ziele nicht interessieren.«

Achtung. Jetzt nur keinen Fehler machen. »Nein, du verstehst das völlig falsch. Ich bin gerne dabei. Mir fehlt nur manchmal der Humor bei diesen Leuten. Sie sind so ernsthaft.« Er konnte ihr schließlich nicht erzählen, dass ihm der Abschuss der Karnickel völlig einerlei war und er nur an den Sitzungen teilnahm, weil Anke da war. Gut, so ganz waren ihm die Kaninchen nicht egal. Er mochte die wolligen Dinger, wenn sie abends auf dem Deich saßen und sich putzten, aber ihm wäre nie eingefallen, einer Bürgerinitiative zum

Schutz der Tiere beizutreten. Wenn er Anke nicht kennengelernt hätte.

»Aber wir haben alle das gleiche Ziel. Selbst Friedemann. Auch wenn er …«, sie lächelte, »manchmal wirklich etwas zu salbungsvoll seine Meinung vertritt. Das muss man aber hinnehmen. Finde ich zumindest.«

»Schon gut. Habe verstanden. Beim Boxtraining vom Kultur- und Sportverein muss ich mich auch arrangieren. Das ist halt so.« Enno griff nach Ankes Hand und zog sie zu sich auf das Sofa. »Nicht böse sein. Ich gelobe Besserung.«

Es tat gut, wie sie sich in seine Armbeuge kuschelte. Er würde sich in Zukunft zusammennehmen. Auch wenn es schwerfiel. Nur eines würde er nicht machen. Um nichts in der Welt. Er würde niemals an dieser dämlichen Demonstration am Ostersamstag teilnehmen. Selbst wenn es zu dem Zeitpunkt bereits dunkel war und die Chance bestand, dass keiner ihn erkennen konnte.

Die Glocken läuteten. Höchste Zeit, aufzustehen. Es war spät geworden am Abend zuvor. Ingeborg Opitz schlug die Bettdecke zurück und horchte auf das Klappern, das aus der Küche kam. Hartmut machte Frühstück. Wie jeden Morgen. Sie zog sich ihren Jogginganzug an und stapfte die Stufen hinunter.

»Guten Morgen, mein Lieber«, begrüßte sie ihren Mann zwischen zwei Gähnern.

Hartmut Opitz blickte kurz auf, dann er goss die Eier ab. »Guten Morgen. Das passt ja prächtig: Das Frühstück ist fertig und du bist da. Ich habe dich hoffentlich nicht geweckt? Mir ist nämlich eben ein Teller runtergefallen.«

»Nein, das waren wohl eher die Glocken, die Untieds Schäfchen zum Gottesdienst riefen.« Der Stuhl protestierte leise, als sie sich setzte. Ihre Kücheneinrichtung hätte dringend einmal ausgewechselt werden müssen. Seit vierzig Jahren saß sie nun auf diesem mit braunem Stoff bespannten Stuhl am immer gleichen Tisch. In ihrer Ferienwohnung hatte sich einiges getan in den letzten Jahren. Man musste Schritt halten in der heutigen Zeit. Aber privat, da standen die Küchenmöbel, altdeutsch und wuchtig, wie zementiert an der Wand. Nur ein wenig Farbe war ab und zu an die Wände gekommen, wenn sie die Flecken nicht mehr übersehen konnte.

Es war auch der immer selbe Mann, der ihr seit vierzig Jahren gegenübersaß. Allerdings hatte sie bei ihm nur selten über eine Auswechslung nachgedacht. Nur einen mehr oder weniger versteckten Hinweis auf diese Möglichkeit hatte sie durchaus schon in den

Raum geworfen. Sie hatte nämlich erfreut festgestellt, dass sie damit seine Einsatzbereitschaft in Haus und Garten stets frisch erhielt. Womöglich müsste sie sich bei einem Neuen das Frühstück selbst zubereiten. Ein übler Gedanke. Nein, es war schon alles gut so.

»Ich habe eine schlechte Nachricht.« Hartmut biss mit Inbrunst ein großes Stück aus seinem Brötchen. »Die verdammten Viecher haben unsere ganzen Krokusse gefressen.«

Erschrocken schaute sie ihn an. »Woher weißt du …?«

»Ich war schon draußen. Ich dachte, mich trifft der Schlag. Alle Krokusse und alle Tulpen – weg. Nur die Osterglocken haben sie stehen lassen.«

»Ich verstehe das nicht. Wir haben doch alles eingezäunt. Da kommen weder Rehe noch die verdammten Karnickel rüber. Wie konnte das passieren?« Das Schinkenbrötchen schien ihr plötzlich gar nicht mehr so einladend. Ihr war einfach der Appetit vergangen.

»Tja, wenn ich es richtig beurteile, hat jemand unseren Zaun herausgerissen, beziehungsweise heruntergetreten. Aber ich bin mir nicht sicher. Schau du dir die Stelle an.«

Sie lief die Treppe hoch, zog so schnell sie konnte Hose und Jacke an und war draußen. Das Frühstück konnte warten. Und wenn der Tee inzwischen kalt wurde, machte Hartmut sicher neuen. Jetzt war erst einmal der Zaun wichtig. Ihr Garten war ihr ganzer Stolz. Nicht umsonst hatten sie ihr Haus *Gartenfreude* genannt.

Schon als Kind hatte sie mit ihren Eltern einen großen Garten bearbeitet. Damals in Stade. Im Gegensatz zu ihren Schulfreundinnen, die oft über die Arbeit beim Erbsenernten und Kartoffelausmachen stöhnten, hatte sie nie genug davon bekommen können. Ihre größte Liebe aber hatte der Ecke mit den Wildblumen und den wohl zwanzig verschiedenen Sorten Rosen hinter dem Haus gegolten.

Nach der Ausbildung zur Verkäuferin war sie nach Baltrum gezogen, hatte sich in Hartmut verliebt und war geblieben. Erst mit ihm in einer kleinen Wohnung, dann, als seine Eltern nicht mehr lebten, in dem Haus, das er geerbt hatte. Das Haus mit dem wunderschön großen Grundstück.

Im Laufe der Jahre hatten sie aus dem Stück Land, auf dem bis dahin nur Moos und einige Flecken Dünengras einen Lebensraum gehabt hatten, ein Schmuckstück geschaffen. Trotz des manchmal herben Klimas wuchsen Kirschen, Äpfel und Birnen und um die Rasenfläche herum hatten sie Mohn, Margeriten, Lupinen und vieles mehr angepflanzt. Im Sommer leuchtete der Garten in allen Farben.

Bis vor ein paar Jahren. Als die Kaninchen gekommen waren. Diese verdammten Viecher, die erst vereinzelt und unauffällig, dann immer häufiger, intensiver, über ihren Garten herfielen. Die sonst nur das Dünengelände im Osten der Insel bewohnt hatten und langsam merkten, dass das Futter im Westen erheblich besser schmeckte.

Außen um das Grundstück hatten sie einen zwei Meter hohen Zaun gesetzt. Nicht schön, aber effektiv. Denn nicht nur die Kaninchen, sondern auch die Rehe fanden Gefallen an ihrem Garten. Und alles, was niedriger war als zwei Meter, bildete für Rehe schlichtweg kein Hindernis. In einem Meter Abstand, nach innen versetzt, hatten sie den Kaninchenzaun gezogen. Tief in die Erde gesetzt, engmaschig und hoch genug, dass keiner dieser Angreifer reinkam. Dazwischen hatten sie Wacholder und Kartoffelrosen gepflanzt. Die Rose, die auf Baltrum allgegenwärtig war und problemlos wuchs. So war eine dichte Wand um ihr sorgfältig gepflegtes Gartenstück entstanden.

Ingeborg Opitz öffnete die kleine Pforte in ihrem inneren Verteidigungsring, wie sie es nannten. Es stimmte: Wohl an die hundert blaue und gelbe Krokusblüten, die gestern noch das erste Grün des Rasens aufgelockert hatten, waren weg. Verschwunden. Einfach nicht mehr da. Ihr stiegen die Tränen in die Augen. Erst im letzten Herbst hatte sie die Zwiebeln in die Erde gesetzt.

Schnell fand sie die Stelle, wo die Kaninchen durchgeschlüpft waren. Der Zaun war heruntergetreten. Nicht nur das: Mit roher Kraft waren die grünen Befestigungsstäbe aus der Erde gerissen worden. Sie konnte kaum glauben, was sie dort sah.

Hartmut war ihr gefolgt und deutete auf den nächsten, den hohen Zaun. »Das ist nicht alles.«

Natürlich nicht. Auch durch den mussten sich die Kaninchen durchgearbeitet haben. Aber wie konnte das passieren? Was sie sah, verschlug ihr die Sprache. Der Zaun lag zur Südseite platt auf dem Grund. Die Streben links und rechts – abgesägt. Und links von der Öffnung, bei einer Tulpe, die sich zwischen die Triebe einer wilden Rose verirrt hatte, saßen zwei Kaninchen und mümmelten geruhsam vor sich hin.

»Hartmut, Hartmut, schaff sie raus. Ich werde wahnsinnig!« Sie musste etwas tun! Die Kaninchen töten! Sonst würden sie die nie wieder loswerden. Was nützte es, wenn sie den Zaun reparierten und die Viecher waren noch drin! Sie rannte zum Gartenhäuschen. Sie brauchte einen Spaten. Damit würde sie die Karnickel erschlagen. Abgeschlossen. Mist. Dann werfe ich sie eben tot, dachte sie wütend. Sie zog ihre

Schuhe aus, lief mit bloßen Füßen zurück zum Zaun, holte weit aus ...

»Ingeborg, mach dich nicht lächerlich. Die Viecher sind längst abgehauen.« Hartmut bemühte sich, wenigstens den kleinen Zaun notdürftig wieder aufzustellen.

»Aber der andere Zaun!«, schrie sie. Wollte der Blödmann es nicht begreifen? »Der muss doch auch ... Warum hast du das nicht schon heute Morgen repariert? Als du das bemerkt hast, verdammt noch mal!« Resigniert ließ sie die Arme sinken und zog sich wieder ihre Schuhe über. Es war an diesem Märzmorgen empfindlich kalt.

Jetzt wurde auch Hartmut laut. »Weil ich mir die Karten legen konnte, ob du stinkiger wärest mit einem Karnickel im Garten oder ohne Frühstück! Noch kann ich nicht alles auf einmal!«

»Aber die Krokusse ... Alles ist weg!« Fassungslos machte sie der Gedanke, der sich immer stärker in ihr Bewusstsein drängte: Die Kaninchen hatten Helfershelfer gehabt. Und das war kein Kinderstreich. Jemand hatte sie an ihrer empfindlichsten Stelle treffen wollen.

Aber warum? Sie hatten keinem etwas getan! Ihre Nachbarn hatten sich längst an ihre Abschottungstechniken gewöhnt und ließen sie in Ruhe. Hartmut hatte nur ein, zwei Mal laut werden müssen. Vor ein paar Jahren. Seitdem war alles okay. Man grüßte sich sogar wieder.

Bis auf Melissa natürlich. Melissa Harms wohnte mit ihrem Sohn gegenüber und hatte nie verwunden, dass Hartmut damals das tote Kaninchen vor ihre Haustür gelegt hatte. Seitdem hatte Melissa einige ihrer Fenster direkt gegenüber mit diesen doofen Postern zugekleistert. *Wir sind Pflanzenfresser* und andere sinnlose

Sprüche. Lächerlich. Von dieser kampfbereiten Tierschutzgruppe. PETA. Stand ja ständig in allen Medien, wenn die wieder in einen Hühnerstall eingebrochen waren. Angeblich, um kranke Hühner zu filmen. Dass diese Leute vorher Zäune aufschnitten, Türen aufbrachen und sich an fremdem Eigentum vergriffen, das sollte dann völlig in Ordnung sein? Kein Wunder, dass die Bauern sauer waren.

Zaun? Wütende Bauern? PETA? Ihr kam ein schrecklicher Verdacht, der sich in Sekundenschnelle zur Gewissheit verdichtete. Natürlich! Das war es! Es konnte gar nicht anders sein! »Hartmut ... Ich bin mal eben weg!«

Ihr Mann reagierte nicht. Mit kräftigen Schlägen versuchte er, einen der Pfähle wieder in der Erde zu verankern. Lächerlich! Die waren hinüber! Sie würden neue bestellen müssen. Und wer die bezahlte, das war klar.

Aufgebracht klingelte sie bei Melissa Sturm. Sie hätte schwören können, dass sie das Gesicht ihrer Nachbarin hinter der Gardine gesehen hatte, als sie über die Straße gerannt war. Doch Melissa öffnete nicht. Ingeborg wartet noch einen Moment, dann ging sie. Melissa war eine der wenigen Insulaner, die ihr Haus ständig abschlossen. Bei anderen konnte man einfach die Wohnung betreten, nachsehen, ob jemand da war, und bei Misserfolg einfach wieder gehen. Ingeborg hätte zu gern gewusst, was ihre ehemalige Freundin zu verbergen hatte. Vielleicht war Melissa wirklich nicht da, und ihr Sohn, Jonas, würde bestimmt nicht öffnen. Der saß immer nur oben in seinem Zimmer und hatte die Musik auf voller Lautstärke.

Sie würde wiederkommen!

Aber vorher würde sie Michael Röder herbeordern.

Der sollte sich das Drama ansehen und gleich die Anzeige gegen Unbekannt aufnehmen.

»Meine Güte, was riecht das hier muffig.« Jörg Weber hätte sich liebend gerne die Nase zugehalten, doch um das kleine Holzfenster zu öffnen, brauchte er beide Hände. Es quietschte grässlich, als er den Flügel nach außen schob. Die hereinströmende Luft war zwar kalt, aber wenigstens frisch. »Ist schon eine ganze Weile her, dass wir hier waren«, sagte er zu Reinhart Petri.

»Kein Wunder. Die Jagdsaison ist seit zwei Monaten vorbei. Was sollten wir also hier?«

Vielleicht mal lüften, dachte der Pächter der Baltrumer Jagd und schaute sich in der Jagdhütte um. Das feuchte Frühjahr hatte seine Spuren hinterlassen. In den Ecken hatten dicke Spinnen Schutz vor dem Winter gesucht und in einem Glas, das auf dem Tisch vergessen worden war, klebten vertrocknete Schimmelreste. An der Wand stand eine Waffentasche aus Kunststoff. Hatte einer seiner Jagdkollegen bei der letzten Jagd sein Gewehr hier vergessen? Das hätte ihm doch auffallen müssen. Er war der letzte gewesen, der den Raum am fünfzehnten Januar verlassen hatte, an Hasensilvester. Er nahm die Tasche hoch. Sie fühlte sich leicht an. Das kleine Schloss ließ sich ohne Probleme öffnen. Reinhart Petri schaute ihm neugierig über die Schultern, als er sie aufklappte. Sie war leer. Seltsam. Wer war, ohne seine Waffe zu schützen, mit ihr nach Hause gefahren? Seine Jagdkollegen von der Insel waren normalerweise sehr gewissenhaft, was ihre Gewehre anbelangte.

Er schaute genauer hin. Ein Namensschild war nicht zu sehen. Doch oben in der Ecke fand er zwei verwischte Zeichen, mit Faserstift geschrieben. Er meinte ein W und ein A zu entziffern, war sich aber nicht sicher. Er klappte die Tasche wieder zu. »Ich werde mal rumtelefonieren. Wie schaut's aus? Holst du die Leiter?«

Ein Gast, der vor einigen Tagen durch die Dünen gewandert war, hatte ihm berichtet, dass ein paar Dachpfannen verrutscht wären. Jörg Weber hatte umgehend seinen Jagdkollegen angerufen. Der kannte sich mit so etwas aus. Ein geborener Handwerker. Petri war bei der Gemeindeverwaltung beschäftigt und hatte sich sofort bereit erklärt, sich um die Ziegel zu kümmern. Zumal er selbst Jäger war.

Die kleine Hütte am Ostende der Insel in den Dünen war ein beliebter Anlaufpunkt. Ob es die Hundezüchter mit ihren Weimaranern, die Falkner oder ganz normale Jagdgesellschaften waren, alle empfanden die Herbstjagden auf der Insel als etwas Besonderes.

Reinhart Petri nickte nur. Er war ein Stiller. Nicht reden – machen. Nach dieser Devise lebte und handelte er. Sehr zur Freude seiner Jagdfreunde. Jörg Weber erinnerte sich noch gut an den Tag, als die Tür der Jagdhütte dem Alter erlegen war und sich aus den Angeln gelöst hatte. Sofort war Reinhart zur Stelle gewesen, um zu helfen. Man kannte seine Einstellung zum Leben und nahm sie hin. Dass der Mann, wenn er sich tatsächlich mal zu einer Meinung hinreißen ließ, nicht immer auf positives Echo stieß, damit konnte der leben. »Du gehst aufs Dach?«

Reinhart Petri holte die Leiter aus dem Schuppen, stellte sie an der Regenrinne an und stieg hinauf. Dann schob er die Pfannen wieder an den richtigen Platz.

»Sind alle Pfannen in Ordnung? Oder müssen wir kaputte austauschen?«

Jörg Weber bekam keine Antwort. Reinhart hielt

seine rechte Hand als Schutz vor der Sonne über die Augen und starrte in die Ferne.

»Hallo, Kollege, was ist mit dir?« Langsam wurde Jörg Weber ungeduldig. Außerdem war ihm kalt.

»Gib mal ein Fernglas.«

Der Jagdpächter wusste, dass es keinen Zweck hatte, zu fragen, warum Reinhart Petri es brauchte. Er ging zurück in die Hütte und holte das alte Zeiss, das noch von seinem Großvater stammte, aus dem Schrank. »Hier. Bin gespannt, was du mir berichten wirst.«

Reinhart Petri nahm das Fernglas und richtete seine Aufmerksamkeit auf ein Ziel vor den letzten Dünen am Ostende. Zumindest deutete der Jagdpächter diese Richtung so, wenn er dessen Blicken folgte.

»Da liegt was Größeres. Und Möwen und Krähen kreisen darüber. Schätze, das sollten wir uns mal ansehen«, sagte Reinhard Petri bedächtig.

»Ein Reh? Konntest du nichts Genaues erkennen?«

Reinhart Petri schüttelte den Kopf. »Kein Reh. Es sei denn, es wäre ein Reh mit Klamotten an.« Seelenruhig stieg er die Leiter herunter.

»Was sagst du da?!« Das durfte nicht wahr sein. »Nun sag schon, was ist los?« Jörg Weber war versucht, seinen Kumpel an der Jacke die letzten Stufen nach unten zu ziehen. Wie konnte der Mann nur so ruhig bleiben, während womöglich jemand in den Dünen lag und Hilfe brauchte? Um diese Jahreszeit würde es sich bestimmt nicht um ein verliebtes Pärchen handeln, das Freiluftübungen machte.

»Da liegt jemand. Wir sollten nachsehen«, sagte Reinhart Petri nur, aber da hatte sich Jörg Weber schon auf den Weg gemacht.

Reinhart Petri folgte ihm gemächlich.

Nach gut zehn Minuten Fußmarsch empfing sie am

Rand der Dünen ohrenbetäubender Lärm, als sie sich einer Senke näherten. Vor ihnen flogen wohl zwanzig Vögel auf, drehten eine kleine Runde, nur um sich gleich danach, wütend krächzend ob der Störung, wieder der Nahrung zuzuwenden.

»Edith«, flüsterte Jörg Weber fassungslos und zog sein Handy aus der Tasche.

*

»Michael? Kannst du bitte mal kommen?«

Hauptkommissar Michael Röder schreckte auf, als er die Stimme seiner Frau hörte. Nicht zum ersten Mal dachte er darüber nach, dass es nicht immer von Vorteil war, seinen Arbeitsplatz direkt neben der Wohnung zu haben.

Er hatte sich vor gut einer Stunde in die kleine Wache zurückgezogen. Es war ruhig auf der Insel, so hatte er sich mit Papierkram beschäftigt, im PC herumgeblättert und nachgedacht. Zum Beispiel über ihren großen Einsatz im letzten Sommer. Ein Toter hatte im Rosengarten gelegen und sie hatten die Aufgabe gehabt, den Täter zu finden. Sie – das waren unter anderem sein Freund, Hauptkommissar Arndt Kleemann und Marlene Jelden, Kommissarin aus Esens, gewesen. Marlene. Die Frau, die sein Leben durcheinandergewirbelt hatte und monatelang keinen vernünftigen Gedanken in seinem Hirn zugelassen hatte. Nach dem Einsatz hatte sie die Insel verlassen.

Sie hatten sich danach noch einige Male am Festland getroffen. Besser war's dadurch nicht geworden. Nach einem schönen Abend, den sie gemeinsam in Papenburg verbracht hatten, hatte er die Beziehung beendet. Er konnte es nicht mehr ertragen. So zwischen den Welten. Marlene hatte nie eine Entscheidung gefordert. Er hatte trotzdem eine getroffen. Zumindest nach außen. Er fuhr nicht mehr öfter als notwendig ans Festland. Erfand keine Ausreden mehr für seine Frau.

Und doch saß er in manchen Stunden an seinem Schreibtisch und fühlte sich in einer völlig fremden Welt. Der Polizist sprach mit keinem darüber. Schon gar nicht mit seinem Freund Arndt. Der war überzeugt davon, dass man Berufliches und Privates nicht miteinander mischen sollte. Wenn der wüsste! - Nee, besser nicht.

Langsam, mit den Monaten, gewann er Abstand. Sein ständiges Mantra, dass so alles besser sei, begann zu wirken. Schließlich war es nicht so, dass er Sandra nicht liebte. Im Gegenteil. Er war eben einfach nur in die Scheißsituation geraten, zwei Frauen zu lieben. Und diese Situation wünschte er seinem ärgsten Feind nicht. Er knallte den Kugelschreiber auf den Schreibtisch. Egal. Was soll's. Anderes Thema. Heute Nacht würde er wieder einmal losziehen. Sperrstundenkontrolle.

Als das Telefon klingelte, hatte sich seine Laune kaum gebessert. »Polizeistation Baltrum. Röder.«Er konnte nicht glauben, was er da hörte. Kaum ein Jahr war vergangen, und nun sollte schon wieder eine Leiche auf der Insel liegen?! Beinahe am äußersten östlichen Zipfel. Sollte er erst allein rausfahren und schauen, was sich hinter Jörg Webers Geschichte verbarg? Blödsinn. Der Mann war Jäger. Der wusste, ob er Tote oder Lebende vor sich hatte. Egal, ob bei Mensch oder Tier.

Röder telefonierte mit der Leitstelle in Wittmund, die für Notfälle in beinahe ganz Ostfriesland zuständig war. Es würde auf jeden Fall ein Feuerwehrfahrzeug mit Allradantrieb mit ausrücken müssen. Der Krankenwagen hätte es schwer, falls sie tiefer in die Dünen mussten.

Er zog seine Jacke an, als seine Frau den Kopf durch die Tür steckte.

»Michael, schläfst du? Ich habe dich gerufen. Ich brauche deine Hilfe.«

»Tut mir leid. Ich habe einen Notfall. Kann später werden.«

Sie schaute ihn aufmerksam an. »Was Ernstes?«

Er nickte. »Edith. Sie soll mit einem Loch in der Stirn in den Dünen liegen.« Er konnte es ihr ruhig erzählen. Sie würde nichts weitergeben.

Sandra Röder wurde blass. »Edith Oligs? Wie ...«

»Ich muss los.« Er verließ die Wache und schnappte sich sein Fahrrad. Als er am *Inselmarkt* vorbeifuhr, kam von der Turnhalle her ein metallisches Scheppern. Dann noch eins. Die Kollegen vom Rettungsdienst hatten die Tore geöffnet. Er hörte den Motor des Krankenwagens anspringen. Sie würden vermutlich eher als er auf seinem in die Jahre gekommenen Dienstfahrrad die Einsatzstelle erreichen. Jörg Weber hatte versprochen, Reinhart Petri zum Katastrophenweg zu schicken, um die Einsatzkräfte zum Fundort der Leiche zu dirigieren.

Tatsächlich, als er den Friedhof erreicht hatte, wurde er vom Krankenwagen überholt. Maik Bernhard, der Fahrer, bremste neben ihm, fuhr ganz langsam weiter und ließ sich von Michael Röder die neuesten Informationen geben. »Sollen wir dich mitnehmen?«, fragte Bernhard zum Schluss. »Dann lass dein Rad hier stehen und steig ein.«

Der Inselpolizist war versucht, das Angebot anzunehmen. Besser schlecht gefahren als gut gestrampelt. Aber dann winkte er ab. »Wer weiß, wo ich das Rad brauche. Und wenn ihr einen weiteren Einsatz habt, darf ich womöglich zu Fuß zurücklaufen. Nein, vielen

Dank. Fahrt los. Ich bin gleich da.« Er wusste, dass das mit dem ›gleich da‹ ziemlich übertrieben klang, aber irgendwie musste er sich Mut machen. Außerdem hatte er es gar nicht so eilig, an den Einsatzort zu kommen. Er hatte bereits einmal erlebt, was Möwen und Krähen mit einem Toten anrichten können.

Er fuhr am BK-Heim vorbei, dann am Gelände des Niedersächsischen Turnerbundes. Als er auf den Katastrophenweg einbog, registrierte er zufrieden, dass der fest und leicht befahrbar war. Jahre zuvor hatte diese Zuwegung zum Osten der Insel ihrem Namen alle Ehre gemacht. Ausgekolkt und hügelig war sie eine Herausforderung für Mensch und Maschine gewesen.

Ganz am Ende sah er den Krankenwagen. Er legte noch einen Tritt zu. Hinter ihm wurde das Brummen des Feuerwehrfahrzeuges lauter. Er oder ich, dachte Röder. Für zwei reicht die Breite hier kaum. Doch kurz bevor der Landrover ihn eingeholt hatte, sah er Reinhart Petri am Wegesrand stehen.

Michael Röder schnaufte, als er vom Fahrrad stieg. War doch ganz schön anstrengend.

»Sie liegt da vorne.« Petri zeigte auf etwas, das ungefähr hundert Meter vom Katastrophenweg entfernt sein musste. Genau dort, wo Röder auch Ellen Neubert in einer Senke verschwinden sah. Er atmete noch einmal tief durch, dann rannte er los. Er musste aufpassen, überall hatten Kaninchen ihre Höhleneingänge ins Erdreich gebuddelt. Manche Löcher waren sehr offensichtlich, mit einem Haufen Erde davor, manche mit den Jahren bereits überwachsen und leicht zu übersehen.

»Michael, hierher!« Jörg Weber winkte. Er wirkte angespannt. »Sie ist erschossen worden.«Die Tote sah nicht so schlimm aus, wie Röder befürchtet hatte. Die

Vögel hatten natürlich ihre Spuren an Gesicht und Händen hinterlassen, trotzdem war das Einschussloch in der Stirn noch gut zu erkennen.

»Nun geht der Krieg in eine neue Runde.«

Röder drehte sich um und sah Gemeindebrandmeister Axel Meinders mit seinen Leuten ankommen. »Was willst du uns damit sagen?«, fragte der Inselpolizist.

»Na, hör mal, das dürfte doch an dir nicht vorbeigegangen sein, was sich in den letzten Wochen, nein, Monaten auf Baltrum aufgebaut hat. Wer sich da mit wem beharkt. Und Edith war eine der Schlimmsten«, erklärte der Gemeindebrandmeister.

»Das ist wohl wahr«, bestätigte der Jagdpächter eifrig. »Da ist sie jemandem zu sehr auf den Schlips getreten.«

»Hallo, Leute, ein bisschen mehr Respekt bitte. Noch wissen wir gar nichts«, versuchte Röder sie zu beruhigen. Aber auch er glaubte nicht, dass Edith Oligs sich selbst erschossen haben könnte.

Dr. Neubert hob den Kopf der Toten an. »Schau mal, Michael. Dort ist das Geschoss wieder ausgetreten.« Sie zeigte auf eine blutverschmierte Stelle am Hinterkopf. »Das Projektil könnte hier noch irgendwo rumliegen, wenn es der Schütze nicht mitgenommen hat.«

»Wir werden uns gleich das Gelände näher ansehen. Die Kollegen von der Feuerwehr helfen sicher.« Michael Röder sah Axel Meinders nicken. »Aber zuerst spreche ich mit Aurich. Dann können die Kollegen dort schon mal ihre Köfferchen packen. Und natürlich muss Ediths Tochter in Hamburg benachrichtigt werden. Scheißaufgabe.«

*

Tino Middelborg schaute fassungslos auf die geschlossene Bürotür. So, als ob dort des Rätsels Lösung zu finden wäre. Das war nun schon der zehnte Anruf besorgter Gäste, die sich erkundigten, ob es auf der Insel noch sicher sei. Er hatte zwar das Gefühl, dass er bis jetzt die meisten Befürchtungen hatte entkräften können, doch das letzte Telefonat hatte ihn Nerven gekostet. Der Mann hatte doch tatsächlich wissen wollen, ob man den Insulanern nicht alle Schusswaffen wegnehmen könnte. Damit so was nicht wieder passiere. Man habe schließlich als Stammgast große Sorge, dass Mensch und Tier auf der Insel in absehbarer Zeit ausgerottet würden, wenn das so weiterginge. Und was denn mit den Rehen sei? Ob die ebenfalls auf der Abschussliste stünden?

Der Bürgermeister hatte mit Engelszungen auf den Mann eingeredet und dann Thea Holle, sein bestes Stück im Vorzimmer, gebeten, in den nächsten Stunden keinen Anruf mehr durchzustellen. Dabei war das sonst nicht seine Art. Bürgernähe war sein oberstes Gebot. Aber er musste selbst erst einmal seine Gedanken klar bekommen. Unglaublich, wie schnell sich der Tod von der Oligs rumgesprochen hatte. Sogar bis ans Festland. Dank sozialer Netzwerke war das kein Problem mehr. Dabei brachte die beginnende Saison auch ohne Todesfälle genügend Arbeit mit sich. Alles musste aus dem Winterschlaf geholt, die Turnhalle wieder zum *Haus des Gastes* umfunktioniert werden. Das hieß putzen, Stühle aufstellen und die Bühne aufbauen. Das Kinderspielhaus musste für die kleinen Gäste aufgehübscht werden. Dazu kam der Streit um die Kaninchen, der immer groteskere Formen annahm. Vornehmlich zwischen den selbsternannten Rettern der Pflanzenwelt und den *Proniggels*. Inzwischen wurde dieser Krach nicht mehr inselintern ausgetragen, sondern Medien hatten sich darauf gestürzt und ein Horrorszenario von toten Tieren an die Wand gemalt. Die Baltrumer Jäger, die sich bis jetzt erstaunlich zurückhaltend gezeigt hatten, wurden langsam sauer. Denn auch sie standen im Fokus der Öffentlichkeit.

Und um dem Ganzen die Krone aufzusetzen, hatte man die Sprecherin und selbsternannte Vorsitzende der *Proniggels* mit einem Kopfschuss – ihm kam das Wort ›erlegt‹ in den Sinn – in den Dünen gefunden.

Seine Vorgängerin im Amt hatte ihm ein ganz schönes Pfund hinterlassen, als sie im letzten Herbst die Segel gestrichen hatte und nach Jamaica ausgewandert war. Es war ihm immer klar gewesen, dass der Job als Bürgermeister und Kurdirektor nicht einfach sein würde, obwohl die Insel klein war. Aber solch einen Saisonbeginn hatte er sich nicht träumen lassen.

Er schaute auf die alte braune Bürouhr, die sicher schon unter vielen Bürgermeistern gedient hatte. Es wurde Zeit, zum Schiff zu gehen und Werner Gronewald abzuholen.

Das Telefon klingelte. Hatte er nicht …? Egal. Es musste wichtig sein, wenn Thea Holle durchstellte. »Middelborg.« Er lauschte einen Moment, dann erklärte er: »Ich bin ebenfalls gleich am Hafen. Dann können wir reden.«

Gerade als er beim Nationalparkhaus links abbiegen wollte, hörte er seinen Namen. Ingeborg Opitz stand mitten auf der Straße und winkte ungestüm. »Herr Middelborg, Herr Middelborg, halten Sie an.«

Nicht die Opitz. Die reichte ihm schon zu normalen Zeiten. Aber es nützte nichts. Wenn er weiterfuhr, würde sie ihn bis zum Hafen verfolgen und dann gab es kein Entkommen. Es sei denn, er würde sich ins Hafenbecken stürzen und nach Norderney rüberschwimmen. Was schwierig war. Und um diese Jahreszeit ein wenig zu kalt!

Er bremste und sprang vom Rad. Das Schiff sah er gerade an der Ostspitze der Nachbarinsel vorbeifahren. Ihm blieb also ein wenig Zeit, bis es anlegte. »Ich grüße Sie, Frau Opitz.« Er bemühte sich um größtmögliche Freundlichkeit. »Was kann ich für Sie tun?«

»Machen Sie dem Röder Dampf. Der soll sich um meinen Zaun kümmern!«

»Sie meinen Michael Röder? Der ist meines Wissens hier Polizist und kein Handwerker.«

»Mein Gott ja, darum geht es doch!«, antwortete sie scharf. »Jemand hat meinen Zaun zerstört. Das ist eine Straftat.«

»Ich bin sicher, dass er sich Ihren Zaun ansehen wird. Doch im Moment hat er vielleicht Wichtigeres zu tun.« Er merkte, dass sein Erklärungsversuch einfach an dieser Frau abprallte. »Sie werden gehört haben, dass ...«

»Natürlich. Aber Edith ist tot. Fertig. Also kann er sich jetzt auch ...«

Es widerte ihn an. »Er wird sich schon kümmern«, sagte er knapp und machte, dass er wegkam.

»Herr Middelborg. Warten Sie! Unverschämtheit!«, begleitete ihn ihre gehässige Stimme fast bis zum Reedereigebäude.

Sie würde ihm ziemlich sicher folgen. Er musste unbedingt Michael Röder warnen. Er blickte sich um und sah ihn neben dem Wartehäuschen stehen. »Hallo, Herr Röder. Bevor Sie etwas sagen – gerade hat ...«

Zu spät. Ingeborg Opitz hatte ihn eingeholt und bremste mit quietschenden Reifen.

»Da habe ich genau die Richtigen«, begann sie lauthals, doch Middelborg fiel ihr ins Wort.

»Frau Opitz! Nicht jetzt.« Middelborg bemerkte große Aufmerksamkeit in den Gesichtern der Umstehenden. »Wenn Sie etwas mit mir zu besprechen haben, dann kommen Sie in mein Büro. Sollten Sie mit Herrn Röder reden wollen – er ist später auf der Wache zu finden.« Ob es die Hausmeister der Hotels waren, die junge Frau vom Kutschenbetrieb oder der eine oder andere Vermieter, alle hatten sich zu ihnen umgewandt und warteten gespannt, wie die Auseinandersetzung weiterging. Es war ihm egal. Man kannte ihn als ausgleichend, freundlich. Aber in diesem Fall versagte seine Freundlichkeit.

»Sie wollen mir doch nicht vorschreiben, was ich zu tun habe«, fuhr Ingeborg Opitz ihn an. »Wer sind Sie überhaupt? Erst ein halbes Jahr hier und schon wollen Sie wissen, wie der Hase läuft. Von Insulanern haben Sie doch keine Ahnung. Und ich Idiot habe Sie auch noch gewählt.«

Zu dieser Argumentation fiel ihm nun gar nichts mehr ein. Als sie ihn gewählt hatte, war ihr doch klar gewesen, dass er kein Insulaner war, sondern vom Festland kam. Warum hatte sie ihr Kreuz bei ihm gemacht? Dann hätte sie besser ihre Wahl zwischen den beiden Inselkandidaten treffen können. Vielleicht würde er sie mal danach fragen. Irgendwann. Wenn sich die Lage beruhigt hatte.

»Ingeborg, Du solltest dich jetzt besser zurückhalten.« Michael Röder hatte sich vor der erbosten Frau aufgebaut. »Natürlich werde ich mich um deinen Zaun kümmern. Immer und immer wieder. Genau, wie ich es gestern nach deinem Anruf gemacht und die Anzeige aufgenommen habe. Aber jetzt muss ich erst meine Kollegen vom Festland abholen. Prioritäten setzen nennt man so etwas. Und wenn du das nicht verstehst, kann ich dir auch nicht helfen.«

Mit einem Ruck zog Ingeborg Opitz ihr Fahrrad zur Seite. Im Umdrehen fauchte sie: »Wie schön, dass du noch Vorgesetzte hast, lieber Michael. Die werden sehr interessiert registrieren, was ich denen zu sagen habe.« Mit Schwung bestieg sie ihr Fahrrad und ließ zwei kurzzeitig sprachlose Männer zurück.

»Wechseljahre.« Thomas Claaßen nickte bedeutungsvoll. »Ich sage nur: Wechseljahre. Kenne ich von meiner Helma.«

Middelborg hatte ihn gar nicht näherkommen sehen. Er wunderte sich. Als Gemeindemitarbeiter sollte Claaßen eigentlich damit beschäftigt sein, in der Mehrzweckhalle die restlichen Strandkörbe fit für die Saison zu machen. Aber offensichtlich führte dieser Mann in seiner Arbeitszeit ein Eigenleben. Diese Leute muss ich unbedingt besser in den Griff kriegen, nahm er sich vor. Doch nicht jetzt. Nicht noch ein Drama. Der Tag war bis jetzt der anstrengendste in seiner jungen Laufbahn als Bürgermeister gewesen. Der musste nicht mit einer dienstlichen Diskussion in aller Öffentlichkeit gekrönt werden. Aber ein: »Na, schon Feierabend?«, konnte er sich nicht verkneifen.

»Wie man's nimmt«, war Claaßens Antwort. »Überstundenabbau. Muss Gäste abholen.«

Wenn der Mann auch viel konnte: In ganzen Sätzen sprechen offensichtlich nicht. Das mit den Überstunden würde sich Middelborg genau ansehen. Er hegte leichte Zweifel.

»Kommen Sie«, wandte er sich an Michael Röder. »Da hinten ist es ruhiger. Sie meinten eben am Telefon, Sie hätten Neuigkeiten?«

Der Inselpolizist folgte ihm einige Meter Richtung Pegelanlage zur der Stelle, wo normalerweise das Ausflugsschiff *Baltrum III* anlegte. Das allerdings schien unterwegs zu einer Fahrt rund um die Insel zu sein. Die große Fähre, die *Baltrum I*, bog gerade in die Hafeneinfahrt.

»Wer kommt gleich?«, fragte er Röder.

»Die Spurensicherung und meine Kollegen aus Aurich. Dazu mein Hilfssheriff, Eilert Thedinga aus Grotegaste. Der wird sich wundern, was hier los ist. Und was ich Ihnen sagen wollte: Ich habe zwei herrenlose Fahrräder an den Hintereingang vom Rathaus gestellt. Für das Fundbüro.«

»Alles klar. Kümmere ich mich drum.« Als Bürgermeister dieser kleinen Insel war er offensichtlich für alles zuständig. Ob Strandkörbe, herrenlose Fahrräder ....

»Ich habe übrigens wegen der Fahrräder den Leiter des Fundbüros anrufen wollen. Der war aber nicht da.«

»Schon gut, ich gebe es weiter.« Tino Middelborg blickte den Polizisten freundlich an. »Gibt es sonst was Neues?«

»Wegen der Toten?« Michael Röder schüttelte den Kopf. »Nach erstem Anschein ist sie erschossen worden. Aber letztendlich können uns nur die Mediziner in Oldenburg nach einer genauen Untersuchung etwas sagen.«

»Na ja, sie wird nicht gleichzeitig vergiftet und erschossen worden sein«, erwiderte Middelborg.

»Hat es alles schon gegeben. Obwohl ich das nicht glaube, werde ich mich hüten, eine Aussage dazu zu machen«, erklärte Röder. »Warten wir es also gelassen ab.«

»Sie sind gut. Gelassen!« Middelborg erzählte dem Polizisten, wie bei ihm die Telefone heißliefen. »Am besten wäre es, wenn wir bei allen Insulanern eine gründliche Hausdurchsuchung machen und alles beschlagnahmen würden, was auch nur ansatzweise wie ein Mordinstrument aussieht.«

»Da würde sich meine Sandra aber ganz schön bedanken, wenn sie in Zukunft ohne Küchenmesser auskommen sollte.« Michael Röder lächelte. »Ich möchte im Moment echt nicht mit Ihnen tauschen. Das ist bestimmt nicht einfach. Ich hoffe mal, dass wir schnell Ergebnisse haben.«

Werner Gronewald kam als Erster vom Schiff. Middelborg hatte ihn im Herbst bereits einmal getroffen. Bei der Deichschau. Kurz nachdem er seinen Bürgermeisterposten angetreten hatte.

»Schön, dass Sie da sind«, begrüßte er ihn freundlich. »Gehen wir zu mir nach Hause. Im Büro haben wir keine ruhige Minute.« Er berichtete Gronewald kurz, was auf der Insel passiert war.

Werner Gronewald deutete auf eine Gruppe, die zielstrebig auf den Inselpolizisten zulief. »Habe mir schon gedacht, dass etwas passiert sein muss. Die Herren sehen so offiziell aus. Gar nicht wie Urlauber. Besonders der mit der schwarzen Aktentasche. Kennen Sie die?«

»Nein. Der letzte Mordfall war vor meiner Amtszeit«, sagte Middelborg.

»Aber Sie denken nicht im Ernst, dass hier so eine Art – wie soll ich es nennen – ›Mörderischer Kaninchenkrieg‹ ausgebrochen ist?«, fragte Gronewald.

»Ich hoffe nicht«, erwiderte der Bürgermeister. Er stellte Gronewalds Tasche in seinen Fahrradkorb. »Schön, dass es heute schon klappt mit unserem Treffen. So haben wir bis zur morgigen Ratssitzung Zeit, um Informationen auszutauschen.«

»Sie sind aber nicht der Einzige, der um ein Gespräch gebeten hat«, erklärte Gronewald. »Sie wissen, wer

Enno Seeberg ist? Ich habe mit ihm in Norden meine Ausbildung gemacht. Vor vielen Jahren. Und genau der hat mich heute Morgen angerufen, weil er mich sprechen wollte. Er sagte etwas von ›der Wahrheit die Ehre geben‹ oder ähnliches.«

Middelborg überlegte. »Der arbeitet im Büro bei der Reederei, oder? Und – ich bin mir nicht sicher, aber ich glaube, ich habe den Mann hin und wieder mit Anke Hasekamp gesehen. Und die ist Vorkämpferin für unseren Kaninchenbestand.«

»Na, da bin ich gespannt, was der von mir will«, überlegte Werner Gronewald.

»Ich auch. Möchten Sie sofort mit ihm sprechen?«, fragte Middelborg, als sie am Reedereigebäude vorbeigingen.

Gronewald winkte ab. »Nein. Ich habe mich mit ihm für heute Abend in der *Alten Liebe* verabredet. Sie wissen schon, das Angenehme mit dem Nützlichen …«

*

»Sag, dass das nicht stimmt.« Arndt Kleemann schaute seinen Baltrumer Kollegen und Freund voller Unglauben an. »Ich habe ja schon viel erlebt, aber glaubst du wirklich, dass das der Grund sein könnte?«

»Ich weiß es nicht. Aber der Streit zwischen den beiden verfeindeten Gruppen bietet sich an, oder nicht?« Michael Röder und die anderen Polizisten saßen in der kleinen Baltrumer Wache. Röders Blick fiel zufrieden auf Gero Schonebeck. Er mochte den Mann aus Aurich, der bereits zwei Jahre zuvor ein Mitglied des Ermittlungsteams gewesen war.

Er hatte fest damit gerechnet, dass Klaus Kockwitz wieder auf der Insel erschien. Ein unangenehmer Mensch, voller Vorurteile und nicht gut zu ertragen.

Aber der lag im Bett. Fahrradunfall. Röders Bedauern darüber hielt sich in Grenzen.

»Also fassen wir zusammen: Da gibt es die *Pronig-gels* ...«

Gero Schonebeck fing an zu lachen. Erst verhalten, dann prustete er laut heraus. »Tut mir leid, Freunde. Ein echt irrer Name. Zeugt von absoluter Ernsthaftigkeit bei der Verfolgung großer Ziele!«

»Gero! Bitte!«Es half nichts. Mochte der Anlass ihres Beisammenseins auch tragisch sein – die drei Männer brachen in lautes Gelächter aus.

Gerade in diesem Moment öffnete Eilert Thedinga die Tür zur Wache. »Was ist denn hier ...?« Ratlos schaute er in die Runde.

»Jungs, kommt. Wir müssen uns auf die Arbeit konzentrieren.« Arndt Kleemann schlug mit der flachen Hand auf den abgenutzten Bürotisch. »Eilert, hast du dein Gepäck in die Dienstwohnung gebracht?«

Eilert Thedinga nickte. »Auspacken kann ich später.«

Die Polizisten waren vom Schiff aus direkt in die Dünen gefahren. Gemeindebrandmeister Meinders hatte den Landrover zur Verfügung gestellt. Noch war es für die Arbeit der Spurensicherung hell genug gewesen. Die Experten hatten die Insel wieder verlassen, nachdem sie Edith Oligs und den Fundort der Leiche begutachtet hatten. Viel hatten sie nicht sicherstellen können. Genauer gesagt eigentlich gar nichts, was erste Hinweise auf den Täter oder die Täterin hätte geben können. Einige Patronenhülsen von Jagdmunition aus dem Umfeld der Leiche waren in die Sicherungsbeutel gewandert. Man würde sehen, ob sich aus dem Einschussloch in der Stirn der Toten neue Erkenntnisse ergeben würden. Der Leichnam von Edith Oligs war auch auf dem Schiff gewesen, mit dem die Spurensicherer die Insel verlassen hatten.

»Das Opfer hatte also keine Verwandten?«, fragte Gero Schonebeck seinen Baltrumer Kollegen.

»Na ja, bis auf ihre Tochter. Die lebt allerdings nicht hier. Sie ist Künstlerin. Macht in Bernsteinschmuck und hat einen Laden in Hamburg«, erklärte Röder. »Edith Oligs hat allein und zurückgezogen gelebt. Laut konnte sie nur werden, wenn es um die Belange der Tiere ging. Vornehmlich der Kaninchen, die, wie gesagt, lange nicht bei allen Insulanern gerne gesehen sind. Da kannte die Oligs keinen Kompromiss. Sie hat sogar mal bei einer der letzten Jagden mit einem Megaphon in den Dünen gestanden und laut geschrien. Das war für die Jagd natürlich nicht so positiv. Jörg Weber ist stinksauer gewesen damals.«

»Dann sollten wir uns also bei den Jägern umsehen«, schlug Gero Schonebeck vor.

»Sicherlich. Und bei denen, die am liebsten alle Kaninchen von der Insel weghätten. Jemand wie Ingeborg Opitz, ihr Mann Hartmut, Oliver Abels ...« Michael Röder erzählte, was den Krokussen in Opitz' Garten passiert war. »Ihr glaubt nicht, wie wütend die war.«

»Wer ist Oliver Abels?«, fragte Arndt Kleemann.

»Ach, eigentlich ein ganz Netter. Hotelier. Gemeinderatsmitglied. Allerdings rennt er seit Jahren einer Idee hinterher. Er will unbedingt mitmachen bei *Unser Dorf hat Zukunft*. Und darum will er sich von den Kaninchen verabschieden. Weil die Buddellöcher das Gesamtbild erheblich beeinträchtigen, wie er pausenlos zu verstehen gibt. Der Mann hat viele Anhänger hier.«

»Aber wem könnte die Oligs so auf den Schlips getreten sein, dass man sie gleich umbringt?«, fragte Gero Schonebeck.

»Das sollten wir möglichst schnell herausfinden«, antwortete Thedinga. »Nicht, dass es zum guten

Schluss zum Showdown der diversen Gruppen mit Lanze und Machete kommt und die Sieger die Verlierer in die Nordsee treiben.«

»Also, bei wem fangen wir an?« Arndt Kleemann war aufgestanden.

»Du und Gero, ihr nehmt euch die *Proniggels* vor«, schlug Röder vor. »Eckdaten gebe ich euch. Eilert spricht mit dem Ehepaar Opitz und ich unterhalte mich mit Jörg Weber und seinen Leuten. Es ist zumindest erst einmal die naheliegendste Maßnahme. Sollten wir in diesem Umfeld auf dem völlig falschen Dampfer sein, werden wir es schon merken.«

»Hoffentlich rechtzeitig. Werden wir die Truppe einbestellen?« Gero Schonebeck schaute sich um. »Dürfte ziemlich eng hier werden.«

»Ich denke, wir versuchen die Leute zu Hause anzutreffen. Dann haben wir einen besseren Überblick. Lebensverhältnisse und so«, erklärte Arndt Kleemann. »Wen wir nicht erreichen, dem hinterlassen wir eine Nachricht. Der soll sich dann bei uns melden.«

»Alles klar.« Gero Schonebeck nahm seine Lederjacke von der Garderobe.

Michael Röder bezweifelte, dass die Jacke für Baltrumer Wetterverhältnisse geeignet war. Es war kühl und ein kräftiger Wind fegte Regentropfen quer über die Insel. Er hatte eine alte Dienstjacke im Schrank. Sollte er …? Nein, sie würde Gero nicht passen.

»Also, Namen und Adressen.«

Wenn Eilert Thedinga wüsste, mit was für einer Furie er es in Kürze zu tun hatte, wäre der bestimmt nicht so eifrig, dachte Röder und erklärte den Männern, wie sie fahren mussten. »Mit ›Adresse‹ dürfte es schwierig werden. Zumindest mit Straßenbezeichnungen. Da sage ich euch nichts Neues. Hier haben wir Hausnamen und Hausnummern.« Er zog einen Plan aus der Schreibtischschublade und kreuzte die jeweiligen Lagepunkte der Häuser an. »Ich hoffe, ihr kommt damit klar. Sonst ruft mich an.«

Zum Glück kannte Arndt sich einigermaßen auf der Insel aus. Röder holte drei Fundfahrräder aus dem Gartenhäuschen. Er atmete auf, als er sah, dass sie betriebsbereit waren. Sogar das Licht funktionierte bei allen. Die Sorge um die Räder überließ er immer gerne seinen Hilfssheriffs. Das allerdings hätte ihm heute wenig genützt. Eilert war schließlich gerade erst angekommen.

»Hier möchte ich kein Postbote auf Urlaubsvertretung sein«, überlegte Eilert Thedinga. »Da musst du erst einen Lehrgang machen, bevor du die Pakete an den Mann bringen kannst.«

»Wohl wahr«, erwiderte Michael Röder. »Also – bis später wieder hier in der Wache.«

Es war bereits dunkel, aber Röder meinte Enno Seeberg zu sehen, der einem anderen Mann die Tür zur Gaststätte offenhielt. Gehörte Enno nicht auch zu den *Proniggels*? Sollte er ihn hier und jetzt ansprechen? Nein. Er würde wie verabredet mit Jörg Weber Kontakt aufnehmen, dann gegebenenfalls mit den anderen Jägern reden. Seeberg würden sie sich noch vornehmen. Ganz sicher.

*

Aber es war nicht Jörg Weber, den er zuerst aufsuchte, sondern Reinhart Petri. Dessen Häuschen lag auf dem Weg. Er klopfte.

Nach einer Weile öffnete Petri die Tür eine Handbreit und schaute ihn misstrauisch an. »Was gibt's?«

»Darf ich reinkommen?«, fragte Röder ruhig.

Widerwillig gab Reinhart den Weg frei. Es roch in dem kleinen Flur, als wäre lange nicht gelüftet worden. Im Wohnzimmer war es nicht viel besser. Der Fernseher lief. Das Frühlingsfest der Volksmusik. Andrea Berg besang inbrünstig die Liebe zu ihrem Traummann.

»Willst du dich setzen?« Reinhart Petri räumte einen Stapel Jagdzeitungen von einem Sessel, sorgsam darauf bedacht, dass der Haufen nicht auseinanderrutschte.

»Wenn du den Fernseher leiser machen würdest, wäre es einfacher.« Röder setzte sich vorsichtig hin. Er erwartete, dass sich jeden Moment ein paar Sprungfedern in sein Hinterteil bohrten, wenn er sich zu heftig bewegte. Aber alles ging gut. Reinhart folgte seinem Wunsch und stellte den Ton leiser.

»Du hast mir in den Dünen bereits erzählt, wie ihr, du und Jörg, die Tote entdeckt habt. Ist dir im Nachhinein noch etwas aufgefallen? Etwas, das mit dem Tod, oder auch mit der Person zu tun hat?«

Reinhart Petri überlegte, dann schüttelte er knapp den Kopf.

»Wie viele Gewehre hast du?«

»Wieso? Ich bin Jäger. Alles ist angemeldet«, sagte Reinhart schroff. Immer wieder glitt sein Blick zum Fernseher, auf dem inzwischen ein Ballett leichtbekleideter Damen im Gleichtakt die Beine nach oben warf. Reinhart Petri murmelte vor sich hin.

»Was sagtest du?«, erkundigte sich der Polizist.

»Nichts.«

»Bitte. Reinhart. Was hast du gesagt?«

»Ich meine nur. Die müssen nicht fast nackt auftreten. Das ist ungehörig«, sagte Reinhart Petri undeutlich.

Röder schaute genauer hin. Na gut, einen Wintermantel hatten die Damen vom Ballett nicht gerade an. Aber immerhin – sie hatten etwas an. Außerdem war das nicht der Grund seines Besuches. »Reinhart, deine Waffenbesitzkarte, bitte. Es nützt nichts. Glaube mir. Wenn du sie mir nicht freiwillig gibst, werde ich dafür sorgen, dass wir uns hier ganz genau umschauen können.«

Stöhnend stand Reinhart Petri auf und verließ das Wohnzimmer. Röders Blick fiel auf einen weiteren Stapel Hefte, der auf der Anrichte lag. Vielleicht gab es hier wertvolle Informationen über Jagdausrüstungen, Munition und dergleichen. Doch es waren nur ein paar wenige Broschüren, die sich mit der Jagd beschäftigten. Alle anderen trugen Namen wie *Der Landser* und *National-Zeitung*. Ein Flyer rutschte aus dem Stapel. Von der NPD. *Maria statt Scharia*.

»Was machst du da? Hast du einen Durchsuchungsbefehl? Raus hier. Sofort raus!«

Der Polizist hatte nicht gemerkt, dass Reinhart Petri wieder ins Zimmer gekommen war. Dass der Mann so laut werden konnte, hatte er noch nie erlebt. »Ist ja gut.« Zu gern hätte er die Ansammlung dieser Blätter kommentiert. Doch er hielt sich zurück. »Kann ich jetzt die Unterlagen haben?«

Wortlos drückte Reinhard Petri sie ihm in die Hand.

»Ich nehme sie mit. Kriegst sie so bald wie möglich wieder.«Er war froh, als er wieder draußen war. Viel hatte er nicht erfahren. Eigentlich gar nichts. Nur dass es stimmte, was erzählt wurde. Der Mann gehörte zur rechten Szene auf der Insel. Es gab nicht viele davon. Und sie waren unauffällig. Aber es gab sie.

Michael Röder hoffte, dass sein Gespräch mit Jörg Weber angenehmer verlaufen würde.

*

»Was möchtet ihr trinken?« Der schwarzhaarige Wirt der *Alten Liebe* hatte gut zu tun. Die kleine Kneipe war gerammelt voll. Überwiegend Raucher. Denn hier durfte man. Enno Seeberg überlegte kurz, ob es wohl klug gewesen war, sich ausgerechnet diese Kneipe für ihr Treffen auszusuchen. Nicht, dass er nicht gerne hinginge. Der Wirt war nett, die Stimmung gut. Aber Anke würde an ihm riechen und angewidert das Gesicht verziehen, wenn er zu ihr kam.

Enno bestellte zwei Bier. Vergebens suchte er nach einem freien Platz an einem der Tische. Er sah viele unbekannte Gesichter und die vertrauten bierseligen der Insulaner, die immer da waren. An ihren Stammplätzen an der Theke. Für ein intensives Gespräch war es entschieden zu laut. Sie würden sicher nicht lange bleiben. Aber erst einmal ein Bier. Er nahm die beiden Gläser, die der Wirt vor ihm abgestellt hatte, und schob sich zu Werner Gronewald durch, der gleich rechts von der Tür stehen geblieben war.

»Ich hätte nicht gedacht, dass am Anfang der Saison schon so viel los sein würde.« Er prostete Werner zu.

»Tja, ist bestimmt jedes Mal eine Umstellung, von null auf hundert, wenn die Saison wieder anfängt, oder?«, fragte Werner.

»Klar. Egal wo auf der Insel. Das fängt bei der Überfahrt an. Das große Schiff, die *Baltrum I,* liegt im Winter auf der Schiffswerft Diederich in Oldersum. Du weißt schon, an der Ems. Dort werden alle nötigen Reparaturen erledigt. Das kann manchmal ganz schön aufwändig sein. Das Unterwasserschiff muss gestrichen, Sitzbänke ausgewechselt und neue Techniken eingebaut werden. Natürlich muss alles bis zum Beginn der Saison fertig sein. Genau wie bei allen anderen Seebäderschiffen, die dort generalüberholt werden.«

»Ich weiß. Ich war erst im Sommer in Oldersum. Zu ihrem weltberühmten Dorffest. Weißt du, wie das heißt?«

Enno Seeberg blickte seinen Bekannten fragend an.

»Glaub es mir oder nicht: Dieses Fest heißt ›Mein lieber Scholli‹. Weil die da dann Schollen verkaufen.« Werner Gronewald lachte.

»Echt jetzt?« Enno konnte es nicht fassen. Was für ein einfallsreicher Name. Aber der schien tatsächlich sogar Menschen aus Aurich anzulocken. Das lebende Beispiel stand vor ihm. »Komm, trink aus. Wir gehen eine Station weiter.«

Er brachte die leeren Gläser zurück zur Theke und bezahlte.

»Ihr habt's aber eilig«, sagte der Wirt. »Nach einem Bier schon Feierabend?«

»Diesmal ja. Er, also der Gronewald und ich, müssen uns in Ruhe unterhalten. Das nächste Mal wieder hier.« Noch einmal bahnte er sich seinen Weg zum Ausgang, wo Werner wartete.

Der Regen kam direkt von vorne und setzte sich auf seine Brille. Enno zog die Kapuze über, doch es nützte nicht viel. »Hoffentlich hat das *Sturmeck* offen«, rief er Werner zu.

Als sie am gelben Eispavillon vorbei waren, sahen sie, dass Licht den Eingang des Lokals erhellte.

Auch hier standen einige Leute vor der breiten Theke, doch im hinteren Bereich war es leer. Nur Musik kam aus den Lautsprechern unter der Decke. Laute Musik. Wer weiß, wofür es gut ist, dachte Enno. So kann man unser Gespräch nicht mithören. Sie warteten, bis der Ober ihre Bestellung vor ihnen abgesetzt, die zwei Bier auf dem Deckel notiert hatte und wieder verschwunden war.

»So, jetzt sag mir, was du auf dem Herzen hast«, begann Werner Gronewald das Gespräch.

Enno erzählte ihm von der Gruppierung, der seine Anke angehörte. Den Namen ›*Proniggels*‹ verschwieg er wohlweislich und versuchte ernsthaft, die Meinungen der verschiedenen Lager aufzulisten. Doch er konnte sich nicht verkneifen, von der bevorstehenden Demo am Samstag bei dem Osterfeuer zu berichten.

Werner lachte. »Was habt ihr?! Kaninchenköpfe aus Pappe?«

Verdammt. Hätte er man lieber die Klappe gehalten. »Du kannst mir glauben, dass ich da nicht mitmache. Bestimmt nicht!«, erklärte er mit Nachdruck. »Aber jetzt sag mir, was für eine Chance hat unsere Gruppe mit dem Schutz der Kaninchen?«

Werner Gronewald überlegte. »Ich habe heute bereits ein Gespräch mit dem Bürgermeister gehabt. Übrigens ein ganz fitter Kerl, wenn ich das mal so sagen darf. Auch ihm habe ich gesagt, dass es für die Deichsicherheit besser wäre, wenn die Tiere verschwinden. Dass die Realität aber anders aussieht. Wie willst du das erreichen? Auf fünfhundert geschossene Kaninchen – wenn die Jäger im Herbst fleißig sind – kommen fünfzigtausend, die es überleben.«

»Ich glaube, diese Aussage wird meine Anke und die anderen nicht gerade glücklich stimmen. Denen sind fünfhundert erlegte Tiere fünfhundert zu viel. Und deine Aussage zur Deichsicherheit, was hat die zu bedeuten? Wollt ihr da was unternehmen?«

Werner zögerte. »Ich denke, dass ich mich da noch stille halten werde. Das Amt denkt nach. Wir werden sehen, wie sich der Bestand über den Sommer entwickelt.«

»Wie der sich entwickelt, dürfte klar sein. Es ist

Schonzeit. Nur die Jungen dürfen geschossen werden. Was aber faktisch ziemlich sinnlos ist. Die Jäger werden nicht im bewohnten Gebiet herumschießen, wenn es hier von Gästen nur so wimmelt.«

»Ich kann dir leider nichts anderes sagen als: Abwarten.« Werner Gronewald zuckte bedauernd mit den Schultern. »Wenn es übermäßig viele Tiere werden, müssen wir etwas unternehmen. Aber auch Krankheiten, wie die Kaninchenpest, sind ein natürliches Regulativ. Warten wir also auf den nächsten Herbst.«

Das war's dann also. Enno kam nicht weiter. Wie schön wäre es gewesen, wenn er Anke das Versprechen mit nach Hause gebracht hätte, dass alle Tiere geschützt würden! Natürlich war das Ziel, alle Tiere am Leben zu lassen, ein unmögliches Unterfangen. Das war ihm klar. Aber Anke dachte eben anders.

Werner Gronewald und Enno Seeberg unterhielten sich noch eine ganze Weile. Die alten Zeiten streiften sie nur kurz. Als sie aufbrachen, sah Enno Oliver Abels mit ein paar Insulanern an einem der runden Tische stehen. Seine Augen waren rot. Er schien das ein oder andere Getränk bereits in sich hineingeschüttet zu haben. Warum der wohl nicht in seinem eigenen Hotel hinter der Theke stand? Aber wahrscheinlich konnte er sich dort nicht ungehindert einen hinter die Binde gießen.

»Na, mein Freund? Kommst du morgen auch zur Ratssitzung?« Oliver Abels' Stimme klang undeutlich, aber laut durch den Raum. »Dann geht's euren Niggels an den Kragen, ihr *Proniggels.*«

Einer der Männer, die mit Abels zusammenstanden, fing an zu lachen, und bald stimmten alle mit ein.

»Komm«, bat er Werner, »den muss ich jetzt nicht haben.«

»Hast du dir von Amts wegen Verstärkung mitgebracht?«, schallte es hinter ihnen her.

»Woher weiß der, dass du …?«, fragte Enno erstaunt.

»Er war mit bei der Deichschau. Als Ratsmitglied. Daher wird er mich wohl wiedererkannt haben«, erklärte Werner Gronewald.

Sie verabschiedeten sich vor dem *Sturmeck*. Werner hatte nur ein paar wenige Meter zum Hotel *Seehof*. Enno beschloss, in der Hoffnung auf ein warmes Nachtlager bei Anke vorbeizuschauen. Hoffentlich schlief sie nicht schon.

Als er die Haustür öffnete, hörte er Musik. Im Wohnzimmer brannte eine Kerze und verbreitete einen süßlichen Duft nach Honig. Anke saß im Schlafanzug auf dem Sofa und las. »Komm rein«, sagte sie, »setz dich.«

»Was ist los?«, fragte er beunruhigt. Das Flattern in ihrer Stimme war nicht zu überhören.

»Die Polizei war hier. Die beiden wollten alles über unsere Gruppe wissen. Wer dazugehört, was Edith für eine Aufgabe hatte und so weiter.«

»Ja, und? Was stört dich daran?«

»Es hat mich nichts gestört. Nur beunruhigt. Sie wollten die Namen aller Mitglieder haben. Wollten wissen, ob wir untereinander Streit hatten. Besonders der eine, Schonebeck, war zwar freundlich, aber der klang so unerbittlich, dass man Angst bekommen konnte.«

»Aber wir haben mit Ediths Tod gar nichts zu tun. Also brauchen wir keine Angst zu haben«, versuchte Enno Anke zu beruhigen und kuschelte sich neben sie auf das Sofa.

Sie rutschte ein Stück zur Seite. »Verstehst du nicht – du hast mit Edith doch diesen dicken Streit gehabt.

Am Abend vor unserer Sitzung. Als wir das mit der Demo besprochen haben. Ihr war diese Aktion mit den Pappkaninchen lange nicht genug. Und du hast gesagt, das reiche dreimal, um Aufmerksamkeit zu erregen.«

»Moment. Wenn sich alle, die sich streiten, gegenseitig umbringen würden, wäre es erheblich leerer auf der Welt, oder?«, empörte Enno sich. »Und diese Polizisten wussten von dem Streit?«

Anke nickte. »Ich denke, Mark hat es ihnen erzählt. Er war doch dabei. Bei dem sind die gewesen, bevor sie zu mir kamen. Und nun wollen die unbedingt mit dir reden. Ich habe gesagt, dass du dich sofort bei denen meldest, wenn du wieder zu Hause bist.«

»Na, klasse.« Enno Seeberg lehnte sich zurück und schloss die Augen. Diese verdammten Karnickel. Dieser verdammte Mark. Verdammte Bullen. Die glaubten doch nicht wirklich, dass er in der Lage wäre, alte Damen zu erschießen. Was für ein verdammter Blödsinn.

»Du kannst auch anrufen, haben sie gesagt.« Anke knuffte ihn und hielt ihm einen Zettel mit einer Telefonnummer vor die Nase.

Enno schaute auf die Uhr. Gleich elf. Die würden sich schön bedanken, wenn er sie aus dem Bett holte. Nein, er würde morgen mal bei denen an die Tür klopfen. In der Mittagspause. Vielleicht. So eilig würde es schon nicht sein. Er gähnte. »Hast du ein Plätzchen neben dir frei?«, murmelte er und rückte wieder etwas näher an sie heran.

»Du wirst also nicht …?«

»Nein. Morgen reicht«, sagte er. »Ich habe schließlich mit dem Mord nichts zu tun.«

»Aber ich habe es den Polizisten versprochen. Was macht das für einen Eindruck, wenn du dich nicht meldest. Da könnten die glatt glauben …«

Enno richtete sich auf. »Könnten *die* glauben oder könntest *du* glauben …?« Fassungslos starrte er Anke an.

Anke antwortete nicht.

»Weißt du was? Ich lasse dich jetzt mal allein. Dann kannst du in Ruhe darüber nachdenken, ob ich Edith um die Ecke gebracht habe.« Wütend stand er auf und griff nach seiner Jacke.

»Aber ich habe gar nicht …«

Er wollte nicht mehr zuhören, was sie hatte oder nicht hatte. Er brauchte dringend frische Luft. Es war nicht weit bis zu seiner kleinen Wohnung im Keller von Haus *Ostwind.* Er schlug seinen Kragen hoch, ging an der Inselglocke vorbei und hatte bald die letzten Häuser im Westdorf erreicht. Haus *Ostwind* lag etwas zurück am Rande der Dünen. Vor nicht allzu langer Zeit hatten die Gäste im oberen Stockwerk noch einen freien Blick auf die Nordsee gehabt. Aber mit dem Neubau der Strandmauer war das vorbei. Ihm konnte es egal sein. Er wohnte im Keller.

Als er die Stufen zu seiner Wohnung herunterstieg, erschrak er. Zwei Schatten lösten sich aus dem Dunkel.

»Guten Abend, Herr Seeberg. Schön, Sie zu treffen.«

Nicht das noch. Erst hatte er sich Ankes Anschuldigungen anhören müssen und jetzt standen die beiden Männer vor seiner Tür. Es gab keinen Zweifel daran, dass es Polizisten waren, und er hatte die Nase voll. Enno drehte sich um und sprintete den Weg zurück, den er gerade gekommen war, bog links ab, dann wieder rechts, merkte aber schnell, wie ihm der Atem ausging. Im Gegensatz dazu schien der Mann, der ihn verfolgte, kein Problem mit der Kondition zu haben. Als der Ennos Arm umklammerte und ihn zum Stehenbleiben aufforderte, klang seine Stimme ruhig und bestimmt.

»Herr Claaßen, was bedeutet KSV?«

Thomas Claaßen schaute irritiert nach oben. Wie jeden Morgen schob er sein Fahrrad aus dem Keller die Schräge hoch ans Tageslicht. Es war noch früh. Eigentlich zu früh für Inselgäste. »Moment noch.« Mit letztem Schwung hievte er sein Rad auf den roten Klinkerweg und klappte mit dem Fuß den Ständer aus. Vor ihm standen Maren und Jan Schmitz, die Zwillinge, die er am Tag zuvor mit ihren Eltern vom Schiff abgeholt hatte. »So, noch einmal: Was wollt ihr wissen?«

»Was bedeutet KSV?«, wiederholte Jan und gab auch gleich die möglichen Antworten. »Kommen Sie vorbei? Kultur-und Sportverein? Kaninchen schießen verboten?«

Thomas Claaßen hätte beinahe gelächelt. Die letzte Antwort wäre genau die richtige für die *Proniggels* gewesen. »Die zweite Antwort.«

»Wir machen nämlich beim Schatzkofferspiel mit. Wir haben uns gestern gleich den ersten Zettel aus dem Rathaus abgeholt«, sagte Maren. »Aber die Fragen sind nicht einfach. Können Sie uns helfen?«

Thomas Claaßen schaute auf die Uhr. »Kinder, ich muss zur Arbeit. Fragt meine Frau.«

»Aber eine Frage, bitte noch eine Frage«, bettelte Jan. »Was ist ein Palstek? Ein seemännischer Knoten? Ein Bretterweg am Strand oder ein Begrenzungspfahl der Badezone?«

»Ein Palstek ist ein Knoten. So, jetzt muss ich aber wirklich.« Thomas Claaßen klappte den Fahrradständer zurück und fuhr los, ohne sich weiter um die beiden zu kümmern. Er wollte nicht zu spät kommen. Der neue Bürgermeister hatte ihn sowieso auf dem Kieker. Ihn und seine Kollegen.

Er verstand es nicht. Jahrelang war alles prima gelaufen. Sie hatten ihre Arbeit gemacht, hatten sich von keinem reinreden lassen und fast immer hatten die Körbe pünktlich zum Beginn der Saison am Strand gestanden. Und nun, plötzlich, frei nach dem Motto: ›Neue Besen kehren gut‹, fing der Mann an, Dienstpläne aufzustellen, die Anwesenheit zu kontrollieren und mit ihnen Abläufe zu besprechen. Als ob der davon eine Ahnung hatte. Aber er war sich sicher, dass es nicht lange dauern würde, bis sie Middelborg im Griff hatten. Immerhin war der von ihnen abhängig und nicht umgekehrt. Er hatte in seinem Arbeitsleben schon so viele Bürgermeister kommen und gehen sehen, da brauchte man eigentlich nur abzuwarten. Oder, wenn das zu lange dauerte, ihm seine Grenzen unmissverständlich aufzuzeigen.

Er wunderte sich. Die Tür zu seinem Arbeitsplatz stand offen. Das Licht brannte. Im Büro sah er Reinhart Petri stehen. »Was machst du denn schon hier?«, fragte er verblüfft. Sein Kollege war zwar stets pünktlich. Aber normalerweise war er, Claaßen, der Erste morgens.

»Ich wollte ... Middelborg hat gesagt ... Wir sollen uns kümmern«, antwortete Reinhart Petri.

»Worum?« Er war zwar selbst kein Freund großer Worte, aber Reinhart konnte einem schon ziemlich auf den Sack gehen, wenn er es nicht schaffte, sich klar und deutlich zu äußern. Wobei er seit Jahren vermutete, dass der Mann durchaus in der Lage war, vernünftig zu reden. Der hatte nur einfach keine Lust. Zumindest verweigerte der sich bei seinen Kollegen.

Claaßen nahm an, dass es andere Gruppierungen gab, in denen Reinhart sich wohler fühlte. Aber das ging ihn nichts an.

»Um … Um das Osterfeuer. Schon mal zusammenschieben und so.«

»Quatsch. Das wird am letzten Tag zusammengeschoben. Nicht eher.« Thomas Claaßen wurde wütend. »Da werfen zig Leute noch was drauf. Das bringt gar nichts.« Was mischte der Chef sich wieder ein? Er sollte sie man machen lassen und sich um die Verwaltung kümmern. Und um die vielfältigen Wünsche der Gäste. Schließlich war Middelborg nicht nur Bürgermeister, sondern auch Kurdirektor. Da hatte er genug zu tun.

»Aber er hat gesagt …«

»Wenn hier einer was sagt, bin ich das, verstanden? Du gehst zur Turnhalle und räumst auf.«

Reinhard Petri nahm seine Jacke vom Schreibtisch, zog sie umständlich an und schlurfte nach draußen.

Claaßen atmete tief durch. Endlich allein. Er setzte sich auf den Hocker hinter dem Schreibtisch, nahm Zigarettenpapier und Tabak aus der Tasche seines Anoraks und zog den Aschenbecher zu sich heran. Erst mal eine rauchen. So wie jeden Morgen. Dann konnte es mit der Arbeit losgehen.

Den ersten tiefen Zug aus der Selbstgedrehten genoss er mit geschlossenen Augen. Beim zweiten Zug merkte er, dass sein Handy in der hinteren Hosentasche vibrierte. Ärgerlich zog er es heraus. Helma. Da musste er rangehen. Nützte nichts. Er legte die Zigarette auf den Aschenbecher und drehte sich zur Wand, bevor er sich meldete. Klar, sie konnte es nicht sehen, dass er rauchte. Es war schließlich nur ein Telefon. Aber bei Helma wusste man nie …

»Thomas?«, hörte er seine Frau ins Telefon rufen.

Sie rief immer. Er hatte es ihr nicht abgewöhnen können.

»Thomas, ich hätte da mal eine Frage. Die Zwillinge stehen bei mir und wollen wissen, wann das Rathaus gebaut wurde. War das im März 1949, 1956 zum ersten April oder irgendwann im Dezember?« Sie lachte. »Na, ja, das Letzte wohl nicht.«

»Helma, ich habe keine Ahnung. Außerdem muss ich arbeiten. Sollen es die Zwillinge bei denen erfragen, die dafür verantwortlich sind. Ist echt 'ne Zumutung für die Insulaner. Die von der Kurverwaltung denken sich irgendwelche dämlichen Fragen aus und die Insulaner sollen dann alles wissen, wenn ihre Gäste die richtige Antwort haben wollen.«

»Schon gut, Thomas. Ich werde es schon herausfinden. Entschuldige die Störung – und rauch nicht so viel!«

Da war es wieder. Wie hatte sie das nur herausgefunden? Es war scheißegal, ob er sich zur Wand drehte. Er hätte genauso gut weiterrauchen können. Es hätte nichts geändert. Die Hälfte seiner Zigarette war auf dem Aschenbecher sinnlos verglüht.

Er machte sich auf den Weg zu Detlef Köster. Der Mann hatte gebeten, ihm zu helfen, weil er alleine nicht mit dem Verlegen seines Teppichbodens klar kam. Claaßen hatte natürlich zugesagt. So üppig waren die Gehälter bei der Gemeinde nicht, dass man nicht hin und wieder die Chance ergriff, sie aufzubessern. Tagsüber. Im Hellen arbeitete es sich einfach besser.

*

»Wir haben hier alle Waffenbesitzkarten und Munitionslisten der Jäger.« Arndt Kleemann blätterte die

Papiere aufmerksam durch. »Die diversen Patronenhülsen, die wir im Umfeld der Leiche eingesammelt haben, stimmen mit den Angaben überein. Allerdings können wir noch nicht feststellen, ob auch das Einschussloch, beziehungsweise der Einschusskanal zu einer der Patronen passt.« Er zögerte. »Moment mal. Die Kollegen haben hier eine Sorte auf der Liste, die wir bei den Jägern nicht finden.«

»Das ist gut möglich. Im Herbst sind viele Jäger vom Festland auf Baltrum. So eine Hülse verwittert nicht schnell«, sagte Michael Röder. »Und das wird natürlich eine schwierige Angelegenheit, herauszufinden, wer alles hier war und mit welcher Munition geschossen wurde.«

»Setz dich noch einmal mit dem Jagdpächter, dem Jörg Weber, in Verbindung. Er soll uns eine möglichst vollständige Liste der Gastjäger übermitteln. Vielleicht kennt er jemanden, der diese Munition benutzt.«

Michael Röder stand auf und ging in den Flur, der die Wache mit seiner Dienstwohnung verband. Hier war es ruhiger. Nur Amir, sein Heidewachtel, bellte einmal kurz und strich ihm um die Beine. Sandra war offenbar nicht da. Er überlegte. Richtig. Sie wollte sich mit ein paar Frauen treffen, um Osterschmuck für das Fest vom Heimatverein am Ostersonntag zu basteln. Das hatte sie beim Frühstück erwähnt.

Gerade, als er das Telefon aus der Tasche zog, klingelte es. Marlene. Er wunderte sich. Seitdem er Schluss gemacht hatte, hatte er nichts mehr von ihr gehört. »Röder.«

»Hallo, Michael«, hörte er ihre vertraute Stimme.

Er schluckte. Konnte fast nicht antworten. Es reichte nur zu einem knappen: »Ja?«

»Ich habe gehört, dass ihr wieder einen Mord auf der Insel hattet?«

Was sollte das? Warum interessierte sie sich jetzt plötzlich für das Inselleben? »Stimmt. Warum?«

»Es ist nur – Gero ist da, oder?«Er wusste immer weniger, was er von dem Gespräch halten sollte. Ja, Gero war da, aber was hatte das mit Marlene ...?

»Es ist so. Gero und ich – wir sind zusammen«, klang es wie durch einen dichten Nebel. »Er weiß nichts von dir und mir. Es ist erst ganz frisch. Ich möchte es ihm lieber selber sagen, verstehst du. Nicht, dass du beim Feierabendbier aus Versehen, du verstehst ...« Jetzt sprudelte es fast aus ihr heraus. »Nicht, dass es mir leid täte. Das mit dir. Aber es hat ja nun mal ...«

»Michael? Du solltest Weber nur anrufen und ihn nicht persönlich aufsuchen«, hörte er Arndts Stimme.

»Ich ... Ich muss Schluss machen. Du kannst dich auf mich ... verlassen.« Er drückte die Taste, dann atmete er tief durch. Gero. Der nette Gero aus Aurich. Der, den er bis gerade für einen klasse Kollegen gehalten hatte. Und den er jetzt am liebsten ungebremst ins Hafenbecken schleudern würde. Er umklammerte das Handy. Nimm dich zusammen, Alter. Den Jäger anrufen. Los jetzt. Röder wählte. Was hatte er eigentlich fragen wollen?

»Weber?«

»Hallo, Jörg. Hier ist Michael. Ich brauche ... Ich brauche die Liste, weißt du ...«, stammelte er.

»Welche Liste?«, fragte Jörg Weber ratlos.

»Die Liste der auswärtigen Jäger.« Er erklärte nicht, warum er sie brauchte, nur was er brauchte. Dann ging er zurück zu seinen Kollegen. »Er bringt alles vorbei«, krächzte er.

»Na, hast du dich erst einmal zu deiner Frau in die Küche zurückgezogen?« Gero Schonebeck lachte. »Schäferstündchen während der Dienstzeit? Kann eben doch Vorteile haben, wenn man direkt neben dem Dienstzimmer wohnt, oder?«

Arschloch. Michael Röder setzte sich wieder auf seinen hölzernen Bürostuhl. Er konnte kein Wort sagen. Es war, als würde ein tennisballgroßer Klumpen seinen Hals verstopfen. Er bemerkte die Verwunderung in Arndts Blick, bevor der Eilert Thedinga aufforderte, den gestrigen Abend noch einmal zusammenzufassen.

»Ist dir über Nacht noch etwas eingefallen?«

Eilert schüttelte den Kopf. »Nicht mehr als das, was wir bereits berichtet haben. Ich kam bei den Opitz rein und hatte sofort Funkstille, weil Ingeborg Opitz laut und ohne Unterlass geredet hat. Ich weiß jetzt fast alles über andere Leute. Sicher sehr hilfreich für meine Zeit hier. Am schlimmsten hat sie über ihre Nachbarin hergezogen. Melissa Harms. Vielleicht sollten wir bei der gleich vorbeischauen. Sie soll nicht dagewesen sein, als die Opitz sie zusammenfalten wollte.«

»Ich hätte an ihrer Stelle auch die Tür nicht aufgemacht, wenn ich gesehen hätte, welche Furie sich da auf mein Grundstück zubewegt«, sagte Arndt Kleemann.

»Wir befragen sie auf jeden Fall. Immerhin hat uns Frau Hasekamp erzählt, dass die auch zu den *Proniggels* gehört hat«, stimmte Gero Schonebeck zu. »Außerdem sollten wir uns Enno Seeberg ein weiteres Mal vornehmen. Das war echt filmreif, wie der versucht hat, sich unserem Zugriff zu entziehen, als er nach Hause kam.«

»Aber genützt hat es nichts«, lächelte Arndt Kleemann. »So fit wie Gero ist, kriegt der jeden.«

Klar. Egal ob sie Enno Seeberg oder Marlene Jelden heißen. Der kriegt jeden. Oder jede. Michael Röder hatte das Gefühl, dass ihm seine Stimme immer noch nicht gehorchte. Also schwieg er und ließ die anderen reden.

»Außerdem haben wir Oliver Abels auf der Liste. Der hat sich unter *Rettet unsere Pflanzenwelt* mit den Opitz zusammengetan«, berichtete Eilert Thedinga. »Sie wollen übrigens heute Mittag vor dem Rathaus Unterschriften sammeln. Das hat mir Hartmut Opitz erzählt. Oliver Abels soll die heute bei der Ratssitzung vorlegen. Als Entscheidungshilfe.«

»Ich bin gespannt, wer alles unterschreibt«, überlegte Gero Schonebeck. »*Rettet unsere Pflanzenwelt* ....« Er dachte kurz nach, dann brach es aus ihm heraus: »*Rettet unsere Pflanzenwelt* – kurz ›*Rupf*‹! Ist das nicht ... – Das ist einfach genial!« Er lachte, bis ihm die Tränen kamen. »Echt cool, diese Ermittlungsarbeiten – *Proniggels* gegen *Rupf*. Einfach köstlich!«

»Gero, du solltest zur Zeitung gehen. Tolle Schlagzeile. Doch jetzt mal zurück zum Wesentlichen. Was liegt also noch an?«, fragte Arndt Kleemann in die Runde.

Röder wusste, jetzt war er dran. Er schluckte, merkte, wie der Druck langsam nachließ. »Ich habe alles berichtet. Die Jäger waren kooperativ. Auf meine Frage, ob auf der Insel schon mal gewildert wird, erklärte Weber, dass er nichts Konkretes wisse. Es tauchte wohl hin und wieder der eine oder andere Name auf, aber das sei oft nur Gerede. Ich spreche ihn aber noch einmal darauf an. Die Liste der auswärtigen Jäger bringe ich gleich mit. Zumindest die Daten, die er schon hat.«

Arndt Kleemann nickte. »Alles klar. So gehen wir vor. Gero, du nimmst Kontakt mit den Pflanzenrettern auf. Beobachte mal, wie sich die Unterschriftensammlung macht. Ich besuche Melissa Harms und du, Eilert, wartest auf Enno Seeberg und auf neue Erkenntnisse aus Aurich.«

»Es wäre sicher ganz interessant, zu erleben, was heute auf der Ratssitzung passiert«, sagte Gero Schonebeck. »Dort sollten wir ebenfalls eine Abordnung hinschicken. Da knallen Welten aufeinander. Mit Sicherheit werden dort Abordnungen von den *Proniggels* und den *Rupfs* unter den Zuschauern sein.«

»Gute Idee«, stimmte Arndt Kleemann ihm zu. »Wir werden sehen, auf wen von uns das Los fällt.«

»Ich geh dann mal.« Michael Röder konnte es kaum erwarten, aus der kleinen Wache herauszukommen. Allein zu sein. Zumindest auf dem kurzen Weg zu Jörg Weber. Er würde sein Fahrrad zu Hause lassen. Auch wenn die anderen sich wunderten.

Musste es ausgerechnet Gero sein? Die beiden waren sich bestimmt dienstlich über den Weg gelaufen und dann hatte es gefunkt. Warum auch nicht? Schließlich hatte er, Michael, Schluss gemacht. Es gab keinen Grund, warum sie sich nicht anderweitig vergnügen sollte. Wirklich überhaupt keinen.

Er stolperte beinahe über die Steinkante, die das kleine Rasenstück rechts von *Feinkost Janssen* einrahmte, als er von einer schrillen Stimme aus seinen Gedanken geholt wurde. »Hallo, Michael. Nun warte doch mal. Ich kann nicht so schnell.«

Verwirrt schaute er sich um. Eine kleine, schmale Gestalt mit einem dicken Wintermantel und Ohrenschützern aus braunem Fell schob mühsam einen Rollator vor sich her. Im Korb lag ein halb gefüllter Müllsack. Daneben klemmte ein Müllgreifer. »Du solltest dir mal das Osterfeuer anschauen, da hat wieder jemand einen Jägerzaun entsorgt.«

Er blieb stehen. Petine Abels. Bei den Insulanern hieß

sie nur Oma Blau. Wegen des blauen Müllsacks, ohne den sie nie unterwegs war. Weit über achtzig. Mutter von Oliver Abels und unkaputtbar.

»Ich habe gerade ein paar Zweige zum Osterfeuer gebracht. Da habe ich es gesehen. Unverschämtheit«, sagte sie aufgebracht.

Er musste ihr zustimmen. Nur Zweige und kleingeschnittene Äste gehörten darauf. »Du bist wirklich den ganzen Weg zum Ostdorf gelaufen?«, fragte er erstaunt.

»Natürlich. Warum nicht?« Sie wischte mit dem Handschuh über die obere Ablage ihres Rollators. »Ich mache das, was ich jeden Tag mache. Ich gehe durch den Ort und sammele auf, was andere Leute fallen lassen. Sonst macht es ja keiner.«

Keine Frage, woher Oliver seine Begeisterung für Recht und Ordnung auf der Insel hatte. Röder erwähnte nicht, dass täglich ein Gemeindemitarbeiter unterwegs war, um die öffentlichen Mülleimer zu leeren und die Straßen sauber zu halten. Warum sollte er Petine Abels' Lebensaufgabe in Zweifel ziehen?

»Als mein Mann und ich das Hotel geführt haben, waren wir auch von morgens früh bis abends spät auf den Beinen«, fuhr sie fort. »Jetzt, wo mein Mann auf dem Friedhof liegt und Oliver das große Haus übernommen hat, kann ich mich eben um andere Dinge kümmern. Aber ich würde nie etwas aufs Osterfeuer werfen, was da nicht hingehört. Sorgst du dafür, dass dieses behandelte Holz da verschwindet?«

Er versprach's. Die Mitarbeiter der Gemeinde schoben das Holz, das die Insulaner in den Wochen vor Ostern auf die Hellerwiese beim Hotel *Dünenschlösschen* schafften, kurz vor dem Abbrennen zusammen, um auch dem letzten Wildtier die Möglichkeit zur

Flucht zu geben. Sollten die Männer alles, was da nicht draufgehörte, ordnungsgemäß entsorgen. Er würde ihnen Bescheid geben.

Jetzt musste er sich um die Baltrumer Jägerschaft kümmern. Die offizielle und die möglicherweise inoffizielle. Aber er kam nicht weit. Gerade, als er an der Sparkasse vorbei war, hielt Friedemann Untied neben ihm sein Fahrrad an.

»Herr Röder! Bitte sagen Sie mir: Wie weit sind Sie gekommen in Ihren Ermittlungen? Haben Sie den Mörder unserer lieben Edith bereits ermitteln können?« Untied hatte seine Hände über dem Lenker wie zum Gebet gefaltet.

»Nein, Herr Untied.« Beinahe wäre Röder ein devotes ›Herr Pastor‹ herausgerutscht. Er wusste, dass Untied dies am liebsten gehört hätte. Aber genauso wenig wie er Tino Middelborg mit ›Herr Bürgermeister‹ ansprach, würde er Untied mit dessen Berufsbezeichnung anreden. Es war halt nur noch so drin. Von früher. Seine Eltern hatten es gar nicht anders gekannt.

»Ihre Kollegen sind gestern bei mir gewesen. Der Kommissar Kleemann, den bereits einige traurige Anlässe auf unsere schöne Insel geführt haben, und ein junger Kollege. Sehr freundlich und zuvorkommend. Er ist dem Glauben nicht ganz abgeneigt, habe ich das Gefühl.« Untied seufzte. »Wenn man nur ein paar mehr Insulaner so denken würden. Stattdessen wird nach heidnischem Brauch wieder das Osterfeuer angezündet. Ohne Rücksicht auf die Umwelt. Aber wir *Proniggels* werden unser Zeichen setzen. Jawohl. Ein Zeichen!«

»Herr Untied«, unterbrach ihn Röder, »ich muss mich wirklich um wichtigere Dinge kümmern. Wie Sie eben bereits ansprachen, haben wir einen Mord aufzuklären.« Er wünschte sich, dass er sein Fahrrad mitgenommen hätte. Dann hätte er all diesen Begegnungen zügig aus dem Weg fahren können.

»Gott sei mit Ihnen und ach: Falls Sie Melissa Harms suchen: Ich wollte eben zu ihr, aber sie scheint nicht zu Hause zu sein. Ihr Sohn wohl auch nicht«, berichtete der Pastor.

»Wieso kommen Sie darauf, dass wir sie aufsuchen wollen?«, fragte Röder interessiert.

»Ach, ein Gefühl sagte es mir. Vielleicht, weil mir der Streit nicht aus dem Sinn geht«, erklärte Untied zögernd.

»Welcher Streit?« Röder wollte weiter, fühlte sich aber genötigt stehen zu bleiben für den Fall, dass der Hirte doch noch etwas Wichtiges zutage brachte.

»Es war in der letzten Woche. Ich fuhr an ihrem Haus vorbei und hörte laute Stimmen«, Untied zögerte. »Dann wurde die Tür aufgerissen, Edith Oligs stürmte heraus und rief: ›Das wirst du noch bereuen.‹ Natürlich wollte ich zuerst anhalten und vermitteln. Ein kleines Gebet wirkt da oft Wunder. Aber Edith war ganz schnell weg und Melissa in ihrem Haus verschwunden. Nachdem sie die Tür zugeknallt hatte. Ich bin weitergefahren. Was meinen Sie … wenn ich mich damals eingeschaltet hätte – energisch, verstehen Sie? –, ob dann unsere liebe Edith noch leben würde?«

»Noch wissen wir nicht, wer sie getötet hat und aus welchem Grund. Machen Sie sich keine Sorgen«, versuchte Röder den Pastor zu beruhigen, der seine immer noch gefalteten Hände so sehr auf den Lenker presste, dass die Knöchel weiß hervortraten. »Aber wenn Ihnen etwas einfällt, kommen Sie bitte gleich zu mir oder meinen Kollegen, okay?«

»Das werde ich, das werde ich. Versprochen. Aber

nun muss ich zur Sparkasse. Die Kollekte des letzten Sonntags einzahlen. Es ist nicht viel, aber Gott freut sich ...«

Michael Röder ließ den Pastor mit seiner Kollekte stehen und ging weiter in der Hoffnung, dass er ohne weitere Stopps Jörg Weber erreichte, der schräg gegenüber der Schule wohnte.

Die Tür stand offen. Er rief Jörgs Namen, doch es schlug ihm nur Stille aus dem Haus entgegen. Sein Blick fiel auf den Keilerkopf, der in einer Nische den Flur bewachte. Jörg hatte ihm gestern erzählt, dass er das Wildschwein in Bayern geschossen hätte. Sein erster Keiler sei es gewesen, damals, vor dreißig Jahren.

»Jörg?« Langsam arbeitete sich Röder vor bis zum Wohnzimmer. Auch hier sah es nicht einladender aus. Zehn unterschiedlich große – wie hatte Jörg es genannt? – Gehörnbrettchen mit großen und kleinen Geweihen zierten die Rückwand hinter dem dunkelgrünen Sofa. Am auffälligsten war eine riesige Elchschaufel, die in das Wohnzimmer ragte.

Sollte er es aufgeben? Von Jörg war nichts zu hören. Er schob die Gardine ein Stück zur Seite. Da war er. Er stand am Rande des Rasenstücks bei einem Komposthaufen und schüttete gerade ein Loch zu. Der Polizist öffnete mit einem Ruck die Terrassentür.

Jörg Weber erschrak, fing sich jedoch schnell wieder. »Hallo, Michael. Was führt dich zu mir?«

»Das kannst du dir denken. Die Listen, um die wir dich gebeten haben.«

Jörg Weber legte den Spaten zur Seite und wischte seine Hände an der braunen Cordhose ab. »Ich komme. Muss nur eben die Gummistiefel gegen Hausschuhe tauschen. Sonst ist der Tag gelaufen.«

Wieder im Haus, wusste Röder, was der Mann

gemeint hatte. Das Zimmer wurde nicht nur von Jagdtrophäen beherrscht, sondern auch von einem weißen, kuscheligen Teppich, der jetzt allerdings hier und da einige Dreckkrümel zeigte.

»Hast wohl deine Schuhe nicht ausgezogen?«, fragte Jörg Weber kritisch.

Schweigend schüttelte Röder den Kopf. Warum sollte er? So was war hier auf der Insel nicht Sitte. Auf Baltrum waren die Wohnungseinrichtungen mehr aufs Praktische ausgelegt.

»Pass auf, dass dich Elena nicht erwischt«, lachte der Jäger. »Komm, wir gehen rauf in mein Arbeitszimmer. Dort nimmt sie es mit der Sauberkeit nicht so genau. Und dort liegen die Listen.«

Röder hätte seiner Sandra ganz schön was gehustet, wenn er die eigenen Räume nur mit Socken hätte betreten dürfen. Er war froh, wieder aus dem Wohnzimmer rauszukommen. Am Abend zuvor hatte er bei seiner ersten Befragung des Jagdpächters mit ihm in seinem Büro gesessen. Aus dem Wohnzimmer war der Fernseher zu hören gewesen. Offensichtlich hatte es sich Elena dort gemütlich gemacht.

»Hier stehen alle drauf, die im Herbst und bis zum Ende der Jagdsaison als Gastjäger auf der Insel waren. Die Waffenbestände habe ich erst zum Teil übermittelt bekommen«, erklärte Jörg Weber. »Für Vollständigkeit kann ich letztlich nicht garantieren. Es ist immer möglich, dass die Leute ein geheimes Schätzchen im Schrank haben. Jäger sind schließlich auch nur Menschen. So wie du und ich. Der eine jagt Tiere und der andere, so wie du …«

»Könnte es eventuell sein, dass da ein klitzekleiner Unterschied besteht?« Röder musste sich schwer zusammennehmen. Manche Leute glaubten wohl, sie hätten nicht nur eine Jagd, sondern eine Generalgenehmigung für alles gepachtet.

»Die Liste.«

Röder überflog das eng beschriebene DIN-A4-Blatt. Es wimmelte von diversen Gewehr- und Munitionstypen. Nur die Sorte, die er auf der Liste der Baltrumer Jäger bereits vergeblich gesucht hatte, die fand er auch hier nicht. Sollte er tatsächlich Jörg fragen, wie Arndt es gewollt hatte, oder würde er damit nur schlafende Hunde wecken? Apropos Hunde – wo war Jörgs Hund? Er hatte ihn weder drinnen noch draußen gesehen.

Amir hatte vor längerer Zeit einmal versucht, auf der Straße mit dem Weimaraner Kontakt aufzunehmen, was dem Heidewachtel nicht gut bekommen war. Die Narbe an der Schnauze war auch nach Monaten noch gut zu erkennen gewesen. Jörg hatte damals behauptet, sein Hund hätte Amir nur angegangen, weil der nicht angeleint gewesen war und seiner sehr wohl. Da käme bei den Hunden dann Eifersucht und Aggression ins Spiel. Röder hatte ihm recht geben müssen. Trotzdem – der Jäger hatte seinen Hund nicht im Griff gehabt. Röder hatte es kaum ertragen können, seinen blutenden Hund im Arm zu halten. Damals war extra ein Tierarzt von Norderney herübergekommen und hatte Amir genäht. »Wo steckt Cicero?«

»Draußen in der Hütte. Wie es sich für einen Hund gehört.«

Amir würde sich bedanken, wenn er seinen Tag nicht im Kreise der Familie auf dem Sofa verbringen durfte. Röder tat Cicero leid. Aber der war nichts anderes gewohnt.

»Unsere Kriminaltechniker haben Patronenhülsen gefunden, die wir nicht zuordnen können. Wer schießt mit so was?« Er zog den Zettel mit der genauen Bezeichnung aus der Tasche und reichte ihn Weber.

».22kurz. Das sind Randfeuerpatronen, die zum Sportschießen eingesetzt werden. Sie sind nur für kurzläufige Waffen geeignet.« Jörg schüttelte den Kopf. »Zur Jagd benutzen wir andere Munition. Und Gewehre.« Er zeigte auf den verschlossenen Schrank in der Ecke des Zimmers. »Du hast sie gestern bereits gesehen. Als Munition benutzen wir meistens Schrot bei der Kaninchenjagd und Vollmantelgeschosse, wenn wir auf Rehwild gehen. Natürlich in Öko.« Er grinste. »Ohne Blei drin. Damit der Braten gesund ist, den wir auf den Tisch bringen. Aber wie gesagt, ich kann meine Hand nicht ins Feuer legen für meine Kollegen.«

»Alles klar. Wenn du neue Informationen hast, lass sie uns bitte zukommen. Und solltest dir ein paar Namen zum Thema Wilderei auf Baltrum einfallen – du weißt, wo du mich findest.« Er unterhielt sich noch einen Moment mit dem Jagdpächter, dann verabschiedete er sich.

Als Röder an der geschlossenen Wohnzimmertür vorbeikam, hörte er das Summen eines Staubsaugers. Er grüßte kurz zum Keiler hinauf und ging zurück zur Wache, sein Fahrrad holen. Reinhart Petri und die anderen Jäger waren als Nächstes dran.

Doch er wollte erst einmal hören, was seine Kollegen Neues in Erfahrung gebracht hatten.

Eilert sah zu ihm hoch, als er die Tür zur Wache öffnete. Neben ihm saß Arndt und tippte mit einer Schnelligkeit, die Röder ihm gar nicht zugetraut hätte, auf der Tastatur des PCs herum. Von Gero war nichts zu sehen. Konnte er gut mit leben. »Na, wie schaut's aus?«

»Seeberg hat sich nicht blicken lassen«, sagte Eilert Thedinga. »Um den werde ich mich gleich mal intensiv kümmern. Was sagtest du – er arbeitet bei der Reederei?«

Röder nickte.

»Vielleicht kommt er in der Mittagspause zu uns. Ich rufe mal eben dort an.« Er wählte und bat darum, Seeberg sprechen zu können, doch zu seiner Überraschung wurde ihm gesagt, dass der heute nicht zur Arbeit erschienen war.

»Nicht mal abgemeldet hat er sich«, sagte die Mitarbeiterin und versprach, sofort Bescheid zu geben, wenn Enno Seeberg auftauchte.

»Eilert, du solltest ihn besuchen. Wir werden nicht warten, bis er von alleine wieder auftaucht. Seine Aussage gestern Nacht war mir einfach zu dürftig. Wenn du Hilfe brauchst, melde dich«, sagte Arndt Kleemann bestimmt, wandte sich dann an Röder. »Es scheint heute nicht unser Tag zu sein. Auch Melissa Harms habe ich nicht angetroffen. Bist du wenigstens erfolgreich gewesen?«

Röder erzählte seinem Kollegen von dem Gespräch mit dem Jagdpächter. »Du siehst, er war zwar da, aber so ganz viel Neues habe ich nicht erfahren. Bis auf die Information über die Munition gab es nichts. Ach ja, und dass man sich, wenn man sein Haus betreten möchte, die Schuhe ausziehen muss.«

»Immerhin etwas.« Arndt Kleemann lachte. »Was meinst du, hat deine Frau wohl …«

»Ich bin sicher.« Kurz darauf kam Röder mit einer Thermoskanne voll Kaffee und zwei Stück Apfelkuchen zurück. »Sandra ist zwar nicht da, aber sie hat vorgesorgt. Es steht sogar noch Reserve in der Küche.«

»Schön von Sandra. Wir haben zwei klasse Frauen, oder?« Arndt schaute ihn aufmerksam an. »Wenn wir uns gestärkt haben, versuchen wir noch einmal, Melissa

Harms zu erreichen. Was anderes fällt mir im Moment nicht ein. Ich habe das Gefühl, wir stecken irgendwo fest. Ich sehe kein Licht am Ende des Tunnels.«

Röder war fast der Bissen im Halse stecken geblieben. Ob sein Freund und Kollege etwas ahnte? Was sollte das mit den ›klasse Frauen‹? Hatte er sich zu auffällig benommen? Mühsam nickte er, dann wandte er sich wieder intensiv Sandras selbstgebackenem Apfelkuchen zu. Doch er hatte keinen Appetit mehr.

*

Hajo Akkermann starrte traurig aus dem Fenster. Edith war tot. Die Frau, die ihn vor unendlich vielen Jahren auf der Insel willkommen geheißen hatte. Ihn mit offenen Armen empfangen hatte, als er seiner Heimatinsel Borkum den Rücken gekehrt hatte und nach Baltrum gezogen war. Er liebte das Leben auf einer Insel, nur war Borkum ihm damals schon zu groß geworden, zu voll und zu städtisch. Er hatte sich in Edith verliebt. Darum war er geblieben.

Er nahm ein Bild von der Anrichte. Ein Foto, das sie am Strand zeigte. Damals hatte es einen Strandfotografen gegeben. Der machte tagsüber Fotos und am nächsten Tag konnte man die Abzüge schon bei *Stadtlander* abholen. Längst Vergangenheit. Ediths Tochter, Romy, war damals ganz klein gewesen. Ein süßes Mädchen. Eine unbeschwerte Zeit.

Im Laufe der Jahre hatte Edith sich verändert. Das war wohl auch der Grund, warum sie sich getrennt hatten. Sie hatte immer ihren Kopf durchsetzen wollen. Ohne Rücksicht auf Verluste. Wer ihr nicht passte, wurde abgewatscht. Das hatte er nicht mehr ausgehalten. Trotzdem hatte er immer ihren Lebensweg verfolgt. Genau zugehört, wenn sich auf der Insel mal wieder jemand über sie aufregte. Neulich erst hatte sie sich mit Melissa Harms gestritten, wie man erzählte. Auch mit dem Seeberg hatte sie wohl Krach gehabt, wenn man dem Inselklatsch glauben durfte. Selbst ihm war sie nur noch mit Misstrauen begegnet, nachdem sie ihn einmal unverhofft besucht und das tote Kaninchen in der Küche gesehen hatte. Sie hatte sogar angedeutet, dass sie ihn anzeigen würde.

Edith hat sich und ihren Mitmenschen das Leben nicht leicht gemacht, dachte er traurig. Im Laufe der Jahre ist sie immer schwieriger geworden.

Aber dass ihr Leben so endete, das bedauerte er aus tiefster Seele.

Er war gespannt, wann die Polizei bei ihm auftauchen würde.

*

Der Lesesaal oben im Rathaus war gerammelt voll. Einige Besucher mussten sogar nach Hause geschickt werden. Das hatte Tino Middelborg in seiner zugegebenermaßen kurzen Karriere als Bürgermeister von Baltrum noch nicht erlebt. Die Ratssitzungen hatten sich bisher nicht als Publikumsmagnet erwiesen.

Hinten rechts saßen die beiden Opitz, links, durch einige weitere Insulaner getrennt, Anke Hasekamp und Mark Tiesler. Die beiden schauten immer wieder herüber zu Ingeborg Opitz, die sich mit einem großen, braunen Umschlag Luft zufächelte. Einige Jäger, unter ihnen der Jagdpächter Jörg Weber, waren ebenfalls erschienen.

Die Luft stand warm und feucht über den Köpfen der Leute, vereinzelte Tropfen hinterließen Spuren auf den großen Fenstern. Werner Gronewald war bereits da und auch die Ratsherren waren erstaunlich pünktlich.

Der Ratsvorsitzende Oliver Abels klopfte energisch auf den Tisch, doch es dauerte eine Weile, bis es ruhig wurde. Er eröffnete die Sitzung und begrüßte den Gast aus Norden. Zaghafter Beifall und einige Buh-Rufe aus dem Publikum waren die Folge. »Bitte, meine Herrschaften«, wandte Abels sich an die Zuhörer. »Ich kann nach der Sitzung mit einer lebhaften Diskussionskultur leben. Aber jetzt bitte ich um Ruhe.«

Es wirkte. Alle schwiegen. Nur Ingeborg Opitz war aufgestanden und hatte einen Umschlag vor Middelborg auf den Tisch gelegt. »Ich muss Ihnen das hier unbedingt geben. Das ist wichtig für die Sitzung. Sie müssen es lesen. Sie – die Ratsherren und auch Herr Gronewald.«

Tino Middelborg ahnte, was sich darin befand: die paar Unterschriften, die von den Leuten tagsüber gesammelt worden waren. Sie hatten sich vor der Rathaustür aufgebaut gehabt. Er hatte sie freundlich, aber bestimmt verwiesen. Danach hatten sie sich auf dem Dorfplatz lautstark bemerkbar gemacht. Er war gespannt, wie viele Unterschriften zusammengekommen waren, würde aber einen Teufel tun, den Umschlag in diesem Moment zu öffnen.

Stattdessen ergriff er das Wort. »Frau Opitz, ich darf Sie darauf hinweisen, dass Sie nicht jetzt, sondern später Gelegenheit haben werden, sich zu äußern. Bitte gehen Sie zurück an Ihren Platz. Sollten Sie es dort nicht schweigend aushalten, verlassen Sie bitte den Raum.«

So, das saß. Ingeborg Opitz starrte ihn an, starrte, ging dann mit wackeligen Schritten zurück zu ihrem Stuhl. Konnte es sein, dass Hartmut Opitz' Gesicht von einem feinen Lächeln überzogen war? Oder versah er sich?

Zumindest bei den anderen hatte diese Szene unüberhörbar für Erheiterung gesorgt. Das konnte wirklich spannend werden, wenn Oliver Abels die Lage nicht sofort wieder in den Griff bekam.

Doch zunächst ließ Abels das Protokoll der letzten Sitzung durch die anwesenden Ratsherren unterschreiben, ohne auf Ingeborg Opitz näher einzugehen. Was er bestimmt liebend gerne getan hätte. Zu ihren Gunsten. Schließlich wünschte sich der Mann nichts sehnlicher, als dass die Kaninchen von der Insel verschwänden.

Als Abels Punkt drei der Tagesordnung aufrief und Werner Gronewald bat, seine Meinung zum Kaninchenstreit zu äußern, wurde es wieder laut im Saal. Noch einmal klopfte der Ratsvorsitzende energisch auf den Tisch.

Gronewald wartete einen Moment, dann sagte er: »Ich freue mich, dass ich hier und heute vielleicht als Ihr Moderator handeln darf. Ich weiß, dass es unter Ihnen viele verschiedene Meinungen gibt, wie mit den Kaninchen umzugehen ist, doch ich möchte Sie ganz nüchtern damit vertraut machen, in welchem gesetzlichen Rahmen wir uns in dieser Frage bewegen. Lassen Sie uns auf die Paragrafen im Jagdgesetz zu sprechen kommen, bevor wir uns …«

»Scheiß auf die Paragrafen! Uns fressen die Viecher die Blumen weg.« Oliver Abels hatte den braunen Umschlag gegriffen und wedelte damit herum. »Was immer wir pflanzen, wird von den Karnickeln abgefressen. Und was die stehen lassen, holen sich die Rehe. Da brauchen Sie mir nicht mit Paragrafen zu kommen. Besser wäre es, Sie hätten einen großen Sack Gift dabei. Ein für alle Mal ausrotten, die Viecher. So muss es sein.«

Hartmut und Ingeborg Opitz klatschten Beifall.

»Bravo, Oliver. Genau so. Kaninchen weg. Kaninchen weg!«, skandierten sie.

Tino Middelborg konnte es nicht fassen. Was war das denn für ein Affentheater? »Ich bitte um Ruhe«, schaltete er sich energisch ein. »Herr Abels, Sie als Ratsvorsitzender sollten mit gutem Beispiel vorangehen!« Sein Blick fiel auf Michael Röder, der sich offenbar sehr entspannt das Schauspiel ansah. Noch immer waren einzelne Stimmen zu hören. »Ruhe, verdammt noch mal. Sonst lasse ich den Saal räumen!« Er konnte noch lauter. Hatte viele Jahre im Sportverein eine Jugendmannschaft betreut. Da lernte man so was. »Können wir jetzt weitermachen? Herr Gronewald, bitteschön.«

»Es nützt nichts, wenn wir uns hier gegenseitig zerfleischen«, begann der Mitarbeiter des Landkreises erneut. »Ich will auf ein paar Tatsachen hinweisen, die wir nicht außer Acht lassen dürfen. Dass Sie, Herr Abels, und die anderen Herrschaften mit der jetzigen Situation nicht zufrieden sind, ist klar.« Gronewald nickte den beiden Opitzens zu. »Es ist jedoch auch eine Tatsache, wenn ich das richtig verstanden habe, dass es hier auf der Insel durchaus gegenteilige Meinungen gibt.«

»Das ist wohl wahr«, unterbrach einer der Ratsherren den Mann vom Festland. »Jedes Geschöpf hat das Recht zu leben. Aber davon einmal abgesehen – was meinen denn alle hier im Saal, wie die Gäste reagieren, wenn wir die Kaninchen kurzerhand vergiften? Eine schlimmere Negativwerbung kann es nicht geben. Das dürfte selbst den verbohrtesten Kaninchenmördern klar sein.«

Wieder entstand eine hitzige Diskussion. Ingeborg Opitz sprang auf. Die Hände zu Fäusten geballt, lief sie auf den Mann zu. »Du, du … du bist ja nur neidisch, weil du keinen Garten hast, du hinterhältiger …«

Tino Middelborg stöhnte, dann riss er sich zusammen. Er musste diese Sitzung zu Ende bringen, bevor es Tote gab. Er war sich nicht sicher, ob er sich wünschen sollte, dass Röder einschritt. Nein, das würde er schon ohne Polizeieinsatz hinkriegen. Wozu hatte man ihn als Bürgermeister gewählt? Und von Oliver Abels, dem Ratsvorsitzenden, der eigentlich durch den Abend hätte führen sollen, konnte er keine Neutralität erwarten. »Frau Opitz, würden Sie bitte den Raum verlassen. Es reicht jetzt!«

»Wie bitte? Sie wollen mich rausschmeißen, nur weil ich meine Meinung sage?« Ingeborg Opitz beugte sich über den Sitzungstisch, riss den Umschlag aus Abels' Händen, zog zwei weiße Blätter heraus und schrie: »Da! Siebenunddreißig Unterschriften. Jawohl. Alle haben die Schnauze voll von den Viechern!«

»Raus!« Middelborg stand auf. »Ich unterbreche die Sitzung für eine Viertelstunde, um allen die Möglichkeit zu geben, sich zu beruhigen. Und Sie, Frau Opitz, schließe ich von der Sitzung aus.« Er schob seine Akten zusammen, klemmte sie sich unter den Arm und forderte die Mitglieder des Gemeinderates und Werner Gronewald auf, ihm zu folgen.

»Ich möchte das Thema in Ruhe behandeln«, erklärte er, nachdem sie sich in seinem Büro versammelt hatten. »Auch wenn die Meinungen hier konträr laufen, muss es doch eine einvernehmliche Lösung geben.« Zumindest hoffte er es, doch so unversöhnlich, wie sich die Ratsherren anschauten, hatte er da so seine Zweifel.

»Das wird es niemals geben. Oliver ist für den Abschuss, ich bin für das Leben. Wir beide sind Einzelkämpfer im Rat. Also ohne Mehrheit. Da stellt sich eben nur die politische Frage: Wer von den anderen steht hinter wem?«, fragte ein Ratsherr in die Runde.

»Aber ich hatte mehr Stimmen bei der Wahl. Schließlich bin ich Ratsvorsitzender und nicht du«, entgegnete Abels.

»Natürlich. Du mit deiner großen Familie und den ganzen Angestellten. Außerdem hat deine beknackte Mutter jeden auf der Straße angequatscht. Das ist es kein Wunder …«

»Nimm sofort das ›beknackte‹ zurück, sonst …« Oliver Abels hatte sich vor dem Mann aufgebaut, doch da er beinahe zwei Köpfe kleiner war, wirkte es eher komisch als bedrohlich, wie er mit geballter Faust vor ihm stand.

»Vielleicht wäre es wirklich sehr hilfreich, wenn ich noch einmal …«, machte Werner Gronewald einen erneuten Versuch, doch der Chef der BB, der Bürgerinitiative Baltrum, winkte ab.

»Ich glaube nicht. Diese beiden bekommen wir niemals unter einen Hut. Vergessen Sie's. Wir fordern daher – im Sinne unserer Gäste und Insulaner: Fangen wir die Tiere ein und setzen sie am Festland wieder aus. Natürlich mit der entsprechenden Presse, versteht sich.« Stolz schaute der Mann in die Runde. »Natürlich ist uns klar, dass das nicht einfach wird. Aber diese Idee, die Idee der BB, sehe ich als einzige und beste Möglichkeit, unsere Zuschauer, die da draußen auf uns warten, einigermaßen beruhigt nach Hause zu schicken. Wir müssen es nur richtig – und vor allem geschlossen – verkaufen.«

Schweigen breitete sich im Bürgermeisterbüro aus. Nur die alte Wanduhr tickte unbarmherzig. Selbst Oliver Abels schien es die Sprache verschlagen zu haben.

Tino Middelborg sah sich bereits tage- und nächtelang vor einem der Kaninchenlöcher liegen und auf die Tiere lauern, sie sodann fest an den Ohren packen und in einer Kiste verstaut ans Festland zu schaffen. Ganz großes Kino. Das war einfach unausführbar, würde aber die Gemüter unter Umständen ein wenig beruhigen.

Werner Gronewald schüttelte den Kopf, als der Mann von der Bürgerinitiative noch einmal nachlegte: »Immerhin ist das Kaninchen am Festland in manchen Gegenden selten geworden. Da würde sich der eine oder andere Jäger bestimmt freuen, wenn er ein paar Tiere bekäme. Vielleicht sollten wir einen Wettbewerb unter den Gästen ausschreiben. Für jedes gefangene Kaninchen gibt es fünf Prozent Rabatt auf die Kurtaxe. Die Leute wären beschäftigt und die Tiere innerhalb einer Saison definitiv verschwunden.«

»Das klappt doch nie«, erklärte Oliver Abels abschätzig. »Es wird Jahre dauern. Wenn es nicht unmöglich ist. So schnell, wie die sich vermehren, können wir die gar nicht einfangen. Das ist ein Kampf gegen Windmühlenflügel. Mit anderen Worten: Komplett dummes Zeug.«

Tino Middelborg hätte ihm gerne zugestimmt. Das Problem war nur, dass er keinen besseren Vorschlag hatte. Einen, der alle zufriedenstellte. Den gab es einfach nicht. Tatsächlich konnte es bei dieser Sache nur um Schadensbegrenzung gehen. »Was ist mit Vertagen?«, wagte er einen vorsichtigen Versuch. »Herr Gronewald wird uns – wie vorhin bereits angedeutet – mit den rechtlichen Möglichkeiten vertraut machen und wir denken ganz in Ruhe darüber nach.«

Es klopfte. Erst zögernd, dann heftiger. Der Bürgermeister öffnete die Tür einen Spalt weit und stolperte beinahe, als die Tür von außen mit einem Ruck aufgezogen wurde.

»Geht das hier nun bald weiter?« Eine der Zuschauerinnen blickte die Männer vorwurfsvoll an. »So warm ist es in der Halle auch nicht und wenn ihr nicht wollt, dass das gleich in eine komplette Hauerei ausartet, solltet ihr euch nach oben in den Lesesaal bewegen. Glaubt man nicht, dass Ingeborg Opitz gegangen ist. Solange Anke und Mark von den *Proniggels* dabei sein dürfen, wird die das Feld nicht räumen.«

Tino Middelborg nickte. »Wir kommen.« Dann wandte er sich an die Gemeinderatsmitglieder. »Geht schon mal vor. Ich muss eben noch für kleine Wüstenfüchse.«

»Tja, Angst drückt auf Darm, was?« Oliver Abels lachte.

»Nee«, erwiderte Middelborg. »Nicht Angst – Pflaumensaft.«

Als er auf den Flur trat, schlug ihm eine heiße Diskussion entgegen. Bevor ihn jemand ansprechen konnte, schob er sich an den Wartenden vorbei zur Toilette. Er atmete auf. Musste denn alles so schwierig sein? Er hatte genug um die Ohren mit den Saisonvorbereitungen.

Als er zurückkam, hatten sich alle bereits wieder in den Lesesaal verzogen. Fast alle. Vor der Glastür sah er Enno Seeberg, der ihn gespannt anschaute. »Kann ich helfen?«

»Vielleicht. Ist Gronewald noch drin?« Seebergs Stimme klang unangenehm kratzig. »Und Anke?«

»Kommen Sie mit rein. Wir finden bestimmt einen Platz für Sie. Und wenn es bei Ihrer Bekannten auf dem Schoß ist«, erwiderte Middelborg. Es wurde Zeit. Er musste wieder zu den anderen. Es gab noch einige Punkte abzuhandeln.

»Nein.« Enno Seeberg drehte sich um und verschwand so unauffällig, wie er gekommen war.

Dann eben nicht, dachte der Bürgermeister und stieg die Treppe hoch zum Lesesaal. Der Abend würde lang werden.

# *Mittwoch*

Michael Röder hatte eine unruhige Nacht hinter sich. Immer wieder hatten ihm bohrende Fragen die Ruhe gestohlen. Erst in den frühen Morgenstunden war er in Tiefschlaf gefallen. Nur leider viel zu kurz. Als sein Wecker klingelte, schaffte er es knapp, die Augen zu öffnen.

»Guten Morgen, mein Schatz«, hörte er Sandras verschlafene Stimme neben sich aus dem Kopfkissen.

»Guten Morgen. Es wird wohl Zeit, nicht?«

»Sieht so aus. Deine Kollegen stehen gleich vor der Tür. Ich mache mal Frühstück.« Sandra stand auf, zog sich an und war gleich darauf verschwunden. Normalerweise war er morgens immer fit. Doch heute verfolgten ihn die wirren Träume der letzten Nacht.

Es war kalt im Badezimmer. Das Fenster war auf Kipp und es passierte durchaus, dass die nächtlichen Temperaturen bis an die Frostgrenze rutschten. Ein Schauer lief über seinen Rücken, als er die Schlafanzugjacke auszog. Marlene. Warum bekam er diese Frau nicht aus dem Kopf? Er ließ das Wasser laufen, bis es eiskalt aus dem Hahn kam, dann goss er sich einen Schwall über Gesicht und Oberkörper. Einmal. Noch einmal. Doch das Gesicht, das ihm aus dem Spiegel entgegenblickte, sah immer noch ziemlich zerknautscht aus. Er fuhr sich mit der Hand durch seine kurzen, schwarzen Haare. Schon besser.

Auf dem Weg zurück ins Schlafzimmer hörte er Sandra aus der Küche fröhlich pfeifen. Doch als er endlich fix und fertig angezogen hereinkam, schwieg seine Frau. Auch als sie das Stück Kluntje in seiner Tasse mit dem heißen Tee zum Knistern brachte, sagte sie kein Wort.

Als sie immer noch schweigend die Sahne auf dem Tee verteilte, fragte er vorsichtig: »Ist was? Ich meine nur, weil du so ruhig bist. Anders als sonst.« Sollte er im Schlaf …?

»Nein. Ich dachte nur an Edith. Und dass du dich gleich wieder damit beschäftigen musst, herauszufinden, wer das getan hat«, erklärte Sandra.

Ihr Mann schaute sie verblüfft an. »Aber das ist mein Job. Ich bin Polizist.«

»Natürlich. Ich frage mich nur manchmal, ob dir das reicht. Wenn du gerufen wirst, hat es immer mit unangenehmen Sachen zu tun. Einbruch, Trunkenheit am Zügel, Randalierer am Strand. Bis hin zum Mord.« Sie nahm sich eine Scheibe Brot, bestrich sie mit Butter und einer dicken Schicht Marmelade. »Hast du nicht manchmal das Gefühl, dass das auf Dauer ein elendes Leben ist, sich nur mit Negativem zu beschäftigen? Willst du nicht manchmal ausbrechen? Etwas anderes sehen? Andere Leute kennenlernen?«

Ein Schreck durchzuckte ihn. Andere Leute kennenlernen? Was wollte sie damit sagen? Wusste sie …? »Es geht mir gut. Ich liebe meinen Beruf. Mach dir keine Gedanken, ehrlich. Es ist, das weißt du, für mich ein gutes Gefühl, der Gerechtigkeit auf die Sprünge zu helfen. Noch reicht mir das als Lebensinhalt.« Es klang toll, wahnsinnig überzeugend, was er da gerade von sich gab, und er hoffte, dass es so bei ihr ankam.

»Ich meine nur, du hast gestöhnt heute Nacht. Und geredet. Beinahe hätte ich dich geweckt.«

»Kommt schon mal vor. Geht auch wieder vorbei.« Er steckte den letzten Bissen Brötchen in den Mund, spülte mit dem Rest Tee aus seiner Tasse nach und stand auf. »Ich muss los. Bis bald.« Fast fluchtartig verließ er die Küche, streichelte Amir, der ihn um einen

Spaziergang bettelnd anblickte, und versuchte, sich auf den paar Metern Flur bis zu seinem Dienstzimmer wieder in einen energisch kompetenten Polizisten zu verwandeln. Topfit, wie es seine Kollegen von ihm erwarteten. Arndt und Gero waren bereits da, nachdem sie die Nacht wieder im Hotel *Sonnenstrand* verbracht hatten. Birgit und Henning Ahlers hatten sie wie bei vielen Ermittlungen zuvor freundlich aufgenommen. Auch Eilert wartete schon.

Noch bevor Michael Röder seine Kollegen begrüßen konnte, sagte Arndt: »Enno Seeberg hatte versprochen, sich auf der Wache zu melden, daraus wurde aber ja wohl nichts, und ich will wissen, wieso der Mann uns so eifrig aus dem Weg geht. Jetzt ist er an seinem Arbeitsplatz aufgetaucht. Seine Kollegin hat gerade angerufen. Sie hatte einen richtig konspirativen Tonfall. Sie flüsterte und ihre Stimme klang ganz dumpf. So als ob sie sich zum Telefonieren im Papierlager eingeschlossen hätte. Michael, du kümmerst dich darum. Und – nimm Gero mit.«

Auch das noch.

Gero schaute ihn lächelnd an. »Die Räder stehen bereit.«

Als sie auf die Hafenstraße einbogen, sahen sie links von sich in der Ferne einen großen Haufen Äste auf den Hellerwiesen.

»Das Osterfeuer?«, fragte Gero Schonebeck.

Röder nickte. »Die Inselkinder entzünden am Ostersamstag gegen neunzehn Uhr das Feuer. Natürlich unter Aufsicht. Es gibt Bier und Würstchen und meistens ist es lausig kalt.«

»Immerhin könnt ihr euch am Feuer wärmen«, schlug sein Kollege vor.

»Klar. Du kannst dir dann aussuchen, welche Seite

du wärmen willst. Ist der Bauch warm, ist der Rücken kalt. Oder umgekehrt.«

»Bei uns in Aurich gibt es auch jede Menge Osterfeuer. In diesem Jahr wollte ich eigentlich hingehen.« Gero Schonebeck zog seine Kapuze über den Kopf. Der Wind war auf der Hafenstraße merklich zu spüren.

»Allein?« Verdammt, das hatte er nicht sagen wollen.

»Nein, die Eltern meiner Freundin haben ein Wochenendhaus. Und alle Kleingärtner treffen sich zum großen Lagerfeuer.«

Meine Freundin. Na, klasse. Immerhin hatte Gero schon ihre Eltern kennengelernt. So weit war die Beziehung zwischen ihm und Marlene nie gegangen. Wie auch. Sie hatten sich immer nur im Hotel getroffen.

»Hoffentlich ist der Seeberg wirklich da.« Am Abend vorher, als sie ihn im Schatten des *Inselmarktes* hatten stehen sehen, waren sie nicht schnell genug gewesen. Bevor sie ihn befragen konnten, hatte ihn die Dunkelheit verschluckt. Zum Schluss waren sie sich nicht einmal ganz sicher gewesen, ob es sich tatsächlich um Seeberg gehandelt hatte. Er hoffte, dass sie in Kürze mehr erfahren würden. Es war nicht so, dass der Mann bei ihm als Hauptverdächtiger gehandelt wurde, überlegte Röder, aber dessen Benehmen war sicher nicht als kooperativ zu bezeichnen.

Sie bogen um das Reedereigebäude. Das Hubtor zur großen Halle stand offen. Einer der Mitarbeiter setzte gerade den Gabelstapler in Bewegung. Das Frachtschiff, die *Baltrum II,* war von Neßmersiel angekommen und lag nun fest vertäut im Hafen. Die ersten Container wurden entladen.

»Ist Enno da?«, fragte Röder lautstark den Mann auf dem Bock.

Der Mitarbeiter nickte und zeigte auf die Tür zu den Büroräumen.

Drinnen begrüßte Michael Röder den Chef der Reederei und stellte ihm seinen Kollegen vor. »Dürfen wir kurz mit Enno Seeberg sprechen?«

»Natürlich. Geht nach oben in den Sitzungsraum. Da seid ihr ungestört«, erwiderte der Mann und wandte sich wieder seinen Papieren zu.

Es war das erste Mal, dass Michael Röder den großen, mit Holz vertäfelten Raum betrat. Es erinnerte ihn an eine Kapitänskajüte auf einem der alten Segler. Nur unendlich viel größer. Von hier hatte man einen wunderbaren Blick über den Hafen bis weit über Norderney.

Kurze Zeit später erschien auch Enno Seeberg. »Setzen wir uns«, forderte er ihn auf.

Bis jetzt hatte Seeberg noch kein Wort gesagt, aber sein Gesicht schien grenzenlose Langeweile auszudrücken. Betont langsam ließ er sich auf einen der Stühle fallen und streckte die Beine unter den großen wuchtigen Tisch. »Was wollt ihr von mir?«

»Warum sind Sie nicht wie verabredet auf die Wache gekommen?«, fragte Gero Schonebeck. »Wo waren Sie gestern, als wir versucht haben, Sie zu erreichen?«

»Mir ging es nicht gut. Ich war zu Hause«, erwiderte Enno Seeberg gleichgültig.

»Und – warum haben Sie nicht aufgemacht, als wir geklopft haben?«, hakte der Hauptkommissar nach.

»Ich sagte doch, mir ging es nicht gut. Ich war im Bett und habe geschlafen. War wohl 'n Anflug von Grippe«, erklärte Enno Seeberg unwillig. »Was wollen Sie denn überhaupt von mir?«

»Eigentlich hatten wir nur ein paar Fragen zu Ihrer Gruppe. Aber wenn sich mitten in unseren Ermittlungen jemand selbst aus dem Verkehr zieht, werden wir aufmerksam. Um nicht zu sagen misstrauisch, verstehen Sie?«

»Aber ich habe mit Ediths Tod nichts zu tun«, protestierte Enno Seeberg.

»Warum warst du gestern eigentlich nicht im Rathaus zur Sitzung?«, wechselte Röder das Thema.

»Habe ich doch schon gesagt. Ich habe mich krank gemeldet. Meinst du, da sitze ich abends spät in aller Öffentlichkeit rum? Mein Chef würde mir ganz schön was erzählen«, erklärte Enno.

»Aber draußen vor dem Rathaus, da durftest du dich aufhalten?«, fragte Röder. Es war ein Schuss ins Blaue, aber der Mann reagierte.

»Ich ... Ich musste nur mal raus. Frische Luft schnappen nach dem ganzen Tag im Haus. Verstehst du das nicht?«

»Schwierig«, schaltete sich Gero Schonebeck ein. »Es sei denn, Sie könnten uns glaubhaft erklären, warum die Luft um das Rathaus herum gesünder ist als die bei Ihnen zu Hause vor der Tür. Es hatte nicht zufällig etwas mit Anke Hasekamp zu tun?«

Enno Seeberg war aufgesprungen. »Was soll das jetzt? Das ist meine Sache. Meine Güte, bin ich froh, wenn Ostern vorbei ist und Ruhe einkehrt.«

»Was hat das mit Ostern zu tun?«

»Na, dann werden sich die *Proniggels* nicht mehr so häufig treffen. Ganz bestimmt nicht. Das ist nur wegen dieser beschissenen Bastelaktion!«

»Die Edith Oligs vor ihrem Tod initiiert hat, oder? Muss ganz schön nervig gewesen sein.« Auch Gero war aufgestanden und hatte sich neben Enno gestellt. Beide schauten sie nun aus dem großen Panoramafenster, als gäbe es nichts Wichtigeres als die Aussicht auf die *Baltrum II*.

»Klar, aber deswegen bringt man sie schließlich nicht gleich um.«

»Normalerweise nicht. Aber irgendjemand hat es getan. Mit einem Jagdgewehr. Noch einmal: Besitzt du zufällig ein Jagdgewehr?«, fragte Röder.

Mit einem Ruck drehte sich Enno zu dem Inselpolizisten um. »Das habe ich bereits erklärt – meine Antwort ist: Nein, warum sollte ich? Aber mal was anderes: Hast du eigentlich schon mit Hajo Akkermann gesprochen? Anke hat erzählt, dass die beiden, also Edith und Hajo, ganz früher mal zusammen waren. Vielleicht sind da überfällige Aggressionen im Spiel.«

»Mit Aggressionen kennen Sie sich aus, nicht wahr?« Gero Schonebeck schaute Enno Seeberg direkt in die Augen.

Er drehte seinen Kopf zur Seite und murmelte: »Ich muss runter. Habe zu arbeiten.«

*

Als die beiden Polizisten wieder auf ihren Rädern saßen, fragte Gero: »Hast du das nicht gewusst mit den beiden?«

Röder schüttelte den Kopf. »Das war vor meiner Zeit. Aber fragen wir den Mann direkt. Mal sehen, was dabei herauskommt.«

»Lass uns zuerst zurück zur Wache fahren und schauen, was die Kollegen Neues wissen. Von dort aus können wir Akkermann kontaktieren.«

In der Wache schwirrte die Luft. Eilert Thedinga saß mit einer halben Pobacke auf dem Tisch, blätterte in Papieren. Am anderen Ende des Tisches unterhielt Arndt Kleemann sich mit einer älteren Frau mit grauen Haaren. Melissa Harms. Hatten die Kollegen sie endlich aufgetrieben! Jetzt wurde es eng in dem kleinen Raum.

»Wir fahren weiter«, erklärte Röder Eilert leise. »Akkermann.«

Sie würden sich wohl wieder in dem erheblich größeren Clubraum im Hotel *Sonnenstrand* einrichten müssen. Es war nicht das erste Mal, dass sie ihre Ermittlungen von dort aus führten. Die Wache war einfach zu klein für mehrere Leute. Für ihn und seinen Hilfssheriff im Sommer war es okay. Aber einer mehr und der Raum platzte aus allen Nähten. Sie sollten erst einmal bei Henning und Birgit Ahlers vorbeifahren und fragen, ob sie den Raum neben dem Frühstückssaal nutzen dürften, oder ob dort wieder ein paar Doppelkopfspieler ihr Lager aufgeschlagen hatten.

»Bin gespannt, was der Akkermann sagt«, überlegte Gero. »Wir kommen einfach nicht weiter. Wir haben die Bezeichnung der Patronen, mit denen Oligs erschossen wurde, aber keiner will sie jemals benutzt haben. Logisch. Aber in Frage kommen alle. Freund und Feind. Ihre Feinde waren richtig sauer auf sie, ihre Freunde hat sie genervt. Vielleicht war es ein Versehen? Ein einfaches Versehen.«

»Du meinst, jemand könnte sie mit einem Wildschwein verwechselt haben?« Röder lachte.

Gero Schonebeck schaute ihn erstaunt an. »Gibt es hier auch Wildschweine?«

»Nein. War'n Scherz. An größeren Tieren läuft hier nur Rehwild rum. Wie viel genau, weiß ich aber nicht. Wir werden den Weber fragen.«

Hajo Akkermann öffnete die Tür, bevor sie ihre Fahrräder abgestellt hatten. »Ich habe Sie schon erwartet«, sagte er mit fester Stimme.

Der Inselpolizist stellte seinen Kollegen vor.

»Kommen Sie rein«, bat Akkermann. »Ich habe meine Tasche gepackt. Sie können mich gleich mitnehmen.«

Die beiden Polizisten schauten sich überrascht an. Gerade hatten sie noch über einen Mangel an Verdächtigen geklagt, und nun?

Als sie das kleine Haus betraten, sah Röder tatsächlich eine Reisetasche im Flur stehen. »Wir gehen erst einmal ins Wohnzimmer. Dann können Sie uns erzählen, was Sie auf dem Herzen haben.« Hajo Akkermann war einer der wenigen Insulaner, die er siezte. Sie hatten bisher kaum Kontakt gehabt. Der Mann lebte ziemlich abgeschieden in seinem kleinen Häuschen.

»Ich habe sie erschossen. In den Dünen. Die Edith.«

»Setzen Sie sich.« Gero Schonebeck schob Akkermann auf einen dunkelblauen Fernsehsessel und nahm neben ihm Platz. Röder blieb das Sofa.

»Ich habe sie erschossen und später gefunden«, wiederholte Akkermann. »Und ich habe nichts gesagt.«

»Warum nicht?«, fragte der Kommissar ruhig.

»Weil ich am Wildern war. Ich habe keine Jagderlaubnis, so wie die hohen Herren hier. Und wenn ich eine hätte, ließen die mich trotzdem nicht mitmachen.«

»Warum sollten die nicht?«

Hajo Akkermann zuckte mit den Schultern. »Weiß nicht. Petri hat gesagt, da dürfen sich nur Insulaner an der Jagd beteiligen. Ich bin Insulaner. Aber eben von Borkum.«

»Und dieser Petri stellt die Bedingungen auf, die einen Menschen zum Insulaner machen?« Röder schüttelte den Kopf. Er dachte an die Zeitschriften, die er bei dem Mann gefunden hatte. Das passte genau ins Bild. Er war der Typ, der Menschen in Schubladen steckte.

»So habe ich eben gewildert. Wenn ich ganz sicher gehen konnte, dass mich keiner entdeckt.« Hajo Akkermann hatte seine Hände zwischen den Knien verschränkt und blickte ins Leere. »Auch am Freitag. Da war es ruhig auf der Insel. Es waren noch keine Ferien, also keine Gäste auf der Insel. Wollte ein Reh erlegen. Habe da so meine Abnehmer am Festland. Aber es hat nicht geklappt. Ich habe ein-, zweimal draufgehalten und abgedrückt. Aber die Tiere waren schneller. Langsam wurde es dunkel. Ich habe einen letzten Versuch gemacht und bin nach Hause.«

»Und dann?«

»Am nächsten Morgen bin ich wieder raus. Ich wollte doch dieses Reh schießen. Da habe ich sie gefunden.«

»Sie erklären uns also gerade, dass Sie nicht zur Polizei gegangen sind, weil dann ihre Wilderei aufgeflogen wäre. Außerdem ist Schonzeit, das verschärft die Sache natürlich!«

»Ja, nein, auch wegen der Wilderei, aber das ist jetzt egal«, unterbrach ihn Hajo Akkermann, »verstehen Sie denn nicht? Ich habe sie umgebracht. Aus Versehen. Ich war es, der auf sie geschossen hat. Sonst war keiner da! Ich war es!« Er fing an zu weinen. »Ich bin ein Mörder und darum müssen Sie mich mitnehmen!«

»Nun mal langsam, Herr Akkermann«, sagte Röder. »Sie sagen mir, dass Sie sicher sind, Edith Oligs in den Dünen unabsichtlich getötet und sie dann am nächsten Tag gefunden haben?«

»Genau so war es. Glauben Sie mir.«Röder zögerte, hakte nach und auch Gero Schonebeck stellte Fragen. Hajo Akkermann bestand darauf, dass er Edith Oligs auf dem Gewissen hatte. Dass er sie aber nicht mit Absicht erschossen hätte. Und was er über den Fundort der Toten erzählte, war korrekt. Genau dort in der Senke hatten die beiden Jäger die Frau gefunden, bekleidet mit einer Hose, Gummistiefeln, und einer grauen Wolljacke.

»Kannten Sie Frau Oligs näher?«

»Ja«, erwiderte Akkermann. »Wir waren ein Paar. Bis vor ein paar Jahren. Damals hat es ihr gar nichts ausgemacht, dass ich hin und wieder mit einem geschossenen Kaninchen nach Hause kam. Aber dann hat sie sich verändert. Wollte das nicht mehr. Fing wie wild an rumzuschimpfen auf alle, die den Tierschutz nicht so ernst nahmen wie sie. Sie wollte, dass ich aufhöre, ich aber nicht.«

»Kann es nicht auch so gewesen sein, dass Frau Oligs Sie am Freitag beim Rumballern in den Dünen erwischt hat und Sie haben sie getötet, damit sie Sie nicht auffliegen lässt?«

»Nein«, schrie Akkermann auf. »Ich habe sie gar nicht gesehen. Nur eine Bewegung wahrgenommen. Woher sollte ich denn wissen, dass sie das war. Ich dachte, ein Reh ...«

»Nun kommen Sie erst einmal. Alles andere wird sich zeigen.«Gero Schonebeck stand auf. »Wo haben Sie Ihre Gewehre?«

Mühsam erhob sich auch Akkermann. »Nebenan.« Er zeigte auf einen Schrank mit einem dicken Vorhängeschloss, der unter der Treppe in den ersten Stock stand.

»Aufmachen«, forderte der Hauptkommissar ihn auf.

Akkermann zog den Schlüssel aus der Hosentasche. »Würden Sie ...? Ich ... Meine Hände zittern so!«

Michael Röder nahm ihm den Schlüssel aus der Hand und steckte ihn in das metallene Vorhängeschloss.

»Muss ich jetzt in diese kleine Zelle?« Akkermanns Stimme zitterte. »Ich habe Angst, verstehen Sie? Enge Räume ...«

»Nun warten Sie erst einmal ab.« Lautlos öffnete

sich die Tür und Röder sah zwei Gewehre mit Schalldämpfern, Nachtsichtzielfernrohren und jeder Menge Munition. »Wie lange machen Sie das schon? Welches Gewehr haben Sie benutzt?«

Akkermann zeigte auf das linke der beiden. »Das da. Ich schieße, seit ich hier wohne. Aber nicht regelmäßig. Immer mal wieder, wenn es grad passt. Und keine Jäger unterwegs sind.«

»Sie wollen uns also damit sagen, dass das all die Jahre keiner gemerkt hat?« Röder wunderte sich. »Wie haben Sie die Rehe zum Beispiel aus den Dünen gebracht? Das muss doch einer gesehen haben.«

»Bis jetzt nicht. Größeres Wild habe ich versteckt und nachts abgeholt. Mit einer Wippe. Habe eine Decke drübergelegt. Außerdem habe ich erst ein paarmal auf Rehwild angehalten. Das wäre sonst aufgefallen. Wegen der Anzahl, meine ich. Und Kaninchen sind nicht groß. Die passen in meine Fahrradtasche.«

»Die Gewehre und das Zubehör nehmen wir mit zur Spurenfeststellung. Haben Sie Gewehrtaschen?«, erkundigte sich Schonebeck.

»Hier.« Hajo Akkermann schob einen Vorhang zur Seite, der eine Ecke des Flurs abtrennte.

»Herr Akkermann, haben sie in der letzten Zeit viel Besuch gehabt? Vornehmlich von Personen, die sonst weniger zu Ihrem Bekanntenkreis gehören?«, fragte Röder.

Hajo Akkermann überlegte. »Nein. Eigentlich kommen nicht viele Leute zu mir. Ich lebe ziemlich zurückgezogen. Hin und wieder kommt Ediths Tochter vorbei, wenn sie mal auf der Insel ist. Die habe ich aber bestimmt schon seit einem Jahr nicht mehr gesehen. Nein, es war nicht anders als sonst in den Jahren.« Immer wieder strich er sich über seine dichten weißen Haare, die von einem unordentlich gezogenen Scheitel geteilt wurden.

»Gut. Wir bringen Sie jetzt erst einmal zur Wache und befragen Sie dort weiter. Die Waffen holen wir später.«

Hajo Akkermann liefen Tränen über sein Gesicht. »Was ist mit meinem Kanarienvogel? Er muss gefüttert werde.«

»Ich werde meine Frau Sandra bitten, nach ihm zu sehen. Ist das in Ordnung?«

»Danke«, murmelte er, gab dem Polizisten seinen Haustürschlüssel und ging mit hängenden Schultern zu seiner Reisetasche.

»Die Tasche bringen wir zusammen mit den anderen Sachen mit«, erklärte der Inselpolizist. »Wir gehen jetzt ohne großes Aufsehen, okay?«

Akkermann schaute ihn resigniert, Schonebeck prüfend an.

*

»Ich muss nicht fragen, was ihr gleich vorhabt?« Bettina Schmitz räumte die letzte Tasse in die Spülmaschine und klappte sie zu. »Eigentlich sollte ich euch nicht alleine gehen lassen, nachdem wir gehört haben, was in den Dünen geschehen ist, das weißt du, Maren?«

»Ach, Mama, dann dürften wir überhaupt nicht mehr raus. Das hat doch nichts mit uns zu tun!« Mama konnte so übervorsichtig sein. Was sollte denn schon passieren? Außerdem wussten sie gar nicht so genau, was los gewesen war. Sie hatten nur mitbekommen, dass sich zwei Leute im Supermarkt darüber unterhalten hatten, dass eine tote Frau gefunden worden war. Und dass die Polizei aus Aurich auf der Insel sei. Zum Ermitteln, hatten die gesagt.

»Na gut, ich denke, es ist okay. Zieht man los.« Ihre Mutter lächelte. Aber es war nicht das fröhliche Lachen, das Maren sonst von ihrer Mama kannte.

Die Zwillinge strahlten. »Wir sind schon unterwegs.«

»Seid ihr warm genug angezogen?«

Maren stöhnte. Natürlich. Sie hatten ihre dicken Winteranoraks an. Und sie hatte ihre roten Pudelmützen aufgesetzt. Wenn auch unter Protest. Das musste ihre Mama doch gesehen haben. Schließlich war es nicht das erste Mal, dass sie auf Baltrum Urlaub machten. Seit sie denken konnten, waren ihre Eltern mit ihnen zur Insel gefahren. Immer in der Osterzeit. Sie hatten hier schon richtig kalte Tage erlebt, mit Schnee und so. Das war toll gewesen, die Dünen weiß überzogen und Eisschollen hatten sich am Strand aufgetürmt. Jetzt, Ende März, lag kein Schnee mehr, doch es war immer noch eklig kalt.

Aber wenigstens war es trocken, und der Wind hatte nachgelassen. An manchen Stellen konnte Maren sogar ein Stück blauen Himmels ausmachen.

»Hoffentlich haben die genügend Fragebogen. Nicht, dass die anderen Gäste schon alle mitgenommen haben«, sagte Jan.

»Du spinnst. Das ist noch nie passiert«, erwiderte Maren. »Solange wir das Schatzkofferspiel mitmachen, waren immer welche da. Sonst fragen wir einfach bei der Frau in dem Büro.« Die ersten beiden Zettel mit den Fragen, die von Montag und Dienstag, lagen ausgefüllt in der Ferienwohnung. Jetzt noch einer von heute und der von morgen, dann konnten sie alle abgeben. »Bin mal auf die nächsten Fragen gespannt.«

»Frau Claaßen hat gesagt, wir können immer zu ihr kommen, wenn wir nicht weiterwissen. Und dem Alten, also ich meine …«

»Ich weiß. Ziemlich doof, der Typ, nich?«

Bei *Feldmann's Fischladen* unterhalb der Aussichtsdüne stand eine schlanke Frau mit Eimer und Putzlappen und wischte die Fenster. Aus dem Eimer dampfte es und ein Geruch von Spiritus zog über den Weg. Sie bogen links ab, gingen am Spielplatz vorbei und dann wieder links durch die Dünen.

Maren überlegte. »Mama und Papa gehen zur Theaterpremiere, oder?«

Jan nickte. »Papa hat in der *Schatzinsel* – in diesem Bücherladen – zwei Karten gekauft, als wir gestern unterwegs waren. Ich habe gesagt, wir hätten keine Lust.«

»Aber zum Shantychor, da gehen wir mit hin, oder?«, fragte Maren verstimmt. Meist waren sie und Jan der gleichen Meinung, aber sie wäre schon gern ins Theater gegangen. Sie würde noch einmal mit ihrer Mutter sprechen. Wenn schon nicht Theater, dann wenigstens Shantychor. Oder ins Kino am Donnerstag. Es war echt viel, was angeboten wurde. Sie hatte gleich, als sie angekommen waren, durch den Veranstaltungskalender geblättert. Auf jeden Fall würden sie mit Mama und Papa am Samstag zum Osterfeuer gehen. Egal bei welchem Wetter.

»Los. Komm.« Jan knuffte sie an. »Die Zettel.«

Stimmt. Sie wollten zum Rathaus.

Auf dem Cobigolfplatz war es ruhig. Nur am letzten Spielfeld standen ein paar Jugendliche. Einer von ihnen versuchte, den Ball mit einem kräftigen Schlag einzulochen. Er ließ sich von dem lauten Gelächter seiner Freunde nicht ablenken.

»Wenn es morgen trocken ist, dann treten wir gegen Mama und Papa an. Aber erst müssen wir die Zettel ausfüllen«, erklärte Jan ernsthaft.

Na, klar. Das war das Wichtigste im Osterurlaub.

Vor der Tür des Rathauses stand eine Familie über ein rotes Blatt gebeugt. »Wie heißt unser Bad? Na, das ist megaeinfach. Blöde Frage. Das heißt doch …«, rief das größere der beiden Mädchen.

»Pssst.« Der Mann, von dem Maren glaubte, dass es der Vater war, riss ihr das Blatt aus der Hand und warf einen beunruhigten Blick auf Maren und Jan. »Wir müssen nun nicht gleich allen die Lösung verraten, oder?«

Maren lachte. Natürlich wusste sie, wie das Schwimmbad hieß. *Sindbad.* Dafür brauchte sie keine drei Antworten zur Auswahl. Sie schob sich an den Leuten vorbei durch die Glastür, gefolgt von Jan. Es waren noch Zettel da. Sie nahmen vier Stück mit. Für jedes Familienmitglied einen. Das erhöhte die Chancen. Ihr Blick fiel auf die ausgehängten Plakate. Eines nahm sie ganz und gar gefangen. *Puppentheater Rumpelkiste.* Im Kinderspielhaus. Am Freitagnachmittag. Das würde passen. Morgens war die Siegerehrung im Schatzkofferspiel.

Sie liebte Puppenspiel. Da wollte sie auf jeden Fall hin. Auch ohne Jan, wenn der dazu keine Lust hatte.

»Lass mal sehen, was sind da noch für Fragen drauf?«

Maren gab Jan eines der Blätter.

»Was bedeutet Reede?«, las er vor. »Ankerplatz? Ansprache des Kapitäns? Oder schilfgedecktes Dach?«

»Also, das mit dem Kapitän kann nicht sein. Eine Ansprache ist eine Rede und die wird nur mit einem e vorne geschrieben. Aber sonst – keine Ahnung. Fragen wir Mama. Oder Papa.« Sie faltete die Bögen und steckte sie in ihre Anoraktasche. »Und wenn die das nicht wissen, dann eben Frau Claaßen.«

»Was machen wir jetzt? Nach Hause gehen?«, fragte Jan.

Ziellos waren sie über den Marktplatz geschlendert, hatten ihre Nasen an die Scheiben des gelben Pavillons gedrückt. Ob er schon offen war? Aber kein Eisverkäufer war zu sehen. Die Theke stand leer und verlassen in dem runden Häuschen. In der Eingangstür fanden sie ein Schild: *Ab Freitag, den 30. März geöffnet, 11:00 bis 17:00 Uhr.*

Super, dachte Maren ironisch. Bis dahin sind es noch ganze zwei Tage. Andererseits konnte sie am Freitag wenigstens alles miteinander verbinden. Erst zum Eispavillon, dann zur Preisverleihung und auf dem Rückweg vielleicht noch einmal zum Eispavillon? Es würde ein toller Tag werden.

Und heute Nachmittag wollten ihre Eltern mit ihnen ins Schwimmbad. Darauf freute sie sich ebenfalls. Hoffentlich hatten die anderen Gäste nicht alle die gleiche Idee. Dann müssten sie warten, bis sie hineindürften. Das hatten sie im Jahr zuvor einmal erlebt. Echt ätzend, wie voll das gewesen war.

»Kuck mal, kennst du das Fahrrad?« Jan zeigte auf ein blaues Rad mit einem großen Lastengepäckträger vorn. Darin standen zwei Holzkisten, eine davon war aufgeklappt.

»Klar, das gehört doch dem Mann von Frau Claaßen.«

Das Rad parkte beim Haus *Sandberg*. Die Haustür stand offen. Aus dem Eingang hörten sie lautes Schimpfen. Jan und Maren grinsten sich an, dann liefen sie über das Gras bis zum Haus und schlichen sich an der Wand entlang bis zu einem großen Eibenbusch, der links von der Haustür ein prächtiges Versteck abgab. Es waren zwei Männerstimmen.

Eine davon gehörte dem Claaßen. Er musste beinahe schon draußen sein, so laut dröhnte seine Stimme in ihren Ohren. »Wir haben abgemacht: die Stunde zwanzig Euro. Billiger kriegst du das nirgends. Also, was ist nun? Du willst sicher, dass ich wiederkomme, oder?«

Eine zweite, nicht ganz so laute Stimme antwortete: »Ja, doch. Ich hole das Geld. Reg dich nicht auf.«

*

»Habt ihr das alle schon gehört? Der Akkermann war's. Der soll die Edith ja regelrecht hingerichtet haben«, sagte Melissa Harms anstelle einer Begrüßung, als sie Anke Hasekamps Küche betrat. »Ich habe heute mit dem Kommissar gesprochen, nachdem ich vom Festland wiedergekommen bin.«

»Und, was hast du ihm erzählt? Wie schrecklich die Insulaner sind?«, fragte Enno.

»Nein. Nur die Wahrheit. Besonders über Ingeborg Opitz.«

»Hast du sie auf die Spur von Hajo gebracht? War ein schneller Erfolg, oder?« Anke stellte eine Kaffeekanne auf den Tisch, dazu eine Schale mit Keksen.

»Nein«, antwortete Melissa. »Davon habe ich nichts gesagt. Das ist mir nicht eingefallen. Seltsam, nicht?«

Enno Seeberg goss sich einen Kaffee ein und schwieg. Er war es gewesen, der den beiden Polizisten den Hinweis auf Hajo gegeben hatte. Auf Hajo als alten Bekannten von Edith, nicht als ihr Mörder. Aber immerhin. Eigentlich hatte er das nur gemacht, weil er Michael und seinen Kollegen loswerden wollte. Der Auflauf der Polizei hatte ihn genervt. Auch wenn sein Chef und die Kollegen nicht einmal gefragt hatten, was die beiden von ihm gewollt hatten. Nun war Hajo verhaftet und der Fall offensichtlich geklärt.

Warum Melissa wohl heute Abend aufgetaucht war? Woher wusste sie überhaupt von diesem Treffen? Wie auch immer, sie fühlt sich offensichtlich wohl im Mittelpunkt des Interesses, schloss Enno. Aber das war keine neue Erkenntnis.

»Lasst uns für unsere liebe Mitschwester beten.« Friedemann Untied faltete die Hände und schaute auffordernd in die Runde.

Auch das noch. Es fehlte nur ein winzig kleines Teil, dann würde er die Flucht ergreifen. »Und dann denken wir über den Samstag nach«, fügte Enno hinzu und kam sich großartig vor. Die Hände faltete er nicht. Genau so wenig wie Melissa Harms. Nur Anke folgte der Aufforderung des Pastors.

»Herr, auf dich traue ich, lass mich nimmermehr …«

Seine Gedanken schweiften ab. Was würde der Pastor wohl sagen, wenn er ihm vorschlüge, auch für Hajo Akkermann zu beten? Was würden die anderen sagen? Sicher würde ihm Anke wieder Zynismus vorwerfen. Zu Unrecht in diesem Falle. Er war sich sicher, dass der Mann, der bis gestern ein unbescholtener Bürger dieser Insel gewesen und durch einen winzigen Moment der Unachtsamkeit zum Täter geworden war, jede Hilfe gebrauchen konnte.

Aus der Stille, die dem Psalm folgte, schreckte er auf, als Anke sagte: »Lasst uns ins Wohnzimmer gehen. Da ist es gemütlicher. Kaffee und Kekse nehmen wir mit.« Als alle ihren Platz gefunden hatten, fuhr sie fort: »Bevor wir mit irgendwelchen Planungen anfangen, müssen wir uns darüber klar werden, ob wir nach Ediths Tod überhaupt demonstrieren wollen. Schließlich war sie eine von uns.«

»Sie wäre die Letzte gewesen, die solch einen rücksichtsvollen Gedanken gehabt hätte, wenn du oder ich von dieser Welt gegangen wären«, überlegte Friedemann Untied. »Nein, nein, sie hätte es genau so gewollt.«

»Wird sie in dieser Woche noch beerdigt?«, fragte Anke den Pastor, doch der schüttelte den Kopf.

»Ich weiß gar nichts. Wir werden sehen. Aber ist es nicht seltsam? Der Mann, der ihr lange Zeit am nächsten gestanden hat, hat sie umgebracht. Was für ein Schicksal.«

Enno Seeberg konnte diesen Hauch von Jammerei in Untieds Stimme kaum ertragen. Seine Wut stieg, aber er riss sich zusammen. »Lasst uns zur Sache kommen.« Er hielt die Kaninchenköpfe aus Pappe in die Höhe. »Wie sollen wir vorgehen?«

Anke zuckte zusammen. »Einen Moment noch, Enno. Ist doch wohl logisch, dass Hajos Festnahme Thema ist.«

Die anderen nickten.

»Schließlich müssen wir uns gegenseitig erst einmal auf den neuesten Stand bringen. Besonders Melissa. Es gibt sicher noch einiges, was ihr die Polizisten nicht erzählt haben.«

»Ich weiß wirklich nur das, was mir dieser Kleemann gesagt hat. Und das war nicht viel. Wenn ihr also mehr wisst ...«, sagte Melissa Harms mit leichtem Zögern. »Ich meine ... der Hajo hat sich gestellt ... aber wenn er es nicht getan hätte, dann müsste man sich ja Sorgen machen ... so als Mitglied der *Proniggels*, oder? Obwohl – jeder weiß, dass ich eigentlich gar nicht mehr dabei bin. Wieso bin ich eigentlich heute hier?«, murmelte sie entrückt.

Ennos Fluchtgedanke meldete sich verstärkt. Da saß diese kleine Frau mit dem sonst so zickigen Mundwerk auf dem Sofa und tat so, als ob sie bei nächster Gelegenheit auf offener Straße abgestochen würde. Realistisch betrachtet war sie bestimmt nur aufgekreuzt, um mit ihrer Polizeibefragung anzugeben.

Grässlich. »Wann bist du denn ans Festland gefahren?«, fragte er dennoch.

»Letzten Donnerstag. Zu meiner Tochter nach Stade.«

»Mit dem Zug?«, erkundigte sich Anke.

»Ja, hat alles prima geklappt. Heute bin ich zurückgekommen und gleich in die Arme meiner Nachbarin gelaufen.« Melissa Harms' Stimme klang jetzt so überheblich, wie Enno sie schon oft während ihrer Treffen erlebt hatte. »Die hat mir gesagt, dass die Polizei vor meiner Tür gestanden hat. Ich habe mich natürlich gleich gemeldet. Schon allein, um dieser elenden Ingeborg zu entkommen.«

»Hat die Polizei auch mit Jonas gesprochen?«, fragte Anke.

Melissa Harms zuckte zusammen. »Er hat nichts davon erzählt«, erwiderte sie vage.

Enno hätte jetzt gerne gefragt, ob Jonas und sie nicht miteinander redeten. Schließlich wohnten Mutter und Sohn in einem Haus. Er verkniff es sich. Melissa würde wieder aufgebracht rumzicken, wenn sie auch nur ansatzweise das Gefühl hatte, man machte sich über ihren Sohn lustig. Eine unangenehme Frau. Er hätte nichts dagegen gehabt, wenn sie der Gruppe weiterhin ferngeblieben wäre.

»Meine Lieben, ich muss gleich weiter. Eine Gästegruppe im Hotel *Strandburg* hat um meinen Beistand gebeten.«

Zum ersten Mal war Enno froh, die Worte des Pastors zu hören.

»Wir treffen uns Samstag am Spielteich. Dort bereiten wir uns vor«, schlug Friedemann Untied vor. »Da fallen wir nicht auf. Anke und Enno bringen die Pappen mit.« Er zeigte auf einen Karton, den er beim

Reinkommen abgestellt hatte. »Ich habe ein paar Fackeln mitgebracht. Die haben wir von unserem letzten Kirchenfest übrig gehabt. Ich dachte mir, es wäre gut, wenn wir sie anzünden auf dem Weg vom Spielteich zum Osterfeuerplatz. Dann, wenn das Feuer brennt, drängeln wir uns zwischen die Leute, halten uns die Pappen vor das Gesicht und rufen: »Lasst sie leben. Lasst sie leben. Lasst die Kaninchen leben.«

Anke lachte begeistert. »Klasse, so machen wir's. Wann treffen wir uns?«

»Um sieben? Dann kann es nicht mehr lange dauern, bis das Feuer angezündet wird und man uns noch besser sehen kann«, fügte Melissa Harms hinzu.

Toll, wie einig sich alle waren. Nur mit einem kleinen Haken. Nicht Anke und Enno, sondern nur Anke würde die Pappen und die Fackeln mitbringen. Er würde sich in der Zeit in der *Alten Liebe* gemütlich ein Bierchen gönnen. Und wenn er sich zur Entschuldigung eine äußerst gefährliche ansteckende Krankheit zulegen musste, dann war es eben so.

»Ich sage Mark Bescheid. Ich sehe ihn morgen«, erklärte Anke.

Soso. Sie würde Mark sehen. Warum?

»Und wie war es auf der Ratssitzung? Warst du da, Anke? Oder du, Enno?«

Meine Güte, konnte die Harms nicht mal aufhören? »Nein, ich war nicht da. Mir ging es nicht gut. Erkältung, glaube ich.«

»Aber Mark und Anke waren da.« Pastor Untied war kaum zu verstehen. Er hatte sich gleich zwei der Eierplätzchen in den Mund gesteckt und kämpfte jetzt mit den Krümeln. »Da war ganz schön was los, wie ich gehört habe. Ingeborg Opitz war wohl überhaupt nicht mehr zu beruhigen.«

»Na, dann freue ich mich für euch, wenn es ein ergötzlicher Abend war.« Enno blickte Anke an und hoffte, dass kein Vorwurf aus seiner Miene sprach. Denn sie hatte neulich behauptet, dass man in seinem Gesicht lesen könne wie in einem offenen Buch.

Tatsächlich schaute Anke ihn nur kurz an, dann wandte sie sich an Melissa Harms. »Meine Güte, da sind die Fetzen geflogen! Der Gronewald hat zum Schluss richtig mies ausgesehen. Zu Anfang hat er sich sehr um den goldenen Mittelweg bemüht, aber als er sich immer mehr auf Recht und Gesetz zurückgezogen hat, kam das nicht gut an. Besonders Hartmut, Ingeborgs Mann, war nicht mehr aufzuhalten. Als der wutentbrannt aus dem Lesesaal lief, das hatte was. Und dann diese Drohung: ›Ihr werdet schon sehen! Naturzerstörer! Umweltmafiosi! Unmöglich!‹ Da hat der echt eine Granatenvorstellung abgeliefert. Aber als er dann dem Gronewald das Glas Mineralwasser über den Kopf geschüttet und ›Arschloch‹ geflüstert hat – das ging entschieden zu weit. Obwohl – da kam es mir fast so vor, als würde Hartmut nur eine sehr übertriebene Vorstellung abliefern. Als wäre sein Protest gar nicht echt. Ich weiß nicht, wie ich es beschreiben soll. Wenn Gronewald nicht abgewinkt hätte, wäre da der Röder glatt hinterher. Aufgestanden war er ja schon.«

»Und – weiter? War das alles?«, fragte Melissa in die kleine Pause, die Anke zum Luftholen benötigte. Konnte es sein, dass Melissa Harms es genoss, zu hören, was Anke gerade von der Ratssitzung berichtet hatte?

»Aber ob das wirklich nur Show von Opitz war – keine Ahnung«, erklärte Anke. »Und Oliver Abels, der Idiot, der hat immer nur zu Ingeborg rübergeschielt und begeistert geklatscht, wenn sie einen ihrer Auftritte zelebrierte. Obwohl er als Ratsvorsitzender ausgleichend agieren sollte. Später, im *Strandhotel* an der Theke, reichte eigentlich der ganze restliche Abend nicht mehr aus, um die Wogen zu glätten. Du siehst, Enno, du hast richtig was verpasst.«

»Ich fürchte, das ist so«, stimmte Enno zu, obwohl er eigentlich keinen Sinn darin sah, sich auf politischer Dorfebene verbal derart die Köpfe einzuhauen. Sie tun wie die Großen, dachte er, aber Mensch ist eben Mensch.

Kurz nachdem Friedemann Untied gegangen war, machte sich auch Melissa Harms auf den Weg.

Anke räumte die Kaffeetassen in die Spülmaschine. »Möchtest du einen Wein?«, rief sie aus der Küche.

Enno Seeberg überlegte. »Lieber ein Bier«, rief er zurück.

»Du warst ja beinahe richtig friedlich.« Sie kam mit zwei Bierflaschen unter dem Arm und dem Öffner in der Hand zurück.

Enno Seeberg lächelte sie an. Dann hatte sie doch nicht registriert, wie sehr ihm diese Truppe selbsternannter Tierschützer wieder einmal auf den Sack gegangen war. Umso besser.

»Warst du eigentlich am Dienstag wirklich krank? Oder gab es andere Gründe, die dich davon abgehalten haben, aus dem Haus zu gehen?«

Auf genau diese Frage hatte er gewartet. Um es korrekt auszudrücken, hatte er diese Frage befürchtet. Es war illusorisch zu glauben, sie würde nicht erfahren, dass er blaugemacht hatte. »Was sollte sonst dahinterstecken? Mir ging es einfach nicht gut. Kopfschmerzen, Husten, Gliederschmerzen – wie das so ist bei einer beginnenden Erkältung.«

»Interessant!« Sie zögerte. »Von einer Erkältung habe ich heute Abend gar nichts bei dir gemerkt. Kein Niesen, kein Schniefen – war wohl wirklich besser, dass du zu Hause geblieben bist.« Ihr Ton hatte eindeutig etwas Ironisches.

Er nahm sich einen Apfel und biss hinein. Der war fest und sehr saftig und gab ihm Zeit, darüber nachzudenken, ob er auf Ankes Frage nach anderen möglichen Gründen für sein Fernbleiben auf der Arbeit eingehen oder sie einfach ignorieren sollte. Wenn sie das zuließ. Frauen konnten sehr hartnäckig sein. »Gehen wir morgen ins Kino?«, versuchte er sein Glück.

»Können wir machen. Aber ich möchte auch zur Theaterpremiere am Sonntag. Mark spielt doch mit«, erklärte sie begeistert.

Klar. Dann mussten sie da unbedingt hin. Wenn Mark mitspielte. Er würde gleich losgehen und Karten vorbestellen. »Machen wir«, sagte er lahm. Seine Begeisterung für diesen Abend war nun endgültig aufgebraucht. Es gab nur eines, was ihn wieder munter machen würde. Er zog sie an sich. »Kranke Männer bedürfen einer besonderen Pflege, weißt du?«

»Du sagst es. Kranke Männer. Siehst du hier einen?«

Ernüchtert schob Enno Anke von sich und stand auf. Sie nahm ihn einfach nicht ernst. Dann konnte er genauso gut gehen. Ohne ein weiteres Wort verließ er das Wohnzimmer, nahm seine Jacke von der Garderobe und verschwand. Sollte sie den Abend alleine verbringen. Es würde ihr eine Lehre sein. Da war er sich sicher. Ziemlich sicher. Bis auf diesen widerlichen kleinen Zweifel, der unten rechts hinter seiner Leber saß und bohrte.

*

Sie hatten ihn an Land gebracht. Mit dem Boot von der DGzRS. Michael Röder und ein Kollege hatten ihn begleitet. Wahrscheinlich aus Angst, dass er über Bord springen würde, überlegte er sich. Dabei konnte er gar nicht schwimmen. In Neßmersiel hatte ein Polizeifahrzeug bereit gestanden. Er wurde den Uniformierten übergeben. Im Hafen war nicht viel los. Nur ein paar Wattwanderer warteten darauf, dass das Wasser weiter fiel.

Die Polizisten hatten ihn nach Oldenburg in die JVA gebracht.

Er schaute aus dem Fenster, fragte sich, wann er das nächste Mal wieder Kühe, Wiesen, Wälder und die Nordsee erleben durfte. Es konnte wohl dauern.

In der Zelle war nichts weiter als eine Pritsche, ein Waschbecken und eine Toilette. Aber es reichte. Sie hatten ihm gesagt, dass die Patronen aus seinem Schrank die gleichen waren, mit denen Edith erschossen worden war. Er hatte also recht gehabt. Und würde dafür büßen. Darum hatte er auch die Hilfe eines Anwaltes abgelehnt. Hajo Akkermann schlug die Hände vors Gesicht.

*

Tino Middelborg schob seinen Stuhl an den Schreibtisch. Auf den nächsten Tagesordnungspunkt freute er sich ganz besonders. Anna Weerts feierte ihren Achtzigsten und er hatte die Aufgabe, ihr zu gratulieren. Von Amts wegen. Die alte Dame war fit drauf. Sie hatte nicht wie üblich zum Kaffeeklatsch, sondern zum Abendessen geladen. Nachmittags habe sie keine Zeit, hatte ihr Sohn erklärt, als er im Rathaus Bescheid gegeben hatte, da wolle sie ihren Strandgang machen. An den sei sie seit Jahren gewöhnt.

Im Vorzimmer drückte ihm Thea Holle, seine Sekretärin, das obligatorische Geschenk in die Hand.

Tee und Kluntje. »Nicht vergessen: Bei den Alten ist es noch üblich, dass man jedem die Hand gibt, und nicht einfach auf den Tisch klopft. Nicht wie in einer Kneipe.«

»Wofür halten Sie mich eigentlich? In Etikette bin ich Meister«, sagte er lachend.

»Dann ist es ja gut«, erwiderte Thea Holle. »Und – ich hoffe, Sie mögen saure Muscheln. Die gibt es bei Tant' Anna immer.«

Es war nur ein kurzes Stück vom Rathaus, über den Marktplatz, und Richtung Kirche. Auf der rechten Seite vor einem Haus mit einer hölzernen Veranda sah er schon einige Fahrräder stehen. Aha, rechtzeitiges Erscheinen sichert den besten Platz, dachte er.

Im Wohnzimmer saßen bereits alle Besucher um einen großen, ovalen Esstisch. Auf einer Kommode stand eine große Glasvase mit blühenden Kirschzweigen. Daran hingen bunt bemalte Ostereier. Es war warm im Raum.

Er gratulierte Anna Weerts, die ihn freundlich willkommen hieß und immer wieder an einem Glas Sekt nippte. Dann schüttelte er folgsam allen anderen Gästen die Hand.

»So, de Börgmester ist doa. Nu kunnen we loslegen«, rief sie ihrer Schwiegertochter zu.

In kurzer Zeit standen Bratkartoffeln in großen Porzellanschüsseln auf dem Tisch. Auch der Duft der Muscheln zog durch den Raum.

»Gekocht und dann eingelegt wie Heringe, Herr Bürgermeister. Mit Essig, Lorbeerblatt, Zwiebeln, Salz und Pfeffer«, erklärte Anna Weerts von der anderen Seite des Tisches.

»Man könnte sagen: mein Lieblingsgericht«, antwortete Middelborg.

»Was möchten Sie trinken?«

Er bat um ein alkoholfreies Bier und erstaunlicherweise wurde ihm dieser Wunsch ohne einen schrägen Kommentar erfüllt. Der Gedanke schien sich immer mehr durchzusetzen, dass man auch ohne Alkohol glücklich sein konnte.

Nach dem Essen entspann sich eine heiße Diskussion. Besonders, als er sein Lieblingsthema anschnitt. Die Verlängerung der Saison. Möglichst durch den ganzen Winter. Mit vielen Angeboten für die Gäste. Ihm schwebten zum Beispiel Kochkurse vor. Ihm kam eine Idee.

»Würden Sie mir das Rezept aufschreiben?«, fragte er Anna Weerts. »Falls Sie noch mehr von diesen schönen alten Rezepten haben, immer her damit.« Das war es doch. Die Gäste holten mit Hilfe der Insulaner Muscheln von den Buhnen. Später würden die Schalentiere dann unter Anleitung eines Kochs zu einem Menü verarbeitet und gemeinsam verspeist. Unter dem Motto: Natur mit Kultur. Und Strukbessensmieten. Das Werfen der Strauchbesen war eine uralte ostfriesische Tradition. Hinterher gab es Grünkohl. Mit allem Drum und Dran. Oder Boßeln. Es gab nichts, was er sich nicht vorstellen konnte. Allerdings konnten sich viele Insulaner nicht vorstellen, auch im Winter Gäste zu beherbergen.

»Das Rezept können Sie gerne haben, aber woher sollen wir die Zeit für Wintergäste nehmen?«, sagte Anna Weerts vorwurfsvoll. »Wir brauchen Zeit zum Renovieren und Urlaub machen müssen wir auch mal. Und im Winter haben wir endlich Zeit, uns um unsere Kinder zu kümmern.«

Tino Middelborg verkniff sich den Einwand, dass deren Kinder bereits das Abitur hinter sich hatten, und erwiderte nur: »Es ist halt eine Idee. Und Gäste sind nun mal unser Kapital. Natürlich bedarf es der Anstrengungen aller, wenn wir etwas erreichen wollen. Sie. Ich. Die Mitarbeiter der Gemeinde. Aber warum soll es nicht funktionieren? Andere Inseln machen es uns vor. Erst mal braucht man einen langen Atem, aber einen Versuch ist es wert.«

Selbstverständlich drehten sich die Gespräche auch um den Todesfall in den Dünen und dass man Hajo Akkermann mitgenommen hatte. Die Meinungen gingen von ›Ich kann es fast nicht glauben‹ bis ›Er war schon immer ein seltsamer Vogel‹.

»Nun sagen Sie mal was dazu, Herr Börgmester.« Anna Weerts' Stimme klang hell durch den Raum. Alle Augen waren nun auf ihn gerichtet.

»Ich denke, die Wahrheit herauszufinden, sollten wir der Polizei überlassen. Das klingt zwar langweilig, aber ich war schon immer der Meinung, dass es am effektivsten ist, die Arbeit von denen erledigen zu lassen, die etwas davon verstehen.«

»So wie Sie, Herr Börgmester?«, lachte Anna Weerts ihn an.

Er merkte, wie er rot wurde. Peinlich. Es passierte ihm immer wieder. »Das können Sie am Ende meiner Amtszeit entscheiden.«

»Wenn ich dann noch bei euch bin.« Anna Weerts hob ihr Glas. »Auf das Leben.«

Das Essen schmeckte wunderbar und die Zeit verging wie im Fluge. Ein paar Stunden auf einem Seniorengeburtstag können mehr Einblicke in das Inselleben bringen als Jahre hinter dem Schreibtisch, dachte Tino Middelborg. Er nahm einen tiefen Schluck aus seinem Bierglas. Gleich halb neun. Er musste los. Hatte noch einen weiteren Termin. Denn nicht nur

Anna Weerts hatte heute Geburtstag, sondern auch Axel Meinders, der Gemeindebrandmeister. Und der hatte ihn vor zwei Tagen eingeladen.

Als er sich verabschiedete, sagte Anna Weerts zu ihm: »Es ist gut, dass die Sache aufgeklärt ist, oder? So müssen sich die Gäste keine Gedanken mehr machen.«

Er stimmte ihr zu und hoffte, dass sie recht behielt.

Axel Meinders wohnte im Ostdorf. Das bedeutete: Zehn Minuten kräftig in die Pedale treten. Er hatte Glück, dass es relativ windstill war. Hätte er gegen starken Ostwind anstrampeln müssen, wäre er um einiges länger unterwegs gewesen. Vor der Schule bog er rechts ab, fuhr durch das Deichschart beim Hotel *Fresena* und dann gleich links Richtung Ostdorf. Der Spielteich lag ruhig. Wurde vom aufgehenden Mond beschienen. Dahinter türmten sich auf der Hellerwiese, trotz des Nachthimmels deutlich auszumachen, die Zweige für das Osterfeuer. Am Samstag würde es lodern, zur Freude der Gäste und vieler Insulaner. Vom Festland her wären die Rauchfahnen der anderen Feuer zu sehen. In jedem Dorf brannte eines, manchmal sogar mehrere, und die Einwohner versammelten sich darum.

Vor Axel Meinders' Haus bot sich das gleiche Bild wie zuvor bei Anna Weerts. Unzählige Fahrräder vor der Tür zeugten davon, dass hier etwas los sein musste.

Aus der fröhlichen Runde in der Küche schallte ihm ein kräftiges »Moin« entgegen, Stühle wurden gerückt und schon bald hatte er seinen Platz zwischen den Feuerwehrmännern gefunden. Schnell nahmen die Männer ihr Thema wieder auf: die beiden Fahrzeuge, die in den letzten drei Jahren frisch auf die Insel gekommen waren, als Ersatz für die altgedienten. Wie zufrieden sie damit wären. Es war eine teure Investition gewesen damals, noch vor seiner Zeit. Der kleine Gemeindehaushalt hatte kräftig bluten müssen. Aber so war das eben, wenn man nicht nur für fünfhundert Einwohner, sondern auch für Tausende von Urlaubsgästen sorgen musste.

Er fühlte sich wohl. Unaufgefordert stellte ihm Meinders ein Bier hin und er ließ sich zu später Stunde zu einem Schnaps überreden. Als er sah, dass Jan Bents nach draußen ging, schloss er sich ihm an. Zigarettenzeit.

Es war ruhig geworden. Fast Mitternacht. Schweigend standen die beiden Männer im Vorgarten, zogen genussvoll den Rauch in die Lungen und blickten in den sternenklaren Himmel. Er liebte diese absolute Ruhe auf der Insel. Besonders im Winter. Wenn außer der Brandung des Meeres wirklich kein Laut zu hören war.

Gerade wollte er seine Zigarette austreten, da knackte es. Dann noch einmal. So als würde sich eine heftige Böe an den Ästen eines Baumes austoben. Jan Bents blickte prüfend in die Runde. Im gleichen Moment piepte dessen Meldeempfänger. Middelborgs erster Gedanke war: Ich muss rein. In die Küche. Sehen, ob die Feuerwehrleute mitbekommen haben, dass ein Einsatz läuft.

Aber die kamen ihm bereits entgegen. Logisch: Wenn der Mitarbeiter in der Leitstelle Wittmund auf Baltrum Alarm auslöste, ging der an alle Feuerwehrleute.

»Das Osterfeuer brennt«, rief Meinders ihm zu, dann waren die Männer verschwunden.

Was nun? Allein in der leeren Küche zu sitzen, bis die Jungs wieder da waren, erschien ihm als die schlechteste Alternative. Also trank er den Rest Bier aus seiner Flasche, machte das Licht aus und nahm seine Jacke vom Haken. Dann zog er die Tür hinter sich zu und folgte dem Lichtschein, der inzwischen schon gut am Nachthimmel zu sehen war.

Axel Meinders und seine Leute waren auf dem Weg zur Wache. Ohne ihre Fahrzeuge mit Pumpen, Schläuchen und Strahlrohren und ohne ihre Einsatzklamotten waren auch sie machtlos. Obwohl, so hatte es ihm vor einiger Zeit Meinders erklärt, der Wunsch, direkt zum Einsatzort zu fahren, immer vorhanden sei. »Zeit ist alles«, hatte er gesagt, »aber ohne Ausrüstung bist du halt nichts. Nur ein kleiner hilfloser Mensch.«

Der Bürgermeister war nicht der Erste, der sich unterhalb des Hotels *Dünenschlößchen* auf der Straße eingefunden hatte. Gebannt blickten die Menschen auf die Flammen, die einen Ast nach dem anderen verschlangen.

«Was für ein Glück, dass es nur das Osterfeuer ist«, sagte eine Frau neben ihm versonnen.

Wo blieben die Einsatzkräfte? Es dauert endlos, wenn man auf etwas wartet, dachte er. Dabei waren seit seinem Aufbruch bei Meinders erst ein paar Minuten vergangen.

Wie konnte es sein, dass das Holz bereits jetzt brannte, das die Insulaner aus ihren Gärten geholt und dort aufgeschichtet hatten? Von alleine entzündete sich so etwas nicht. Also Brandstiftung. Er erinnerte sich, als er mit dem Rad um die Ecke gebogen war, hatte er einen Moment das Gefühl gehabt, dass es an drei Stellen bereits richtig loderte. Ein sicheres Zeichen? Er würde seinen Eindruck Axel Meinders mitteilen. Ganz leise hörte er das erste Martinshorn. Dann kamen sie, öffneten die Rolltore der Fahrzeuge, setzten das Standrohr, legten Schläuche und bald prasselte das erste Wasser aus den Strahlrohren auf das Feuer.

»Verlorene Liebesmüh. Die sollten das gute Trinkwasser man lieber sinnvoller verwenden«, hörte er eine Stimme. »Abgebrannt wäre es sowieso.«

Eine zweite Stimme sagte: »Aber die Feuerwehr will am Samstag Würstchen und Bier verkaufen. Da geht denen ein ertragreiches Geschäft durch die Lappen, wenn das jetzt bereits runterbrennt. Wundert mich direkt, dass die ihre Fressbude nicht gleich mitgebracht haben.«

Tino Middelborg wusste nicht, wer die beiden waren, er hatte ihre Gesichter wohl schon einmal gesehen, kannte aber bei weitem nicht alle Insulaner. Hatte keine Lust, sich einzumischen.

Dichter Rauch stieg auf, als das Wasser auf die Flammen traf. Er zog nur langsam zum Osten hin ab, hing wie eine dicke graue Wolke am Nachthimmel. Tino Middelborg erschrak, als der hohe Berg aus Zweigen mit lautem Krachen einige Meter in sich zusammenfiel. Es dauerte nicht mehr lange, bis die Flammen weniger wurden. Zwar brach das Feuer an manchen Stellen wieder aus, griff gierig nach den kleineren Ästen, doch dann hatten die Männer es geschafft.

Axel Meinders kam auf ihn zu. »Wir warten eine Weile, ob das Feuer ganz aus ist. Dann brechen wir unsere Zelte hier ab. Mehr können wir nicht tun.«

»Das hat prächtig geklappt«, bedankte sich der Bürgermeister.

»Es war nichts als eine Einsatzübung«, erklärte Meinders. »Vielleicht wollte mir jemand ein besonderes Geburtstagsgeschenk machen? Ich würde Sie glatt zu einer Nachfeier bitten, aber es wird einen Moment dauern, bis wir mit Umziehen und Aufräumen fertig sind.«

Tino Middelborg winkte ab. »Wir sehen uns beim

Osterfeuer. Diesmal beim richtigen. Etwas hat der Brand ja übriggelassen.«

Meinders nickte. »Es wäre angebracht, wenn Ihre Leute das Ganze zusammenschieben würden. Dann sackt das Abgebrannte nach unten und die Insulaner können nachlegen.«

»Ich sage den Mitarbeitern Bescheid«, bestätigte Middelborg.

Die würden sich bedanken. Schon am Dienstag hatte er Claaßen gebeten, den Haufen zu bearbeiten. Aber was nützte es. So konnte es nicht bleiben. Die Insulaner würden sonst durch die Asche laufen müssen, wenn sie Zweige anlieferten. Das war nicht okay.

Als er sich umdrehte, sah er Michael Röder und einen seiner Kollegen am Straßenrand stehen.

»Die Fälle nehmen kein Ende«, begrüßte Middelborg die Polizisten. »Obwohl dieser einer der harmloseren ist, oder?«

»Trotzdem, man weiß nicht, was kommt. Bei einem Brandeinsatz müssen wir nun einmal vor Ort sein«, sagte Röder. »Wir werden natürlich morgen bei Tageslicht noch einmal einen Blick auf die Sache werfen.«

Middelborg war sich nicht sicher, aber er meinte bei dem Mann eine tiefe Müdigkeit wahrzunehmen. Falten durchzogen sein Gesicht. Aber vielleicht lag es nur an der Dunkelheit oder an dem Einfallswinkel der Lichtstrahlen, die von der Straßenlaterne kamen.

Er erwähnte, dass seinem Eindruck nach das Feuer an drei verschiedenen Stellen besonders hell gelodert hätte.

»Uns würde reichen, wenn wir einen Kanister mit Namen drauf finden würden«, sagte Röders Kollege. Middelborg meinte sich zu erinnern, dass sein Name Schonebeck war.

»Schön, wenn es so einfach wäre. Ich wünsche Ihnen viel Erfolg. Ach ja, und sollten sich in der Angelegenheit Oligs noch Neuigkeiten ergeben, melden Sie sich.«Die beiden Männer versprachen es. Gleich darauf waren sie verschwunden.

Die meisten Gucker waren ebenfalls bereits gegangen. Die Feuerwehr packte ihre Geräte in die Fahrzeuge. Auch er würde den Brandort verlassen. Es war spät genug geworden. Morgen wartete ein langer Arbeitstag.

»Passen Sie doch auf!« Thomas Claaßen machte mit seinem Fahrrad einen großen Schlenker um die Gästegruppe, die mitten auf dem Weg lief. »Links und rechts sind Fußwege. Die Mitte ist für Fuhrwerke und Radfahrer. Ist denn das so schwierig?«

Erschrocken machten die Leute einen Schritt zur Seite, was aber nur zur Folge hatte, dass ein anderer Radfahrer stark bremsen musste, um eine Kollision zu vermeiden.

So war es immer. Die Gäste meinten, nur weil auf der Insel keine Autos unterwegs waren, könnten sie die Straßen benutzen, wie es ihnen passte. Ohne Rücksicht auf Verluste. Das war die größte Herausforderung für einen Insulaner, sich mit der beginnenden Saison darauf einzustellen. Im Winter hatte man dieses Problem einfach nicht.

Da hatte man auch kein Problem mit wissbegierigen Zwillingen, die abends plötzlich an die Wohnzimmertür klopften und dämliche Fragen stellten, wenn man es sich gerade auf dem Sofa bequem gemacht hatte. Wann die drei Kirchengebäude auf Baltrum erbaut worden waren, hatten sie wissen wollen und ihm und seiner Frau diverse Jahreszahlen um die Ohren gehauen. Ausgerechnet während die *Tagesschau* lief. Seine Frau hatte sich natürlich gekümmert. Sie hatte die beiden reingebeten, sehr zu seinem Missfallen den Fernseher leise gestellt und die Baltrumchronik aus dem Bücherschrank gezogen. Als die drei die richtigen Jahreszahlen gefunden und einige weitere Fragen für das Schatzkofferspiel beantwortet hatten, waren die Nachrichten vorbei gewesen.

Als er vor seinem Büro ankam, sank seine Laune auf einen selten dagewesenen Tiefpunkt. Sein Chef stand vor der Tür. Was wollte der denn? Das hatte ihm gerade gefehlt.

»Hallo, Herr Claaßen, auf ein Wort.«

Hoffentlich bleibt es bei dem einen, dachte Claaßen.

»Gehen wir in Ihr Büro.«

Nicht das auch noch. Hier hatten nur seine Kollegen etwas zu suchen. Und sonst keiner! Aber es blieb ihm wohl nichts anderes übrig, als seinen Chef reinzulassen.

»Sie wissen, was heute Nacht passiert ist?«

Thomas Claaßen schaute seinen Chef gespannt an.

»Das Osterfeuer ist zum Teil abgebrannt.«

Claaßen musste lachen. Wenn die Feuerwehr sonst nichts zu tun hatte. Es gab Schlimmeres.

»Fahren Sie bitte hin und schieben die Reste zusammen. Mal sehen, was zu retten ist. Es werden sicher einige Insulaner neues Holz anliefern. Vielleicht können wir zum Samstag dann doch noch ein ordentliches Feuerchen zusammenbekommen.«

Nee, oder? Er sollte da die Asche aufwirbeln? »Das meinen Sie jetzt nicht im Ernst?«, fragte er, sah aber gleich, dass es seinem Chef sehr wohl ernst war.

»Natürlich, Herr Claaßen«, antwortete der prompt. »Sie haben vor zwei Tagen schon einmal geschoben, dann dürfte das jetzt kein Problem sein. Ach ja – ich erwarte Ihren Bericht hinterher.« Damit verschwand sein Chef.

Was sollte das heißen: Bericht erstatten? Das hatte er noch nie gemacht. Der würde sich wundern. Er bestimmte, was hier passierte. Am Dienstag geschoben! Er musste lachen. Der hatte überhaupt keine Ahnung!

Aber er würde nicht drum herumkommen. Er nahm

den Schlüssel des Treckers von der Leiste. Nützte ja nichts. Je eher er losfuhr, desto eher war er wieder da. Er hatte den Kösters versprochen, letzte Hand mit an das Haus zu legen. Alleine würden die nie mit der Renovierung fertig werden. Und was er versprach, das hielt er.

Er holte den Trecker aus der Halle und fuhr durch das Deichschart bei der *Teestube* und am Haus *Oase* vorbei. Er wunderte sich immer wieder, wie erstaunt die Gäste hinter ihm herstarrten, wenn er mit seinem Trecker unterwegs war. Hatten die noch nie so ein Gerät gesehen? Als er den Heller südlich vom *Dünenschlößchen* erreichte, sah er, dass der Inselpolizist und sein Kollege gerade ihre Fahrräder abstellten.

Er begrüßte sie vom Bock herunter und fuhr seine Schaufel nach unten.

»Thomas, warte. Wir wollen erst einen Blick darauf werfen«, hörte er Michael Röder.

Blödsinn. Das sollten die man machen, wenn er fertig war. Was wollten die entdecken? Er fuhr weiter, ohne sich um die beiden zu kümmern, die kopfschüttelnd hinter dem Trecker herliefen.

Je näher er kam, desto intensiver roch es nach verkohltem Holz. Es nahm ihm fast den Atem. Die Schaufel erfasste die ersten verbrannten Äste. Sie zerbrachen in tausend Teile bei seinem Versuch, sie auf einen großen Haufen zu schieben. Blöde Idee, das mit dem Aufschichten. Was hier lag, musste abgeräumt werden. Davon war als Unterbau für ein neues Feuer nichts mehr zu gebrauchen. Es knackte laut, dann krachten die wenigen Zweige, die das Feuer überstanden hatten, zusammen. Claaßen musste husten. Hätte er nur einen Mundschutz mitgenommen. Hier zu arbeiten konnte einfach nicht gesund sein. Scheißjob.

Aus den Augenwinkeln sah er die beiden Polizisten am Zaun stehen. Sie waren nicht nähergekommen. Offensichtlich hatten sie keine Lust, sich schmutzig zu machen. Um den Haufen Zweige herum war der Heller überzogen mit einer schwarzen, klebrigen Masse. Das Löschwasser hatte die herabfallende Asche in Brei verwandelt, Er mochte sich nicht vorstellen, wie sein Trecker jetzt bereits aussah. Er setzte zurück, fuhr wieder an, die Schaufel dicht über dem Grund. Noch einmal, diesmal von der Südseite, dann musste es reichen.

Er schlug die Schaufel unter die Äste, schob sie zusammen zur Mitte des Haufens. Er stoppte, wollte gerade den Rückwärtsgang einlegen, zögerte. Da passte etwas nicht ins Bild. Schwarze Äste, klar, aber da war noch etwas anderes, etwas Festes, Schweres, das er mit seiner Schaufel erfasst hatte. Hatte wieder jemand Verbotenes aufs Osterfeuer geworfen? Nach dem Motto: nach mir die Sintflut? Etwas, das gar nichts mit Holz aus dem Vorgarten zu tun hatte?

Es hatte Jahre gedauert, die Insulaner davon zu überzeugen, dass auf ein Osterfeuer nur Zweige gehörten und keine Küchengeräte, Spraydosen, Fahrräder oder Möbel. Auch jetzt kam es immer wieder vor, dass er farbgetränkte Zäune und Plastikteile beim Aufschieben fand.

Oder war es doch nur einer von vielen Ästen, an dessen Ende sich fünf starre Zweiglein in den Himmel streckten? Sieht fast aus wie der verschmorte Arm einer Schaufensterpuppe, dachte er belustigt. Wollte ihn hier jemand hochnehmen? Seine Kollegen vielleicht? Standen die bereits am Zaun und lachten sich kaputt? Spätestens wenn er seinen Trecker wieder im Stall hatte, würde er Reinhart und den anderen ganz schön was erzählen.

Oder steckte sein Chef dahinter, um zu testen, wie gründlich er das Holz zusammenschaufelte?

Aber eine Schaufensterpuppe wäre bei dem Brand gestern Nacht geschmolzen. Es sei denn, jemand hätte sie erst später ....

Sollte er nachsehen? Auch auf die Gefahr hin, sich lächerlich zu machen? Er drehte den Zündschlüssel und öffnete die Tür des Fahrzeuges. Ein Rest trocken gebliebener Asche wirbelte auf, als er den Boden berührte. Unter seinen derben Arbeitsschuhen knackten die schwarzen Zweige.

Alles Blödsinn, da war nichts! Oder? Ein mächtiger Ast versperrte seinen Weg. Er wollte ihn zur Seite schieben, merkte, dass er seine Arbeitshandschuhe in der Werkstatt vergessen hatte. Egal. Seine Hände waren bereits dreckig. Da kam es auf ein bisschen klebrige Asche nicht mehr an. Er kam der Puppe näher, roch verbrannten Kunststoff. Sah Fetzen einer roten Jacke.

Aber noch etwas anderes stieg ihm in die Nase. Woran erinnerte ihn dieser Geruch? Genau. An das Spanferkelessen im letzten Sommer. Als sein Nachbar vergessen hatte, das Fleisch auf der Stange zu drehen, weil er anderweitig beschäftigt gewesen war. Vornehmlich mit Irmi. Er bückte sich, schob einen weiteren Ast zur Seite. Er schaute genauer hin. Was dort lag, sah aus wie ein menschlicher Körper, doch das Fleisch war teilweise verschmort und das Skelett wie im Krampf zusammengezogen, vom Kopf war nur ein verrußter Schädel geblieben, und statt der Augen starrten ihn ovale Löcher an. Ein länglicher, zweigeteilter, schwarzer Knochen streckte sich ihm wie Hilfe suchend entgegen.

Aber das konnte nicht sein. Bestimmt bildete er sich alles nur ein. Warum sollte hier ...?

War Michael noch da? Er wollte sich umdrehen und

nachsehen, doch sein Kopf verweigerte die Drehbewegung, seine Stimme gab nicht mehr her als ein leises Krächzen, und seine Arme lehnten es ab, um Hilfe zu winken. Stattdessen kotzte er seinen Mageninhalt auf die schwarzen Zweige.

*

»Das ist doch nicht normal. Was macht der da? Los, komm.« Michael Röder rannte los, Eilert Thedinga dicht hinter ihm. »Thomas – geht es dir nicht gut?«

Thomas Claaßen nickte wie wild, zeigte auf einen Haufen Äste, dann torkelte er aus dem Schatten der schwarzen Zweige und ging hinter dem Trecker in die Knie. »Da, da liegt jemand«, keuchte er. Sein Gesicht war weiß. Seine Finger hatten schwarze Spuren hinterlassen. Wieder würgte er. »Der ist verbrannt.«

Der Inselpolizist warf einen vorsichtigen Blick auf die Zweige. Vielleicht hatte sich Claaßen alles eingebildet. War einem Schattenspiel aufgesessen.

»Der liegt da. Wirklich.« Claaßen versuchte aufzustehen, aber seine Beine gehorchten nicht. Nach zwei kläglichen Versuchen gab er auf. »Siehst du den?«

Röder sah ihn. Und beinahe wäre es ihm ähnlich gegangen wie Claaßen. Zumal der Gestank von Erbrochenem ihm widerlich in die Nase stieg. Vorsichtig machte er einen Schritt zurück, um keine Spuren zu verwischen. Eigentlich Blödsinn. Zu viel war an der Fundstelle schon passiert. Den Rest hatte die Treckerschaufel besorgt. Aber die Kollegen von der Spurensicherung würden sich die Stelle genau vornehmen.

Wer war die Person? Ziemlich sicher ein Mann. Teile seiner Jeans und seiner Sneaker waren erhalten. Er konnte sogar noch erkennen, dass sie einmal gelb gewesen waren. Das meiste von ihnen war jedoch mit den Füßen zusammengeschmolzen. Auch an Kopf und Oberkörper hatte das Feuer heftig genagt. Er zwang sich, noch einmal hinzuschauen. Es musste sein. Wieder stieg ihm das Frühstück hoch. Nein. Er konnte beim besten Willen nicht erkennen, wer diese Person einmal gewesen war. Ein Gast? Oder der nächste Insulaner?

Eilert Thedinga zog sein Handy aus der Tasche. »Ich rufe Arndt und Gero an.«

»Kann ich gehen?«, krächzte Claaßen.

Röder schüttelte den Kopf. »Noch nicht. Mein Kollege Arndt Kleemann wird einige Fragen haben. Wir können allerdings den Krankenwagen kommen lassen, dann bist du gut versorgt und kannst dich zurückziehen.«

Thomas Claaßen schwieg einen Moment, dann fragte er: »Kann ich wenigstens den Trecker wegfahren? Dann setze ich mich dort hinein.«

Wieder schüttelte Röder den Kopf. »Geht nicht. Alles bleibt so, wie es ist. Hier wird gleich abgesperrt. Was ist nun – Krankenwagen?«

»Und mein Trecker? Den wollt ihr doch nicht mitnehmen und auf Spuren untersuchen, oder? Da wird sich mein Chef ganz schön bedanken.« Claaßens Stimme war kräftiger geworden, was seine Worte aber nicht unbedingt sympathischer machte.

»Mit deinem Chef werde ich mich unterhalten. Keine Sorge. Wenn du also keine Hilfe brauchst, dann setz dich ein paar Meter weiter weg.« Langsam ging ihm der Kerl auf den Sack. Er würde ihn vorerst Eilert überlassen. Röder hatte festgestellt, dass sein Kollege trotz aller Ruhe und Freundlichkeit, die er ausstrahlte, ein ganz harter Hund sein konnte, wenn ihm was gegen den Strich ging. Und Claaßen ging seinem Kollegen bereits gehörig gegen den Strich. Das war dessen Gesicht eindeutig abzulesen, als der das Handy in die Tasche steckte.

»Na, kommen Sie. Wir machen ein paar Schritte.« Thedinga fasste Claaßen energisch unter den Arm und zog ihn hoch. »Schlage vor, wir gehen ins Hotel dort drüben. Geht's? Können Sie laufen? Sie haben Ihr Bestes getan. Jetzt müssen unsere Experten ran. Erzählen Sie mir möglichst genau, was passiert ist.«

Die Stimme seines Kollegen wurde leiser, je weiter der sich mit Claaßen vom Fundort der Leiche entfernte. Doch die Schärfe darin war Röder noch eine ganze Zeit im Ohr.

Er zuckte zusammen. Ein Regentropfen hatte ihn mitten auf die Nase getroffen. Nicht das auch noch. Hoffentlich waren Arndt und Gero bald zur Stelle und brachten Abdeckplane mit. Ein kräftiger Guss würde auch die letzten Hinweise vernichten. Und die brauchten sie dringend. Das Feuer hatte bereits ganze Arbeit geleistet. Es würde schwierig werden, herauszufinden, wer der Mann war. Wie er hier unter den Berg von Zweigen geraten war.

Röder hatte von Fällen am Festland gehört, dass Kinder sich beim Bewachen des Reisighaufens darin eine Höhle gebaut hatten. Als dann die Kinder aus dem Nachbardorf gezündelt hatten, waren die Kinder verbrannt. Aber die Person, die hier lag, war ein Erwachsener. Da war er sich sicher.

Ein weiterer Tropfen traf sein Gesicht, dann prasselte der Regen auf ihn herab, begleitet von kräftigen Böen. Vergeblich versuchte er, seine Kapuze aus dem Kragen zu ziehen. Wo war der Reißverschluss? Wütend zog er seine Handschuhe aus. In den Dingern hatte man einfach nicht genug Gefühl. Er bekam den Pinöppel zu fassen und riss kräftig daran. Mit mittelmäßigem Erfolg. Wie jedes Mal beim Öffnen eines Reißverschlusses ging ihm durch den Sinn, dass bei ihm dieses kleine Teil, solange er denken konnte, ›Pinöppel‹ hieß. Sandra hatte ihn jedoch darüber aufgeklärt, dass es ganz offiziell ein Schiebegriff war. Allerdings half ihm dieses Wissen jetzt nicht weiter. Nach ein paar Zentimetern verfing sich der Stoff der Kapuze in den Zähnchen des Reißverschlusses und nichts ging mehr. Und der Regen legte zu. Wenigstens hatte es den Vorteil, dass die ersten Schaulustigen, die sich am Zaun des Hellers aufgereiht hatten, fluchtartig ihre Beobachtungsposten verließen. Dafür sah er seine Kollegen um die Ecke biegen. Als Röder die vollbeladene Wippe hinter Geros Rad sah, atmete er auf. Sie hatten alles dabei, um die Einsatzstelle zu schützen. Aber eigentlich hatte er nichts anderes erwartet. Arndt und Gero waren erfahrene Beamte.

»Ich habe die Spurensicherung verständigt. Sie werden in ein paar Stunden da sein«, rief Arndt Kleemann schon von weitem.

Sie schlugen einige Metallpflöcke in den Boden und versuchten, die Plastikplane darüberzulegen. Gar nicht so einfach. Der Wind fuhr immer wieder unter die Plane, Zweige bohrten sich in den Kunststoff und langsam versammelten sich die stetigen Tropfen zu einer Pfütze, die den Schutz unnachgiebig nach unten drückte. Noch nie hatte der Inselpolizist Regen mehr gehasst als in diesem Moment, in dem sie auf der Weite des Hellers Wind und Wetter schutzlos ausgeliefert waren.

»Der Landrover der Feuerwehr wird gleich hier sein. Die Jungs werden ein größeres Zelt aufbauen, da können wir wettergeschützt auf die Kollegen warten und die ersten Untersuchungen vornehmen. Ich habe mit dem Gemeindebrandmeister gesprochen«, sagte Arndt Kleemann.

Röders Telefon meldete sich aus der Tiefe seiner Jacke, gerade, als das Feuerwehrfahrzeug in Sicht kam. »Hallo, Herr Middelborg«, meldete er sich, als er die Nummer auf dem Display erkannte. Kurz beschrieb er, was sie vorgefunden hatten, und bat um Verständnis, dass der Trecker noch eine Weile auf dem Heller stehen bleiben musste.

»Ihr Mitarbeiter wird gerade von meinem Kollegen befragt. Dann kann er nach Hause. Wir haben ihm angeraten, mit der Ärztin zu sprechen, falls er Betreuung und Nachsorge braucht.« Er versprach, den Chef der Insel über weitere Neuigkeiten zu unterrichten, und legte auf.

»Bin gespannt, ob das Osterfeuer in diesem Jahr ausfällt«, sagte Röder zu seinen Kollegen.

»Das wäre das einzig Richtige. Obwohl ich mir vorstellen könnte, dass der eine oder andere einen gewissen gruseligen Reiz darin entdecken würde, das Feuer erneut lodern zu sehen, in dem ein Mensch zwei Tage zuvor zu Tode gekommen ist«, überlegte Gero Schonebeck.

»Das würde mich nicht wundern. Aber ob Absage ja oder nein, das soll die Politik entscheiden.« Michael Röder blickte vorsichtig in den Himmel. Ein paar Wolkenlücken hatten sich aufgetan und machten Hoffnung auf ein Nachlassen des Regens. »Wir helfen den Jungs von der Feuerwehr erst einmal beim Zeltaufbau. Wenn sie uns lassen.«

*

Ingeborg Opitz konnte kaum glauben, was Oma Blau ihr da gerade erzählt hatte. Schon wieder gab es einen

Todesfall. Vor drei Tagen erst war ihr Garten verwüstet und dann Edith Oligs in den Dünen gefunden worden. Welche üblen Mächte brachten das Inselleben durcheinander? Wer steckte dahinter?

Sie schloss die Gartenpforte, nahm Hammer und Schaufel und brachte das Werkzeug in den Schuppen. Ihr Mann musste in der nächsten Stunde allein mit der Reparatur des Zaunes klarkommen. Sie legte ihre Gartenschürze ab und zog den Wintermantel an. Ein langer Spaziergang und frischer Wind um die Nase hatten ihr bisher immer geholfen. Zum Glück hatte es aufgehört zu regnen.

Die letzten drei Tage hatten sie damit verbracht, ihrem Garten den nötigen Schutz zurückzugeben. Hartmut mit leichtem Grollen. Sie mit Energie und der Hoffnung auf Nachhaltigkeit. Heute würden sie fertig werden, auch wenn sie sich jetzt eine Auszeit nahm. Sie winkte ihrem Mann zu. Er schaute nur kurz auf. Er kannte es, dass sie zwischendurch mal raus musste. Sie zog den Schal fest um den Hals, steckte die Hände tief in die Taschen und ging auf die Schule zu. Die Kinder hatten bereits Ferien, so lag das neue, große Schulgebäude verlassen da. Nur unterhalb der Schule, auf dem Sportplatz, tobten ein paar Gästekinder.

Was war nur los auf dieser Insel? Sicher, früher hatte es auch Meinungsverschiedenheiten gegeben. Aber sie waren nie mit solch einer Heftigkeit ausgefochten worden. Jetzt kam man ohne einen gewissen Druck einfach nicht mehr aus. Normales Diskutieren würde die *Proniggels* niemals von ihren aberwitzigen Plänen zum Erhalt der Kaninchen abhalten. Diese elenden Pelztiere würden die Insel überschwemmen, wenn es nach Mark, Anke und den anderen ginge. Da musste man als Gegner schon mal Flagge zeigen. Aber Mord und Totschlag waren kein Argument. Das ging wirklich zu weit.

»Moin.«

Sie schrak aus ihren Gedanken. Zwischen den abgestellten Rädern vor dem *Inselmarkt* sah sie Oliver Abels. Sie grüßte zurück. »Deine Mutter kam eben bei uns am Zaun vorbei. Sie hat mir von dem neuen Todesfall erzählt.«

Abels klemmte einen Einkaufskorb auf den Gepäckträger. »Bis jetzt weiß die Polizei nicht, wer der Tote ist. Gehen ja schon die wildesten Gerüchte über die Insel.«

»Welche denn?« Sie hatte gar nicht nachfragen wollen, konnte es sich aber einfach nicht verkneifen.

»Ach, was weiß ich. Die einen sagen, ein Gast aus dem Ostdorf, die anderen reden von Gronewald. Man hat ihn nach der Ratssitzung nämlich nicht wegfahren sehen. Wie man das allerdings so schnell herausbekommen haben will, ist mir ein Rätsel.«

»Na, dann warten wir mal die Ermittlungen ab«, erwiderte sie. »Wenn der Röder und seine Jungs allerdings so schnell sind wie bei meinem Gartenzaun, dann werden sie es wohl nie herausfinden. Tschüss. Grüß deine Mutter.« Sie nahm den Strandübergang bei *Wietjes* und fühlte bald den Sand unter den Sohlen ihrer Gummistiefel. Sie ging ganz hinunter bis zur Wasserkante und wandte sich gen Osten. So hatte sie den Wind im Rücken.

Gronewald. Middelborg. Sie dachte zurück an die Ratssitzung. Dieser unfähige Bürgermeister hatte ihr partout keinen Raum für ihr Anliegen geben wollen. Sie hatte sich mit einem energischen Auftritt Respekt verschaffen müssen. Warum sonst hatten sie sich nachmittags auf dem Marktplatz um die Unterschriften bemüht? Was hatten sie sich anhören müssen! Sie stehe für alles, was der Insel schaden würde, zum Beispiel. Lächerlich. Sie war es doch, die allen zeigte, was für eine Augenweide ein gut gepflegtes Grundstück war. Es war einfach langweilig, diese insulare Sitte: kurzgemähter Rasen ums Haus und ein einmal ein Meter großes Beetchen zur Schmücke. Pflegeleicht, ja, aber einfallslos. Da hatte sie ganz etwas anderes vorzuweisen.

Auf der Ratssitzung war Hartmut endlich mal ausgeflippt. Wie hatte der Gronewald dämlich geguckt, als er mit dem Inhalt seines Wasserglases Bekanntschaft machte! Sie lächelte. Gerne hätte sie sich mit ihrem Mann den restlichen Abend bei einem Wein über seinen Coup unterhalten. Aber Hartmut wollte lieber ein Bier im *Skipper's Inn* trinken. So war sie allein nach Hause gefahren und hatte sich eine Weile vor den Fernseher gesetzt, bevor sie zufrieden ins Bett gegangen war.

Das Glücksgefühl war immer noch dagewesen, als sie am nächsten Morgen aufgewacht war. Sie hatte Hartmut sogar großmütig verziehen, dass er verschlief und sie sich selber um das Frühstück kümmern musste.

Am Strand standen bereits einige Körbe. Die Stangen, die den Badestrand eingrenzten, würden aber erst in vier Wochen in den sandigen Boden gespült werden. Sie konnte sich nicht vorstellen, dass es jetzt bereits Badewillige gab. Das heißt, badewillig waren die meisten schon, nur traute sich keiner rein. Dazu war das Wasser der Nordsee einfach viel zu kalt.

In der Höhe des Strandaufganges bei *Starks Strandladen* bog sie rechts ab. Je näher sie den hohen Randdünen kam, desto tiefer wurde der Sand. Obwohl es morgens geregnet hatte, war er trocken und pudrig. Im Sommer würde sie wieder barfuß laufen. Es gab nichts Schöneres. Bis auf ihren Garten natürlich.

Der Kiosk hatte geschlossen, ebenso wie der Jugendclub. Auch die Holzstege, die sommertags zu den Strandkörben führten, waren hier noch nicht ausgelegt. Darum sollte sich der Bürgermeister man kümmern. In der Ferne, dort, wo sich der Weg links zum Ostdorf und rechts am Rosengarten vorbei zum Westdorf verzweigte, sah sie Jonas Harms neben seinem Fahrrad stehen. Sollte sie ihn ansprechen? Vermutlich würde sie sowieso keine Antwort bekommen.

»Hallo, Jonas.« Sie wollte es einfach versuchen. Ständiges Ignorieren war auch keine Lösung. »Na, was gibt es Neues?«

Jonas Harms schaute nicht einmal zur Seite, so als ob er gar nicht mitbekommen hatte, dass jemand mit ihm redete.

»Geht es dir gut?« Noch wollte sie nicht aufgeben.

Jetzt nickte er leicht, dann schaute er sie lächelnd an. Das hatte Ingeborg Opitz noch nie erlebt. Wie gut er aussah, wenn sich die sonst so grimmige Miene in ein fröhliches Gesicht verwandelte.

»Die Theatergruppe hat Sonntag Premiere. Und ich werde dabei sein.« Er wendete sein Fahrrad, stieg auf und war gleich darauf verschwunden.

Hoffentlich sitzen wir dann zur Premiere nicht ausgerechnet neben Melissa und ihrem Sohn, überlegte sie belustigt. Aber das würde sie zu verhindern wissen. Schließlich war im Vorverkauf nur die Reihe vorgegeben und nicht der Sitzplatz.

Jonas war Anfang zwanzig und bestimmt nicht dumm. Aber Melissa und er hatten sich bis jetzt nicht aufraffen können, sich um seine Ausbildung zu kümmern. Als sie noch mit Melissa befreundet gewesen war, hatten sie sich einmal über das Thema unterhalten. Sie erinnerte sich gut. Das war eigentlich der

Beginn des Endes ihrer Freundschaft gewesen. Allein der zaghafte Vorschlag, den Jungen nach der Schule ans Festland ziehen zu lassen, hatte bei Melissa tiefe Ängste und einen wütenden Protest ausgelöst. Ihr Hinweis, dass es doch eine gewisse Schulpflicht gäbe, die er zu erfüllen hätte, war bei Melissa auf taube Ohren gestoßen. Das wäre ihr Problem, hatte sie geschrien, und da bräuchte sich keiner einzumischen. Sie würde ihren Sohn niemals hergeben, hatte sie getobt. Es reiche schon, dass ihr Mann so früh gestorben sei, da würde sie nicht zulassen, auch noch ihren Sohn zu verlieren. Er sei zuckerkrank und damit wäre nicht zu spaßen. Außerdem sei er ihr Halt und Stütze, hatte Melissa argumentiert.

Ingeborg hatte es aufgegeben, ihre Besuche bei der Nachbarin waren seltener geworden. Jonas hatte die Schule verlassen und war seitdem zu Hause. Oft hörte sie seltsame Geräusche aus seinem Zimmer, wenn sein Fenster im oberen Stock offen stand. Mal klang es wie Kampfgetümmel, dann hörte sie Opernarien und manchmal prallte Gustaf Gründgens' Stimme, den Mephisto im *Faust* verkörpernd, auf die Straße. Immer wieder die gleiche Stelle. Sie kannte sie genau, hatte den Film einige Male auf Kassette gesehen.

Es waren viele Leute unterwegs. Sowohl vorhin am Strand als auch im Ort. Sie wunderte sich. Sollte die Insel zu Ostern richtig voll werden? Vor dem Kinderspielhaus standen einige Fahrräder. Auch hier schien also was los zu sein, genau wie auf dem Cobigolfplatz gegenüber. Die Menschen zog es auf die Insel, obwohl die Natur noch nicht viel zu bieten hatte. Erst an ein paar Bäumen und Sträuchern kroch ein wenig Grün hervor. Am Festland sah das anders aus. Da waren viele Bäume bereits belaubt. Aber hier, in dem kalten

Wind, dauerte es immer ein wenig länger, bis die Natur anfing zu erwachen.

Und wenn dann das erste Grün aus dem Boden kam, wurde es abgefressen. Weil ein paar kriminelle Idioten ihren Zaun eingerissen hatten. Ihr Magen krampfte sich zusammen. Gerade hatte sie einen Anflug von Hunger gespürt, jetzt war ihr nur schlecht. Hartmut reparierte den Zaun. Klar. Aber wie lange würde es dauern, bis der nächste Angriff kam? Zumal sich die Polizisten einen feuchten Dreck um die Bearbeitung ihrer Anzeige kümmerten.

Als der Bürgermeister sie mit dem Fahrrad überholte und freundlich grüßte, bemerkte sie es kaum, so hing sie ihren Gedanken nach.

Wieder zu Hause galt ihr erster Blick dem Garten. Wie weit war Hartmut gekommen? Der Zaun stand. Zumindest der äußere. Zu ihrer Überraschung war Hartmut nicht alleine. Er unterhielt sich angeregt mit Reinhart Petri, der mit einer Handvoll Schrauben neben ihm stand. Eine Situation, die nicht sehr häufig vorkam. Wenn sie recht überlegte, hatte sie Petri noch nie im angeregten Gespräch erlebt. Er sagte das, was gesagt werden musste, und das war's dann schon. Aber hier redete er. Laut und deutlich. Als sie näherkam, verstummten die beiden.

»Sprecht ruhig weiter«, forderte sie die Männer freundlich auf, doch Petri drückte ihr nur die Schrauben in die Hand, tippte an seine schwarze Schlägermütze und ging wortlos an ihr vorbei.

»Was war denn mit dem?«, fragte sie ungläubig.

»Ach, nichts. Wieso? Ich hatte ihn angerufen, weil mir ein paar Schrauben fehlten. Er hat mir welche gebracht und wir haben uns unterhalten«, erwiderte Hartmut.

Ingeborg lachte. »Hat ja doch Vorteile, wenn man jemanden anrufen kann, der Beziehungen zu einem Materiallager hat. Sonst ist man hier manchmal echt aufgeschmissen. Aber worüber habt ihr euch denn so intensiv ausgetauscht?«

»Meine Güte.« Hartmut Opitz stöhnte ungeduldig. »Was man so redet. Über den Saisonbeginn. Dass die Mitarbeiter alle wieder eintrudeln. Die Polen und so. Belangloses Zeug eben.«

»Und – was hat der Kerl gesagt?«

Ingeborgs Mann schaute sie an, als ob sie nicht ganz dicht wäre. »Ich habe keine Ahnung, warum dich das so interessiert, aber ich sage es dir. Er hat gesagt, dass es auf der Insel auch Leute gäbe, die keine Arbeit hätten, und dass man die erst einmal einstellen sollte. Als ich ihn gerade fragen wollte, wen er genau meinte, kamst du und das Gespräch war beendet. Zufrieden?«

Sie drehte sich um und ging ins Haus. Das war typisch Petri. Was hatte der nur gegen die ausländischen Mitarbeiter? Ohne die sähe es mit dem Service auf der Insel schlecht aus. Sie hatte sich schon häufig mit den Leuten aus Polen und Russland unterhalten, wenn die im Sommer an ihrem Garten stehen blieben und dessen Schönheit bewunderten. Eine junge Frau hatte im letzten Jahr in gebrochenem Deutsch vom Garten ihrer Großmutter in Gdansk erzählt. Es hatte eine ganze Weile gedauert, bis Ingeborg begriffen hatte, dass sie Danzig gemeint hatte. Die Frau war noch ein paarmal vorbeigekommen. Manchmal mit Tränen in den Augen. Das Heimweh, hatte sie erklärt, das verdammte Heimweh.

Mit Petri verband Ingeborg eine eher unangenehme Erinnerung. Nichts Schlimmes und schon eine ganze

Weile her. Vor vielen Jahren war ihre Wohnung ganz oben im Haus frei geworden und Petri hatte um einen Besichtigungstermin gebeten. Er stand vor ihnen in der offenen Haustür, als auf der Straße das Nachbarkind mit dem Fahrrad über einen dicken Stein stürzte. Natürlich rannte sie sofort raus und half dem kleinen Jungen, dessen Eltern ebenfalls aus Polen auf die Insel gekommen waren, um hier zu arbeiten. Er hatte sich an Mund und Nase verletzt. Reinhart Petri zuckte nur die Schultern und sagte: »Das kennen die nicht anders. Die sind hart im Nehmen.« Dann lächelte er.

Ingeborg weigerte sich, ihn bei sich aufzunehmen.

Auch wenn Hartmut den Spruch gar nicht ernst nahm. »So sind Männer nun mal«, sagte er nur, widersprach aber nicht, als sie die Räume an jemand anderen vermietete.

Jetzt stand die Wohnung schon seit einem Jahr leer. Hartmut hatte im Schlafzimmer seine Eisenbahn aufgebaut und sie bewahrte in der Küche Pflanzen und Blumenzwiebeln frostsicher für das Frühjahr auf. Immer wieder kamen Anfragen von Insulanern. Unterkünfte waren knapp auf der Insel. Alle verfügbaren Räume wurden an Gäste vermietet. Das brachte Geld. Umso unverständlicher für viele, dass sie ihre Wohnung mit dem unverbauten Blick auf das Wattenmeer leer stehen ließen. Aber sie wollte einfach kein Getrampel mehr von oben hören. Schluss, aus. Das hatte sie Hartmut eines Morgens beim Frühstück mitgeteilt und dabei war es geblieben.

*

Als die Spurensicherung ihre Arbeit abgeschlossen und ihr Werkzeug wieder eingepackt hatte, war Arndt Kleemann die Vision einer schönen heißen Dusche nicht mehr losgeworden. Er vermutete, dass es seinen Kollegen Michael und Gero nicht anders ging.

Trotz aller Schutzmaßnahmen – die Handschuhe hatte er gleich in einer Restmülltonne entsorgt, die hinter dem *Sonnenstrand* mit den Behältern für Papier und Kunststoffe auf eine Abfuhr wartete – hatte er sich durch und durch von dieser schwarzen Masse aus Asche und Löschwasser verklebt gefühlt. Sie hatte in den Haaren gesessen, in den Ohren und zwischen den Augenlidern. Und bei jedem Atemzug hatte er das Gefühl gehabt, immer wieder das stinkende Zeug literweise in sich hineinzusaugen.

Arndt Kleemann drehte den Hahn zu und stieg aus der Dusche. Das hatte sich gelohnt. Hoffentlich verstopft der Abfluss des Hotels nicht, überlegte er.

Er zog frische Unterwäsche und ein paar Socken aus seiner Reisetasche. Gerade als er sich auf das Bett setzen wollte, den linken Socken schon fast über den Hacken gezogen hatte, klopfte es. »Wir warten auf dich«, vernahm er Michaels Stimme.

»Bin gleich da.« In aller Ruhe machte er sich fertig. So viel Zeit musste sein.

Im Clubraum des Hotels saßen Michael, Gero und Eilert an einem der Holztische, in eine Diskussion vertieft. »Wir überlegen gerade, wie wir am schnellsten die Öffentlichkeit in die Suche nach einem eventuell Vermissten einbinden können«, erklärte Gero Schonebeck. »Wie wäre es mit einem Zettelaushang?«

»Gute Idee. Wer kümmert sich drum?« Arndt Kleemann schaute in die Runde.

»Mache ich«, antwortete Eilert Thedinga. »Also – was sollten wir erwähnen? Bekleidung? Größe? Geschlecht? Unsere Telefonnummer?«

»Wäre sinnvoll«, bestätigte Gero Schonebeck. »Dazu

Lichtbild von den unteren Gliedmaßen? Dem noch bekleideten Teil?«

Arndt Kleemann überlegte. »Nein. Auch wenn es zur schnelleren Aufklärung beitragen könnte – Beschreibung muss reichen.«

»Ich weiß, was du meinst«, pflichtete Eilert Thedinga ihm bei. »Außerdem – wenn es ein Insulaner ist, wird sich sehr bald herausstellen, dass einer fehlt.«

»Hoffen wir es mal. Wenn wir die Zettel fertig haben, werden wir sie auf der ganzen Insel verteilen und gleichzeitig mit den Insulanern sprechen«, erwiderte Arndt Kleemann. »Aber jetzt mal weiter. Wo ist die Aussage vom Claaßen?«

Eilert Thedinga reichte ihm ein paar eng beschriebene Seiten. »Habe ich bereits fertig. Ich fange mit dem Steckbrief an. Michael, hilfst du mir?«

»Du, Gero, setzt dich mit den Aurichern in Verbindung in Bezug auf Neuigkeiten, was den Toten betrifft«, fuhr Arndt Kleemann fort. »Und bring in Erfahrung, ob Akkermann sich weiter zu der Sache geäußert hat.«

»Wir können ziemlich sicher davon ausgehen, dass er mit dem zweiten Fall nicht in Verbindung steht. Zumindest nicht mit der Entsorgung des Toten im Osterfeuer.« Gero Schonebeck nahm sein Telefon aus der Tasche und klappte gleichzeitig den Laptop auf. »Bin echt gespannt auf die Ergebnisse der Rechtsmedizin. Was machst du derweil, Arndt?«

»Ich werde mich um die tote Edith Oligs kümmern, bis wir Genaueres wissen. Da sind ein paar Punkte, auf die ich gerne eine Antwort hätte.«

»Und die wären?«

»Zum Beispiel: Wie weit würden die verfeindeten Gruppen – die *Proniggels* und die Gruppe um die

Opitz, und nicht zu vergessen die Jäger – gehen, um ihre Ziele durchzusetzen? Ich will hören, wie die öffentliche Meinung dazu ist. Und ich hoffe natürlich, den einen oder anderen Hinweis herauszuhören, mit wem wir uns noch einmal intensiv unterhalten sollten.«

»Möchtet ihr einen Kaffee? Oder störe ich bei den Ermittlungsarbeiten?« Henning Ahlers steckte seinen Kopf zur Tür herein, auf dem Arm ein Tablett mit einer großen Thermoskanne und fünf Kaffeebechern.

»Herzlich gern. Wenn du Zeit hast, setz dich zu uns, dann kann ich bei dir gleich anfangen mit meiner Befragung. Ich weiß zwar, dass Wirte ungern etwas weitergeben, was sie an ihrer Theke hören, aber in diesem Fall …«

»Ein Viertelstündchen habe ich wohl. Wenn das reicht …« Henning Ahlers setzte sich zu den Kommissaren. »Und wo du es gerade erwähnst … Neulich an der Theke ist mir tatsächlich etwas aufgefallen, was dich vielleicht interessiert: Da saßen einige Gemeindemitarbeiter bei mir. Muss wohl so etwas wie eine Betriebsversammlung gewesen sein. Es ging, je später der Abend wurde, ausführlich und nicht eben leise darum, wie sie dem Bürgermeister einen – wie sagte Petri? – verpulen können. Die Abneigung gegen den Mann hatte durchaus verschiedene Gründe. Bei Claaßen war es wohl, dass er neuerdings einen Chef hat, der ihm ab und zu sagt, wo es langgeht. Besonders Middelborgs Pläne zur Verlängerung der Saison hatte der auf dem Kieker. Da haben sich die Jungs köstlich drüber amüsiert. Petri bemängelt eher, dass der Mann keiner von hier, sondern vom Festland gekommen ist und die anderen nickten begeistert, als Claaßen beschloss, da müsse man wohl mal was machen. Kurz drauf gingen sie.«

»Aber wie könnte das mit den zwei Todesfällen zusammenhängen?«, fragte Gero Schonebeck. »Schließlich ist auf den Bürgermeister noch kein Anschlag verübt worden. Zumindest keiner, von dem wir wissen.«

»Keine Ahnung«, sagte Henning Ahlers. »Ich wollte es euch nur mitteilen. Ist wahrscheinlich wieder bierseliges Gelaber gewesen.«

»Bei der Baltrumer Regierung ist keine gute Arbeitsatmosphäre, oder?«, erkundigte sich Eilert Thedinga.

»Och, ich glaube, dass es eigentlich ganz gut harmoniert. Nur manche Mitarbeiter haben eben ihre eigenen Gesetze«, meinte der Hotelchef.

»Ich kann mir beim besten Willen nicht vorstellen, dass der Claaßen auf dem Osterfeuer eine Leiche versteckt und anzündet und sie am nächsten Morgen freiwillig findet. Beim besten Willen nicht«, überlegte Michael Röder. »Dazu gehört so viel Ausgebufftheit, die traue ich selbst Claaßen nicht zu. Außerdem sehe ich nicht, wie er damit seinen Chef treffen kann.« Er zog ein Blatt Papier aus dem Drucker des Laptops. »Könnten wir bei dir größere Mengen drucken? Wäre wichtig.«

»Klar. Komm mit ins Büro. Ich zeige dir, wo alles steht«, antwortete Henning Ahlers und stand auf.

*

Er hatte beim *Seehund* Halt gemacht und einen Zettel mit den Daten des Unbekannten auf der hölzernen Anschlagtafel ausgehängt. Sein kurzes Gespräch mit der Wirtin hatte nichts gebracht. Sie vermisste keinen ihrer Stammkunden, versprach aber, die Augen offenzuhalten. Dann war Michael Röder weitergefahren, an der *Schatzkiste* und den anderen Geschäften vorbei bis zum Rathaus. Die Läden hatten bereits alle geschlossen, so konnte er die weißen Zettel lediglich mit Klebeband außen an den Türen befestigen.

Auch die Glastür zum Eingang des Rathauses war bereits zu. Noch einmal holte er den Abroller mit dem Klebeband aus der Fahrradtasche. Er versuchte, ein Stück des durchsichtigen Klebers herauszuziehen. Doch je mehr er sich bemühte, desto widerspenstiger zeigte sich das Klebeband und desto genervter knibbelte er an dem Plastikstreifen. Inzwischen hatten sich in seiner Uniformjacke jede Menge zusammengeknüllte, zusammengeklebte Streifen zu einer Kugel verbunden. Röder hoffte inständig, dass das Klebeband bis zum Ostdorf reichte.

Endlich hatte er es geschafft. Der Zettel prangte, gehalten von vier Klebestreifen, direkt in der Rathaustür. Weiter ging's. Doch nicht sehr weit. Der *Inselmarkt* und die *Backstube* lagen nur wenige Meter entfernt.

Auch sein Freund und Kollege Arndt Kleemann und Eilert Thedinga waren unterwegs. Sie nahmen sich die Hotels vor, fragten dort und gaben ihre Zettel ab. Gero Schonebeck wollte mit den Jägern Kontakt aufnehmen.

Es dauerte eine ganze Weile, bis er das Ostdorf erreichte. Er begann beim Fischladen, dann fuhr er weiter zum Schaukasten der *Baltrum-Linie*. Kurzerhand klebte er auch dort einen Suchzettel an. Mussten die Plakate mit den Fährverbindungen eben mal im Hintergrund bleiben. Ihre Sache war wichtiger. Und vielleicht hatten sie Glück und konnten die Dinger bald wieder abnehmen.

»Hallo, Michael.«

Überrascht drehte er sich um. »Hallo, Anke. Na, auch noch unterwegs?« Blöde Frage. Es war zwar dunkel, aber lange nicht spät.

»Ja, musste mal raus. Das mit den Toten geht mir ziemlich nahe. Wisst ihr schon, wer im Feuer gelegen hat?«

Röder zeigte auf die Zettel. »Nein. Aber wir hoffen auf Hinweise. Noch wissen wir gar nichts. Melde dich bei uns, wenn dir etwas suspekt vorkommt. Wir brauchen die Hilfe aller hier.«

Sie seufzte. »Mache ich. Einen schönen Abend noch.«

»Wünsche ich dir auch. Lass dich von Enno verwöhnen«, schlug er lächelnd vor.

Plötzlich sah er Tränen in ihren Augen stehen. »Das wohl eher nicht. Man kann sich nicht entspannen, wenn man dem Mann nicht mehr vertraut.«

Was sollte das? Wollte sie ihm damit etwas sagen? »Darf ich fragen – entschuldige, ist berufsbedingt ... Habt ihr Krach?«

Sie wich einen Schritt zurück, blieb stehen, kam zögernd wieder näher. »Er erzählt mir nicht, wo er wirklich war, als er angeblich erkältungskrank zu Hause im Bett lag. Er haut im Streit ab und dann brennt das Osterfeuer. Nicht, dass ich ihn wirklich verdächtige ...« Sie weinte. »Aber ich habe doch gemerkt, wie ihm die angekündigte Demo auf den Sack gegangen ist, und da bekomme ich den Gedanken nicht aus dem Kopf, dass er das Feuer angezündet hat, nur damit wir am Samstag keine Gelegenheit mehr haben, auf das Schicksal der Kaninchen aufmerksam zu machen.«

Sekundenlang ging Röder durch den Kopf, dass auch er es als legitime Maßnahme betrachtet hätte, das Ding vorzeitig anzuzünden, wenn Sandra von ihm verlangt hätte, mit Pappkarnickelköpfen vor dem Osterfeuer rumzuhüpfen. Eine der Frauen hatte nach dem Linedancetraining unter Einforderung größter

Verschwiegenheit den anderen von dem Plan erzählt und Sandra hatte ihm lachend davon berichtet.

»Sich über diese perfide Idee den Kopf zu zerbrechen, ist schon schlimm genug, aber überleg mal weiter: Da hat einer gelegen, krank oder hilflos, und Enno steckt die Zweige an, ohne zu wissen ... Oh, mein Gott ....« Sie schlug die Hände vors Gesicht. »Das lässt mich einfach nicht los, verstehst du?«

Was sollte er sagen? Ihr erklären, dass der Tote und das Anzünden des Haufens seiner Meinung nach in unmittelbarem Zusammenhang stünden? Das wäre vermutlich wenig hilfreich, um sie zu beruhigen.

»Das verstehe ich«, erwiderte er stattdessen. »Aber meinst du nicht, dass ihr noch einmal miteinander reden solltet?« Miteinander reden. Klang echt gut. Psychologisch wertvoll. Musste er nicht ebenfalls mit jemandem reden? Einen Menschen endgültig aus seinem Kopf kriegen? Er war genau der Richtige, hier und jetzt anderen Leuten Ratschläge zur Lösung zwischenmenschlicher Probleme zu geben ...

»Ich habe keine Ahnung. Heute Abend hat er sich jedenfalls nicht blicken lassen. Ich habe seit gestern nichts von ihm gehört«, sagte Anke resigniert. »Dabei hatten wir uns eigentlich zum Kino verabredet. Er hat mir versprochen, gleich nach seinem Dienstschluss zu mir zu kommen. Aber wer nicht kam ...«

Röder war versucht, sie in den Arm zu nehmen. Allerdings konnte dieser Schuss nach hinten losgehen, wenn genau in diesem Moment die passenden Leute vorbeikamen. Also strich er ihr nur leicht über die Schulter. »Ich weiß, dass dich das kaum trösten wird, aber wir tun alles, damit Licht in die Sache kommt.« Es klang ziemlich banal, er wusste es. Aber er hatte einfach keine Übung darin, mit traurigen Frauen umzugehen. Deswegen war sein Abschied von Marlene auch eher spärlich ausgefallen. Genau genommen hatte sie sich ihr Teil selbst zusammenreimen müssen, als er sich nicht mehr gemeldet hatte.

Anke nickte leicht und zog sich ihre Mütze tiefer ins Gesicht. »Danke und tschüss.«

Er drehte sich wieder zum Schaukasten um, wollte den letzten Klebestreifen anbringen, als er noch einmal ihre Stimme hörte. Ganz klein und zitterig. »Zeigst du mir mal den Zettel? Was steht darauf?«

Er hielt ihn ihr entgegen, beleuchtete den Text mit seiner Taschenlampe.

Sie las, schweigend und konzentriert, dann schüttelte sie den Kopf. »Nein, er ist es nicht. Ich dachte nur… Es hätte sein können … Aber nein, er trägt schwarze Sneakers. Immer die gleichen. Zumindest habe ich bisher keine anderen Schuhe an ihm gesehen.«

»Und jemand anders? Keine Idee, wem diese Schuhe gehören könnten?«, hakte er nach.

»Keine Ahnung«, sagte sie. »Ich geh dann mal.«

Er schaute hinter ihr her, eine Gestalt, die im Licht der Straßenlaterne immer kleiner und dann von der Nacht verschluckt wurde. Anke schien ganz schön fertig zu sein.

Hinter Haus *Topplicht* bog er links ab zum alten Ostdorf. Er überlegte einen Moment, ob er sein Rad nicht lieber schieben sollte. Der Weg war schmal und es war dunkel. Erst recht, als er das Nachtlicht über der Haustür von Haus *Engelking* hinter sich gelassen hatte. Kaum waren die Silhouetten der Dünen zu erkennen, die den Weg einrahmten. Still war es nicht, so wie er es aus Wintertagen kannte. Immer wieder hörte er ein paar Rufe, fröhliche Stimmen, die den Beginn der Saison einleiteten. Ein Käuzchen schickte ebenfalls Laute über die Insel. Er bremste. Beinahe wäre er in einer Rille zwischen zwei roten Steinen stecken geblieben, die sein Fahrradlicht übersehen hatte.

Etwas quietschte neben ihm und er spürte einen Luftzug, dann einen Schlag auf den Rücken. Nicht schlimm, aber deutlich. Im gleichen Moment war der Spuk vorbei. Röder sah nur noch ein kleines, rotes Licht, das sich schnell über die Kuppe entfernte.

Es war sinnlos, dem Typen folgen zu wollen. Er war einfach zu schnell. Er? Röder überlegte. Ja, er war sich sicher: Das war keine Frau gewesen, die dieses waghalsige Überholmanöver gestartet hatte. Langsam schob er sein Rad weiter. Der Mann musste ihn gesehen haben. Zumindest die Reflexstreifen an seiner Jacke. Was hatte den veranlasst, so durch die Dünen zu brettern? Nicht einmal eine Entschuldigung hatte Röder gehört, der Kerl hatte sich einfach ohne Rücksicht auf Verluste den Weg freigetreten.

Als er das alte Ostdorf erreicht hatte, hängte er am *Nautilus* einen Infozettel aus und machte Halt beim *Kluntje,* dann fuhr er am Friedhof vorbei zurück. Vom Heller, wo am Tag zuvor noch die Zweige für ein imposantes Osterfeuer aufgeschichtet gelegen hatten, kam der Geruch von kaltem Rauch.

Es war Zeit, Feierabend zu machen. Ohne konkrete Aussagen der Rechtsmedizin kamen sie nicht weiter und es war nicht viel, was Gero Schonebeck am Spätnachmittag von den Festlandskollegen erfahren hatte. Wenn Arndt und Eilert wieder im Clubraum vom *Sonnenstrand,* ihrem derzeitigen Arbeitsdomizil, ankamen, würden sie den Tag kurz beleuchten und dann schlafen gehen. Morgen wartete wieder ein schwieriger Tag.

Der Kreis hat sich geschlossen, dachte der Inselpolizist, als er nach gut anderthalb Stunden wieder die Anschlagtafel vor dem *Seehund* passierte. Hier hatte er angefangen mit seiner Mission. Er bremste. Etwas stimmte nicht. Wo war der bedruckte DIN-A4-Zettel? Er schaute genauer hin. Der Zettel war weg.

Im *Seehund* brannte noch Licht. Doch auch die Wirtin konnte ihm nicht weiterhelfen. Sie versicherte, dass sie den Zettel nicht abgenommen hätte. Warum auch? Sie wäre froh, wenn die Todesfälle bald aufgeklärt würden. Er rannte zurück. Lief die Stufen hinunter zur Eingangstür des *Strandgut*. Er sah das Schild mit den Öffnungszeiten, einen Hinweis auf Veranstaltungen der Woche, ein Plakat mit einem Froschkönig darauf, aber von seinen ausgehängten Zetteln mit der Bitte um Mithilfe bei der Suche nach einem möglicherweise Vermissten – keine Spur.

Was sollte er machen? Die gleiche Runde noch einmal drehen? Zettel hatte er genug. Nur mit dem Klebeband wurde es langsam knapp. Nein, er würde wie geplant erst einmal zum *Sonnenstrand* fahren. Er war gespannt, was seine Kollegen sagten, wenn sie von der Sache erführen.

Röder brauchte nicht lange zu warten. Vor dem Eingang des Hotels kam ihm Arndt entgegen. »Ich muss euch unbedingt erzählen, was ich erlebt habe«, sagte Röder statt einer Begrüßung.

»Komm erst einmal rein. Auch wir haben eine Menge zu berichten. Wie war es bei dir? Hast du alle Zettel ausgehängt?«

»Wenn du wüsstest …« Röder atmete auf, als er merkte, dass ihr provisorisches Dienstzimmer muckelig warm war. Seine Kollegen schauten ihnen erwartungsvoll entgegen und auf dem Tisch standen Getränke.

»Was steht einem gemütlichen Abend jetzt noch im Wege?«, fragte Eilert Thedinga.

»Vermutlich einzig und allein das, was ich euch zu erzählen habe.« Michael Röder öffnete eine Flasche Bier und teilte den Kollegen noch immer fassungslos mit, was er soeben erlebt hatte.

*

Anke Hasekamp zuckte zusammen. Beinahe hätte sie das Verkehrsschild umgerannt, das kurz vor dem Kinderspielplatz darauf hinwies, dass es sich hier um einen Fußweg handelte, Fahrräder also verboten waren.

Die Beschreibung der Schuhe. Sie gehörten nicht Enno. Genau das hatte sie dem Polizisten gesagt. Aber wem dann?

Sie war auf dem Weg zum Kino. Allerdings nicht auf dem direkten Weg. Sie hatte den Wind im Gesicht spüren wollen, die vertrauten Wege entlanggehen müssen, um sicherzugehen, dass sich nichts verändert hatte. Dass die Wege genau da waren, wo sie sich gestern befunden hatten. Die Kaninchen ihre Löcher gruben, wie sie es immer taten. Sie wollte den Lichtern in den wiedererwachten Häusern folgen, das Vertraute spüren, die Geborgenheit, die die Insel ihr zeitlebens gegeben hatte. Sie war gelaufen, hatte versucht, ihre Gedanken auszuschalten. Und mit jedem Meter war Stärke zurückgekommen. Bis ihr Michael begegnet war. Seine Frage nach Enno hatte ihre neugewonnene Sicherheit wie ein Kartenhaus zusammenfallen lassen. Und wieder hatte sich in ihrem Gehirn nur eine einzige Frage gedreht: Kann ich ihm vertrauen? Und deswegen wäre sie beinahe gegen das Schild geknallt.

Würde er kommen? Gestern hatte er gesagt, er wolle sich unbedingt diesen Film ansehen. Kurz vor halb neun. Sie musste sich beeilen, wenn sie pünktlich da sein wollte.

Der Donnerstag war neben dem Montag traditionell Kinotag auf der Insel. Vom frühen Nachmittag bis nachts. Film einlegen, Zuschauer rein – Zuschauer raus, neuen Film einlegen – Zuschauer wieder rein: So war das Prinzip.

Als sie vor der Turnhalle ankam, die seit einer Woche wieder *Haus des Gastes* hieß, schaute sie sich erwartungsvoll um. Weit und breit kein Enno. Nur wenige Menschen standen vor der Tür. Manche genossen die letzte Zigarette, bevor der Zutritt in die große Halle freigegeben wurde. Noch war der Film, der gerade lief, nicht zu Ende.

Sie würde warten. Und wenn er nicht kam, ein wenig spazieren gehen. Das war ebenso gut. Das Thema des Films, den sie sich ansehen wollten, interessierte sie sowieso nicht sehr. Irgendein Zukunftskram mit Cybermobbing. Als ob es nichts Wichtigeres auf der Welt gab. Aber er hatte versprochen, mit ihr zur Theaterpremiere am Sonntag zu gehen, also hatte sie ihrem inneren Schweinehund befohlen, nicht zu bellen.

Langsam wurde ihr kalt. Sie rieb die Hände aneinander, schaute auf die Uhr und gab Enno noch fünf Minuten. Mehr nicht.

»Hallo, Anke. Wartest du schon lange?«

Da war er. Der gerade erst entfachte Freudenfunke, vielleicht doch um den Film herumzukommen, erlosch schlagartig. »Es geht. Nicht so lange.«

Enno schob sein Rad in den Ständer und atmete tief durch. Er sah aus, als hätte er gerade eine Berg-Etappe der Tour de France hinter sich gebracht. Seine Wangen waren rot und die Haare, die sich unter seiner Mütze hervorkringelten, waren feucht.

»Wo kommst du her? Du siehst so zerrupft aus.« Trotz allen Widerstandes freute sie sich, ihn zu sehen. Sie hatte keine Ahnung, woran das lag. Wie der Mann es schaffte, allein durch seine Anwesenheit ihren Unmut zu besänftigen. Den Unmut, den er zuvor selbst hervorgerufen hatte. Zugegeben.

»Vom Hafen. Habe Überstunden gemacht. Ich hatte meinem Chef versprochen, die Fahrkarten zu kontrollieren, und das Schiff kam mit Verspätung an. Der Kran war defekt, so hat sich die Abfahrt von Neßmersiel verzögert. Aber jetzt bin ich da.« Enno nahm seine Mütze ab und stopfte sie in die Tasche seiner Winterjacke. Zumindest versuchte er es. Dabei fiel ihm ein Papierknäuel aus der Tasche. Anke bückte sich, wollte es aufheben, doch Enno war schneller. Er stieß sie zur Seite und griff nach dem zerknüllten Blatt. »Entschuldigung«, presste er hervor. »Wollte dich nicht schubsen.«

Gerade konnte sie sich noch halten, sonst wäre sie über die Fahrradständer gestürzt. Es reichte schon wieder. Bei aller Liebe, der Mann war einfach ungehobelt. Ungehobelt in Worten und Taten. »Pass doch auf«, fuhr sie ihn an.

»Anke, was ist los? Das habe ich nicht extra gemacht. Ich habe nur etwas das Gleichgewicht verloren.« Enno stopfte das Blatt zu seiner Mütze in die Tasche. »Vergiss es einfach.«

Aber sie konnte nicht vergessen. »Weißt du was? Geh du man rein. Genieß den Film. Eigentlich wollte ich dir eben schon sagen, dass ich zu müde bin. Ich gehe nach Hause und lege mich ab.«

»Bitte. Wenn du meinst. Ich werde mir den Film jedenfalls nicht entgehen lassen.«

Sie sah Ennos ratlose Miene, drehte sich um und

ging. Von einer auf die andere Minute konnte sie ihn nicht mehr ertragen. Sollte er sich mit Julia Roberts vergnügen. Oder wer immer da an Hollywoodschönheiten mitspielte.

Sie freute sich auf die Theaterpremiere am Sonntag. Mark hatte ihr erzählt, dass die Schauspieler schon bei den Proben sehr viel Spaß gehabt hätten. Es war eine Krimikomödie, die in England spielte, und der britische Humor sei einfach umwerfend. Hin und wieder war ihr durch den Kopf gegangen, ob es vielleicht unpassend war, sich so kurz nach Ediths Tod der reinen Freude hinzugeben. Aber erstens hätte Edith auf andere auch keine Rücksicht genommen und zweitens war das Ganze kein Mord, sondern ein Unglücksfall. Und der Verursacher, Hajo Akkermann, saß am Festland in Untersuchungshaft. Das Einzige, was sie bedauerte, war, dass sie mit Edith eine wichtige Aktivistin im Kampf für die Kaninchen verloren hatten.

Wenn man vom Schauspieler spricht, dachte sie und blieb stehen. Hier wohnte Mark. Eigentlich hatte sie versprochen, ihm heute ein Kochbuch mit veganen Rezepten zu geben. Aber irgendwie hatte sie es nicht geschafft. Sollte sie es holen und ihm bringen? Es war sicher nicht zu spät. Sie schaute nach oben zu dem Fenster unter dem Dach. Es war dunkel. Also schien er nicht zu Hause zu sein. Dann würde er eben erst am nächsten Tag eines der leckeren Rezepte ausprobieren können.

Das war auch etwas, an das Enno sich niemals gewöhnen würde: ihre vegane Küche. Wenn der kein Steak auf dem Tisch hatte, war er nicht zufrieden. Der machte sich überhaupt keine Gedanken darüber, wie die Tiere leiden mussten, bevor er sie in Einzelteile zerlegt auf seinem Teller wiederfand. Da war Mark ganz anders. Der Leiter des Nationalparkhauses würde sich niemals an einem Tier vergreifen. Warum hatte sie sich nicht in ihn verlieben können? Der Mann sah gut aus, war freundlich, intelligent, liebenswert – warum musste es also ausgerechnet Enno sein, der so ganz anders war als sie?

Auf dem Weg nach Hause kam ihr noch einmal die Beschreibung des Mannes vom Osterfeuer in den Sinn. Sie war der Identifizierung gedanklich keinen Schritt näher gekommen. Aber sie war sich sicher, dass die Polizei mit ihrem Aufruf Erfolg haben würde. Michael hatte bestimmt genügend Zettel ausgehängt. Die würde keiner übersehen. Vor dem *Tee- und Geschenkeladen* von Hagenströms blieb sie stehen. Hier hätte Michael ruhig einen Hinweis an die Scheibe kleben können. Es gingen tagsüber genügend Leute vorbei. Auch bei *Juttas Modeladen* fand sich nichts. Seltsam. Aber die Polizisten wussten sicher, was sie taten.

Zu Hause machte sie es sich auf dem Sofa gemütlich, zog sich die rot-gelbe Kuscheldecke mit den Kamelen darauf bis zur Nasenspitze und griff nach dem Buch, das ihr fast ebenso schlaflose Nächte bereitete wie der Stress mit Enno. Aber netter. Sie liebte diese nordischen Krimis, in denen die Kommissare meist einen leichten Schlag hatten und psychisch genauso angeknackst waren wie die Täter. Auf Blut konnte sie verzichten. Auch der Filmtod konnte sie nicht großartig beeindrucken. Aber das Schräge im Menschen, die Unvorhersehbarkeit ihrer Taten, das konnte sie bis ins Innerste mitzittern lassen.

Michael Röder schaltete den Computer aus. Er hatte sich über die Wetteraussichten für diesen kühlen Karfreitag informiert und auf *Baltrum online* die Bilder von der Generalprobe der Theatergruppe angesehen. Den Bericht über das Gezeitenkonzert am Tag zuvor hatte er nur überflogen. Die Schau muss weitergehen, dachte er bedrückt. Man konnte schließlich nicht alle Veranstaltungen absagen. Oder?

Es war ruhig auf den Straßen. Nur ein paar Jogger und natürlich die Hundehalter waren unterwegs. Sonst sah man nur den einen oder anderen Gast mit einer Brötchentüte in der Hand.

Er klopfte an die Tür von Eilert Thedingas Dienstwohnung, die gleich neben der Wache lag.

Es dauerte nur einen Moment, dann stand Eilert bei ihm. »Hast du schon Neues vom Festland?«

»Nein, aber ich denke, in den nächsten Stunden werden wir mehr erfahren«, erwiderte Röder.

Sie holten ihre Fahrräder aus dem Gartenhäuschen. Ihre Kollegen warteten bereits im *Sonnenstrand*.

Sie hatten am Abend zuvor beschlossen, erst am nächsten Morgen zu einer Verteilrunde aufzubrechen. Ihnen war das Risiko zu groß gewesen, dass derjenige, der bereits einmal die Steckbriefe abgerissen hatte, in der Nacht wieder losfahren und ihre Arbeit sabotieren würde. Sie würden die Zettel heute den Ladenbesitzern persönlich in die Hand drücken, mit der Bitte um Aushang.

»Ist ja erstaunlich, dass hier die Geschäfte am Karfreitag ganz normal geöffnet haben. Das würde bei mir zu Hause nie passieren«, sagte Eilert Thedinga.

»Tourismus macht alles möglich«, erwiderte Röder. »Zum Beispiel ganztägige Öffnungszeiten an gesetzlichen Feiertagen. Nur im Winter sieht es anders aus. Da haben viele Geschäfte sogar werktags geschlossen. Das bringt halt die Saison so mit sich.«

»Ich habe heute Nacht vor dem Einschlafen noch einmal gründlich darüber nachgedacht, was das sollte, unsere Zettel alle wieder abzureißen«, sagte Eilert. »Die Person kann nicht im Ernst glauben, dass wir nicht herausbekommen, wer der Tote ist.«

»Nein, aber Arndts Vermutung, dass es so etwas länger dauert und irgendjemand dadurch Zeit gewinnt, ist nicht von der Hand zu weisen«, erwiderte der Inselpolizist.

»Aber ein ›Wir ärgern jetzt mal die Bullen‹ ist ebenfalls nicht auszuschließen«, erwog Eilert Thedinga.

»Sicher. Ist alles möglich. Immerhin konnten Arndt und Gero ihre Zettel gestern in den Hotels abliefern. Mal sehen, ob sich da schon etwas ergeben hat.«

»Dann hätten uns die beiden bestimmt Bescheid gesagt.«

Im Flur des Hotels duftete es nach Kaffee.

Marlene. Mit ihr hatte er immer Kaffee getrunken. Normalerweise bevorzugte er Tee zum Frühstück. Aber es war eben nichts normal gewesen an der Situation. Er und sie morgens im Frühstücksraum eines Hotels. Aber wunderschön. Ein scharfes Ziehen stieg aus seinem Magen hoch, weiter und weiter, bis es schließlich an seinem Herzen ankam und ihm die Luft abpresste. Mit Mühe schaffte er es, Eilert zu folgen, der mit zügigen Schritten auf den Clubraum zulief.

Die Schmerzen wurden nicht besser, als er Gero begrüßte. Der Gedanke, dass dieser Mann seinen Platz neben ihr einnahm, machte ihn wahnsinnig.

»Hallo, Michael, hast du schlecht geschlafen? Du siehst so blass aus«, hörte er Arndts Stimme aus der Ferne.

Es nützte nichts. Er musste sich zusammenreißen. Er atmete tief durch. »Geht schon«, versuchte er so normal wie möglich herauszubringen.

»Setz dich. Möchtest du einen Kaffee?« Arndt Kleemann zeigte auf die Thermoskanne, die neben drei benutzten Bechern auf einem der Tische stand.

Nur das nicht. Nicht den Geschmack der gerösteten Bohnen auf seiner Zunge spüren. Das würde alles viel schlimmer machen. »Danke. Ich habe gerade Tee gehabt«, winkte er ab.

»Gero, hast du bereits etwas Neues erfahren?« Eilert Thedinga goss sich unbekümmert eine Tasse voll ein. Mit dem Ergebnis, dass es nun auch im Clubraum intensiv nach Kaffee roch. Ein Aroma, das in ihm wunderbare Erinnerungen und zugleich größere Übelkeit auslöste. Er versuchte, sich auf Geros Ausführungen zu konzentrieren.

»Es ist gerade reingekommen.« Der Kollege zeigte auf einen Haufen weißer Bögen. »Es ist, wie wir bereits festgestellt haben, ein Mann. Größe 1,85 Meter, Gewicht geschätzt: um die neunzig Kilo. Haarfarbe: mittelblond. Alter: zwischen dreißig und vierzig. Dann folgt noch etwas zu der Bekleidung. Zur Herkunft der Jeans und der Unterwäsche, soweit ermittelbar. Die Sneakers waren übrigens aus Kunststoff, nicht aus Leder.«

»Daher hatte ich das Gefühl, sie seien weggeschmolzen und nicht verbrannt. Jetzt wird mir das klar«, überlegte Röder. »Hast du was zu der Jacke, sprich zu den roten Fetzen, die das Feuer übriggelassen hat?«

»So einiges. Das könnt ihr euch alle selbst genauer

durchlesen. Kommen wir also zur Todesursache: Der Täter hat sich richtig Mühe gegeben und sein Opfer erst erschlagen und dann verbrannt. Es war nicht ganz einfach für unsere Mediziner, aber sie scheinen sich sicher zu sein, dass die Zertrümmerung am Schädel nicht die Auswirkungen des Brandes sind, sondern dass sie ihm vorher zugefügt wurden. Außerdem ist die Person nicht erstickt, sondern war schon tot, als man sie unter den Zweigen deponierte.«

»Verdammt noch mal, das muss einer gesehen haben. Das bleibt doch nicht unbemerkt, wenn jemand einen leblosen Körper zum Osterfeuer transportiert und dort versteckt. Das macht man nicht mal eben so.« Aus Arndt Kleemanns Stimme war die Ratlosigkeit deutlich herauszuhören. »Und natürlich stellt sich die große Frage, ob beide Todesfälle etwas miteinander zu tun haben. Hajo Akkermann behauptet noch immer steif und fest, dass er Edith Oligs getötet hat. Da sie mit seiner Munition erschossen wurde, liegt der Gedanke nahe, dass er damit recht hat. Also – wenn es ihn gibt, wo ist der Zusammenhang?«

Sie diskutierten eine ganze Weile, mussten aber feststellen, dass der gerne genommene Ausdruck *ganz am Anfang der Ermittlungen* nur unzureichend wiedergab, was die Männer empfanden.

»Ich habe eben mit Müller, meinem Chef, telefoniert. Er hat gesagt, wenn wir Hilfe brauchen, sollen wir uns melden. Er will dann weitere Kollegen loseisen«, erklärte Arndt Kleemann. »Aber bislang sehe ich da keinen Handlungsbedarf, oder?«

»Ich denke, dass wir erst einmal alleine klarkommen. Wir sind schließlich kampferprobt«, antwortete Röder.

Es klopfte, dann stand Birgit Ahlers im Raum und hielt den Männern ein Telefon entgegen. »Ich weiß nicht, warum sie bei mir anruft anstatt bei euch, aber sie will euch unbedingt sprechen. Ingeborg Opitz.« Sie drückte Arndt Kleemann das Gerät in die Hand und verschwand.

Röder war froh, dass das Schicksal zumindest in diesem Fall an ihm vorbeigegangen war. Er sah sich bestätigt, als er hörte, wie sein Kollege nach einer Schweigeminute, in der er nur den Hörer an sein Ohr hielt, rief: »Frau Opitz, bitte! Ja, es kommt jemand vorbei. Aber es kann dauern!« Arndt Kleemann drückte sie weg und stöhnte. »Sie sagt, dass sie – wie hat sie sich ausgedrückt – interessante Dinge gefunden hat und dass wir uns sofort bei ihr blicken lassen sollen. Michael, wie sollen wir das bewerten?«

»Die gute Frau neigt gerne zu Übertreibungen.« Er dachte mit Grausen an die Ratssitzung. »Aber wir sollten uns kümmern. Allein, um sie ruhigzustellen.«

»Okay, dann gehst du zu deiner Freundin«, sagte Arndt Kleemann.

Michael Röder zuckte zusammen. Was sollte das nun wieder heißen? Als er das Lächeln in Arndts Augen sah, war ihm klar, dass sein Freund und Kollege Ingeborg Opitz gemeint hatte. Aber auf diesem Nerv war er zurzeit ziemlich empfindlich.

»Gero verteilt die Zettel im Westdorf und Eilert im Ostdorf. In jedem Haus. Und bitte: Fragen, fragen, fragen. Wer vermisst jemanden?« Arndt Kleemann zog seine Jacke an. »Ich habe übrigens einen Termin mit Jörg Weber. Ich möchte ein wenig in der Baltrumer Jagdszene herumwildern. Ich habe irgendwie ein Gefühl, als ob das wichtig sein könnte.«

Als der Inselpolizist vor der Tür der Opitz' ankam, ahnte er, dass es kein einfacher Besuch sein würde. Hinter dem Küchenfenster, das auf Kipp stand, sah er Ingeborgs Silhouette, aber auch ohne sie zu sehen, hätte er eindeutig erkannt, dass sie zu Hause war. Ihre Stimme war nicht zu überhören.

Er klopfte an die Haustür. Dann drückte er die Klinke. »Ingeborg?«

Ihre Stimme verstummte, dann wurde die Küchentür aufgerissen. »Komm rein. Das ist tatsächlich mal flott gegangen. Bin ich gar nicht mehr gewohnt.«

»Ingeborg!« Hinter ihr war Hartmut aufgetaucht. »Nun bitte Michael erst einmal rein und hör auf zu schimpfen.«

Irritiert blickte sich Ingeborg Opitz zu ihrem Mann um. »Ja, ja. Schon gut«, brummte sie. »Ist doch aber wahr. Immer wenn man ...«

»Ingeborg!«

Jetzt endlich verstummte Ingeborg Opitz, trat einen Schritt zurück und zeigte auf einen der braunen Küchenstühle.

Michael Röder nahm dies als Einladung, sich zu setzen. »Was kann ich für euch tun?«, fragte er freundlich.

Noch immer schweigend nahm Ingeborg Opitz eine durchnässte Stoffpuppe aus einem Schuhkarton, der auf dem Küchentisch stand, und hielt sie dem Inselpolizisten direkt vor die Nase. Er wich zurück. Der Geruch, der ihr entströmte, war widerlich.

»Habe ich im Garten gefunden. Nachdem er verwüstet worden war. Was euch bisher nicht sonderlich interessiert hat. Sie lag hinter einem Wacholderbusch. Ohne Karton. Daher ist es mir nicht gleich aufgefallen.«

Michael Röder nahm das feuchte Ding mit spitzen Fingern. Die Puppe war ungefähr zwanzig Zentimeter groß, aus brauner Wolle gehäkelt oder gestrickt – da wollte er sich nicht festlegen. Sandra würde es wissen.

Das Ding roch nicht nur, es war auch schwer. Das Innenleben bestand, soweit Röder es sehen konnte, aus Watte, in der sich offensichtlich der ganze Regen des gestrigen Tages gesammelt hatte. Die Augen waren gekreuzte grüne Fäden und der Mund, nach unten gebogen, mit weißen Fäden ausgearbeitet. Das Auffälligste aber war ein aufgesticktes rotes Herz, in dem mindestens fünf Nadeln mit schwarzen Köpfen steckten. Darunter sah er ein großes geschwungenes Zeichen.

»Hier, schau: I wie Ingeborg. Das ist ein Angriff. Ganz klar. Jemand will mich fertigmachen, mich töten. Das ist eine Voodoo-Puppe, siehst du das denn nicht?« Ingeborgs Stimme klang hysterisch. »Nun unternimm doch etwas!«

»Moment mal. Du holst mich aus einer Mordermittlung, nur um mir zu sagen, dass du eine altersschwache Puppe in deinem Garten gefunden hast?«, fragte der Polizist mit einem ratlosen Blick auf die nasse, wollige Gestalt.

»Michael«, schaltete sich Hartmut Opitz ein, »meine Frau neigt manchmal tatsächlich zu Überreaktionen. Aber in diesem Fall solltest du die Geschichte wirklich ernst nehmen. Mit einer Voodoo-Puppe ist nicht zu spaßen.«

Röder wollte zwar Hartmuts Ausführungen nicht ganz folgen, beschloss aber, diese Meinung erst einmal für sich zu behalten. Stattdessen erkundigte er sich: »Du sagst, du hast sie heute gefunden? Dann kann sie also in den letzten Tagen hierhergekommen sein? Oder bereits vor dem Angriff auf euren Garten?«

»Ich verstehe deine Frage nicht. Es reicht, dass das ekelige Teil da ist. Es ist egal, wann sie in unseren Garten gekommen ist.«

Das war es nicht, aber Röder sah ein, dass es müßig war, mit Ingeborg darüber diskutieren zu wollen. Er wandte sich an ihren Mann. »Ist euch sonst etwas Besonderes aufgefallen? Fußspuren finden wir wohl nicht nach dem Regen.«

Ingeborg Opitz war bei seinen letzten Worten rot angelaufen. »Ich glaube, du nimmst mich nicht ernst. Ich habe Angst, verdammt noch mal. Immerhin wäre ich nicht die Erste, die in dieser Woche ...«

Der Inselpolizist stand auf. »Ich werde die Puppe mitnehmen. Darf ich den Karton ...?«

Hartmut Opitz nickte.

»Zeigt ihr mir bitte die Stelle, wo ihr die Puppe gefunden habt?«

»Dann wirst du sehen, was wir alles reparieren mussten. Hier entlang.« Ingeborg Opitz öffnete erst die eine, dann die andere Pforte. »Hier waren die Krokusse. Siehst du jetzt einen?«

Er schüttelte den Kopf. Nein, es waren tatsächlich seit seinem ersten Besuch in diesem Garten keine Krokusse nachgewachsen. Wie sollten sie auch in den paar Tagen? Tatsächlich sah er die große, an vielen Stellen aufgekratzte Rasenfläche vor sich. Die Zäune drum herum standen allerdings bereits wieder.

»Hier hat sie gelegen.« Ingeborg Opitz bog vorsichtig einen immergrünen kräftigen Busch zur Seite. »Ich will ja nichts sagen. Es könnte sich natürlich um einen Kinderstreich gehandelt haben. Aber das I ... Eindeutiger geht es nicht. Bitte unternimm was.«

Hartmut Opitz hatte seinen Arm um die Schultern seiner Frau gelegt. »Zeig die Puppe deinen Kollegen. Ich weiß, dass ihr mehr als beschäftigt seid. Aber vielleicht läuft euch der Verursacher über den Weg.«

Michael Röder klemmte sich den Karton unter den

Arm, schaute sich zu Ingeborgs Beruhigung noch einmal intensiv im Garten und in dem imposanten Gartenhaus um. Er war erstaunt, wie viele technische Geräte sich bei Hobbygärtnern ansammeln konnten. Da waren der Aufsitzmäher und die Kettensäge nur ein kleiner Teil des großen Maschinenparks. In seinem Gartenhaus standen lediglich vier Fahrräder. Und meistens waren zwei davon platt. Es sei denn, der Hilfssheriff nahm sich der Räder an und brachte sie wieder auf Vordermann.

»Oder die Verursacherin. Sollte mich nicht wundern, wenn Melissa was damit zu tun hat.«

»Ingeborg, nun hör auf mit deinen Verdächtigungen«, protestierte Hartmut Opitz energisch. »Warum sollte sie so etwas machen? Sie hat keinen Grund dazu!«

»Keinen Grund? Keinen Grund? Die mit ihrem ganzen PETA-Scheiß ...«. Sie zeigte auf das Nachbarhaus. »Siehst du die Plakate? Solche Leute sind zu allem fähig. Und wenn nicht sie, dann ihr Sohn. Der streift nachts gerne mal über die Insel.«

»Ingeborg, Ruhe jetzt.« Hartmut Opitz wandte sich an den Polizisten. »Sie meint es nicht so.«

»Wir kümmern uns drum. Versprochen. Jetzt muss ich aber weiter.« Röder schob den Karton vorsichtig in seine Gepäckträgertasche. Er war gespannt auf die Reaktion seiner Kollegen.

Ingeborg hatte gesagt, sie sei nicht das erste Opfer in dieser Woche. Er musste ihr recht geben. Nur dass die anderen nicht mehr lebten. Zwei Tote waren gefunden worden und es war nicht davon auszugehen, dass das Brandopfer einem Versehen zum Opfer gefallen war.

Er nahm den direkten Weg zum Hotel, über den Marktplatz und dann Richtung Inselglocke. Zufrieden sah er überall weiße Zettel hängen. Seine Kollegen waren fleißig gewesen.

*

»Mama, das ist jetzt das Abgefahrenste, was wir je gehört haben. Das geht gar nicht!« Maren schob sich das letzte Stück ihres Marmeladenbrötchens in den Mund. »Wir müssen zur Preisverleihung. Wir haben nicht umsonst die ganzen Fragen gelöst! Jan, sag du auch mal was!«

»Maren hat recht. Ist voll blöd, heute wegzufahren. Nur weil ihr nicht zum Osterfeuer könnt«, nuschelte Jan zwischen zwei Bissen. Hätte er bloß nichts gesagt. Als er morgens in der *Backstube* gewesen war, hatte er mitgekriegt, dass das Osterfeuer ausfallen sollte in diesem Jahr, und er hatte den Mund nicht halten können. Hatte seinen Eltern natürlich brühwarm davon erzählen müssen, was ihm einen bitterbösen Blick von seiner Schwester eingetragen hatte. Aber sie hätten es sowieso erfahren. Ganz sicher. Alle redeten darüber. Auch auf der Straße hatten die Leute zusammengestanden und sich lauthals über die Todesfälle unterhalten. Man konnte gar nicht weghören.

»Schließlich gibt es genug andere Sachen, die man machen kann«, sagte Maren. »Die Toten, die tun mir echt leid, aber am Festland sterben die Leute auch und trotzdem haben die anderen ihren Spaß. Sonst dürfte man gar nichts mehr machen.«

»Das stimmt schon«, erwiderte ihr Vater nach kurzem Nachdenken. »Aber immerhin sollten wir nicht vergessen: Falls die beiden Personen doch nicht einem Unfall zum Opfer gefallen sind, wird es echt schwierig für uns, eine Entscheidung zu treffen. Dann müsste man nämlich davon ausgehen, dass sie ermordet wurden. Dass also ein Täter eventuell hier auf relativ kleinem Raum frei herumläuft. Und das muss ich uns nicht antun, versteht ihr?«

»Aber noch ist gar nichts bewiesen, oder?«, fragte Maren vorwurfsvoll. »Also können wir ins Kinderspielhaus gehen und schauen, ob wir was gewonnen haben.«

»Schließlich haben wir die Wohnung bis Montag bezahlt und gemietet.« Jan wusste, dass er mit Sparsamkeit bei seinen Eltern meistens punkten konnte.

Seine Eltern schauten sich an und nickten sich zu. »Nicht nur ihr, wir alle gehen hin«, erwiderte seine Mutter. »Und zwar ohne jede weitere Diskussion. Wir werden bis Montag auf der Insel bleiben. Aber ihr müsst schon ertragen, dass wir euch auf Schritt und Tritt folgen.«

Jetzt waren es die Kinder, die sich zunickten.

»Alles klar. Wird gemacht. Wir müssen uns beeilen.« Jan zog den letzten Fragebogen zu sich herüber und fragte mit vollem Mund: »Wie heißen die Sympathiefiguren im Onno-Club?«

»Onnie und die AHOIS«, rief Maren.

»Weiß ich auch«, sagte Jan, »aber wie werden die geschrieben? Wir haben drei Möglichkeiten zur Auswahl.«

Maren zeigte auf die dritte Antwortmöglichkeit. »Das ist richtig. Onnie heißt Onnie und nicht Connie, wie in Antwort zwei. Und AHOIS wird großgeschrieben. Das sind nämlich Schmanni, ...«

»Okay, okay, ich weiß«, winkte Jan ab. »Haben wir jetzt alle Fragen beantwortet? Dann müssen wir nur noch den Lösungssatz herausfinden.«

Vier Köpfe beugten sich über das Blatt Papier. Sie schrieben das Alphabet auf, nummerierten die Buchstaben durch und verglichen die Zahlen mit denen, die hinter den hoffentlich richtigen Antworten standen. Dann trugen sie alles in den Lösungsbogen ein.

»Fertig.« Jan warf den Kugelschreiber eher, als dass er ihn auf den Tisch legte.

»*Wir alle sind gespannt – der Schatz liegt hier am Strand*«, las er laut. »Also: Die vier Zettel ausfüllen.« Er schaute auf seine Armbanduhr. »Wir müssen unbedingt los. Bis zehn muss alles abgegeben werden. Und um elf«, er strahlte, »um elf sind wir die Gewinner.«

»Wenn nicht ein paar andere etwas dagegen haben.«

»Ach was«, winkte Jan ab. Beinahe hätte er gesagt, dass die anderen bestimmt schon das Weite gesucht hatten aus Angst vor einem Mörder, aber das hätte seine Mutter nur auf dumme Gedanken gebracht. Also schwieg er und ging ins Schlafzimmer, um sich die Schuhe anzuziehen.

»Manno, das war knapp«, flüsterte er Maren zu, die vor dem Spiegel stand und versuchte, ihre Locken in einem Pferdeschwanz zu bändigen. »Beinahe wären die wirklich abgehauen.«

Ihre Mutter hatte ganz früh schon, noch ehe er zum Brötchenholen gegangen war, angefangen, die Koffer zu packen. Und Papa? Der hatte nur schweigend dabeigesessen und ihr zugeschaut. Kein Wort hatte der gesagt. Voll das Weichei. Und als er, Jan, beim Frühstück von dem Osterfeuer angefangen hatte, war beinahe alles zu spät gewesen. Aber sie hatten es geschafft und würden bis Ostermontag bleiben.

Am liebsten hätte er sich jetzt mit Maren allein auf den Weg gemacht, aber als er vor die Tür der Ferienwohnung trat, sah er seine Eltern in angeregter Unterhaltung mit Frau Claaßen, ihrer Vermieterin.

»Stellen Sie sich vor: Mein Mann hat die Leiche gefunden«, hörte er Frau Claaßen sagen. »Sie muss wirklich schlimm ausgesehen haben. Mein Mann war fix und fertig hinterher. Er hat sich erst einmal ein paar Tage krankschreiben lassen. Das steckt man nicht so einfach weg«, jammerte sie und hielt sich am Gartenzaun fest.

»Dann wird er sich sicher erst einmal ausruhen wollen«, sagte Jans Mutter mitfühlend. »Aber wenn er sich später in der Lage fühlt – das Licht über dem Herd funktioniert nicht. Wenn er danach sehen könnte?«

Frau Claaßen zuckte mit den Schultern. »Im Moment ist es schlecht – er ist gerade … Also, er ist nicht da. Aber ich sage es ihm. Er kümmert sich sofort darum, wenn er nach Hause kommt.« Damit verschwand sie im Haus.

Jan wunderte sich. Hatte die Frau nicht gesagt, ihr Mann müsse sich ausruhen? Und er wäre krankgeschrieben? Als sein Papa neulich mal krankgeschrieben war, hatte der den ganzen Tag auf dem Sofa gelegen. Er war nicht mal zum Tennistraining gegangen. Und das ließ der sonst nie aus.

*

Sie gingen zum Rathaus und warfen ihre Zettel in den grauen Behälter im Eingangsbereich. Maren drückte ihrem Bogen einen dicken Kuss auf. »Tschüss. Bring mir Glück«, zwitscherte sie.

Man kann es auch übertreiben, fand Jan.

»Was machen wir nun?«, fragte Mama. »Wir haben eine Stunde Zeit bis zur Preisverleihung.« Sie schlenderten an den Tennisplätzen vorbei, die verlassen in der Sonne lagen. Es war wohl noch zu früh am Tage und auch nicht warm genug für die Spieler.

»Cobigolf spielen?« Maren war stehen geblieben und beobachtete einige Gruppen, die auf der Anlage unterhalb der Straße unterwegs waren.

»Ich glaube, dazu ist die Zeit zu knapp. Lass uns einen Gang bis zum *Strandcafé* und zurück machen«, schlug ihre Mutter vor. »Das Wetter ist gut. Fast kein Wind. Es dürfte also warm genug sein. Also, wenn du endlich deine Mütze aus der Jackentasche nimmst und aufsetzt.«

»Das sieht aber doof aus, mit dem Knubbel vom Pferdeschwanz darunter«, maulte sie.

»Aber Mirko ist nicht da. Was hindert dich also?« Jan versteckte sich hinter seinem Vater. Er wusste, dass es nicht fair war, seine Zwillingsschwester zu nerven, zumal sie normalerweise zusammenhielten wie Pech und Schwefel. Aber Mirko, der mit ihnen in eine Klasse ging, baggerte ständig Maren an. Und die tat so, als merkte sie es nicht. Dabei verdrehte sie immer so doof den Hals, wenn Mirko mit ihr sprach. Total ätzend.

Maren riss ihre Mütze aus der Tasche und zog sie sich über die Ohren. »Du kannst was erleben«, zischte sie ihm zu. Sie lief voraus und Jan und seine Eltern sahen sie in den nächsten Minuten nur aus der Entfernung.

Doch an der Ecke, wo der Elefant stand, hielt sie an und bückte sich. Eine alte Frau mit einem Rollator, in dessen Körbchen ein blauer Müllsack steckte, bückte sich fast gleichzeitig, so dass die beiden beinahe zusammenstießen. Dann hob die alte Frau etwas auf, drückte es Maren in die Hand, lachte und schob weiter.

»Was hast du da?«, fragte er seine Schwester, als er sie eingeholt hatte.

»Eine Wellhornschnecke. Leer. Die Frau hat sie mir gegeben. Sieht die nicht toll aus?«

Ihre Mutter beugte sich über die Schnecke. »Ist das wirklich eine Wellhornschnecke? Sie sieht so anders aus.«

»Wir können sie zum Nationalparkhaus mitnehmen und dort vorzeigen. Die wissen ganz bestimmt, was das für eine Schnecke ist«, schlug Jan vor. »Aber jetzt müssen wir zurück. Sonst fängt die Preisverleihung ohne uns an.«

Viele Menschen hatten sich im Kinderspielhaus versammelt. Und er hatte so gehofft, dass die alle auf der Fähre säßen und unterwegs zum Festland waren. Er sah seinen Hauptgewinn in weiter Ferne verschwinden. Dabei hatten sie sich solche Mühe gegeben. Der Lösungssatz war richtig. Da war er sich ganz sicher. Und noch etwas machte ihm Mut. Sie waren zu viert. Also hatten sie viermal die Chance auf den ersten Platz. Die Frage war nur, ob Maren den Inhalt des Schatzkoffers wie abgemacht mit ihm teilen würde, nachdem er dummerweise Mirko ins Spiel gebracht hatte.

Eigentlich hätte die Preisverleihung draußen stattfinden sollen, aber die beiden Männer von der Kurverwaltung hatten alle reingebeten. So suchte sich jeder einen Platz in dem großen Spieleraum. Jan erwischte einen Sitzplatz auf einer der Matten und war froh, als Maren sich neben ihn setzte. Seine Schwester schien nicht mehr sauer zu sein.

Ein Zettel nach dem anderen wurde gezogen, ein Preis nach dem anderen ausgegeben. Jan hörte die verschiedensten Namen, nur seiner, Marens oder der seiner Eltern war nicht dabei. Der Tisch mit den Preisen leerte sich zusehends. Jetzt musste doch endlich mal was kommen. Sie hatten hart dafür gearbeitet, oder etwa nicht? Maren drückte beide Daumen ganz fest. Es lagen nur noch drei Präsente auf dem Tisch. Darunter der große Koffer mit den vielen Überraschungen darin. Allein der Koffer war schon klasse. Er würde ihn seinen Baltrum-Koffer taufen und immer mitnehmen, wenn sie wieder auf die Insel fuhren. Wenn er denn der Sieger wäre.

»Den Essensgutschein gewinnt: Ansgar Schmitz.«

Jan zuckte zusammen. Hatte er da gerade richtig gehört? Er sah, wie sein Papa lachend nach vorne ging und den Gutschein in Empfang nahm. Dann dauerte es nur noch knapp zehn Minuten, bis alle Preise verteilt waren. Er war leer ausgegangen. Immerhin konnten sie mit ihren Eltern nun essen gehen. War doch was! Er war trotzdem enttäuscht. Hatte sich fest drauf verlassen, dass er diesmal etwas gewinnen würde.

»Wir finden schon was für euch. Der Gutschein ist nur für zwei Personen. Aber wir nehmen euch natürlich mit. Und ihr dürft euch etwas Schönes aussuchen. Schließlich habt ihr die meiste Arbeit gemacht«, erklärte sein Vater ruhig, als sie das Kinderspielhaus verließen.

Vorher mussten sie jedoch noch in eine Kamera lächeln. »Für die *Inselglocke*, wenn es okay ist«, sagte die Frau immer wieder und hatte wohl schon hundertmal auf den Auslöser gedrückt. Bin gespannt, ob ein Bild mit uns drauf in der nächsten Ausgabe ist, dachte Jan. Seine Eltern hatten die *Inselglocke* abonniert. Es war immer ein großes Hallo, wenn die neue Ausgabe zu Hause im Briefkasten steckte. Es war jedes Mal wie ein Stück Urlaub, der zurückkam.

»Wenn wir uns was aussuchen dürfen, können wir vielleicht Cobigolf spielen«, schlug Maren ein zweites Mal vor.

Das durfte jetzt nicht wahr sein, fand Jan. Cobigolf spielen wäre sowieso im Etat mit drin gewesen. Es musste etwas Besonderes sein. Etwas, was sie sonst nicht bekommen würden. Er schubste seine Zwillingsschwester in die Seite. »Lass mal eben. Ich habe im Eingang so ein geiles T-Shirt gesehen. Mit *Baltrum* drauf. Das will ich haben.«

»Au ja. Cobigolf spielen können wir später immer

noch. Mama …?« Maren zog ihre Mutter am Ärmel. »Wir müssen da wieder rein. Wir wollen euch was zeigen.«

*

»Wann erhalten wir unsere Waffenbesitzkarten zurück? Der Fall ist doch geklärt, oder irre ich mich?«

Arndt Kleemann schaute Jörg Weber an und sagte ruhig: »Glauben Sie mir: Wenn ich darauf eine Antwort hätte, wäre mir wohler. Vordergründig – ja. Hajo Akkermann sitzt in Untersuchungshaft und gibt alles zu.«

»Also, wo ist das Problem?«, fragte Weber ungeduldig.

»Solange wir nicht wissen, wer der zweite Tote ist und ob die beiden Fälle miteinander zu tun haben, ist tatsächlich für uns gar nichts klar. Das verstehen Sie sicher«, machte der Hauptkommissar einen halbherzigen Erklärungsversuch. Er wünschte, er hätte mehr zu sagen. Aber wie sollte er? Er hoffte inständig, dass der Tote im Osterfeuer zeitnah identifiziert werden konnte. Erst dann konnten sie vielleicht die Richtung erkennen, in der sich weiter ermitteln ließe.

»Aber ich sehe richtig, dass Ihre Kollegen am Festland einwandfrei geklärt haben, dass der Schuss aus Hajos Gewehr abgefeuert und dass auch dessen Munition benutzt wurde«, hakte Jörg Weber ein.

»Sie denken nicht im Ernst, dass ich Ihnen eine Antwort darauf gebe, Herr Weber. Sagen Sie mir lieber, warum Hajo Akkermann nicht in Ihre Jägerschaft aufgenommen wurde?«

Jörg Weber schwieg.

»Bitte eine Antwort.«

»Na gut. Es war Petri. Er hält eben nur Leute, die

von hier stammen für – vertrauenswürdig. Um es mal einfach zu sagen«, wand sich Weber.

»Sie können es mir gerne differenzierter beschreiben«, hakte Kleemann nach. »Oder möchten Sie den Fakt umgehen, dass der Mann ganz gezielt auf brauner Soße rumschwimmt, sich seine eigenen Wahrheiten zimmert, und Sie die Augen davor schließen, weil es so am gemütlichsten ist?«

»Na ja, er ist aber immer hilfsbereit. Wenn mal was an der Jagdhütte zu reparieren ist. Oder wenn im Herbst die Jäger vom Festland anreisen. Er holt sie vom Hafen ab, fährt ihr Gepäck ins Hotel – all diese Dinge eben. Und solange man ihn in Ruhe lässt, ist alles okay. Es ist nicht so, dass er uns von seiner Meinung überzeugen will …«

Nein. Mit Worten machte der Mann das wohl nicht. Eher mit Taten. Solange er sich liebevoll in die Jägerschaft einbrachte, hielten alle den Mund. Kleemann schüttelte es. Hajo Akkermann hatte es bei Leuten wie Petri bestimmt nicht leicht. Was natürlich kein Freibrief für Wilderei war, wie Jörg Weber ihm gleich zu Anfang des Gesprächs ohne Aufforderung mitgeteilt hatte. Natürlich hatte der Chef des Baltrumer Reviers recht. Wilderei war strafbar. Schon gar in der Schonzeit. Aber jemanden auszuklammern, nur weil er auf einer anderen Insel geboren war, war widerwärtig. Doch dafür schien Weber der Sinn zu fehlen.

»Ist Ihnen im Laufe der Jahre nie aufgefallen, dass Ihr Rehwildbestand Lücken aufwies?« Arndt Kleemann rieb sich die Hände. Im Büro des Jägers war es kalt. Diese Jahreszeit konnte noch Heizung vertragen, davon schien Weber allerdings nicht überzeugt zu sein.

Jörg Weber nahm die *Wild und Hund* vom Schreibtisch und blätterte ziellos darin herum. »Hin und wieder haben wir uns schon mal Gedanken gemacht. Das gebe ich gerne zu. Natürlich haben wir die grobe Anzahl der Tiere im Kopf. Aber so ganz genau können wir nie sagen, wie viel Wild auf der Insel ist. Im Frühjahr und im Sommer, wenn die Rehe Nachwuchs bekommen, sind wir nicht so häufig in den Dünen. Dann haben wir mit unseren Gästen zu tun. Außerdem ist dann Schonzeit. Bis auf Jungfüchse, die es bei uns nicht gibt, und junge Kaninchen dürfen wir gar nichts schießen.«

»Was ist mit den *Proniggels*? Wie kommen sie mit denen klar?«

»Wie das bei denen mit Schonzeit ist, weiß ich nicht so genau. Aber ich denke, wir würden die auch in der Jagdsaison nicht niederstrecken.« Weber lachte. »Die sind allesamt ein wenig bekloppt, oder? Sehn'se mal: Wir Jäger kümmern uns um die Tiere, passen auf, dass die Natur im Gleichklang bleibt. Auch wenn der Laie das Gefühl hat, die eine oder andere Rasse zeigt sich in der Überzahl. Wir haben alles im Blick, glauben Sie mir. Anke Hasekamp, unser Pastor und ihre Freunde wollen der Natur freien Lauf lassen. Im wahrsten Sinne des Wortes. Das ist Quatsch. Dann kippt alles hinten rüber. Die Kaninchen bekommen Kaninchenpest, die Seehunde Staupe und die Rehe gehen ein, weil sie nicht mehr genug zu fressen finden. Der Mensch hat vor Jahrtausenden angefangen, in die Natur einzugreifen. Und nun kommt er nicht mehr drum herum, es immer wieder zu tun. So sehe ich das.«

Insgeheim musste der Kommissar dem Mann zustimmen. Wahrscheinlich lag die Wahrheit, wie so oft, in der Mitte. Als er nach der Ratssitzung kurz mit Anke Hasekamp und Mark Tiesler gesprochen hatte, waren ihm deren Argumente ebenso logisch erschienen wie das, was er soeben von Weber gehört hatte.

»Sie haben noch nicht auf meine Frage geantwortet«, sagte der Hauptkommissar. »Also noch einmal: Wie kommen Sie mit den *Proniggels* klar? Wie kommen ihre Jagdfreunde mit denen klar? So im täglichen Miteinander?«

Jörg Weber zuckte mit den Schultern. »Ich denke, die nehmen sie einfach nicht ernst, solange wir hier im Revier das Sagen haben. Anders wird es, wenn die Politiker sich einmischen und versuchen sollten, uns die Hände zu binden. Dann könnte es ordentlich Krawall geben. Aber das sehe ich – noch – nicht. Sie sollten übrigens nicht vergessen, dass es eine weitere Gruppierung gibt. Nämlich die um Ingeborg Opitz.«

Arndt Kleemann winkte ab. »Keine Sorge. Ich habe die Ratssitzung gut in Erinnerung. Was halten Sie von Werner Gronewald?«

»Nett, aber machtlos«, sagte der Jäger. »Auch er kann das Jagdgesetz nicht aushebeln. Ich denke nicht, dass der Landkreis sich um die Kaninchenfrage kümmert, solange es keine größeren Deichschäden gibt. Sollte allerdings irgendwann die Deichsicherheit gefährdet sein, müssen die sich was einfallen lassen. Aber so weit wird es nicht kommen. Dafür sorgen wir Jäger.«

Arndt Kleemann stand auf. Er würde hier nichts Wichtiges mehr erfahren. Zum Abschluss fragte er: »Nur wann die Deichsicherheit gefährdet ist, das ist wiederum Ansichtssache, nicht wahr?«

Jörg Weber antwortete nicht, begleitete Kleemann die Treppe hinunter bis zur Tür und gab ihm flüchtig die Hand. Dann ging er ums Haus und rief nach seinem Hund. Zumindest nahm Kleemann an, dass Cicero der Name eines Hundes war. Er sah sich bestätigt, als er ein dumpfes Bellen von der Rückseite des Hauses hörte.

Seine Uhr sagte ihm, dass es fast Mittag war. Noch

immer hatte er keinen Hinweis auf die Identität des Toten erhalten. Der Hauptkommissar hoffte zumindest auf neue Erkenntnisse von seinen Festlandskollegen. Und er war gespannt, was Michael zu berichten hatte. Sofern ihn die Opitz unbeschadet hatten gehen lassen.

Doch er würde nicht direkt zum Hotel fahren. Das hatte er mit einem Blick in den blauen Himmel beschlossen. Schließlich war Karfreitag. Andere Familien saßen jetzt in Feiertagslaune beisammen am Mittagstisch. Daran war bei ihm und seinen Kollegen nicht zu denken. Zumindest nicht an die Feiertagsstimmung. Für das Mittagessen würde Birgit schon sorgen.

Als er mit seinem Chef am Tag zuvor besprochen hatte, dass sie so lange bleiben würden, bis sie alle relevanten Daten eingeholt hatten, war das für ihn völlig in Ordnung gewesen. Osterfeiertage hin oder her. Das war sein Job. Trotz oder gerade deswegen würde er einen kleinen Umweg über *Willys Utkiek* nehmen, der Aussichtsplattform auf den Randdünen zwischen Schwimmbad und Strand. Hier hatte man eine wunderbare Sicht bis weit zum Horizont, dorthin, wo sich das Wasser der Nordsee und der Himmel trafen. Genau auf dieser schmalen Linie sah er die Aufbauten der Containerschiffe, die Waren aus allen Ländern transportierten, Masten von Segelschiffen und immer wieder die Umrisse der *Nordic*, die bei Ölunfällen auf der Nordsee schnelle Hilfe leisten konnte. Die Hauptaufgabe für die Mannschaft der *Nordic* bestand jedoch darin, andere Schiffe und deren Besatzungen bei einem Notfall in der Deutschen Bucht in einen sicheren Hafen zu bringen.

Er setzte sich auf eine der Holzbänke und überlegte. Wie wäre es, wenn ihre Frauen über die Ostertage auf die Insel kämen? Wiebke wäre sofort dabei, da war er sich sicher. Birgit Ahlers hatte ihm ein Doppelzimmer gegeben. Wiebke könnte also problemlos bei ihm einziehen. Eilert – ihn kannte er nicht weiter, aber vielleicht war ja auch er von der Idee angetan. So könnte man die Arbeit und ein paar Stunden Zeit, die sie sich freischaufeln würden, prächtig miteinander kombinieren. Und Gero? Er arbeitete schon einige Jahre mit ihm und wusste, dass er lange Zeit eine Freundin gehabt hatte. Er hatte sie sogar kennengelernt. Aber in der letzten Zeit? Er war sich nicht sicher. Gero verließ das Büro nach Dienstschluss neuerdings recht zügig. Sonst war immer noch Zeit für ein zwangloses Gespräch gewesen. Das hatte sich in den letzten Wochen geändert. Allerdings hatte Kleemann keine Ahnung, was tatsächlich dahintersteckte. Er würde das Thema Frauen beim Mittagessen anschneiden. Er war gespannt, wie seine Kollegen darauf reagierten.

Unterhalb der Randdünen, gerade noch in seinem Blick, tobte eine Horde Kinder hinter einem bunten Wasserball her, der vom Wind immer weitergetrieben wurde. Und es waren weit und breit nicht viele Strandkörbe zu sehen, die sich dem Flug in den Weg hätten stellen können.

In den Tiefen seiner Tasche rumorte sein Handy, doch bis er seine Handschuhe ausgezogen und die grüne Taste gedrückt hatte, schwieg es bereits wieder. Er kannte die Nummer nicht. Sollte er zurückrufen? Nein. Das würde er sich aufsparen, bis er wieder in ihrem provisorischen Ermittlungsraum war. Hier pfiff der Wind und machte das Telefonieren schwierig.

Wer kannte seine Nummer? Ein Insulaner sicher nicht, es sei denn, Michael hätte sie weitergegeben. Das aber konnte er sich kaum vorstellen. Es war bestimmt wieder ein Werbeanruf aus einem dieser Call-Center, und darauf konnte er gerne verzichten.

Wieder klingelte es. Diesmal war er schneller. »Kleemann.«

Sein Chef war dran. »Nicht wundern. Ist das Telefon von meiner Frau. Meins hat den Geist gestern Abend aufgegeben.«

Deswegen also.

Müller bestätigte noch einmal, dass Edith Oligs mit genau der Munition erschossen worden war, die sie bei Akkermann sichergestellt hatten. Allerdings hatten die Fachleute nun herausgefunden, dass der Schuss nicht aus einem der Gewehre des Inhaftierten abgefeuert worden war.

»Das heißt, dass der Mann vermutlich nicht für den Tod von Edith Oligs verantwortlich ist«, fasste Kleemann zusammen.

»Es sei denn, er hat das passende Gewehr irgendwo versteckt«, gab Müller zu bedenken. »Aber warum sollte er, wenn er von sich selbst behauptet, die Frau erschossen zu haben?«

»Wird Akkermann aus der U-Haft entlassen?«

»Ich gebe euch Bescheid«, erwiderte Müller.

»Mit anderen Worten: Wir haben zwei Mordfälle innerhalb einer knappen Woche. Die eine erschossen, der andere erschlagen und verbrannt. Ihr solltet euch jetzt doch mal Gedanken darüber machen, weitere Kollegen rüberzuschicken. Das wird mit vier Leuten hier knapp«, schlug Kleemann vor.

Für einen Moment hörte der Hauptkommissar am anderen Ende nur Schweigen, dann sagte sein Chef: »Gut, ich werde sehen, was sich arrangieren lässt. Ansonsten habt ihr für Rückfragen erst einmal natürlich die geballte Expertenkompetenz vom Festland.«

Geballte Expertenkompetenz. Müller liebte es dramatisch. Natürlich waren da Fachleute. Aber es war immer hilfreich, den einen oder anderen davon am Ort des Geschehens zu haben. »Ich mache es dringend, wenn wir Hilfe brauchen.«

Kleemann wusste, dass er sich bei aller Personalknappheit auf seinen Chef verlassen konnte. Ob seine Idee der Familienzusammenführung jetzt noch sinnvoll war, wusste er hingegen nicht. Hätten sie überhaupt Zeit für die Familie? Er würde es vorsichtig ansprechen.

Etwas anderes war natürlich ebenfalls zu bedenken: Hier lief – wenn die Person sich nicht bereits auf dem Festland befand – ein Mörder herum. Ob dieser Gedanke Grundlage für ein paar unbeschwerte Tage sein konnte, blieb dahingestellt.

Offensichtlich stehe ich mit meinen Gedanken nicht alleine da, dachte er bedrückt. Auf dem breiten, roten Klinkerweg unterhalb der Randdünen sah er viele Gäste mit vollbeladenen Kofferkarren dem Hafen zustreben.

*

Tino Middelborg kratzte sich am Hinterkopf. Immer und immer wieder. Er wollte das nicht. Es war eine Angewohnheit aus früheren Zeiten, die er mit seinem Arbeitsantritt auf der Insel ganz und gar abgelegt zu haben glaubte. Aber er hatte sich getäuscht. Er hatte das Gefühl, dass alles über ihm zusammenbrach. Michael Röder hatte ihn gerade angerufen und ihm mitgeteilt, dass sie es tatsächlich mit zwei Mordfällen zu tun hätten. Dabei hatte er so gehofft, dass sich alles nur als zwei unglückliche Unfälle herausstellen würde. Was schon schlimm genug gewesen wäre.

Middelborg hatte daraufhin Telefonkontakt mit seinem Gemeinderat aufgenommen und man hatte gemeinschaftlich beschlossen, das Abbrennen des Osterfeuers abzusagen.

Bei Oliver Abels hatte er offene Türen eingerannt. Es müsse wieder Ordnung auf den Heller, hatte der gesagt. Der Schandfleck müsse umgehend verschwinden.

Bei anderen hatten sich die Gedanken um die Tiere gedreht, die in einem Feuer elendiglich zu Tode kommen. Und ob man generell, auch in den folgenden Jahren, von der Tradition des Osterfeuerabbrennens Abstand nehmen solle. Was von den meisten im gleichen Atemzug jedoch wieder abgelehnt worden war.

Die Ratsherren hatten zugestimmt, das Strauchwerk abfahren und somit die Veranstaltung um das Osterfeuer ausfallen zu lassen, obwohl damit für die Gemeinde einiges an Kosten für die Abfuhr und für die Gemeindemitarbeiter jede Menge Arbeit anfiel. Trotz des Brandes war noch genug Holz für einige Pferdewagenladungen übriggeblieben. Und er wollte nicht bis nach Ostern warten. Wollte nicht, dass die Gäste jedes Mal, wenn sie daran vorbeikamen, an die schreckliche Tat erinnert wurden.

»Tässchen Tee?«

Er hatte nicht bemerkt, dass seine Mitarbeiterin Thea Holle mit einem Tablett hereingekommen war.

»Wenn Sie eine mittrinken.«

Sie verteilte die dünnwandigen kleinen Tassen und gab je einen dicken Kluntje herein. Dann goss sie den Tee darauf, der das Kluntjestück knisternd zerbrechen ließ. Ein gutes Geräusch. Schon seit seiner Kindheit verband er damit das Gefühl von Wärme und Geborgenheit. Er merkte, wie er langsam ruhiger wurde.

Thea Holle hob mit einem Silberlöffel die Sahne

auf den Tee. Een Wulkje Room. Was brauche ich Yoga und Thai Chi, dachte er zufrieden, solange es Ostfriesentee gibt.

»Ganz schön übel im Moment«, unterbrach sie seine Gedanken, die gerade angefangen hatten, sich in ruhigeren Bahnen zu bewegen. Aber es nützte nichts. Er war der Bürgermeister. Er musste sich den Problemen stellen. Schließlich sah Thea Holle das wohl genauso. Sie war trotz des Feiertages morgens unaufgefordert erschienen, wohl ahnend, dass er ihre Hilfe brauchte.

»Ich werde gleich mal die Kollegen mobil machen«, erklärte er.

»Wenn Sie da man Glück haben. Claaßen ist krankgeschrieben und die anderen genießen den Feiertag«, antwortete Thea Holle.

»Dann rufe ich die zu Hause an. Denen wird klar sein, dass ein Saisonbetrieb unkonventionelle Arbeitszeiten mit sich bringt.« Middelborg war schon wieder kurz davor, sich aufzuregen. Seine Kopfhaut juckte. Er wollte kratzen. Stattdessen griff er zum Tee. »Oder würden Sie das für mich machen?«

Thea Holle lächelte. »Mache ich gerne. Zu wann?«

»Vierzehn Uhr. Und – haben Sie den Schlüssel für die Werkstatt griffbereit?«

Sie nickte. »Der liegt auf meinem Schreibtisch.«

Als Thea Holle nach der dritten Tasse Tee und einem recht angenehmen Gespräch sein Büro mit ihrem Tablett wieder verlassen hatte, beantwortete er drei Briefe. Dann drehte er die Heizung runter und zog seine Jacke an. Das Vorzimmer war verwaist. Thea Holle hatte ihren Dienst genauso still und leise beendet, wie sie gekommen war. Die abgewaschenen Tassen standen auf dem Sideboard, die Kluntje mit der silbernen Zange gleich daneben. Er schloss die Bürotür hinter sich ab.

Keiner seiner Kollegen war zu sehen. Kein Wunder. Nur in dem großen Vorraum standen ein paar Gäste und schauten sich die Veranstaltungsplakate an.

»Entschuldigen Sie, arbeiten Sie hier?«

Vor ihm stand ein Mann, Mitte vierzig, Brille, schwarze, kurze Haare, an der Hand ein kleines Mädchen.

»Wissen Sie, ob das hier jetzt alles abgeblasen wird? Oder was wird aus unserem Baltrum-Urlaub? Müssen wir im Hotel auf unserem Zimmer sitzen bleiben, damit wir nicht auch noch ermordet werden? Hier!« Er zeigte auf ein Plakat »Eiertrüllen beim Heimatverein. Ich weiß zwar nicht, was Eiertrüllen ist – trotzdem, ich wollte dort mit meinen Kindern hin. Und jetzt?«

Wie sollte er darauf reagieren? Er könnte sagen: ›Nein, es ist alles gut, Ihnen kann gar nichts passieren. Eiertrüllen ist ein alter ostfriesischer Brauch, den Sie unbedingt kennenlernen müssen. Da werden hartgekochte, bunt bemalte Eier möglichst unfallfrei die Düne herunterge…‹ Was denn nun? Er überlegte, doch ein anderes Wort, das das Trüllen beschrieb, wollte ihm nicht einfallen. Er könnte erklären, dass das Ei, das am längsten unterwegs ist, gewinnt. Und dass diese Bräuche ein großer Spaß für die ganze Familie seien.

Nein, er würde sich schön hüten. Wusste er denn, was als Nächstes auf dieser Insel passierte? Aber wie sollte er reagieren? Er hatte verdammt noch mal keine Ahnung. Hätte er sich im Schutze seines Büros bloß ein paar Antworten überlegt. Er hätte wissen müssen, dass er angesprochen würde, sobald er sich in der Öffentlichkeit zeigte.

»Entschuldigen Sie bitte, aber ich weiß es nicht.« Er versuchte es mit Ehrlichkeit. Und das was er sagte, war gerade genau das, was er empfand. »Ich kann Ihnen keinen Ratschlag geben.«

Der Mann drehte sich wortlos um, zog das Mädchen hinter sich her und verschwand durch die Glastür. Der hätte sich im Beisein seiner Tochter ruhig etwas zurückhaltender ausdrücken können, dachte Middelborg.

Von Petri und seinen Kollegen war noch nichts zu sehen. Es sah alles aus wie vor ein paar Tagen, als er die Werkstatt betreten hatte. Dem Boden hätte die Verwendung von Besen, Kehrschaufel und Handfeger gut getan. Auf dem Schreibtisch herrschte allerdings mustergültige Ordnung. So, als hätte dieses Möbelstück auf seine Ankunft gewartet. Die metallenen Spinde im Nebenraum waren abgeschlossen. Bis auf einen. Die Tür krächzte beim Öffnen. Middelborg war sich nicht ganz sicher, ob das, was er hier tat, erlaubt war, aber er verwarf den Zweifel. Solange keiner kam … Eine nicht mehr ganz saubere Arbeitshose hing an einem Haken, auf der Ablage darüber lagen ein Paar Arbeitshandschuhe und ein Schutzhelm. *Thomas Claaßen* stand mit Filzstift ungelenk vorne drauf geschrieben. Claaßen war nach seinem Einsatz am Osterfeuer von der Ärztin krankgeschrieben und umgehend nach Hause geschickt worden. So hatte er wohl keine Gelegenheit mehr gehabt, seinen Spind abzuschließen.

Er schob den Helm zur Seite und fischte einen Zettel darunter hervor. Namen standen darauf. Namen von Insulanern. Uhrzeiten dahinter. Und Dinge wie: *Tapezieren. Teppichboden legen. Regal aufbauen*. Und in Klammern: *Nägel mitbringen! Bohrmaschine!* Interessant. So verdiente sich der Mann also ein Zubrot. Was ihn stutzig machte, war die Uhrzeit. Neun Uhr. Elf Uhr.

Fünfzehn Uhr. Alles Zeiten, an denen der Mann eigentlich für seinen Arbeitgeber hätte tätig sein müssen. Und am letzten Dienstag hätte er morgens auf seine Anordnung hin das Osterfeuer zusammenschieben sollen. Wenn er dem Zettel Glauben schenken durfte, war Claaßen allerdings damit beschäftigt gewesen, bei Mannens eine Wand zu streichen.

Mit dem werde ich reden, dachte Tino Middelborg entschlossen. Und genau das konnte er gleich machen. Er zog sein Handy aus der Tasche. Claaßens Nummer hatte er gespeichert. Für den Notfall. Doch nicht Claaßen meldete sich, sondern seine Frau. Als er sie bat, ihm ihren Mann an den Apparat zu holen, konnte er sie kaum noch verstehen. Sie stotterte und es klang so, als ob sie den Hörer einen Meter von sich entfernt hielt. Ihm reichte es. »Frau Claaßen«, brüllte er. »Ich will sofort Ihren Mann sprechen! Sofort!«

»Der ist nicht da.« Er konnte ihre Stimme kaum noch wahrnehmen. »Ich sage ihm, dass Sie angerufen haben, wenn er zurück ist.«

»Nichts da. Wo kann ich ihn jetzt erreichen?«

»Bei Kösters. Er .... Ach, ich weiß auch nicht. Ich habe ihm gleich gesagt ... Rufen Sie einfach dort an.« Helma Claaßen hatte aufgelegt.

Nein, er würde nicht anrufen. Er würde ganz informell bei den Kösters vorbeigehen und sich erkundigen, was der Umbau machte. Er wusste, dass Kösters längst hätten fertig sein wollen, aber der lange Winter hatte ihnen einen Strich durch die Rechnung gemacht.

»Was tun Sie hier?«

Tino Middelborg erschrak. Er hatte gar nicht registriert, dass Reinhart Petri hereingekommen war. Doch er fing sich schnell. »Ich habe auf Sie gewartet. Die

Reste vom Osterfeuer müssen entsorgt werden. Die Veranstaltung fällt aus gegebenem Anlass aus. Das hat Ihnen Frau Holle ja bereits mitgeteilt.«

»Wann?«, fragte Petri nur und schaute aufmerksam auf den Zettel, den Middelborg während seines Telefonats auf dem Schreibtisch abgelegt hatte.

»Möglichst sofort«, antwortete Middelborg. »Wer kommt noch?«

»Bodo und Bernhard. Ist die Müllstation offen? Kommen die Mitarbeiter von der Müllumschlagstation mit dem Pferdewagen und holen die Zweige ab, die wir zusammenfahren?«

Das war etwas, worüber Middelborg in der Tat nicht nachgedacht hatte. »Ich rufe gleich bei dem Müllwerker an und sage Bescheid, ob es klappt und wann der da ist.« Middelborg sah ein spöttisches Lachen auf Petris Gesicht. Aber er konnte schließlich nicht alles wissen. So lange war er noch nicht auf der Insel. »Sie warten hier«, sagte er knapp und verließ die Räumlichkeiten, nicht ohne vorher Claaßens Arbeitszettel in die Jackentasche zu stecken, bevor Petri danach greifen konnte. Aber der machte sich nicht einmal die Mühe, die Hand danach auszustrecken, wie Middelborg interessiert feststellte. Untereinander ist es hier nicht so weit her mit der Loyalität, dachte er zufrieden. Es ist immer einfacher, gegen einzelne Steine anzutreten, als eine geschlossene Wand aufzubrechen.

Nach einer guten Viertelstunde hatte er die Zusage. Die Leute hatten sich trotz des Feiertages bereit erklärt, die Pferde vom Heller zu holen und anzuspannen. Er gab Petri die Nachricht weiter, sagte den anderen Bescheid und bat sie, sich auf den Weg zu machen. Dann fuhr er zu den Kösters.

Detlef Köster stand auf dem Treppenabsatz vor seiner Haustür und schliff das Holz ab, das die bunten Fenster einrahmte. Middelborg bremste.

»Wunderbar. Jetzt kommt Hilfe.« Detlef Köster hatte sich umgedreht und schwang die Schleifmaschine durch die Luft. »Bald habe ich die ganze Gemeindeverwaltung hier auf der Baustelle.«

»Ist Claaßen drin?« Tino Middelborg hatte sein Rad abgestellt.

Wenn Köster über Middelborgs ernsten Ton erstaunt war, ließ er sich nichts anmerken. Er öffnete nur die Haustür und rief: »Thomas, dein Chef will dich sprechen.« Dann drehte er sich zu dem Bürgermeister um. »Ist etwas passiert? Ist doch Feiertag.«

»Claaßen ist krankgeschrieben. Mehr ist eigentlich nicht. Der soll sich Dienstag bei mir melden. Morgens um acht. Richten Sie ihm das bitte aus. Und für Sie – könnte mit der Versicherung schwierig werden, wenn der Mann von der Leiter fällt.« Middelborg tippte sich an die Stirn und ging. Er hatte keine Lust mehr, Claaßen zusammenzufalten. Nicht in der Öffentlichkeit. Dafür war sein Büro der bessere Ort. Definitiv.

Er würde erst einmal nach Hause fahren und eine Kleinigkeit essen. Danach würde er sich davon überzeugen, ob seine Mitarbeiter das taten, worum er sie gebeten hatte.

*

Michael Röder stand hinter dem Holzverschlag des Hotels und versuchte, tief durchzuatmen. Was sein Kollege und Freund Arndt Kleemann da eben losgetreten hatte, war das Schlimmste, was er sich vorstellen konnte. Der hatte tatsächlich den Vorschlag gemacht, die Frauen, Lebenspartner, was auch immer, auf die Insel kommen zu lassen. Katastrophe. Und tatsächlich,

Eilert und Gero hatten genickt und das Ganze noch für einen guten Einfall gehalten. Da hatte auch sein Hinweis auf die Gefährlichkeit des Unternehmens nichts geholfen. Gero hatte versteckt gelächelt und ›meine Freundin hat damit kein Problem‹ gemurmelt. Nee, natürlich nicht. War ja eine Polizistin.

Er musste Marlene unbedingt anrufen. Sie durfte nicht kommen. Auf keinen Fall. Er nahm sein Handy heraus, suchte das Telefonbuch rauf und runter, aber ihre Nummer fand er nicht. Ganz langsam wurde ihm klar, dass er die nach dem letzten Gespräch mit ihr gelöscht hatte. Zu groß war plötzlich die Angst gewesen, dass Sandra über den Eintrag stolperte. Obwohl er sich sicher war, dass seine Frau nie an sein Gerät gehen würde.

Er musste wieder zu den anderen, hatte sich mit einer fadenscheinigen Ausrede verdrückt, als er es nicht mehr im Clubraum ausgehalten hatte. Arndt hatte ihm hinterhergerufen, er solle nicht so lange fortbleiben. Sie hätten eine Menge zu besprechen.

Noch einmal sagte er sich: Ruhe bewahren. Bestimmt hat sie Dienst und kann gar nicht anreisen. Oder sie will nicht. Das müsste sie allerdings Gero erklären. Aber da fällt ihr sicher etwas ein. Frauen können das.

War natürlich möglich, dass sie kam. Ihn gar nicht beachtete und nur mit Gero rummachte.

Schließlich hatte er, Michael, die Sache beendet.

Er merkte, wie ihm schon wieder die Luft wegblieb. Hoffentlich, betete er, hoffentlich geht das alles gut.

Im Clubraum empfing ihn wohlige Wärme. Doch er bemerkte es kaum, setzte sich neben Eilert Thedinga und schwieg. Denn noch etwas lag ihm auf der Seele, etwas, von dem er nicht sicher war, ob er es mit seinen Kollegen teilen sollte. Es war die Idee von heute Morgen, etwas übersehen zu haben. Sein Gehirn gab ihm keinerlei Hinweis, in welche Richtung er denken sollte. Also eigentlich viel zu vage, um Arndt und Co damit zu belasten. Aber im Grunde war er sich sicher, da war etwas.

»Michael, alles klar?«, weckte ihn die Stimme seines Freundes.

»Ja, ja. Geht schon«, antwortete er ausweichend.

»Mit dir ist doch was. Hast du ein Problem? Bedrückt dich was?« Arndt ließ nicht locker.

Was sollte er tun? Noch einmal abwiegeln? Michael Röder sah seine Kollegen an, dann erzählte er ihnen von diesem unerklärlichen Gefühl. Auch auf die Gefahr hin, sich lächerlich zu machen. Nützte ja nichts. Besser, als von Marlene zu erzählen.

Doch seine Kollegen hörten genau zu, als er seinen Morgen Revue passieren ließ. Gero Schonebeck machte sich Notizen und er war auch der Erste, der eine Frage stellte. »Kann es etwas mit dieser Strickpuppe zu tun haben?« Er hatte die Puppe aus dem Karton geholt und hielt sie Röder vor die Nase.

Der Inselpolizist schaute sich die Puppe mit den grünen Augen lange an, dann schüttelte er den Kopf. »Ich weiß es echt nicht. Es war so ein flüchtiges Gefühl. Als ob sich in meinem Kopf eine Schublade für einen halben Zentimeter geöffnet hätte. Aber bitte fragt weiter. Vielleicht hat einer von euch die Möglichkeit, die Schublade ganz weit aufzuziehen.«

»Noch mal der Garten. Stell ihn dir ganz genau vor: Die Rasenfläche. Der doppelte Zaun. Die Büsche. Oder haben die Opitz' etwas erwähnt, was es bei dir klingeln lässt?«

Nein. Da klingelte gar nichts. Er kam der Lösung

kein Stück näher. Stattdessen klopfte es an der Tür.
»Herein.«

Eine junge Frau trat ein. »Bin ich hier richtig? Birgit Ahlers hat gesagt, dass ich Sie hier treffe.«

»Worum geht es denn?«, fragte Arndt Kleemann freundlich.

»Ich weiß, wer der Tote ist, der auf Ihren Plakaten beschrieben wird. Ich weiß es. Zumindest glaube ich, dass ich es weiß«, sagte sie mit Tränen in den Augen.

Arndt Kleemann war aufgestanden und auf die Frau zugegangen. »Bitte nehmen Sie Platz und stellen Sie sich erst einmal vor.«

Die blonde Frau trug einen Poncho aus buntem Wollfilz, der sich deutlich von den üblichen Kunststoffregenjacken der Insulaner abhob. »Ich heiße Inge Müller und ich arbeite hier. Und gestern hatte er frei. Aber heute ist er einfach nicht zur Arbeit gekommen, obwohl die andere Mitarbeiterin und ich ihn so sehr gebraucht hätten. Das macht er normalerweise nicht. Er ist immer zuverlässig. Ich absolviere hier ein Praktikum. Monika hat gesagt, ich mache die Pferde scheu, ich bilde mir alles nur ein und er wird wieder auftauchen, aber ich bin mir sicher …«

»Frau Müller«, nutzte Arndt Kleemann eine Sekunde des Luftholens bei der jungen Frau. »Frau Müller. Nun mal ganz langsam. Um wen handelt es sich Ihrer Meinung nach?«

Sie starrte ihn erstaunt an. »Habe ich das nicht schon gesagt? Mark Tiesler natürlich. Er ist doch unser Chef im Nationalparkhaus!«

Das war es. Plötzlich war sich auch Michael Röder ganz sicher. Es war das Bild von der Generalprobe der Theatergruppe gewesen, das er auf *Baltrum online* gesehen hatte. Das Bild, auf dem sich alle verbeugt hatten. Dort waren die Mitspieler von Kopf bis Schuh drauf gewesen. Die Schuhe sogar recht groß. Und Mark Tiesler hatte diese Schuhe getragen. Es gab keinen Zweifel. Die Frau hatte recht. Es konnte sich nur um Mark Tiesler handeln. Und damit um den zweiten Toten aus den Reihen der *Proniggels*.

Röder wollte gerade seinen Kollegen von seiner neu gewonnen Erkenntnis berichten, als Arndt ihm zuvorkam. »Gero, du sprichst mit der Kollegin von Frau Müller. Michael und Eilert, ihr geht zum Wohnhaus von Mark Tiesler und versucht dort herauszufinden, ob der Mann sich nur eine Auszeit genommen hat. Ich setze das Gespräch mit Frau Müller fort und nehme es zu Protokoll.«

Dennoch – Röder musste mit ihm sprechen, bevor sie gingen. Er winkte Arndt mit vor die Tür. »Es war mit an Sicherheit grenzender Wahrscheinlichkeit Mark Tiesler.« Er erzählte, wo er die Schuhe wiedererkannt hatte.

»Gut. Dann seht zu, ob ihr diese Annahme zügig bestätigen könnt. Gebt mir Bescheid, sobald ihr Näheres wisst.«

Es war nicht weit bis zu dem Haus, wo Tiesler und einige andere Inselmitarbeiter wohnten. Die Tür war nicht abgeschlossen. Sie stiegen die Treppe hoch, klopften ein paarmal an die Wohnungstür, riefen Tieslers Namen, und als keiner öffnete, drückte Röder die Klinke herunter. Auch diese Tür machte keine Probleme. »Es ist eine alte Sitte hier. Viele Türen stehen offen, weil es auf der Insel kaum Diebstähle gibt«, erklärte er Eilert Thedinga, der erstaunt verfolgt hatte, dass der Zutritt so einfach war. Fast gleichzeitig zogen die beiden Polizisten Einmalhandschuhe an.

»Ich habe mich schon gewundert, dass die Kollegen

von der Spurensicherung keinen Schlüssel bei der Leiche gefunden haben. Hatte angenommen, dass der Mörder ihn eingesteckt hat. Aber wenn das so ist …«
Eilert betrat das Zimmer, das gleichzeitig zum Wohnen und Schlafen diente.

Der Raum wirkte klein, aber gemütlich, rote Übergardinen gaben ihm etwas Warmes. Hier und da sah Röder kleine Häufchen auf der Erde. Einmal waren es dicke Socken, einmal ein Stapel *Greenpeace*-Monatszeitungen. Ein Vogelbestimmungsbuch lag aufgeschlagen auf dem niedrigen Tisch. Links auf dem Sofa kuschelten sich drei Kissen ineinander, als ob sie nur darauf warteten, dass ihr Besitzer sich wieder zu ihnen gesellte. Einen Fernseher suchten die Polizisten vergeblich. Das weiße Antennenkabel lag, sorgsam zusammengerollt, auf dem Fußboden neben einem Sideboard mit verschiedenen Blumen darauf. Auf einem Regal stapelten sich Zeitschriften und Bücher und an den Wänden klebten Hochglanzbilder von allen möglichen Tieren.

Ganz besonders fiel Röder ein Poster auf, auf dem ein Wal elegant aus dem Wasser tauchte. Ein so lebendiges Bild, dass Röder das Gefühl hatte, der Wal würde jeden Moment der Schwerkraft entfliehen und durch das Zimmer schweben. Unten auf dem Bild stand: *13.8.2009. Vancouver Island.* Hatte Tiesler diesen wunderbaren Moment selbst erlebt und geistesgegenwärtig auf den Auslöser gedrückt?

Auf einem Teller lag eine halbe Scheibe Brot mit einem weißlichen Belag, deren dunkelgelber Rand sich bereits leicht wölbte. Daher also kam der durchdringende Geruch im Zimmer.

Seit wann war Tiesler nicht mehr dagewesen? War er nach der Generalprobe nach Hause gefahren und hatte sich ein Brot geschmiert, war aber vor dem Verzehr aus irgendeinem Grund noch mal nach draußen gegangen? Oder hatte er seine Wohnung vor der Probe verlassen, mit dem Gedanken, das Stück Brot nach seiner Rückkehr als Betthupferl zu essen? Nur dass es dazu nicht mehr gekommen war?

Sie würden sich den Rest der Wohnung ganz genau ansehen. Genau wie Tieslers Büro im Nationalparkhaus. Die Kollegen von der Spurensicherung konnten schon mal ihre Koffer packen.

»Sieht nicht so aus, als hätte hier einer rumgewühlt, oder?« Eilert Thedinga öffnete die Badezimmertür und drückte auf den Lichtschalter. Auch hier fiel den beiden nichts Ungewöhnliches auf. Ein Rasierapparat, Deo, eine Zahnpastatube, ordentlich aufgereiht über dem Waschbecken. Eine Flasche mit grünem Inhalt – Röder las: *Fichtennadelbad* – stand auf der Ablage neben der Badewanne.

Auch hier hatte Röder nicht das Gefühl, es sei vor ihnen bereits jemand dagewesen und hätte alles durchsucht. Warum auch? Es war wohl nur die Erwartungshaltung eines Polizisten, der nach dem Tod eines Menschen dessen Wohnung betrat. Die Erwartung, etwas zu finden, was die Tat in irgendeiner Form begreiflich machte. Aber sie mussten erkennen, dass diese Wohnung ihnen zumindest auf den ersten Blick keinen Hinweis auf den Täter gab.

»Ich rufe Arndt an. Der soll alles Weitere in die Wege leiten. Dann versiegeln wir die Wohnung und fahren zurück zu den anderen, okay?« Michael Röder zog sein Handy aus der Tasche.

Als sie die Treppe hinuntergingen, kam ihnen ein Mitbewohner entgegen. Röder kannte ihn nur entfernt, hatte wohl mitbekommen, dass der junge Mann seit der letzten Saison im Hotel *Strandhof* als Koch arbeitete. Er bat um seinen Namen und erkundigte sich, ob ihm etwas aufgefallen wäre in den letzten Tagen.

»Maik Küchler. Der Name ist Programm. Ich war eigentlich nur ganz wenig hier«, erklärte er. »Abends schon gar nicht. Da ist Arbeitszeit für mich. Und wenn die Küche schließt, dusche ich und helfe bei Bedarf an der Theke aus. Da kann es schon mal spät werden.«

»Wie war Herr Tiesler sonst so als Mitbewohner?«, fragte Eilert Thedinga.

Maik Küchler überlegte. »Ruhig. Keine Partys, keine laute Musik. Nur manchmal, da redete er sehr laut und energisch. Ein-, zweimal klang das sogar richtig böse. Wir haben immer gesagt, jetzt scheißt er wen am Telefon zusammen. Man hörte nämlich immer nur *seine* Stimme, verstehen Sie? Aber sonst – keine besonderen Vorkommnisse.«

»Wer ist wir?«

»Na, die Okka, die in der Mitte, und der Sebastian, der hinten raus im Anbau wohnt. Wir treffen uns nämlich manchmal. Im Sommer auch zum Grillen, wenn wir tatsächlich alle zusammen mal frei haben. Mark hat da aber nie mitgemacht. Wir haben ihn eingeladen, aber er wollte nicht. Er isst kein Fleisch, hat er gesagt. Und kein Mensch hätte das Recht, Tiere zu töten. Für gar nichts.« Er lachte. »Das sollte ich mir als Koch mal zu Herzen nehmen. Dann könnten wir neunzig Prozent unserer Speisekarte streichen.«

Eilert Thedinga schaute den Mann ernst an. »Damit hört es nicht auf, nicht wahr? Wenn man das richtig durchzieht, wird man zum Veganer. Also auch keine Eier, keine Milch, kein Leder.«

Das war es. Nun blieb kein Zweifel. Tiesler war nicht nur Vegetarier, sondern Hardcore-Veganer. Darum waren Tieslers Schuhe zusammengeschmolzen und nicht verbrannt. Die Reste, die wie Leder aussahen, waren in Wirklichkeit aus Kunststoff. Er würde Gero bitten, Monika Schlauter aus dem Nationalparkhaus dazu zu befragen. Die wusste sicher, wie ihr Chef tickte.

»Danke«, sagte Röder. »Wir melden uns bestimmt noch einmal bei Ihnen. Wissen Sie, wo wir Okka und Sebastian finden?«

Der Koch beschrieb es ihnen und war sich sicher, dass die Polizisten die beiden bis zum Abend an ihren Arbeitsstellen antreffen würden.

Als sie zum Hotel *Sonnenstrand* fuhren, sagte Eilert: »Ich würde echt gern wissen, mit wem der sich gezofft hat. Mit seinem Mörder? Um was ging es? Vielleicht wissen die anderen Bewohner des Hauses mehr. Könnte sein, dass einer von denen mal genauer hingehört hat. So auf dem Weg durch das Treppenhaus.«

»Das werden wir versuchen, herauszufinden. Schlage vor, wir sprechen uns kurz mit den Kollegen ab und suchen die beiden dann auf.«

Doch der Clubraum war leer, die Kollegen ausgeflogen. Nur ein kleiner, weißer Zettel lag auf einem der Tische. *Bin bei Birgit und Henning in der Küche. Arndt*

»Na, dann nichts wie hin.« Michael Röder legte den Zettel zur Info für Gero zurück auf den Tisch. »Folge mir. Wenn wir Glück haben, gibt es nicht nur neue Nachrichten, sondern auch einen Tee.«

*

Es gab Tee. Und ihre Kollegen waren bereits da.

»Das ist interessant«, war Gero Schonebecks Kommentar, nachdem Röder und Eilert Thedinga von ihren Befragungen berichtet hatten. »Genau so haben Inge Müller und Monika Schlauter es beschrieben. In ihren Augen war Mark Tiesler der liebste, umgänglichste

Mensch, den man sich vorstellen kann. Aber manchmal machte er eben die Tür zu seinem Büro zu und dann hörten sie, wie er böse wurde. Einmal hat die Schlauter sogar gehört, wie er: ›Lass mich in Ruhe. Nichts stimmt von dem, was du grad sagst‹ gepoltert hat. Als sie ihn später fragten, ob er Probleme habe, hat er sie nur verwundert angeschaut und sich hinter den Aquarien verkrochen. Die beiden haben es dann aufgegeben. Die Fragerei war ihm offensichtlich sehr unangenehm, erklärte mir die Müller.« Gero Schonebeck legte einen dicken Kandis in seine Tasse, nahm die Teekanne vom Stövchen und ließ das dampfende Getränk über das Zuckerstück laufen. »Ihnen wurde bald klar, dass sie keine Antwort von ihm bekommen würden. – Die beiden Frauen sind fix und fertig. Die sind natürlich hin- und hergerissen zwischen die Tür abschließen und trauern oder Zähne zusammenbeißen und das Nationalparkhaus für die Gäste geöffnet halten.« Er goss noch etwas Sahne in die Tasse mit der ostfriesischen Rose, dann nahm er einen tiefen Schluck. »Ich habe mit deren Chef, dem Leiter der Nationalparkverwaltung, gesprochen. Der sitzt in Wilhelmshaven. Er will Ersatz für zwei Tage rüberschicken. Der Mann war echt erschüttert. Von dem habe ich ebenfalls nur Gutes über Mark Tiesler gehört. ›Einer unserer Besten‹, sagte der immer wieder. ›So bescheiden, aber mit einem großen Wissen um die Tierwelt im Watt.‹ Was die Schuhe anbelangt«, fuhr Gero fort, »da hat die Frau Müller gesagt: ›Wenn es einen gibt, der das durchzieht, dann Mark. Bei dem durfte man nicht einmal eine Mücke totschlagen. Der würde nie, aber auch niemals etwas aus Leder tragen.‹ Monika Schlauter hat festgestellt, dass sie sich keinen Menschen vorstellen kann, der mit Mark Streit haben könnte. Bis auf einen, vielleicht …«

»Und wer, bitteschön?«, fragte Arndt Kleemann ungeduldig.

»Enno Seeberg. Der ist vor ein paar Tagen ins Nationalparkhaus gekommen, war erst ganz freundlich, hat dann aber so seltsame Sprüche losgelassen. Ich habe es mir aufgeschrieben. Die Schlauter hat wortwörtlich erzählt: ›Die beiden standen genau neben dem Aquarium und beobachteten zwei Strandkrabben, die sich ganz nahe waren. Der Seeberg hat Mark angesehen und ganz seltsam gesagt: So läuft das im wirklichen Leben aber nicht. Verstanden, mein Freund?‹«

»Und – wie hat Mark reagiert?«, fragte Röder.

»Laut Auskunft von der Schlauter hat Mark den Seeberg nur erstaunt angesehen und weiter die Tiere gefüttert«, erklärte Gero. »Seeberg ist dann mit ziemlich verkniffenem Gesichtsausdruck abgehauen.«

»Aha, unser Freund Seeberg hat also Krach mit ihm gehabt. Interessant. Auf jeden Fall sollten wir uns den Herrn noch einmal zur Brust nehmen. Wenn er sich nicht wieder versteckt hat.« Michael Röder nahm die Teekanne, um sich die obligatorische dritte Tasse einzuschenken, doch sie war leer und an Nachschub nicht zu denken. Henning und Birgit hatten zwar zu Anfang noch kurz bei ihnen gesessen, waren dann aber gegangen, weil sie Gäste erwarteten. »Es klingt zwar unlogisch, wenn ein Mitglied der *Proniggels* seine eigene Gruppierung Stück für Stück reduziert, aber ich denke, ihm ist die Nähe zu Anke sowieso wichtiger. Da nimmt er die *Proniggels* nur mit in Kauf. Wir werden uns intensiv um ihn kümmern. Genau wie um die *Rupfs*, also um die Herrschaften Opitz und Abels, und natürlich die Jäger.«

»Nicht zu vergessen um die Theaterspieler. Die

haben möglicherweise die Antwort darauf, wann Tiesler nach der Generalprobe mit wem wohin ist.« Arndt Kleemann stand auf. »Gero, kommst du mit? Die Spurensicherung muss gleich da sein. Und du, Michael, stellst eine Liste der in Frage kommenden Insulaner zusammen. Du hast den besten Durchblick, bei wem wir anfangen.«

»Kein Thema.« Der Inselpolizist nahm sein Telefon aus der Tasche. Er würde Olaf Wallhoff anrufen, den Chef der Theatergruppe. Der wusste am besten, wer in dem neuen Stück dabei war. Hatte Röder die Namen, würde er die Mitspieler für den frühen Nachmittag zur Befragung bitten.

Gerade, als er die Nummer eingeben wollte, klingelte sein Handy. Er hörte eine Weile zu und seufzte dann. »Uns bleibt auch nichts erspart.« Er beendete das Gespräch, dann schaute er seine Kollegen an. »Wir bekommen Besuch. Unser Chef Müller hat gesagt, der NDR ist auf dem Weg zur Insel. Die bitten um ein Interview zur momentanen Lage. Ein zweifacher Mord geht offensichtlich nicht an denen vorbei.«

Arndt Kleemann stöhnte. »Ich hätte es mir fast denken können. Wer von uns …?«

»Müller hat gesagt, es sei passend, wenn du dein Konterfei in die Kamera hältst. Und wer will da schon widersprechen?«

*

Knips. Loch. Knips. Loch. Die Schlange wurde nicht kleiner. Enno Seeberg hatte sich freiwillig zur Fahrkartenkontrolle bei der Schiffsankunft gemeldet. Nun hatte das Schiff im Inselhafen festgemacht und jede Menge Gäste mitgebracht. Menschen, die von den Ereignissen auf der Insel offensichtlich gar nichts mitbekommen hatten, obwohl die Morde inzwischen durch alle Medien gegangen waren. Eine etwa gleich große Anzahl Gäste hatte die Insel zuvor allerdings verlassen. Gäste, die sonst bestimmt die Ostertage auf der Insel verbracht hätten.

Knips. Loch.

»Bitte vorsichtig. Ich brauche die Karte noch.«

Enno Seeberg schaute den Besitzer der Karte an. »Das geht den anderen Gästen ebenfalls so. Die benötigen die nämlich auch für die Rückfahrt.« Er hoffte, dass es einigermaßen freundlich klang. Doch der Mann verzog keine Miene, steckte wortlos die Karte in die Jackentasche und ging mit eiligen Schritten den Steg hinunter. Ihm folgten noch drei weitere offiziell aussehende Männer mit Metallkoffern und Aktentaschen.

Daher weht der Wind, dachte Enno, als er sah, dass sie von dem Typ begrüßt wurden, der ihn an dem einen Abend so liebevoll an der Haustür abgefangen hatte. Schonberg oder so ähnlich. Eine unangenehme Erfahrung.

Knips. Loch. Nahm das denn gar kein Ende? Aus jeder Ecke kamen Gäste und drängten sich an ihm und seinem Kollegen von der Besatzung vorbei vom Schiff herunter.

Doch nach gut zehn Minuten wurde die Schlange merklich dünner. Als fast alle Gäste das Schiff verlassen hatten, schlenderte der eine oder andere Nachzügler heran. Es gab immer Leute, die ganz schlecht Abschied von der Fähre nehmen konnten. Aber dann hatte er auch deren Fahrkarte einer Kontrolle unterzogen. Er winkte seinem Kollegen zu und verließ als Letzter die Gangway. Erst einmal war Feierabend. Abends ganz spät würde noch eine

Fähre von Neßmersiel kommen. Bis dahin hatte er frei. Schließlich war Karfreitag.

Was aber sollte er mit der freien Zeit anfangen? Für ein Bad in der Nordsee war es zu kalt. Ein paar Runden Boxtraining am Sandsack, den er in einer Ecke seines Wohnzimmers aufgehängt hatte? Oder sollte er Anke besuchen und sie großmütig in den Arm nehmen, wenn sie um Mark trauerte? Er nahm sein Rad und drängelte sich in Schlangenlinien durch die Gäste, die inzwischen ihre Koffer aus den Containern geholt und auf ihre Wippen gepackt hatten und nun auf dem Weg zu ihren Ferienunterkünften waren.

Jetzt hatte es also Mark getroffen. Es hatte sich in Windeseile herumgesprochen und er hatte das Gefühl, dass die Insulaner in eine gewisse Schockstarre gefallen waren. Mit wem er auch immer in den letzten Stunden gesprochen hatte – seit die Leute wussten, dass Mark tot war, hieß es nur: der arme Mark, die arme Edith. Dabei waren die meisten Insulaner keine Freunde der *Proniggels*-Thesen und auch nicht derer, die sie vertraten. Aber das schien plötzlich alles vergessen.

Bei Mark konnte er es fast noch verstehen. Der war wirklich bei allen … na ja, bei fast allen sehr beliebt gewesen. Aber Edith? Bestimmt nicht. Die hatte doch ständig was zu meckern gehabt. Das hatte er den Polizisten auch deutlich erklärt. Er war nicht diesem weinerlichen Gesülze verfallen, nur weil jemand gestorben war. Wahrheit blieb nun mal Wahrheit.

Die müssen ab sofort ohne ihren Chef auskommen, dachte Enno, als er am Nationalparkhaus vorbeifuhr und sah, dass Monika Schlauter den Schaukasten mit neuen Plakaten bestückte. Vor ein paar Tagen noch hatte er dem Haus einen Besuch abgestattet. Und Mark. Er wusste bis heute nicht, was in ihn gefahren war. Immer war sein Credo gewesen: Keine Frau ist es wert, dass sich zwei Männer ihretwegen in die Haare kriegen. Aber bei Anke war das alles anders. Für sie war er sogar bereit, Grundsätze über Bord zu werfen. Außerdem hatte das mit dem In-die-Haare-Kriegen nicht im Geringsten funktioniert. Er hatte zwar Dampf ablassen können, aber Mark hatte ihn nur mit großen Augen angesehen, als hätte der überhaupt nicht gewusst, worum es ihm eigentlich gegangen war.

Enno erschrak. Ob die Mitarbeiterinnen der Polizei von seinem Auftritt erzählt hatten? Wenn ja, dann konnte er sich wieder einmal auf einen Besuch der Herren im Haus *Ostwind* gefasst machen. Er beschloss, seinem Sandsack eine Auszeit zu gönnen und stattdessen Anke aufzusuchen.

Er umfuhr einen Pferdewagen, hoch mit Sträuchern beladen. Das Osterfeuer wurde abgeräumt. Das war's dann also mit der Demo, dachte er erfreut. Wenigstens war damit auch etwas Positives bei der ganzen Geschichte herausgekommen. Aber wie er die *Proniggels* kannte, würden die nicht so schnell aufgeben.

Wie recht er mit dieser Vermutung hatte, sollte sich bald herausstellen. Denn wenn er gehofft hatte, Anke allein anzutreffen, von Trauer gequält auf dem Sofa sitzend, sah er sich getäuscht. Seinen Auftritt als Frauentröster musste er erst einmal verschieben. Sie waren alle da. Also alle, die übrig geblieben waren. Friedemann Untied in seinem grauen Daueranzug und Melissa Harms mit ihren griesgrämigen Falten im Gesicht saßen mit Anke im Wohnzimmer in erregtem Gespräch.

Auf sein deutliches »Moin« folgte jedoch ein so plötzliches Schweigen, dass das Klirren des Kandisstücks in der Teetasse des Pastors wie das Zerbersten einer Glasvase klang.

»Moin«, sagte er noch einmal, doch nur Anke antwortete. Die beiden anderen schauten sich bedeutungsvoll an und schwiegen.

»Komme ich ungelegen?« Was sollte dieses konspirative Schweigen? Hatten die gerade über ihn hergezogen?

»Setz dich zu uns«, sagte Anke, doch in ihrer Stimme klang keine Wärme mit. Eher Ratlosigkeit. »Wir versuchen gerade, zu besprechen, wie wir mit der ganzen Situation umgehen sollen.«

»Bitte, lasst euch nicht stören.« Enno lehnte sich an die Anrichte.

Aber das Gespräch wollte nicht wieder in Gang kommen. Friedemann Untied hob mit zittriger Hand seine Teetasse an, stellte sie aber nach zwei vergeblichen Versuchen, sie zum Mund zu führen, wieder auf der Untertasse ab. Anke schwieg und schaukelte mit dem Oberkörper leicht hin und her.

Melissa Harms sagte nach einer Weile: »Was ist also? Lasst uns weitermachen. Ich muss gleich nach Hause. Jonas wartet. Sabotage aus den eigenen Reihen wird uns nicht an unserer Aufgabe hindern.«

Sabotage aus den eigenen Reihen? Was wollte diese Frau damit sagen? Wieso war sie überhaupt schon wieder hier? Sie hatte sich doch vor einiger Zeit ganz offiziell aus der Runde verabschiedet. War sie vielleicht gar nicht so böse, dass Edith nicht mehr das große Wort führte? Sah sie stattdessen ihre Chance gekommen, wieder die Macht zu übernehmen?

»Wir müssen einander vertrauen – soweit das möglich ist.« Friedemann Untied schaute ihn verhalten an.

Aha. Also auf ihn, Enno, war der Satz mit der Sabotage gemünzt. Hätte er sich ja denken können. Allmählich reichte es ihm. Was bildeten die sich eigentlich ein? Und von Anke – kein Wort.

»Wisst ihr was? Ihr habt unisono einen Knall.« Enno schlug mit der Faust auf die Anrichte. »Was bildet ihr euch ein? Zu guter Letzt glaubt ihr tatsächlich noch, ich sei der Mörder der beiden, oder?«

Wieder war das Schweigen mit Händen zu greifen. Das war es also gewesen, worüber sie sich vor seiner Ankunft unterhalten hatten. Aber es konnte nicht sein, dass die das wirklich glaubten.

»Nicht wirklich, Enno«, sagte der Pastor. »Nein, nicht wirklich. Nur – einer muss es gewesen sein. Oder zwei. Und dass man sich Gedanken macht, ist nur natürlich.«

»Ja, aber – warum bin ich der Mittelpunkt eurer Überlegungen?« Enno Seeberg ließ sich auf den einzigen freien Stuhl plumpsen. Er hätte besser gehen sollen, aber diese Anschuldigung haute ihm die Füße unter dem Körper weg.

»Nein, mein Bruder. Natürlich gilt die Unschuldsvermutung. Und eines müsst ihr wissen: Gott lässt uns nicht allein in unserer Trauer ...«

»Friedemann!«, unterbrach Melissa Harms den Pastor mit scharfer Stimme.

Erschrocken hielt Untied mitten im Satz inne.

»Es war nur – du hast mit Edith Streit gehabt, und keinen schlechten, wie man so im Ort erzählt«, fuhr sie fort. »Jetzt ist sie tot. Und Mark war nicht dein bester Freund. Das musst du zugeben. Er ist ebenfalls tot. Meinst du, wir haben nicht mitbekommen, wie eifersüchtig du warst? Du hast Anke das Leben damit ganz schön schwer gemacht. Da ist es einfach normal, dass man eins und eins zusammenzählt.«

»Und schwuppdiwupp bringe ich die einfach mal eben um.« Enno konnte es einfach nicht fassen. Diese Menschen, mit denen er vor knapp einer Woche noch in trauter Eintracht Pappkaninchenköpfe gebastelt hatte, hielten ihn für einen Mörder! Da konnte er auch nach Hause gehen und sich von der Polizei verhören lassen. Die würden vermutlich freundlicher mit ihm umgehen.

»Mensch, Enno, das haben wir nicht so gemeint. Wir sind eben alle fürchterlich durcheinander.« Er sah, wie Anke dicke Tränen über die Wangen liefen. »Hier hat keiner gesagt, dass man dich für den Täter hält. Keiner.«

Nee, gesagt nicht. Aber gedacht. Das war den Gesichtern unschwer anzusehen. Sogar dem Pastor, der mit abgeklärter Miene hinter seinem Tee saß und Zwiesprache mit seinem Chef hielt, sah er die Zweifel an.

»Enno, bitte. Sei nicht sauer. Du gehörst zu uns.« Jetzt bettelte Anke fast. Das war noch schwerer zu ertragen als diese vorwurfsvollen Gesichter. Aber er hatte genug. Er schwor sich, dass er sich jeden Einzelnen zur Brust nehmen würde, wenn der wahre Täter gefasst war. Und wenn es das Letzte war, was er in diesem Leben täte.

Er musste raus hier. Keine Minute konnte er länger ertragen, mit diesen Leuten unter einem Dach zu sitzen.

»Enno, du bist kein Mörder. Das wissen wir hier alle. Es ist nur diese verdammte Angst, dass man selbst der Nächste ist. Verstehst du das nicht. Zwei von uns sind schon tot«, weinte Anke.

»Dann solltet ihr euch mit euren Vermutungen besser auf Ingeborg Opitz und ihre Genossen konzentrieren, als einen aus euren Reihen zu verdächtigen.« Enno beugte sich über den Tisch, griff eine der Pappen, die er Tage zuvor so sorgsam ausgeschnitten hatte, nahm sie in beide Hände und riss sie mit einem scharfen

Ruck in zwei Teile. Dann nahm er die nächste. Die Ohren segelten wie zwei braune Blätter, vom Herbstwind getragen, auf den Teppichboden. »Was die Eifersucht anbelangt: Ja, ich bin eifersüchtig auf Mark gewesen. Weil mir klar war, dass Mark und Anke viel mehr Gemeinsamkeiten hatten als Anke und ich. Zumindest kam es mir immer so vor. Anke, du bist das Beste, was mir je passiert ist. Zumindest habe ich das bis gerade gedacht. Ich wollte Anke einfach nicht verlieren, auch wenn ihr verbohrten Holzköppe das nicht begreifen wollt. Aber noch einmal zum Mitschreiben: Ich habe Mark nicht umgebracht!« Er war bei der fünften Pappe angelangt, ohne dass die anderen eingegriffen hätten.

Er stand auf, rannte aus dem Wohnzimmer, durch den Flur nach draußen, griff sich sein Rad, drehte sich um und schrie: »Und Edith auch nicht!« in die frische Brise, die vom Meer her kam. Konnte er Ankes Wohnung eigentlich nicht mehr ganz normal verlassen? Wutentbranntes Abhauen schien sein Markenzeichen zu werden. Für eine Zukunft mit Anke kein gutes Signal.

*

Wo sollte er hin? Zurück nach Baltrum? Das war ganz und gar unmöglich. Er hatte Edith erschossen.

Hajo Akkermann lag auf der schmalen Pritsche der JVA Oldenburg und starrte an die Decke. Er hatte festgestellt, dass es nicht so schlimm war, wenn er nach oben schaute, sich nicht bewegte. Zu Anfang hatte er gedacht, er müsse sterben. Die Enge der Zelle hatte ihm körperliche Schmerzen bereitet. Er hatte sich immer öfter beim Nachdenken über seinen eigenen Tod ertappt. Aber er hatte es ausgehalten. Zum einen, weil ihm einfach nichts anderes übrig blieb, weil es nichts gab, mit dem er seinem Leben ein Ende hätte setzen können. Und zum zweiten, weil er es als gerechte Strafe ansah. Ediths Leben hatte er verspielt, da war es jetzt nicht mehr als angemessen, dass andere über seines entschieden. Ihn verurteilten, den Rest seines Daseins im Gefängnis zu verbringen. So war er mehr als überrascht gewesen, als ihm dieser Kommissar gestern mitgeteilt hatte, dass die Patrone nicht aus seinem Gewehr abgeschossen worden war. Der Kommissar hatte auch gesagt, dass es nicht mehr lange dauern würde. Die Beweislage reiche einfach nicht, um ihn weiter festzuhalten.

Hajo Akkermann hatte sehr bald gemerkt, dass es zwecklos war, den Mann vom Gegenteil überzeugen zu wollen.

Ob seine Schwester auf Borkum ihn aufnahm? Zumindest für den Übergang? Falls sie ihn wirklich entließen? Oder würde sie sich weigern, mit einem Mörder unter einem Dach zu leben? Er war sich nicht sicher, ob er überhaupt fragen sollte. Wollte sie nicht in Verlegenheit bringen. Aber er wusste auch, dass sie die Einzige auf der Welt war, der er vertraute.

Vor vielen Jahren wäre ihm kein anderer Name als Edith eingefallen. Aber diese Zeiten waren längst vorbei. Und jetzt ganz und gar. Weil er geschossen hatte.

*

Gleich müssten sie erscheinen. Michael Röder saß im Clubraum des Hotels *Sonnenstrand* und wartete auf die Mitglieder der Theatergruppe, die in dem Stück mitspielten, in dem auch Mark Tiesler eine wichtige Rolle gehabt hatte. Olaf Wallhoff hatte sich bereit erklärt, die Leute anzurufen, und alle hatten versprochen zu kommen.

Arndt Kleemann war mit der Spurensicherung zu

Mark Tieslers Wohnung gefahren und Gero Schonebeck und Eilert Thedinga bemühten sich, Enno Seeberg irgendwo aufzutreiben. Der Versuch, ihn anzurufen, hatte sich als Fehlschlag erwiesen.

Olaf Wallhoff war der Erste, der eintraf. Die Erschütterung über Tieslers Tod war dem Mann anzusehen. Michael Röder hatte das Gefühl, das die Furchen in seinem ausdrucksvollen Gesicht noch tiefer geworden waren.

»Es ist einfach grauenhaft, findest du nicht?«, sagte Olaf Wallhoff mit seiner rauen Stimme, mit der er die Zuschauer seiner Stücke immer wieder in den Bann zog. Er setzte sich dem Polizisten gegenüber an den Tisch. »Und ganz ehrlich: Dabei geht es mir nicht um die Premiere. Die lassen wir natürlich ausfallen. Wo sollen wir auch so schnell einen Ersatzspieler herbekommen?«

»Nein, darum geht es wirklich nicht«, stimmte Röder zu. »Obwohl es für die Gäste natürlich nicht schön ist. Das Osterfeuer findet nicht statt und jetzt der Ausfall …«

»Du meinst, wir sollten …« Olaf Wallhoff blickte ihn ruhig an.

»Nein, das wollte ich nicht sagen. Ich wollte sagen, dass es manchmal Dinge gibt, die einfach nur Scheiße sind. Und darum hoffe ich, dass ihr uns helfen könnt, den Abend der Generalprobe aufzurollen.«

»Natürlich. Darum bin ich da. Und nicht nur ich.« Der Theaterleiter deutete auf zwei weitere Mitglieder des Ensembles, die gerade hereinkamen.

Röder bat auch die beiden, Platz zu nehmen. Noch war sein Notizblock weiß, aber er hoffte, dass er sich in der nächsten Stunde mit möglichst vielen Hinweisen füllen würde.

Nicht lange, dann waren auch die anderen Spieler

da. »Es war wie immer«, begann Olaf Wallhoff. »Wir haben geprobt und danach zusammengesessen. Nach der Generalprobe redet man üblicherweise noch ein wenig länger miteinander, versucht die letzten kleinen Stolpersteine zu glätten und die Aufregung zu bekämpfen. Jeder natürlich auf seine Art. Der eine behauptet, er sei so schlecht gewesen wie nie und erwartet heftigen, wohltuenden Widerspruch ...«

»Der andere trinkt zum Bier einen Beruhigungsschnaps«, fuhr Claudia Ebert fort. »Und Werner stellte wie üblich fest, dass es bis zur Premiere immerhin noch vier Tage seien, in denen viel passieren könne.«

»Womit ich dann wohl recht hatte.« Betretenes Schweigen breitete sich bei Werner Trinkmanns Worten aus.

»Kommen wir zu Mark. Nützt ja nichts«, versuchte Röder das Gespräch wieder in Gang zu bringen. »Habt ihr irgendetwas bemerkt? War er auffällig nervös? Hat er sich über jemanden beschwert? Probleme geäußert?«

Wie auf Kommando schüttelte die Theatergruppe die Köpfe. Keiner wollte etwas wahrgenommen haben.

»Hat er Anrufe bekommen, auf die er – sagen wir einmal – böse reagiert hat?«

Aber auch diesmal hatten sie keine Antwort, die dem Inselpolizisten einen Ermittlungsansatz präsentiert hätte.

»Er war wie immer«, erklärte Olaf Wallhoff, »bestens vorbereitet, textsicher und ein Fels in der Brandung. Und es war wirklich viel Text, den er zu bewältigen hatte. Er war ernsthaft, was die Proben anging, doch immer gut gelaunt und offen für jeden, der ein Problem hatte.«

»Der war eigentlich zu gut für diese Welt. Warum der keine Freundin hatte, ist mir ein Rätsel. Das habe ich neulich noch zu meinem Mann gesagt. Ich habe mir überlegt, dass Mark eigentlich nicht nur für einen Menschen gemacht ist, sondern dass der sein Füllhorn über ganz vielen ausschütten muss«, gab Claudia Ebert zu verstehen.

Es regte sich Protest. »Abgesehen davon, dass du zu einem sehr unpassenden Moment deine Gedanken in diese blumige Ausdrucksweise packst – kein Mensch ist nur gut.« Olaf Wallhoff schaute Michael Röder an. »Nicht, dass ich etwas gegen Mark hätte, bestimmt nicht. Aber hat man nicht schon Pferde kotzen sehen und erlebt, dass aus dem größten Sympathieträger ein Mensch wurde, der – ich sag mal – sich Kinderpornos runterlädt, oder sowas?«

»Olaf! Jetzt ist es aber gut! Mark doch nicht«, erwiderte Claudia Ebert empört.

Michael Röder hatte kurz das Gefühl, dass ihm die Befragung aus den Händen glitt, wenn er die Truppe nicht auf der Stelle bremste. »Leute, hierher. Es gibt weitere Fragen. Wer ist wann mit wem aufgebrochen?«

Nach einer Weile konnte der Polizist ein ziemlich genaues Bild auf seinem Notizblock entwerfen. Endergebnis war, dass die meisten einen Umweg über das *Sturmeck* gemacht hatten. Nur Mark war in die andere Richtung gefahren. Ob direkt nach Hause, konnte keiner sagen.

»Außerdem darfst du nicht vergessen, dass bereits einige Zuschauer bei der Probe anwesend waren.« Olaf Wallhoff zählte ein paar Namen auf. »Die solltet ihr vielleicht auch befragen. Es wird allerdings schwierig sein, die alle zusammenzukriegen. Außerdem sind einige der Leute gleich nach Ende der Probe aufgebrochen. Nehme ich zumindest an. Wir waren eigentlich mehr mit uns selbst beschäftigt. Wie das so ist auf einer Generalprobe. Wenn wir gewusst hätten, dass das mal wichtig sein könnte, hätten wir natürlich … Ach, egal. Dummes Zeug! Den einen oder anderen habe ich später an der Theke getroffen. Aber wie gesagt: Wir sind nach der Probe noch geblieben.«

»Wo ihr schon mal gerade hier seid – was haltet ihr von den Ansichten der *Proniggels*?«

»Ich habe es nicht gern radikal«, erklärte Werner Trinkmann. »Weder von den *Proniggels*, noch von Menschen wie der Opitz oder Oliver Abels, noch bin ich ein Freund der Jäger. Man müsste sich zusammensetzen und miteinander reden. Aber das ist ja trotz der Hilfe von diesem Gronewald selbst bei der Ratssitzung mächtig in die Hose gegangen. Es sollte mich nicht wundern, wenn einer der *Proniggels*-Gegner auf seine Weise anfängt, für Recht und Ordnung zu sorgen.«

»Genau. Wer Tiere umbringt, hat eben keine Hemmungen, auch Menschen um die Ecke zu bringen. Und Edith und Mark sind die armen Opfer.« Claudia Ebert riss den Reißverschluss ihrer Tasche auf, zog ein Papiertaschentuch heraus und schnäuzte sich.

»Claudia, es reicht«, sagte Wallhoff böse. »Dass du Mark ganz besonders gern hattest, ist nichts Neues. Aber jetzt mal eben so ein paar Insulaner beschuldigen – das geht einfach nicht.«

»Wenn es aber doch wahr ist …«

Michael Röder hatte das Gefühl, auf eine Mine getreten zu sein. Aber er ließ sie diesmal reden. Oftmals ergaben sich so ganz neue Erkenntnisse. Doch nach einigen Minuten stillen Zuhörens musste er erkennen, dass seine Hoffnungen sich nicht erfüllten. Es war der gleiche Quatsch, der wieder und wieder die Runde machte und in abgeänderter Form überall dort auftauchte, wo mindestens zwei Insulaner zusammenstanden.

Bis Werner Trinkmann etwas erwähnte, was ihn aufhorchen ließ. Der Mann kam noch einmal auf die Ratssitzung zu sprechen. Und auf Hartmut Opitz. Empörte sich über den Angriff mit dem Wasserglas und berichtete dann, dass er Opitz mit Petri im *Skipper's Inn* gesehen hatte. »Und das, obwohl der Petri kaum irgendwo hingeht«, erklärte Trinkmann. »Die haben ganz am Ende des Raumes gesessen und sich miteinander unterhalten. Sehr leise. Getuschelt, könnte man sagen. So dass die, die an der Theke standen, kein Wort davon mitbekommen haben. Mussten sie ja nicht. Aber seltsam war es trotzdem.«

»Und ihr habt wirklich nichts davon verstanden?«, fragte Röder noch einmal.

Werner Trinkmann schüttelte den Kopf. »Nein. Es fiel nur allgemein auf, dass die beiden zusammen gegangen sind. Mir wurde richtig übel. Echt. Mit einem Kerl wie Petri? Nein danke. Wer weiß, was dahintersteckt.«

Michael Röder dachte an die Hefte, die er bei Petri hatte liegen sehen. Für ihn grenzte es fast an ein Wunder, dass dieser Mann nicht radikaler auftrat, bei dem Mist, den der sich in seiner Freizeit reinzog.

»Erinnerst du dich an Manon?«, fragte Werner Trinkmann den Kommissar. »Der mit seiner Familie im Personalwohnhaus der Gemeinde untergekommen ist?«

Röder überlegte. »Nein.«

»Dann war das vor deiner Zeit«, sagte Werner Trinkmann. »Jedenfalls – das sagt man nicht nur, da weiß ich definitiv, dass der Petri da seine Finger im Spiel hatte, als die abgeschoben worden sind. Ich bin an dem Haus vorbeigekommen, als er die restlichen Habseligkeiten der Leute aus dem Fenster warf, die sie wohl nicht mehr hatten mitnehmen können. So als Mitarbeiter der Gemeinde muss man schließlich für Ordnung sorgen! Ich habe noch nie ein zufriedeneres Gesicht gesehen. Er hat gelacht. Stellt euch vor: Petri hat gelacht. Und ein Teil nach dem anderen aus dem Fenster geworfen. Das ist ein echtes Arschloch. Komme mir keiner mit ›Der tut nichts, der will nur spielen‹. Und übrigens – der Opitz ist da nicht weit von entfernt.«

Werner Trinkmann hatte die volle Aufmerksamkeit.

»Die haben doch vor der Sitzung Unterschriften gesammelt. Mark Tiesler war mit einer Gruppe Urlauber auf Inselführung und stand mit denen ganz in der Nähe der beiden. Ich war auch zugegen. Ja, ich habe unterschrieben, falls jemand fragen will. Bei mir haben die Scheißkarnickel den Garten leer gemacht. Trotzdem halte ich mich weitestgehend aus dem Kaninchenkrieg raus. Also – Hartmut und Ingeborg sahen Mark, umgeben von so ungefähr zwanzig Zuhörern. Ingeborg gab Hartmut einen Schubs mit den Ellenbogen.« Er winkelte seinen Arm an und zog ihn mit einem Ruck zur Seite. »Genau so war es. Hartmut nickte nur, bahnte sich einen Weg durch die Gruppe, baute sich vor Mark auf und rief weit hörbar: ›Du bist der Schlimmste von allen. Was meinst du eigentlich, wer dich beschützt, wenn es dir mal schlecht geht? Da kannst aber lange drauf warten, dass dich deine Kaninchen fürsorglich in den Arm nehmen.‹ Hartmut hat auf eine Frau gezeigt, die einen Pelzbesatz an ihrer Kapuze trug, und hat geschrien: ›Dass die dich überhaupt begleiten darf! Wo bleibt denn dein Gewissen? Aber da hast du wohl nur die Dollarzeichen im Auge, oder? Hast du wenigstens schon dieser Dame ins Gewissen geredet? Von wegen Käfigzucht?‹ Er hat ganz seltsam gelacht und gebrüllt: ›Ist doch irre, woanders werden die Viecher gezüchtet, und hier sind so viele, dass man daraus Hunderte von Pelzmänteln machen könnte. Darf man nur nicht. Weil Idioten wie du, Mark, dagegen sind.‹ Dann hat er sich umgedreht und ist zurück an den Infostand gekommen.«

»Na, da hat der Begriff ›Fremdschämen‹ wohl wieder ganz neue Dimensionen bekommen, oder?«, fragte Olaf Wallhoff in die Stille.

Werner Trinkmann nickte. »Es war erschreckend anzusehen. Dieser Ausdruck aus Stolz und Entschlossenheit. Genau so hat er ausgesehen, als er dem Gronewald das Wasser entgegengeschleudert hat. Ich habe noch versucht zu vermitteln, ihn zu beruhigen. Und …«, er zögerte, »… das war komisch. Innerhalb ganz kurzer Zeit verschwand dieser Ausdruck und Hartmut fragte mich ganz freundlich nach den Fortschritten unserer Theaterproben und erzählte, wie sehr er sich auf die Premiere freue. Als ob nichts gewesen wäre.«

»Wie hat Mark Tiesler reagiert?« Michael Röder kam kaum mit dem Schreiben nach. Er ließ zwar auch das Band mitlaufen, die Erlaubnis hatte er vorher von der Truppe eingeholt, aber es hatte ihm schon oft geholfen, wichtige Auszüge eines Gesprächs auf Papier zu haben.

»Ich glaube, der war völlig verblüfft. Ist dann bald mit seinen Leuten weitergezogen.« Werner Trinkmann schaute auf die Uhr. »Kann ich gehen? Meine Frau wartet mit dem Abendessen. Es gibt Fisch, der sollte nicht zu lange warten. Ist schließlich Karfreitag. Wenn mir was einfällt, melde ich mich.«

»Schon in Ordnung.« Michael Röder stand auf. »Habt ihr anderen noch was?«Auch der Rest der

Theatergruppe wusste nichts mehr zu sagen. Bald darauf waren alle verschwunden.

Doch wenn sich der Inselpolizist auf einen Moment der Ruhe gefreut hatte, wurde er enttäuscht. Kurz nachdem die Letzten gegangen waren, standen Gero Schonebeck und Eilert Thedinga wieder in der Tür.

»Wart ihr erfolgreich?«

»Wie man's nimmt«, erwiderte Eilert. »Wir haben Enno Seeberg zwar angetroffen, haben versucht, ihn aus der Reserve zu locken. Aber nach einer guten halben Stunde hatten wir beide das Gefühl, keinen Meter weiterzukommen.«

»Dann ist uns noch dieser Pastor über den Weg gelaufen. Und Eilert hatte nichts Besseres zu tun, als anzuhalten und ihn zu fragen, ob die Alte Inselkirche die erste Baltrumer Kirche sei, die gebaut worden ist. Erst nach zwanzig Minuten konnten wir weiter«, erklärte Gero.

»Aber das, was er sagte, war sehr interessant, das musst du zugeben. Wo ich doch die nächsten Wochen hier verbringen werde«, erklärte der Hilfssheriff. »Aber jetzt: Was hat die Theatergruppe aufgeführt, äh, ich meine natürlich ausgeführt?«

Michael Röder berichtete den beiden Kollegen, was er von Olaf Wallhoff und den anderen erfahren hatte.

»Wir sollten uns den Petri und den Opitz noch einmal vornehmen, oder?«, überlegte Gero Schonebeck. »Oder sollen wir auf Arndt warten? Die Spurensicherung müsste bald durch sein. Spätestens in einer Stunde. Dann fährt das letzte Schiff.«

»Wer weiß, wann er hier auftaucht«, sagte Röder. »Fahr du zu Opitz. Ich spreche mit Petri.« Er hatte das Gefühl, dass er es leichter haben würde, an den Mann ranzukommen. Immerhin kannte er ihn. Auch wenn das letzte Zusammentreffen in Petris Haus nicht gerade unter einem guten Stern gestanden hatte. »Eilert, schaust du, ob es auf der Wache etwas Neues gibt?«

»Alles klar. Übrigens hat meine Frau eben angerufen«, erwähnte Thedinga, während sie das Hotel verließen. »Sie kommt. Sie kann bei mir in der Dienstwohnung übernachten?«

»Natürlich. Aber bist du dir ganz sicher, dass das eine gute Idee ist?« Michael Röder wollte nicht an Arndts Vorschlag erinnert werden. Eilerts Frau – das war gut und schön. Aber wenn Gero ebenfalls freudestrahlend bekundete, dass seine Freundin kommen würde – na, dann gute Nacht.

Er konnte es sich einfach nicht vorstellen, dass Marlene auf die Insel kam. Er wollte es sich nicht vorstellen.

»Michael! – Hallooo, Michael. Aufwachen!«

Röder zuckte zusammen. Hatte er gerade was verpasst?

»Michael, hast du eine Luftpumpe? Mein Fahrrad ist ziemlich platt.« Gero Schonebeck drückte auf den Sattel seines Dienstrades, schob es hin und her, dann zeigte er auf den hinteren Reifen. »Hier. An der Luft kann es nicht liegen. Ist keine drin.«

»Im Gartenhäuschen liegt eine. Fahren wir also zuerst bei mir vorbei und tunen unsere Dienstfahrzeuge.« Röder schob sein Fahrrad auf die Straße, als er von Ferne den Bürgermeister sah.

Tino Middelborg winkte den dreien zu. »Wir räumen das Osterfeuer ab. Hoffe, das geht in Ordnung. Meine Mitarbeiter sind im Moment dabei.«

»Petri auch?«

»Ja, warum?«

»Weil ich mich kurz mit ihm unterhalten möchte«, sagte Röder.

»Er müsste so in einer halben Stunde zurück sein. Ich muss weiter. Gleich beginnt ein Vortrag beim Heimatverein. Da habe ich mein Erscheinen zugesagt.« Schon war der Bürgermeister verschwunden.

»So klopfst du wenigstens nicht vergebens bei dem. Also auf zur Luftpumpe. Fahrt ihr schon einmal vor. Ich schiebe. Ist besser für den Schlauch«, erklärte Gero.

Als sie bei der Wache ankamen, wusste Eilert Thedinga alles, was er über die Diensträder im Gartenhaus, mögliche Reparaturen und Wartungsarbeiten sowie Röders Abneigung, sich persönlich darum zu kümmern, wissen musste. Lachend sagte der Hilfssheriff zu, sich in seiner freien Zeit um das Aufmöbeln der Räder zu kümmern.

Aus dem Haus hörte er Amir bellen, dann die Stimme seiner Frau. Sie stand am geöffneten Fenster und rief. »Wenn du deinen Hilfsarbeiter eingewiesen hast, könnt ihr gerne auf ein Getränk reinkommen.«

»Wird gemacht.« Er atmete tief durch. Wie schön ist doch alles, dachte er. Eine Frau, die fröhlich lächelnd am Fenster steht, ein Hund, der einen schwanzwedelnd willkommen heißt. Schöne heile Welt.

Seine Arbeit als Inselpolizist hielt ebenfalls keine großen Aufregungen bereit. Gut, durchschnittlich einmal im Jahr wurde es unappetitlich, wenn wieder einmal eine Leiche aufgefunden wurde, aber dann waren Arndt und seine Kollegen sofort zur Stelle und unterstützen ihn. Gleich nach Aufklärung des Falles setzte dann aber wieder das beschauliche Inselleben ein.

Gero bog um die Ecke und bald darauf hörte Röder das gleichmäßige Fauchen, mit dem die Luft in den Reifen schoss.

»Ich glaube, es reicht«, sagte Eilert Thedinga. »Sonst platzt das gute Stück noch.«

»Ma… äh, Sandra hat gerufen. Machen wir eine kurze Pause, bevor wir wieder losziehen.« Röder musste sich zusammennehmen. Es reichte schon, dass ihm der nächtliche Schlaf die Kontrolle über Sprache und Gedanken raubte. Wenn er jetzt noch tagsüber, bei vollem Bewusstsein, Namen verwechselte, konnte es mehr als unangenehm werden.

Im Flur begrüßte er Amir, der mit seinem rot-gelben Lieblingsball in der Schnauze auf ihn zukam.

»Wenn es okay ist, dann kannst du den Hund gleich mitnehmen. Er braucht ein paar Bewegungseinheiten und ich bin mit Eierfärben beschäftigt«, empfing ihn Sandra. Ihre Hände steckten in blauen Plastikhandschuhen. Tatsächlich standen fünf Behälter auf dem mit Zeitungspapier ausgelegten Küchentisch, gefüllt mit unterschiedlich gefärbten Flüssigkeiten. In jedem lagen drei Eier und nahmen langsam Farbe an.

Er wunderte sich jedes Jahr über die Menge Eier, die Sandra färbte. Aber ebenso verwunderlich war, dass alle Eier spätestens drei Tage nach Ostern aufgegessen waren. Dabei hielt er sich doch immer so zurück!

Sandra lächelte ihn an. »Nur noch zwanzig. Dann sind alle durch.« Ihr Gesicht wurde ernst. »Ich will das eigentlich gar nicht mit dem Färben, versteht ihr? Dieser Gedanke an Edith und Mark – es ist so furchtbar und ich stehe hier und tue so, als ob alles so wäre wie immer. Was soll ich machen? Was sollen alle anderen machen? Es ist so schwer, damit umzugehen. Habt ihr eine Lösung?«

Die Männer schwiegen und Sandra fuhr fort: »Euch geht es irgendwie am besten mit dieser Situation, denke ich. Ihr könnt aktiv daran mitarbeiten, dass wieder Ruhe einkehrt. Ihr wisst, wo ihr hingehört. Wir anderen stehen ratlos in der Küche und färben Eier oder sagen die Veranstaltungen ab, auf die sich die Gäste gefreut haben. Es ist so verdammt ungerecht.«

Was sollte er antworten? Es stimmte ja. Eine Scheißsituation. ›Wir tun, was wir können‹? Solch eine Floskel war überflüssig. Als Eilert Thedinga sagte: »Das Leben dreht sich halt weiter. Das ist übrigens die einzige Hoffnung, die uns hält«, war er überrascht. So viel Einfühlungsvermögen hätte er bei ihm gar nicht vermutet.

Auch Sandra schien zufrieden. Sie zeigte auf drei Gläser, gefüllt mit einer orangenen Flüssigkeit. Kritisch nahm er ein Glas und schnupperte. Es roch verdammt gesund.

»Sanddornsaft«, erklärte sie. »Jede Menge Vitamin C drin. Und ein wenig Mineralwasser, damit es nicht ganz so intensiv ist.«

»Wächst Sanddorn hier auf der Insel? Das sind doch die Büsche mit diesen ekeligen Stacheln dran, oder?«, fragte Gero Schonebeck.

»Ja. Den hat meine Freundin geerntet. Der Sanddorn steht eigentlich unter Schutz. Aber es ist tatsächlich, um nicht unangenehm gestochen zu werden, am sinnvollsten, die Zweige mit den Beeren daran abzuschneiden und in die Tiefkühltruhe zu stecken. Dann fallen die Beeren nämlich einfach ab und können verwertet werden. Also prost, meine Herren.«

Michael Röder probierte. Bisher hatte sich sein Kontakt mit Sanddorn damit erschöpft, dass er überall an den Büschen vorbeikam, wenn er auf der Insel unterwegs war. Gekostet hatte er ihn noch nie. Er verzog das Gesicht und sah, dass es seinen Kollegen nicht anders ging.

Sandra lachte. »Ziemlich sauer, nicht? Wer noch ein wenig Zucker braucht – bitteschön.« Sie zeigte auf ein Porzellanschälchen.

»Schmeckt recht gesund«, bemerkte der Hilfssheriff, während er sich einen Löffel Zucker nach dem anderen in den Saft schüttete und umrührte. Dann probierte er ein zweites Mal. »Jetzt ist er wunderbar.«

Auch Michael Röder hatte das Gefühl, dass er sich an diese ganz eigene Note der Sanddornbeeren gewöhnen könnte. Besonders mit Quark oder Joghurt musste es prächtig harmonieren.

Doch jetzt wartete Reinhart Petri. Statt orangefarbener Vitaminbombe musste er sich mit brauner Brühe befassen. Da nützte es nichts, wenn er sich die gebotene Neutralität ins Gedächtnis rief – er konnte diese Gesinnung einfach nicht abstellen. Er nahm Amir an die Leine und verließ mit seinen Kollegen das Haus.

Er hatte Glück. Gerade als er die Gemeindewerkstatt erreichte hatte, erschien auch Petri. »Hallo, Reinhart, wo können wir uns unterhalten?«, begann er, noch ehe beide von ihren Rädern abgestiegen waren.

Reinhart Petri blickte ihn gleichgültig an. »Komm mit rein. Ich weiß zwar nicht, was ich zu melden hätte, aber bitteschön.« Er schloss den Raum auf, der den Männern als Büro und Lager diente. »Was gibt's also?«

»Ich möchte mich mit dir über den Abend mit Hartmut Opitz im *Skipper's Inn* unterhalten«, erklärte Röder.

»Und?«

»Worüber habt ihr gesprochen?«

Reinhart Petri zeigte die Andeutung eines Lächelns. »Nehmt ihr jetzt jegliche Unterhaltung in jeder Kneipe auf Baltrum in den letzten vierzehn Tagen zu Protokoll?«

»Sicher nicht«, erwiderte der Inselpolizist. »Nur von Personen, bei denen wir davon ausgehen, dass sie etwas gegen die Toten gehabt haben. Und das war bei Opitz durchaus der Fall. Also, worum ging es?«

Reinhart Petri schüttelte den Kopf. »Ich äußere mich nicht dazu. Es hatte mit den Toten nichts zu tun.«

»Das möchte ich lieber selbst beurteilen. Reinhart, ich warne dich eindringlich davor, hier nicht die Ermittlungsarbeit zu behindern. Das kommt nicht gut an.«

»Du? Du willst mich warnen? Nur weil du der lange Arm dieses ach so demokratischen Staates bist? Nur weil du meinst, du könntest mir was wollen, weil du Zeitschriften bei mir gesehen hast, die nicht in dein Weltbild passen? Deswegen stehe ich ganz oben auf deiner Liste?«

»Nein, deswegen sicher nicht.« Allerdings war Röder sich in diesem Moment nicht ganz sicher, dass er das meinte, was er sagte. »Es geht hier darum, zwei Todesfälle aufzuklären. Ich will den haben, der es getan hat, verstehst du? Darum gehen wir jeder Spur nach, auch wenn es sich als Fehler herausstellen sollte. Das hat nichts, aber auch gar nichts mit deiner Lebenseinstellung zu tun.« Röder war laut geworden. Amir stieß ein kurzes, scharfes Bellen aus.

Die Worte schienen bei dem Mann angekommen zu sein. Er winkte ab. »Schon gut. Wir haben über die *Proniggels* gesprochen. Weil Hartmut damit anfing. Er war sauer auf die, weil er das Gefühl hatte, die würden bei dem Gronewald mehr Gehör finden als die anderen, die die Kaninchen am liebsten vernichtet sähen.«

»Und? Weiter! Das war es noch nicht, oder?«

»Er und Ingeborg wollten etwas unternehmen. Eine Gegendemo oder so etwas. Ganz genau wusste er es aber nicht. Ich habe ihm gesagt, dass ich mich da raushalte. Bringt doch nichts. Ich bin Jäger. Darum würde ich es bedauern, wenn irgendwann gar keine Kaninchen mehr da wären.«

»Nee, klar. Du sorgst lieber dafür, dass dir nicht genehme Menschen die Insel verlassen müssen. So, wie Manon und seine Familie.« Röder hatte die Nase gestrichen voll. Der Mann war kein Gutmensch. Neutralität hin oder her.

»Genau, mein Lieber. Aber alles nach Recht und Gesetz. Nach dem Gesetz des Staates, für den *du* arbeitest, wenn ich dich daran erinnern darf. Und wenn ihr nicht einmal in der Lage seid, Ordnung zu schaffen, dann muss der Bürger eben dafür sorgen.«

»Das nennt man Selbstjustiz. Und die ist nach dem Gesetz dieses Landes verboten, wenn ich dich erinnern darf.« Röder war kurz davor aufzugeben. Man kam gegen diese idiotische Argumentation einfach nicht an. Er hätte zu gern gewusst, was Menschen dazu brachte, sich derartige Feindbilder zu malen und sie dann so gnadenlos zu bekämpfen. Wenn ihm überhaupt eine Erklärung einfiel, dann war es mangelndes Selbstbewusstsein. »Also, kannst du mir sonst noch was sagen?«

Reinhart Petri schaute ihn ruhig an. »Ich wohne seit Jahrzehnten hier und mache meinen Job. Ordentlich. Habe mit keinem Streit. Obwohl ich manchmal andere Gedanken zu gewissen Themen habe, mische ich mich nirgendwo ein. Mit seltenen Ausnahmen. Ich bezahle meine Steuern. Dränge keinem meine Meinung auf. Was willst du eigentlich?«

Ja, was wollte er eigentlich? Was sollte er dazu sagen? Der würde seine Einstellung gewiss nicht ändern. »Vergiss es«, winkte er ab. Er hätte ihm gerne

Feuer unter dem Hintern gemacht, aber mit welcher Berechtigung? Es gab keinerlei Anhaltspunkte, dass Reinhart Petri etwas mit dem Morden zu tun hatte.

Röder verabschiedete sich und verließ missgestimmt das Büro. Es war einiges los auf dem Weg, der am *Inselmarkt* vorbei zum Rathaus führte. Er musste schwer aufpassen, dass sich keine Gäste in Amirs Leine verfingen, wenn der Hund mal wieder genau die andere Straßenseite erschnüffeln musste.

Sein Blick fiel auf den gut gefüllten Fahrradständer vor dem Laden. Plötzlich kam ihm ein Gedanke. Hatte Wallhoff nicht gesagt, Mark sei nach der Theaterprobe weggefahren? Was logisch war für einen Insulaner. Die wenigsten waren zu Fuß unterwegs, wenn sie nicht gerade einen Spaziergang um die Insel machten. Aber wo war dann das Fahrrad? Als Röder mit Eilert in Tieslers Wohnung gewesen war, hatte er nicht darauf geachtet, ob überhaupt Fahrräder auf dem Grundstück gestanden hatten. Er war gespannt auf das Ergebnis der Spurensicherung.

Seine Kollegen waren vor Ort, räumten aber gerade ihre Utensilien zusammen. Sie berichteten, dass sie bisher nichts, aber auch gar nichts gefunden hätten, dass mit einem Mord hätte zusammengebracht werden können.

»Keinerlei Hinweise«, sagte Gero Schonebeck. »Allerdings haben wir sein Telefon in der Schublade seines Nachtschränkchens gefunden. Damit werden wir uns befassen. Einen Festnetzanschluss hatte er hier nicht. Somit sind wir hier durch. Die Kollegen haben noch ein wenig Zeit, daher werden sie sich das Büro im Nationalparkhaus vornehmen. Vielleicht finden wir da einen Hinweis auf die vermutlich einzige Person, mit der er Zoff gehabt hat.«

»Habt ihr auf dem Grundstück irgendwo ein Fahrrad gesehen?«, fragte Röder.

Gero nickte. »Eines steht hinter dem Haus. Der andere Hausbewohner sagte allerdings, das sei seines. Mark Tiesler habe eines mit einem auffälligen gelben Gestell besessen. Und das sei seit Mittwoch verschwunden.«

»Habt ihr eine genaue Beschreibung?«

»Soweit der Mann sich erinnern konnte, ja. Wir werden aber bei Tieslers Arbeitskolleginnen noch einmal nachhaken.« Gero Schonebeck lächelte. »Es ist schon seltsam. Am Festland fahnden wir in solchen Fällen nach verschwundenen Autos. Hier sind es Räder. Wobei das mit den Autos oftmals einfacher ist. Die haben wenigstens Nummernschilder.«

*

Anke Hasekamp stopfte die zerrissenen Kaninchenköpfe zu der anderen Pappe in den Karton. Mark war tot. Der Mann, der keiner Fliege was zu Leide tun konnte. Im wahrsten Sinne des Wortes.

Sie brachte die leeren Gläser in die Küche und stellte sie in die Spülmaschine. Mark war tot und Enno hatte wieder einmal die Flucht ergriffen. Es war natürlich nicht leicht für ihn gewesen, zu hören, dass die anderen ihn für einen Mörder hielten. Aber sie konnte sich einfach nicht vorstellen, dass Melissa das ernst gemeint hatte. Friedemann schon gar nicht. Als Pastor glaubte man doch quasi von Berufs wegen an die Unschuld, bevor das Gegenteil bewiesen war. Die hätten sich bestimmt wieder beruhigt. Hätten erkannt, wie abwegig diese Anschuldigung war. Wäre Enno nur nicht wieder abgehauen, sondern hätte sich verteidigt. Aber eigentlich – warum hätte er sich verteidigen sollen, wenn er mit den Morden nichts zu tun hatte?

Die übrig gebliebenen *Proniggels*, Melissa und der Pastor – sie erschrak bei dem Gedanken ›übrig gebliebenen‹ – hatten noch eine Weile diverse Vermutungen geäußert, Verbindungen konstruiert, ein paar Namen fallen lassen und beinahe umgehend wieder vom Tisch gefegt. Und sie musste zugeben, Friedemann Untied hatte sie unglaublich genervt. Es schauderte sie, wenn sie daran dachte, wie er unter dem Deckmantel des Verstehens immer wieder neue Verdächtige hervorzauberte und ihnen liebevoll sofort vergab, kaum dass er deren Namen genannt hatte.

Vor einer Viertelstunde waren sie dann gegangen und hatten sie mit ihrer Trauer allein gelassen.

Enno fehlte ihr. Zumindest seine Schulter zum Ausweinen. Gut, vielleicht war es zu viel verlangt, dass ein Mann zusah, wie sie um einen anderen trauerte. Aber so etwas musste eine Beziehung doch aushalten können. Sie goss sich ein Glas Rotwein ein und war sich nicht sicher, ob es zwischen Enno und ihr überhaupt noch eine Beziehung gab.

Sie schaltete den Fernseher ein und zappte durch. Es war ihr egal, was da lief. Hauptsache, es lenkte sie von den Ereignissen um sie herum ab. Das Erste. ZDF. WDR. NDR. Hier liefen Regionalnachrichten. Sie stellte den Ton etwas lauter und erschrak. Bitte nicht. Sie wollte sich ablenken, verdammt noch mal. Aber die Morde auf der kleinen Insel waren Hauptthema der Sendung. Sie wollte umschalten, aber das Einzige, was sie zustande brachte, war, den Ton noch lauter zu stellen und wie gebannt auf den Bildschirm zu starren. Dort stand einer der Kommissare, die auch bei ihr gewesen waren, vor dem Rathaus. Da hatten sie sich womöglich eine offizielle, neutrale Stelle ausgesucht, um das Gespräch zu führen. Allerdings erfuhr sie nichts Neues. Was der Mann sagte, hatte bereits auf der Insel die Runde gemacht. Die Kamera schwenkte über die Randdünen zum Dorfplatz. Komisch, dachte Anke. Es sieht so fremd aus, wenn man seine eigene Heimat im Fernsehen sieht. Sie hätte sich gewünscht, dass die Fernsehleute aus einem anderen Grund hierhergekommen wären.

Als die Kamera sich wieder auf den Kommissar richtete, sah sie Melissa auf ihrem Rad durch das Bild huschen. Ihre rote Strickjacke war unverkennbar. Melissa … Bei der wusste man nie, wie man bei ihr dran war. Auf der einen Seite glühende PETA-Anhängerin, auf der anderen Seite hatte sie sich mit einer sehr befremdlichen Begründung aus ihrer Gruppe zurückgezogen. Dann war sie wieder erschienen. Ganz selbstverständlich. Ohne ein Wort der Erklärung.

Sie mochte Melissa nicht besonders. Anke hätte nicht genau sagen können, warum. Wenn sie darüber nachdachte, fiel ihr zum Beispiel ein, was Melissa nachmittags geäußert hatte: Dass es ihr unverständlich sei, wenn die Theaterpremiere ausfiele. Wo doch so viele Gäste sich darauf gefreut hätten. Und es müsse möglich sein, dass ein anderer die Rolle übernähme. So schwer könne das gar nicht sein. Sie hatten ihr widersprochen. Aber Anke war sich nicht sicher, ob Melissa eingesehen hatte, dass im Moment viele Argumente gegen die Premiere sprachen. Eines davon war Mitgefühl. Gäste hin oder her.

Hatte Melissa eigentlich das Eis mitgenommen? Sie hatte es bei ihr im Gefrierschrank deponiert. »Dann komme ich direkt vom Einkaufen zu dir und muss nicht erst nach Hause«, hatte sie erklärt.

»Im Rahmen dieser Ermittlungen bitten wir um Hinweise, wer ein Rennrad mit leuchtend gelbem Rahmen gesehen hat«, tönte es aus dem Fernseher. »Hinweise bitte an die Polizei Baltrum.«

Klar. Das war Marks Rad. Vor ein paar Wochen hatte sie es bewundert, als sie sich zu ihrem ersten Treffen einfanden. Normalerweise fuhren die Insulaner hier mit stabilen Gebrauchsrädern. Manche mit E-Bike. Aber Marks Rad hatte schmale Reifen, Alurahmen und, wie er stolz erklärt hatte, eine Zwanzig-Gang-Kettenschaltung. Das sei der einzige Luxus, den er sich erlaube, hatte er damals fast entschuldigend gesagt.

»Kommen wir zum Wetter. In den Ostertagen wird es …«

Anke zuckte zusammen. Da hatte sie den Rest der Sendung gar nicht mitbekommen. Sie schaltete den Fernseher aus und ging in die Küche. Das Eis lag hoch und trocken in der oberen Schublade ihres Gefrierschrankes. Sie würde es Melissa bringen, dann brauchte sie nicht mehr daran zu denken.

Sie holte ihre dicke Jacke aus dem Schlafzimmerschrank und streifte sie über. Dann nahm sie das Eis aus dem Gefrierfach und steckte es in eine Tüte.

Es war dunkel und inzwischen empfindlich kalt geworden. Sie ging das kurze Stück durch den Vorgarten und klopfte bei Melissa. Von drinnen hörte sie eine kräftige Männerstimme, die sich durch eine Opernarie arbeitete. Das Fenster im Obergeschoss war hell erleuchtet. Auch im Wohnzimmer brannte Licht. Allerdings konnte sie nicht sehen, ob Melissa dort war. Der größte Teil der Scheiben war durch die PETA-Plakate in Dunkel gehüllt. Sie drückte die Klinke herunter. Abgeschlossen – wie nicht anders zu erwarten.

Langsam wurde sie sauer. Das Eis begann bestimmt

schon zu schmelzen. Sie klopfte mit den Fäusten gegen die Tür. Erfolglos. Sollte sie das Eis wieder mitnehmen? Wäre es eine Dose Suppe, hätte sie die bedenkenlos vor der Tür abgestellt. Aber so? Sie sah bereits Melissas verkniffenes Gesicht vor sich. Aber es nützte nichts. Die machte einfach nicht auf. Ein letztes Mal schlug Anke gegen die angegraute Kunststofftür, dann – oh, Wunder – hörte sie das Schaben eines Schlüssels und die Tür öffnete sich einen Spaltbreit. Der Gesang wurde lauter. Vor ihr stand Melissa, bekleidet mit einer ausgebeulten Stoffhose, einem grünen Sweatshirt und Filzpantoffeln. Ihr Gesicht war von einer aufgeregten Röte überzogen und ihre Augen leuchteten.

»Melissa? Ich bringe dir das Eis. Du hast es bei mir im Gefrierschrank vergessen.«

Melissa streckte ihren Arm aus und nahm ihr die Tüte ab. »Danke fürs Bringen. Ich würde dich ja reinbitten, aber Jonas – er übt gerade. Da darf er nicht gestört werden, weißt du?«

»Das – das ist Jonas, der da singt? Ich hatte gedacht, er hätte eine CD aufgelegt!« Anke konnte es nicht fassen. Der stille, unauffällige Typ, der sich so selten in der Öffentlichkeit blicken ließ, hatte solch eine voluminöse Stimme?

»Er nimmt demnächst an einem Wettbewerb teil«, flüsterte Melissa vertraulich. »Der heißt *Große Stimmen*. Das wird auch im Fernsehen übertragen. Wer da gewinnt, der hat eine ganz steile Karriere vor sich.«

»Dann möchte ich nicht länger stören. Ich wünsche Jonas viel Erfolg. Wann läuft das Vorsingen?«

»Im nächsten Monat«, sagte sie. »Dann werden wir viel unterwegs sein.«

Als Anke Hasekamp wieder auf die Straße einbog, blickte sie nach oben. Hinter der Gardine zeichnete sich eine Gestalt ab. Jonas. Noch immer klang seine Stimme durch den Abend. Gleichzeitig hatte sie das Gefühl, dass er sie beobachtete, sein Blick in ihrem Nacken saß, als sie sich entfernte.

Kein Wunder, dass ich allmählich unter Verfolgungswahn leide, bei dem, was in den letzten Tagen alles passiert ist, dachte sie mit leichtem Frösteln. Aber das geht den anderen Menschen hier sicher ähnlich. Zumal bis jetzt keinerlei konkretes Motiv für die beiden Todesfälle ersichtlich war. Mal abgesehen davon, dass beide Getöteten den *Proniggels* angehörten. Was eigentlich Grund genug für sie war, vor jedem Geräusch zu erschrecken. Und Geräusche waren reichlich zu hören. Nicht nur der Gesang von Jonas, jetzt drangen vom Grundstück gegenüber kräftige Hammerschläge. Mutig, doch mit Zittern in den Beinen wechselte sie die Straßenseite und versuchte, trotz der Dunkelheit etwas zu erkennen.

»Verdammt, verdammt, verdammt«, hörte sie eine Stimme, dann wieder wuchtige Schläge aus der Ecke, wo das Gartenhaus der Opitz' stand. Ein schmaler Lichtstreifen, der aus der Tür des Häuschens fiel, beleuchtete Hartmut Opitz' wutverzerrtes Gesicht. Dann folgte ein Schrei. Dann noch einer. Dann ein dritter markerschütternder Schrei, der nahtlos unter die Haut ging. Und wieder wuchtige Schläge. Was passierte da? Was sollte sie tun? Hinlaufen und nach dem Grund für die Schreie fragen? Wie gefährlich war das? Sie musste Michael anrufen. Da stimmte etwas nicht. Ganz und gar nicht. Nervös gab sie die Nummer der Baltrumer Polizei ein und berichtete von ihrem Erlebnis.

Michael versprach, so schnell wie möglich zu kommen. Anke atmete auf. Noch immer waren die Schläge zu hören, wenn auch ein wenig verhaltener. Sie hatte sich einige Meter vom Grundstück entfernt in der Sorge, dass Hartmut auf sie aufmerksam würde. Bloß nichts riskieren. Dass Jonas nichts gehört hatte! Sie schaute herüber auf die andere Straßenseite. Doch die Silhouette war verschwunden. Nur das Licht brannte noch. Auch die Musik war verstummt.

Als Michael Röder mit einem seinem Kollegen eintraf, war aus Opitz' Garten nichts mehr zu hören.

»Was gibt es denn?«, fragte er freundlich.

»Da, da waren Schläge«, stammelte sie. »Und Schreie. Ganz laut.« Sie zeigte auf die Stelle hinter dem Doppelzaun, wo das Gartenhäuschen stand. Wo jetzt nicht einmal mehr Licht brannte. Es herrschte einfach abendliche Ruhe.

»Und du bist ganz sicher ….«

»Natürlich. Hätte ich euch sonst angerufen?«, erwiderte sie.

»Na, ja. Nach dem, was hier alles so abgelaufen ist, kann man schon mal …«, überlegte der Inselpolizist und schaute sie fragend an.

»Ich bin nicht bekloppt, wenn du das meinst. Geht doch rein und fragt. Bin gespannt, was der euch zu erzählen hat.« Beinahe bereute sie es schon, die Polizei gerufen zu haben. Sie hatte schwer das Gefühl, dass die beiden ihr nur im begrenzten Maße glaubten. »Wisst ihr was? Ich spreche mit Hartmut. Dann werden wir sehen, was der zu sagen hat.«

»Nichts da. Ist schon gut«, sagte Michaels Kollege. »Wir klären das.«

Tatsächlich stand Hartmut Opitz in der Tür, kurz nachdem die beiden Männer sich bemerkbar gemacht hatten. Auf die Frage, was da abgelaufen war, erklärte er: »Ich habe einen Igel eingefangen. Weiß der Teufel, wie der durch unsere Zäune geschlüpft ist. Ich wollte ihn vom Grundstück wegbringen, dabei habe ich mich gepikst.« Er zeigte seine Hände. Tatsächlich sah Anke dort einige rote Einstichlöcher. Aber sie sah auch dunkelrote Streifen, die sich über seine Hände zogen, und unter den Fingernägeln war es schwarz. Das alles sollte von den paar Stichen kommen?

»Ihr wisst ja: Wie vermehren sich Igel? Ganz, ganz vorsichtig.« Hartmut Opitz lachte.

Die beiden Polizisten stimmten nicht in sein Lachen ein. Auch ihnen waren vermutlich die blutverschmierten Hände des Mannes aufgefallen.

»Und wer hat geschrien?« Anke war aus dem Schatten der beiden getreten und blickte Hartmut Opitz scharf an. »Ich habe gehört, dass hier jemand voller Schmerz geschrien hat.«

»Ich weiß zwar nicht, was es dich angeht, was auf anderer Leute Grundstück passiert, aber ich erkläre es gerne noch einmal.« Hartmut Opitz wurde lauter. »Ich habe einen Igel eingefangen und mich dabei verletzt. Das tat verdammt weh. Aber nicht ich, sondern der Igel hat geschrien. Die können nämlich wie Menschen schreien. Ich habe ihn in eine auf die Schnelle zusammengezimmerte Kiste gesperrt. Und das hat ihm wohl nicht gepasst. Ist sonst noch was?«

»Ja, allerdings. Igel schreien nur, wenn sie furchtbare Schmerzen haben. Was hast du mit dem angestellt?«

»Hartmut, was ist denn los?«, kam eine weibliche Stimme von hinten.

Anke atmete ein wenig auf. Wenigstens lebte Ingeborg noch. Ihre geheimsten Befürchtungen hatten sich gerade in Luft aufgelöst. Aber wenn es jemand anderes gewesen war, und nicht etwa ein Igel?

»Können wir einen Blick in dein Häuschen werfen?«, fragte Michael Röder.

Hartmut Opitz nickte. »Ich beruhige Ingeborg und hole eine Taschenlampe.«

»Du bleibst besser hier, Anke. Oder eigentlich kannst du nach Hause gehen. Wir machen das«, sagte Röder.

»Ich komme mit.« Wenn sie schon die beiden hergerufen hatte, wollte sie unter deren Schutz die Geschichte zu Ende miterleben.

»Frau Hasekamp. Bitte. Das ist unsere Sache«, versuchte der andere Kommissar sie vom Rückzug zu überzeugen.

Aber sie wollte noch nicht aufgeben. Wollte unbedingt wissen, ob es wirklich ein Igel gewesen war, der sie so sehr erschreckt hatte. Und wo der Igel jetzt war.

»Ihr dürft rein. Anke bleibt draußen. Sie hat hier nichts zu suchen.«

Die beiden Polizisten nickten einander zu. »Du hast es gehört. Da können wir nichts machen«, sagte Röder.

»Ich werde hier auf euch warten. Ich will wissen, was los ist.«

Als die drei verschwunden waren, setzte sich Anke auf den weißen Holzzaun vom Haus schräg gegenüber. Sie hörte die Stimmen der Männer aus der Ferne.

Nach gut zehn Minuten kamen die beiden wieder.

»Wie war es?« Sie war aufgestanden und ging auf Michael und seinen Kollegen zu.

»Anke, du gehst jetzt wirklich besser nach Hause. Der Fall ist für dich erledigt«, sagte er ernst. »Es wäre nur schön, wenn wir uns morgen früh im *Sonnenstrand* noch einmal kurz zusammensetzen könnten.«

»Was, was habt ihr gefunden? Ist etwas passiert? Was ist mit dem Igel? Was hat der mit dem Tier gemacht?«

Sie sah, dass der andere Kommissar sein Telefon aus der Tasche gezogen hatte.

»Anke, sei vernünftig. Und bitte, bewahre Stillschweigen. Sobald ich etwas weiß, was deiner Beruhigung dient, rufe ich dich an. Versprochen. Sonst bis morgen.«

Sie sah ein, dass sie nicht mehr gebraucht wurde. Nur zu gern hätte sie gewusst, was die beiden in dem Gartenhaus gefunden hatten. Aber sie war sich sicher: Sie würde schon früh genug erfahren, wer die Schreie ausgestoßen hatte. Sie verabschiedete sich. Jetzt nichts wie nach Hause, Tür zu und ab auf's Sofa.

*

Dieser Tag nahm kein Ende. Die Spurensicherer waren mit dem letzten Schiff gefahren, also hatten der Inselpolizist und Gero Schonebeck ihren Notfallkoffer mit den Sicherungsbeuteln, Einmalhandschuhen und Reagenzgläsern geschnappt und nahmen Opitz' Gartenhäuschen auseinander. Trotz der nicht zu überhörenden Proteste des Mannes und der beißenden Beleidigungen durch seine Frau.

»Ingeborg, jetzt ist es gut«, sagte Michael Röder zum wiederholten Male, bevor er die Frau am Arm nach draußen schob und die Tür hinter ihr schloss. »Und wenn du nicht gleich Ruhe gibst, dann fliegst du auch raus«, wandte er sich scharf an Hartmut Opitz.

Es wirkte. Der Besitzer des Gartenhäuschens schwieg.

Es roch kräftig nach Farbe in dem Häuschen.

»Was haben Sie angestrichen?«, fragte Gero Schonebeck, doch er erhielt keine Antwort. Er wiederholte seine Frage, doch Opitz drehte sich einfach um, öffnete den Hängeschrank und schob wahllos einige

Gläser mit Nägeln und Schrauben von der einen Seite auf die andere.

»Herr Opitz!«

»Was man halt so anstreicht. Die Gartensaison hat begonnen, wenn Sie das noch nicht festgestellt haben sollten. Da macht man so was.«

Zwischen den Aufzuchttöpfen auf dem massiven Holztisch glänzten dicke, zum Teil noch feuchte Flecke. Sorgsam kratzte Gero Schonebeck einige ab und ließ die Krümel in diverse Gläschen fallen. Dann verschloss er sie sorgfältig und legte sie in einen Metallkoffer. »Wo ist der Käfig, den Sie angeblich zusammengenagelt haben?«

»Ich habe euch doch gesagt, dass das nicht stimmt, was ich Anke erzählt habe. Ich wollte keinen Stress mit dieser Fanatikerin. Ich habe das Vieh erschlagen. Was sollte ich denn da mit einem Käfig?«

»Jetzt erklär mir bitte genau, warum du das Tier entsorgt hast«, fragte Röder.

»Mein Güte, ich war hier am Arbeiten. Da sah ich ihn. Er treibt sich schon länger auf unserem Grundstück rum. Ingeborg sagt, dass der Igel das einzige Tier ist, was hier sein darf. Weil er Vogeleier frisst. Zum Beispiel. Und somit weniger Vögel unseren gesäten Samen wegholen. Aber als der dann plötzlich hier im Häuschen auftauchte, war es nicht okay.« Hartmut Opitz zeigte auf ein Vorzuchtbeet, in dem sich kleine grüne Blätter aus der Erde gerollt hatten. »Ich war mir nicht sicher, ob der sich nicht auch darüber hermacht. Und Vorsicht ist eben die Mutter der Porzellankiste. Erst wollte ich ihn nur raussetzen, aber als ich ihn gegriffen habe, ziemlich fest natürlich, fing er an zu schreien. Und das war's.«

Die Polizisten öffneten eine Schublade nach der

anderen, legten Dinge wie eine blitzblanke Heckenschere, ein Gartenmesser, ebenfalls ohne die geringste Roststelle, Wühlmausgift und einen halb mit Benzin gefüllten Kanister auf einen Haufen.

»Jetzt fehlt euch nur ein Gewehr und ich bin ein dreifacher Mörder, oder was?«, rief Hartmut Opitz verzweifelt.

Er erhielt keine Antwort.

»Es war nur der verdammte Igel!«

Ja, der Igel. Aber wo war der? Darauf hatte ihnen Opitz noch keine zufriedenstellende Auskunft gegeben. Er hatte zwar behauptet, er habe ihn über den Zaun auf den Deich geworfen, nachdem er ihn mit dem Hammer erschlagen hatte, aber sie hatten den Kadaver trotz eingehender Suche im Schein diverser Taschenlampen nicht finden können. Also nahmen sie logischerweise Proben von den roten, teilweise eingetrockneten Flecken, die auf dem ganzen Tisch verteilt waren. Und behielten den Mann genau im Auge.

»Sie wissen, dass Igel unter Schutz stehen?«, wandte sich Gero Schonebeck an Opitz. »Das reicht locker für eine Anzeige. Wenn wir den Igel finden. Und sich das Blut wirklich als einem Igel zugehörig erweist.«

»Als was denn sonst?«, schnauzte Opitz den Hauptkommissar an. »Ich hatte das Vieh gerade erledigt, da kamt ihr schon angerannt. Wo hätte ich denn in der kurzen Zeit eine menschliche Leiche verschwinden lassen sollen? Können Sie mir das bitte mal erklären?«

»Wissen Sie, Herr Opitz, wir haben gerade mal angefangen. Diese Menge Blut reicht locker, um der Sache intensiv nachzugehen. Als Nächstes ist ihr Haus dran und bei Tagesanbruch der Garten und Umgebung. Ganz langsam und gründlich. Wollen mal sehen, was wir dabei finden.«

»Sie sollten besser ihre Zeit nutzen, um den Mörder zu fangen!«

»Was meinst du, was wir gerade machen«, sagte Röder.

»Verdammt noch mal nein, ich habe keinen umgebracht.« Jetzt schrie Opitz und von draußen klopfte es durchdringend ans Gartenhäuschen.

»Lassen Sie sofort meinen Mann in Ruhe. Er hat nichts getan.«

»Schluss jetzt!«, donnerte Gero Schonebeck. »In ein paar Minuten sind wir hier durch, dann werfen wir einen Blick ins Haus. Und glauben Sie mir, das dürfen wir. Und bis dahin erzählen Sie mir haargenau, was Sie mit Petri im *Skipper's Inn* besprochen haben.«

*

Nach einer weiteren Stunde hatten die Männer ihre Sachen zusammengepackt und brachen zum Clubraum des Hotels *Sonnenstrand* auf. Als sie das Hotel betraten, lief ihnen Birgit Ahlers über den Weg.

»Na, wie gut kommt ihr voran? Kommt ihr der Aufklärung näher, oder braucht ihr den Raum noch auf unbestimmte Zeit?«

»Ehrlich gesagt: keine Ahnung«, erwiderte Röder. »Im Moment habe ich das Gefühl, es wird alles immer komplizierter. Aber es würde uns ziemlich helfen«, er schaute auf seine Armbanduhr, »wenn du uns ein Bier bringen könntest. Ich hätte beinahe Feierabendbier gesagt, aber da bin ich mir nicht ganz sicher.«

Birgit Ahlers versprach es und es dauerte nicht lange, da stand die Hotelchefin mit einem Tablett und den Getränken darauf vor ihnen. »Lasst es euch schmecken«, sagte sie und verschwand ebenso schnell, wie sie gekommen war.

»Machen wir also dort weiter, wo wir vorhin aufgehört haben.« Arndt Kleemann nahm einen tiefen Schluck aus seinem Glas. »Michael, von deinem Treffen mit den Theaterleuten hast du uns bereits erzählt. Das Gespräch mit Seeberg hat offensichtlich auch nichts Wesentliches gebracht. Kommen wir zur Arbeit der Spurensicherung. Ich habe schon erwähnt, dass Tieslers Wohnung absolut unauffällig war. Kaum persönliche Notizen. Ein paar Zeitungen, überwiegend das *Greenpeace Magazin* und einige Ökohefte. Einige Fotoalben mit Bildern, die er wohl auf Reisen gemacht hat. Hat mich gewundert, dass der Mann seine Bilder auf so althergebrachte Weise archiviert. Da gibt es inzwischen andere Methoden. Es sind übrigens klasse Motive. Wunderbar eingefangen.«

»Es gehörte sicher zu seinem Lebensstil. Waren private Bilder darunter?«, fragte Röder.

»Nein. Nur Bilder von Bergen, Meeren und Tieren. Alle ohne Menschen. Es sei denn, es hat sich mal der eine oder andere Inuk darauf verlaufen«, erklärte Arndt.

»Wer?« Eilert Thedinga blickte seinen Kollegen erstaunt an.

»Ureinwohner aus dem Eis im hohen Norden.«

»Na, die muss ich nicht kennen. Bin in Ostfriesland ziemlich sicher noch keinem begegnet. Aber jetzt was anderes: Es muss doch irgendwo etwas Privates unter seinen Sachen sein«, sagte Eilert. »Geburtsurkunde. Zeugnishefte. Adressbuch – war da gar nichts? Ich meine, als ich mit Michael da war, kam es uns auch schon so – wie soll ich sagen – neutral vor. Aber natürlich haben wir die Bude nicht so genau auseinandergenommen wie ihr.«

Arndt Kleemann schüttelte den Kopf. »Nichts, was

ein gemütliches Heim ausmacht. Eher so, als sei er nur vorübergehend da. Als sei er hier gar nicht richtig angekommen. Habt ihr von seinen Kollegen mehr erfahren können?«

»Leider Fehlanzeige. Die wussten nicht mehr als das, was sie uns bereits erzählt hatten. Bis darauf, dass sie uns die genaue Beschreibung des Fahrrades geben konnten.«

Gero fuhr fort: »Es könnte übrigens eine weitere Erklärung für den Zustand seiner Wohnung geben. Nämlich, dass er sich und sein Leben nicht so wichtig genommen hat. Dass es ihm um ganz andere Dinge gegangen ist, als in seiner Bleibe seine Handschrift zu hinterlassen, sondern dass er seine ganze Energie in die Erhaltung der Tier- und Pflanzenwelt gesteckt hat.«

»Aber er muss doch ein Leben vor Baltrum gehabt haben. Seine Kolleginnen sagten, dass er seit ungefähr zwei Jahren auf der Insel sei. Vorher habe er im Nationalparkhaus Wilhelmshaven gearbeitet«, machte Eilert Thedinga deutlich.

»Dann werden wir morgen seinen Chef befragen. Der wollte wohl mit dem ersten Schiff auf die Insel kommen. Vielleicht bringt uns das weiter. Was ist, möchtet ihr noch ein Bier?«, fragte Arndt Kleemann.

»Michael, kommst du mit? Ich möchte nicht alleine in Hajo Akkermanns Haus rumlaufen«, hörte er Sandra aus der Küche rufen.

Michael Röder überlegte. Eigentlich warteten seine Kollegen im Hotel *Sonnenstrand* auf ihn. Aber ein Besuch in Hajos Haus konnte nicht schaden. Zum einen hatte er Akkermann versprochen, dass er und Sandra sich um seinen Vogel kümmern würden, zum anderen fand sich vielleicht noch etwas, was dessen Schuld oder auch Unschuld untermauerte. Nach wie vor behauptete der Mann, Edith Oligs erschossen zu haben. Sie würden ihn wohl trotzdem gehen lassen müssen. Ihrer aller Chef, Müller, war jedenfalls fest von Akkermanns Unschuld überzeugt.

Im Gegensatz zu Klaus Kockwitz. Der Kommissar war mit der Befragung in der JVA Oldenburg beauftragt worden, nachdem er sich von seinem Fahrradunfall erholt hatte, und versuchte alles, um Akkermann die Tat, die der bereits gestanden hatte, nachzuweisen. Den genauen Ablauf wasserdicht zu machen. Alle Zweifel auszuräumen. So hatte es Müller zumindest berichtet.

Röder wollte sich nicht vorstellen, wie Kockwitz Hajo Akkermann unter Druck setzte, um herauszubekommen, wo die Mordwaffe versteckt war. Oder ob Akkermann sonst etwas zu verbergen hatte.

Wie es auch war – Hauptsache, Kockwitz erschien nicht auf der Insel. Röder konnte ihn nicht ausstehen. Seine arrogante Art war einfach unangenehm. Röder dachte mit Unbehagen an die Male, an denen Kockwitz mit Arndt Kleemann zusammen auf der

Insel ermittelt hatte. Da waren ihm Eilert und Gero um Längen lieber. Auch wenn Gero momentan nicht unbedingt auf seiner Bestenliste stand – schließlich konnte der Mann nichts dafür.

»Kein Problem«, rief er seiner Frau zu. »Ich bin gleich so weit. Was machen wir mit Amir?«

»Er kann aufs Haus aufpassen. Ich gehe später mit ihm raus«, erwiderte Sandra.

Röder meldete sich bei Arndt Kleemann ab und versprach, spätestens in einer Stunde im Hotel zu sein.

Es war kalt. Doch die Sonne schien von einem stahlblauen Himmel herab und Röder merkte an der Wärme, die sich um seine Schultern legte, wie viel Kraft sie schon hatte.

»Man kommt sich irgendwie verarscht vor, findest du nicht?«

Röder schaute seine Frau erstaunt an.

»Da passieren zwei solch schreckliche Morde und dann zeigt sich das Wetter von seiner wunderbarsten Seite.« Sie zog die Haustür hinter sich zu und zeigte auf den *Eispavillon,* der nur ein paar Meter entfernt an der Straße gegenüber *Stadtlander* stand. Zwei ältere Leute saßen mit ausgestreckten Beinen davor auf einer Bank und schleckten genussvoll an ihren Eistüten. »Alles könnte so friedlich sein. Die Leute würden sich heute Abend nach einem langen Strandspaziergang am Osterfeuer erfreuen und dann vielleicht ein wenig die Kneipen unsicher machen. Stattdessen überlegen sich die Gäste, ob nicht hinter jedem Busch ein Mörder lauert.«

Michael Röder hätte ihr gerne widersprochen, aber er wusste, dass es stimmte.

»Hast du gesehen? Es ist Ende März und ich habe bereits meine dünnere Jacke aus dem Schrank geholt.«

Er nickte. »Der Winter hat uns in diesem Jahr wirklich verwöhnt. Auch wenn die letzten Tage kalt und regnerisch waren.« Die Sache mit der Jacke war ihm nicht aufgefallen. Das konnte er natürlich auf keinen Fall zugeben. »So, komm. Steig auf's Rad. Den Schlüssel von Akkermanns Häuschen hast du?«

»Habe ich eingesteckt«, antwortete sie und fuhr los.

Es war nicht weit bis zu dem kleinen Häuschen, in dem Hajo Akkermann lebte. Sie schlossen auf und wurden von dem fröhlichen Gesang des Kanarienvogels empfangen.

»Der ist sicher froh, dass er mal Gesellschaft hat«, überlegte Sandra. »Ich mache die Wassertöpfe sauber. Weißt du, wo das Futter steht?«

Das wusste er nicht, ging aber gleich in die Küche. In einem der Schränke würde es bestimmt sein. Doch kaum hatte er die erste Schranktür geöffnet, hörte er aus dem Wohnzimmer einen spitzen Schrei.

»Er ist weg, verdammt noch mal. Einfach rausgeflogen.«

»Er heißt übrigens Pfiffi, hat Akkermann gesagt. Hast du die Käfigtür geöffnet?«, rief er zurück.

»Wie sollte ich wohl sonst an den Wassertopf kommen, du Blödmann«, war die wütende Antwort.

Es zischte über ihm und er zog den Kopf ein. Der gelbe Vogel streifte seine Haare, ließ sich dann mit Eleganz auf dem Küchenschrank nieder und schaute sich spöttisch um. Zumindest empfand Röder den Blick als spöttisch. Wie sollten sie den jemals einfangen? Hoffentlich war Akkermann bald wieder da. Der hatte bestimmt mehr Erfahrung mit solchen Situationen.

Ich könnte es mit einem Küchensieb und einem Stück Pappe versuchen, überlegte Röder. Sieb drüber, Pappe unter den Vogel schieben, gefangen und fertig.

Ab in den Käfig. Er öffnete einen der Schränke. Er sah Tassen, Teller, eine Kaffeekanne und einen Zuckertopf mit einem Silberlöffel darin. Auch hinter den anderen Türen gab es nichts, was Ähnlichkeit mit dem großen blauen Plastiksieb hatte, das er zu Hause benutzte, wenn er mal den Salat abwaschen durfte. Von einem Stück Pappe war schon gar nichts im Schrank zwischen dem Geschirr zu sehen.

Der Kanarienvogel hatte ganz eindeutig keine Lust, zu warten, bis der Polizist fündig geworden war. Offensichtlich war ihm das Schlagen der Küchentüren auf die Nerven gegangen. Im Abflug ließ er eine Kleinigkeit auf den alten Laminatboden fallen, dann war er verschwunden. Röder sah ihn gerade noch dem Handlauf der Treppe folgend ins Obergeschoss fliegen.

Doch ein echter Inselpolizist gab nicht so schnell auf. Ob er mit dem Besenschrank mehr Glück hatte? Er konnte es sich zwar nicht vorstellen, dass er dort ein Sieb finden würde, aber es war der Mühe wert.

Sein Versuch wurde belohnt. Zumindest was das Sieb anbelangte. Neben einem Schrubber, einem Besen, Kehrschaufel und Handfeger hing, mit einem Bindfaden befestigt, ein schwarz-weißes Metallsieb an einer Hakenleiste. Es war schwer und Röder bezweifelte einen Moment, ob es das richtige Instrument zum Einfangen des kleinen Vogels war. Aber sie mussten es versuchen. »Sandra? Hilfst du mir?«

Seine Frau kam ihm mit zwei kleinen Schälchen in der Hand entgegen. »Hast du ihn eingefangen?« Sie erklärte das Metallsieb für nicht geeignet und bestand darauf, es mit einer der Plastiktüten zu versuchen, die unten im Schrank zusammengeknüllt lagen. Natürlich scheiterte er mit seinem Einwand, dass es mit einem fludderigen Müllbeutel erst recht schwierig sein würde, Pfiffi einzufangen.

Im oberen Stockwerk waren alle Türen geschlossen. Bis auf die Schlafzimmertür. Das schränkt den Jagdradius netterweise ein, überlegte Röder, und schlich sich leise in gebückter Haltung an. Sandra dicht hinter ihm. Auf dem Flur verharrte er kurz und warf einen vorsichtigen Blick in das Zimmer mit dem eichenen Doppelbett. Es fehlte nicht viel und er hätte laut: »Halt! Polizei!« gerufen und seine Waffe gezogen. Gerade konnte er es noch verhindern, sich vor Sandra zum Deppen zu machen. Aber trotz aller Vorsicht fand sich im Schlafzimmer nichts, dass wie ein fröhlich singender, gelber Kanarienvogel aussah.

So intensiv sie in jeder Ecke nachsahen – der Vogel war weg.

»Jetzt gucken wir noch unter dem Bett nach.«

Röder hielt Sandras Vorschlag für sinnlos. Warum sollte sich Pfiffi unter dem Bett verschanzen? Der wollte fliegen. Oder hatte sich der Kanari, vom Rascheln der Tüte gewarnt, tatsächlich dort unten versteckt?

Sandra kniete sich auf den Läufer, der vor dem Bett lag, dann bückte sie sich. »Ist es richtig, dass hier ein Gewehr unter dem Bett liegt?«

Wie bitte? Gewehr? »Lass mich mal.« Er legte die Plastiktüte auf den Nachttisch mit dem bestickten Deckchen, schob seine Frau zur Seite, was sie mit leisem Protest quittierte, und erstarrte. Da lag ein Gewehr. Er konnte es nicht glauben. Sie hatten Akkermanns Wohnung nach seiner Festnahme ganz genau durchsucht. Und da war definitiv kein Gewehr mehr im Haus gewesen. Die Waffen aus dem Gewehrschrank hatten sie mitgenommen. Wie kam das Ding unter das Bett?

Er zog sich in Ermangelung von Einmalhandschuhen die Tüte über den Arm und langte vorsichtig nach der Waffe. Sprachlos schaute er sie an, als ob sie dadurch das Rätsel ihrer Herkunft selber lösen würde.

»Habt ihr die vergessen?«

Das war in diesem Moment genau die verkehrte Frage. Aber er riss sich zusammen und zuckte lediglich mit den Schultern. »Ich kann es beschwören: Sie war am Mittwoch nicht da.« Er sprang auf. »Ich muss mit Arndt sprechen. Ich bin ganz sicher, dass diese Waffe bei unserer Durchsuchung noch nicht hier gelegen hat. Wie also kommt sie hierhin? Die muss sofort zur Untersuchung ans Festland. Und mich würde lebhaft interessieren, ob Akkermann dazu etwas einfällt. Den dürfen die Kollegen keinesfalls gehen lassen, bevor sie ihn noch einmal befragt haben.«

»Und Pfiffi?« Sandra saß auf dem abgeschabten Läufer und zeigte auf den Kanari, der genau in diesem Moment hereingeflogen kam und eine Runde um die Jugendstillampe unter der Decke drehte.

»Komm mit raus. Wir machen die Tür hinter uns zu und kümmern uns später drum. Wir stellen Wasser und Futter ins Zimmer, dann kann nichts schiefgehen.«

Sandra stand auf. »Nee, bis auf das, was bei dem hinten rauskommt und sich liebevoll im Zimmer verteilt, ist alles okay. Aber wenn du meinst …«

»Die Ermittlung ist wichtiger. Wenn du ihn einfangen willst, kannst du gerne später wiederkommen.« Michael Röder rannte die Treppe herunter.

»Schon gut. Nun warte doch.«

*

»Ich glaube, die spinnen hier alle. Degeneriert. Ich sage nur: degeneriert.« Gero Schonebeck hatte die Proben, die er am Abend zuvor von Hartmut Opitz' Gartenarbeitstisch gekratzt hatte, zum Schiff gebracht. In Neßmersiel würden sie von den Kollegen in Empfang genommen und nach Oldenburg zur Untersuchung gebracht werden. Auch das Gewehr, das Michael und Sandra gefunden hatten, war bereits am Festland.

Jetzt saß er mit Michael Röder im Clubraum des Hotels und wartete auf Anke Hasekamp. Sie sollte noch einmal ganz genau berichten, was sie wann genau wahrgenommen hatte. Arndt Kleemann und Eilert Thedinga waren bei Hartmut Opitz in der Hoffnung, Klarheit in den Fall der ominösen Schreie zu bekommen. Zumindest hofften sie, den oder die Igelkadaver zu finden.

Er war genervt. Ziemlich genervt. Und exakt das nervte ihn am allermeisten. Ausgerechnet er, den seine Kollegen als ausgleichend, ruhig, aber energisch in der Sache bezeichnen würden, fand sich ausgesprochen ratlos. Er wusste, dass es Kleemann und den anderen nicht besser ging bei diesen seltsamen Dingen, die auf der Insel passierten. Aber bei ihm kam noch hinzu, dass Marlene nicht kommen würde. Er hatte mit ihr spätabends telefoniert und sie hatte ihm erklärt, dass sie zugesagt habe, am Ostersonntag für einen erkrankten Kollegen einzuspringen, und dass sich deswegen die Reise auf die Insel nicht lohne. Stattdessen hatte ihrer aller Chef Müller aus Aurich angedeutet, dass er zur Verstärkung gegebenenfalls Klaus Kockwitz – »Er kennt sich ja schon so gut auf der Insel aus!« – von der Befragung Akkermanns abziehen und mit ein paar Männern rüberschicken wolle. Darauf gab es nur eine Antwort: Sie mussten so schnell wie möglich Licht ins Dunkle bringen.

»Aber je schneller wir arbeiten, umso schneller seid ihr wieder in Aurich und da wartet ebenfalls Kockwitz.«

Gero Schonebeck schreckte auf. Was hatte Michael da gesagt? Wie konnte der ...?

»Ich kann sehr genau an deinem Gesicht ablesen, was dir gerade durch den Kopf geht. So, wie du deine Stirn in Falten legst, können es nur Gedanken der unangenehmsten Sorte sein. Da bleibt an Themen nicht mehr viel übrig«, erklärte Röder. »Wobei ich ehrlich gesagt die Variante ›schneller arbeiten‹ für euch vorziehen würde. Damit wenigstens mir dieser Kotzbrocken erspart bleibt.«

»Schön, dass du ihn auch schon durchschaut hast«, lächelte Gero. Er stand auf. »Ich frage mal, ob Familie Ahlers einen Kaffee für uns hat und ob sie noch ein paar Polizisten mehr unterbringen können.« Arndt Kleemann hatte ihn darum gebeten, bevor er sich auf sein Fahrrad geschwungen hatte.

Gero würde erst einmal in der großen Hotelküche nachsehen, ob er Henning Ahlers dort fand. Er durchquerte das halbe Hotel, ohne auf Gäste zu stoßen. Nur im Frühstücksraum sah er durch die geöffnete Tür ein Pärchen umgeben von Koffern an einem der Tische sitzen.

Die große, edelstahlglänzende Küche war leer. Hätte der Chef des Hotels nicht schon längst mit den Vorbereitungen für den Mittagstisch begonnen haben müssen?

Er blieb stehen. Horchte. Dann hörte er die Stimmen von Birgit und Henning Ahlers aus der kleinen privaten Küche, die direkt daneben lag. Die Tür stand offen. Gerade wollte er sich bemerkbar machen, als ihn ein Satz von Birgit Ahlers innehalten ließ.

»Als im letzten Jahr der Tote im Rosengarten gefunden wurde, war unser Hotel so voll, da konnten wir die nette Kommissarin aus Esens gar nicht aufnehmen«, sagte sie.

»Weißt du noch, wie die hieß?«, fragte Henning Ahlers.

»Ich glaube, Marianne – nein: Marlene. Den Nachnamen habe ich vergessen. Ich habe sie ja nur kurz getroffen, als sie mit Michael zu Ermittlungen bei uns im Hotel war. Ich glaube, die waren damals ein ganz gutes Team.«

»Ich denke auch. Damals haben Michael, sie und die anderen den Fall ja zügig aufgeklärt. Somit ging die Angst nicht in den Maßen um, wie es jetzt der Fall ist. Außerdem war es voll auf der Insel, da fiel ein abreisender Gast mehr oder weniger gar nicht auf. Aber im Moment?« Henning Ahlers stöhnte.

Was war das? Marlene war bereits auf Baltrum gewesen? Warum hatte sie ihm nichts davon erzählt? Sie sprachen in ihrer knapp bemessenen Zeit zwar nicht häufig über ihre Arbeit, versuchten bewusst ihre Unterhaltung auf anderes zu lenken. Doch es war erstaunlich, dass sie nichts gesagt hatte, als er sie von seinem Einsatz auf Baltrum unterrichtet hatte. Er würde sie fragen. Er selbst war zu dem Zeitpunkt des letzten Mordes auf der Insel in Urlaub gewesen, dann auf einem Seminar. Darum hatte er davon kaum etwas mitbekommen.

Aber egal, jetzt erst einmal der Kaffee. Birgit und Henning Ahlers unterbrachen ihr Gespräch, als er klopfte. »Störe ich?«

»Nein, gar nicht«, erwiderte Birgit Ahlers. »Ich habe grade meinen Bestand an Eiern durchgezählt. Aber wenn das hier so weitergeht, habe ich mehr als genug.

Gefärbt und ungefärbt. Ein Drittel der Hotelgäste ist vorzeitig abgefahren.«

»Das tut mir leid.« Er dachte an Kleemanns Bitte. »Aber dann haben Sie sicher ein Plätzchen frei, falls wir Verstärkung bekommen. Gegen Bezahlung natürlich.«

Birgit Ahlers lächelte. »Natürlich. Sie haben freie Auswahl.«

Den Wunsch nach einem Kaffee versprach sie, sofort zu erfüllen.

Auf dem Rückweg zum Clubzimmer kam ihm eine Idee. Wie wäre es denn, wenn statt Kockwitz Marlene zur Verstärkung käme? Die Dienste noch einmal umgeschichtet würden? Natürlich nur, wenn die Esenser sie gehen ließen. Was zu bezweifeln war. Zumal ein Kollege, wie Marlene erklärt hatte, krankheitsbedingt ausgefallen war. Außerdem war die Aufklärung der Fälle Sache der Auricher Kollegen. Aber schön wäre es schon. Zumal sie die Insel kannte, wie er dem Gespräch der beiden Ahlers' hatte entnehmen können. Sollte er mal den Vorschlag auf den Tisch bringen? Aber zuerst müsste er mit Marlene sprechen. Er konnte sich gut vorstellen, dass sie nicht begeistert wäre, wenn so etwas über ihren Kopf entschieden würde.

Als er zurückkam, war Anke Hasekamp bereits da, konnte aber nur wiederholen, was sie am Abend zuvor den Polizisten gesagt hatte.

»Wissen Sie denn nun genau, wer da geschrien hat?«, fragte sie gespannt.

»Wenn wir Opitz glauben dürfen, war es wirklich ein Igel. Aber um genau das herauszufinden, sind meine Kollegen gerade vor Ort. Es bleibt also abzuwarten«, erwiderte Gero Schonebeck. Als er sie auf die allgemeine Gefühlslage der Insulaner, und besonders die der *Proniggels* ansprach, fing sie an zu zittern.

»Alle haben Angst. Einer verdächtigt den anderen aus mehr oder weniger triftigen Gründen. Eben auf der Straße hörte ich, man solle endlich den Jägern die Daumenschrauben anlegen. Dass der erste Mord auf deren Konto geht, sei ja wohl logisch. Dabei fiel der Name Petri. Ein anderer rief dann noch, der Mann sei zu allem fähig. Auch der Mord an Mark Tiesler passe zu ihm. Im Dritten Reich habe man Bücher verbrannt und nun sei es eben der Feind direkt!«

Gero Schonebeck konnte es nicht glauben. Womöglich mussten sie Petri unter Polizeischutz stellen, damit er nicht bei Nacht und Nebel aus seinem Haus gezerrt und gelyncht würde. Ein schwieriger Gedanke. Nein. Nicht Petri würden sie schützen, sondern die Insulaner vor sich selbst. War nicht viel besser. Klang aber besser.

»Was ist mit Enno? Vertraust du ihm?« Der Inselpolizist schaute Anke Hasekamp ernst an.

Sie schwieg eine Weile, dann sagte sie: »Ich habe die ganze Nacht darüber nachgedacht. Aber ich glaube, ja. Und das hat nichts damit zu tun, dass ich in ihn verliebt bin und mir nicht selbst nachsagen möchte, dass ich einen Fehler gemacht habe. Enno ist oft schwer zu ertragen. Er hält selten die Klappe, sucht immer das Gespräch, bis hin zur Konfrontation. Er hat Probleme damit, andere Meinungen als seine gelten zu lassen. Aber er ist nie, echt nie heimtückisch. Redet nie nach vorne so und nach hinten so. Das würde ihm nicht einfallen. Man weiß immer, woran man bei ihm ist.«

Das war ein Statement. Genau das war auch Gero Schonebecks Eindruck gewesen, als er sich mit dem Mann unterhalten hatte. Wobei zugegebenermaßen das Gespräch nicht einfach gewesen war. Aber einfach hat die Hasekamp das mit dem Mann bestimmt ebenfalls nicht, dachte er mitfühlend.

»Und Tiesler?«

Der Hauptkommissar sah, wie sich ihre Augen mit Tränen füllten.

»Er war ein ganz besonderer Mensch. Aber das wissen Sie sicher schon. Nur eines ist mir klar geworden. Er war für uns da. Hilfsbereit. Freundlich. Aber keiner von uns ist so richtig an ihn drangekommen. Er hat nie nach Hilfe gefragt, nur welche angeboten. Er hat nie von sich erzählt, nur zugehört. Ich kann also gar nichts über ihn sagen. Obwohl er schon gut zwei Jahre auf Baltrum wohnte. Erstaunlich, nicht?«

»Also muss ich nicht fragen, ob er Feinde hatte«, hakte Gero Schonebeck nach.

»Nein. Keine Ahnung. Nicht einmal, ob er Freunde hatte. Obwohl ich mich eigentlich zu seinem Freundeskreis gezählt habe. Aber jetzt bin ich mir nicht mehr so sicher.«

»Was ist mit Edith?« Michael Röder nahm sich die Thermoskanne, die Birgit Ahlers zusammen mit Zucker und Milch gebracht hatte, und goss sich und Anke Hasekamp einen Becher voll Kaffee ein.

»Wo soll ich anfangen?« Anke Hasekamp überlegte. »Sie – sie ist das genaue Gegenteil von Mark. Jeder würde sagen: Die konnte ich nie leiden. Sie hat sich überall eingemischt. Laut. Unbeherrscht. Unangenehm. Man wurde sie einfach nicht los, wenn sie sich erst einmal was in den Kopf gesetzt hatte. Aber Feinde? So richtige Feinde? Das wüsste ich nicht. Enno hat auch mit ihr gestritten. Ein paar Tage vor ihrem Tod. Aber es war halt ein Streit. Fertig, aus.« Sie nahm die Tasse mit beiden Händen. Trotzdem schwappte ein ordentlicher Schluck über ihre Finger. Es klirrte. »Autsch. Verdammt noch mal.« Verstört sah sie auf die Scherben in einer braunen Lache zwischen Tisch und Stuhl.

Michael Röder reichte ihr eine Stoffserviette und stand auf. »Kein Problem. Ich hole Eimer und Lappen.«

Gero Schonebeck sorgte sich. Er sah Qual in den Augen der Frau, konnte nicht erkennen, ob es an den Schmerzen lag oder an dem Gespräch, das sie mit ihr führten. »Frau Hasekamp, erst einmal – haben Sie sich verbrannt? Tut es sehr weh? Wollen Sie zur Ärztin?«

Sie schüttelte den Kopf. »Geht schon.«

»Was machen Sie eigentlich beruflich?«, versuchte Gero Schonebeck die Frau abzulenken, die sich immer wieder über die linke Hand rieb.

»Ich bin Erzieherin. Der Kindergarten ist unter der Turnhalle. Heute Morgen schaffen meine Kolleginnen das allerdings alleine. Ich konnte ihnen problemlos klarmachen, wie wichtig das Gespräch hier mit Ihnen ist«, sagte sie.

Gero Schonebeck lächelte. »So was hört man gerne. Dürfen wir auf den gestrigen Abend zurückkommen? Fällt Ihnen irgendetwas ein, was wichtig sein könnte?«

Sie überlegte. »Vielleicht noch eins. Jonas Harms. Er stand in seinem Zimmer ganz nah am geöffneten Fenster. Genau auf der anderen Straßenseite. Er hat gesungen. Er probt für einen Wettbewerb. Hat Melissa, seine Mutter, mir erzählt. Es kann gut sein, dass der trotzdem etwas mitbekommen hat. Die Schreie waren wirklich nicht zu überhören.«

»Danke. Wir werden mit ihm sprechen. Eine letzte Frage«, Gero Schonebeck zog den Karton mit der Puppe zu sich herüber, öffnete ihn und zeigte Anke Hasekamp den Inhalt.

»Eine Voodoopuppe«, sagte sie erstaunt. »Darf ich einmal?« Sie nahm die Puppe aus dem Karton und drehte sie nach allen Seiten, dann betrachtet sie kritisch den eingestickten Buchstaben. »Ein I, oder?«

Der Hauptkommissar nickte. »Sieht so aus. Was würden Sie damit verbinden?«

»Na ja, mit dem I gar nichts. Mit der Puppe als solche zuerst einmal das, was alle kennen. Eine Drohung. Es heißt, wenn man an einer bestimmten Stelle eine Nadel in die Puppe sticht, dann muss der Mensch, der durch diese Puppe verkörpert wird, ebenfalls leiden. Bis hin zum Tod«, erklärte Anke Hasekamp. »Aber es gibt eine zweite Deutung. Nämlich, dass der Mensch, dem diese Puppe zugeordnet wird, unter einem besonderen Schutz steht. Dass damit Krankheiten dieser Person geheilt werden können. Diese Bedeutung kennen viele allerdings nicht. Voodoos werden immer mit den Begriffen ›Schwarze Magie‹, ›unheimliche Verschwörung‹ und ›religiöse Rituale‹ in Verbindung gebracht.«

»Ich muss Sie nicht fragen, ob Sie in die eine oder andere Richtung an solche Dinge glauben?«, fragte Gero Schonebeck.

Sie zögerte. »Nein. Nicht wirklich. Allerdings wünschte ich mir im Moment nichts mehr als eine kleine Puppe, die alle Sorgen von mir nimmt.«

Gero Schonebeck glaubte ihr unbesehen. Er stand auf. Im Moment konnte sie nicht weiterhelfen. Er nahm ihr die Puppe ab und legte sie wieder in den Karton. Ein I. Und wenn das nun gar kein I war, sondern etwas ganz anderes zu bedeuten hatte …? Er wandte sich wieder Anke Hasekamp zu. »Schön, dass Sie sich die Zeit genommen haben. Und – gute Besserung.«

Sie verabschiedete sich ebenfalls. In der Tür stieß sie beinahe mit Michael Röder zusammen, der einen Eimer mit Wasser, einen Handfeger und eine Kehrschaufel in den Händen hielt. Sie stieß einen erschreckten Schrei aus und wich zurück. »Nicht noch ein Unfall, bitte.«

Gero Schonebeck sah die Szene wie in einem Wachsfigurenkabinett vor sich. Der Inselpolizist auf der einen Seite. Starr. Und auf der anderen Seite Anke Hasekamp, die ihre Hand mit der anderen umklammert hielt.

Erst als Michael: »Anke, geh du vorbei, dann gehen ich rein«, sagte, kam wieder Bewegung ins Bild. Kurz darauf war die Frau verschwunden.

»Dann will ich mal den Schaden beseitigen.« Doch gerade, als der Inselpolizist sich bückte, klingelte sein Telefon. Er drückte seinem Kollegen aufatmend die Kehrschaufel in die Hand. »Sorry. Muss ich wohl rangehen.«

»Putz du man weiter. Ich übernehme.«

Ein aufgebrachter Jörg Weber erzählte dem Hauptkommissar, dass es seinem Hund sehr schlecht ginge. Dass er mit dem Flugzeug rüber müsse in die Tierklinik. Und dass jemand versucht hatte, das Tier zu vergiften. Zumindest sei das die Vermutung des Tierarztes gewesen. »Dabei ist der Hund nie alleine draußen. Zumindest nicht vor dem Haus. Hinten im Garten hat Cicero seine Hütte und genau da habe ich Reste vom Fleisch gefunden.«

»Was haben Sie damit gemacht?«, fragte Gero Schonebeck.

»Eingepackt natürlich. Das wird untersucht, dafür habe ich gesorgt«, schnaufte Weber.

»Gut. Lassen Sie uns wissen, was dabei herauskommt. Haben Sie eine Idee, wer dahinterstecken könnte?«

Der Polizist hörte ein hämisches Lachen.

»Wer wohl? Die *Proniggels*? Unser Nachbar? Bei dem hat Cicero vor drei Tagen in den Garten geschissen. Natürlich aus Versehen. Ich dachte eigentlich, Sie finden die Wahrheit für mich raus.«

Jetzt ganz ruhig. Gero Schonebeck atmete tief ein und dann wieder aus. »Geben Sie uns erst einmal den Befund der Tierklinik. Dann sehen wir weiter.« Er wartete nicht ab, ob der Jäger noch etwas zu sagen hatte, sondern beendete das Gespräch. Kurz berichtete er Michael, was Jörg Weber auf dem Herzen gehabt hatte.

»Nimmt das denn gar kein Ende?«, fragte Röder ratlos, während er die Scherben auffegte.

»Was nimmt kein Ende?« Arndt Kleemann war zurück und knallte eine Plastiktüte auf den Tisch.

Wenn Gero Schonebeck es richtig erkannte, waren es die traurigen Überreste eines Igels. »Dann hat der Opitz also nicht gelogen? Wo habt ihr das gefunden?«

»In einer Kuhle, die Kaninchen in den Deich gegraben und dann verlassen haben. Gleich in der Nähe von Opitz' Garten. Ob der Mann außer dem Igel sonst noch etwas unter dem Hammer gehabt hat, weiß ich nicht«, erklärte Arndt Kleemann.

»Aber irgendetwas stimmt mit dem nicht. Der tat so geheimnisvoll, das war kaum auszuhalten. Der war völlig verunsichert. Fragt sich nur, warum«, fügte Eilert Thedinga hinzu. »Aber seine Alte, die hat gemeckert wie nichts Gutes.«

»Und über sein Verhältnis zu Petri hat er beharrlich geschwiegen, da war nichts aus ihm rauszukriegen. Bin gespannt, was die Rechtsmedizin zu unseren Blutproben zu sagen hat.« Arndt Kleemann schüttelte die Thermoskanne. »Nett, dass ihr noch etwas für uns drin gelassen habt.« Er goss sich eine Tasse halb voll, gab Milch und Zucker dazu und rührte gedankenverloren um. »Wie gehen wir weiter vor?«

Gero Schonebeck informierte seine Kollegen über das Gespräch mit Anke Hasekamp, dann sagte er: »Wir sollten mit diesem Jonas Harms sprechen. Kann doch gut sein, dass der etwas mitbekommen hat.«

»Gute Idee. Wir müssen es nur schaffen, an seiner Mutter vorbeizukommen. Das dürfte der schwierigste Akt werden«, kam Röders Stimme unter dem Tisch hervor.

»Am schwierigsten dürfte es sein, die beiden erst einmal zum Öffnen der Haustür zu bewegen. Wenn wir das geschafft haben, machen wir Druck. Das müsste doch klappen. Michael, wenn du dich hier oben mit uns unterhalten möchtest, wäre es schön, wenn du auftauchen würdest. Du könntest dann Gero zu den Harms' begleiten«, schlug Kleemann vor.

»Bin schon da.« Ächzend kam der Inselpolizist erst auf die Knie, dann zog er sich an der Tischkante hoch. Die Thermoskanne fing an zu schwanken. Mit einem schnellen Griff konnte Eilert sie gerade noch festhalten.

*

Sie würden ihn tatsächlich entlassen. Ihm seine persönlichen Sachen aushändigen. Seine Geldbörse, die er bei seiner Festnahme noch schnell hatte einstecken können und die er bei der Aufnahme mit seinen anderen persönlichen Dingen hatte abgeben müssen. In einer Stunde würde er vor dem großen Tor der JVA Oldenburg stehen.

Sie hatten ihm erlaubt, zu telefonieren. Seine Schwester auf Borkum hatte spontan zugesagt, dass er kommen könne. Für sie war das kein Problem gewesen, als er ihr mit knappen Worten seine Situation geschildert hatte. Im Gegenteil. Er hatte fast das Gefühl gehabt, dass sie ein wenig gelacht hatte bei dem Gedanken, dass er etwas gestanden hatte, woran die

Polizei nicht glaubte. Oder vorsichtiger ausgedrückt: Was er einfach nicht beweisen konnte.

Er hatte jetzt also zwei Möglichkeiten. Nein, drei.

Er konnte sich am Festland ein Zimmer mieten und richtig ausschlafen. Schlafen war für ihn das Schwierigste gewesen in der engen Zelle. Wenigstens hatte er sich nicht mit anderen Inhaftierten den schmalen Raum teilen müssen.

Er konnte den Zug nach Emden und von dort aus die Fähre nach Borkum nehmen.

Oder nach Neßmersiel fahren.

Aber eigentlich musste er gar nicht überlegen. Er wollte nach Baltrum. Egal, wie er dort empfangen wurde. Noch immer war er felsenfest davon überzeugt, dass er Edith erschossen hatte. Aber es gab eine winzige andere Möglichkeit. Eine Möglichkeit, die ihm seit zwei Tagen im Kopf herumkreiste und die Sache mit dem Schlaf vollends unmöglich gemacht hatte. Und das musste er abklären, bevor noch mehr passierte.

Eine kurze Zeit lang hatte er überlegt, der Polizei von seiner Idee zu erzählen, aber die glaubten ihm sowieso nicht. Egal, was er sagte. Warum sollte er also?

Der Schlüssel in der Zellentür quietschte. Es war so weit. Hajo Akkermann stand auf und griff nach seiner Jacke.

»Herr Akkermann? Ich muss Sie bitten, ein wenig bei uns zu bleiben. Unvorhergesehene Ereignisse stehen Ihrer Abreise bedauerlicherweise im Weg.« Kockwitz war da. »Mark Tiesler ist tot. Ebenfalls ermordet. Allerdings zu einem Zeitpunkt, da Sie schon unser Gast waren. Vielleicht hilft es Ihrer Erinnerung jedoch auf die Sprünge, wenn Ihnen klar wird, was Sie mit Ihrem Schweigen anrichten. Machen Sie mir also nichts vor! Reden Sie!«

Mark Tiesler tot? War das jetzt ein Trick? Diesen Kockwitz konnte er nicht einschätzen.

»Wie ist Mark Tiesler umgekommen?« Er musste wissen, ob dieser ungemütliche Kommissar die Wahrheit sprach.

»Er wurde erschlagen und mit dem Osterfeuer verbrannt. Reicht das? Oder soll ich Ihnen Fotos von der Leiche zeigen, damit Sie mir glauben? Lässt sich alles arrangieren. Kein Problem.«

»Nein. Nein.« Er winkte ab. Warum jetzt auch Tiesler? Er hatte mit diesem Mann nichts zu tun. Warum also behauptete es dieser Kommissar? Es gab nichts, was er dazu hätte sagen können.

*

Maren und Jan schauten sich verschwörerisch an. »Können wir schon gehen?«, fragte Maren. Sie wusste, es war kein guter Zeitpunkt. Aber sie hielt es einfach nicht länger aus. Ihr Vater war nämlich noch damit beschäftigt, die Reste der riesigen Pizza in sich hineinzuschieben. Als Erste hatte Mama kapituliert. Dann Jan und sie. Wenn auch schweren Herzens. Aber sie wollten unbedingt los, die Chance nutzen, die ihnen ihre Eltern eröffnet hatten: endlich wieder alleine loszuziehen am vorletzten Tag des Urlaubs. Sie hatte aber auch ziemlich lange genervt. Wahrscheinlich waren ihre Eltern ganz froh, wenn sie mal ein paar Stunden ohne ihren Nachwuchs waren.

»Wo bleibt eure Erziehung? Wartet bitte, bis Papa seine Pizza aufgegessen hat.«

»Eure«, nuschelte Papa mit vollem Mund.

Jan und Maren lachten. »Das dauert doch ewig.«

»Nun haut schon ab. Also los.« Ihr Vater legte Messer und Gabel an die Seite, zog einen Zehn-Euro-Schein aus der Tasche und drückte ihn Maren in die Hand. »Für eventuelle Ausgaben.«

»Danke, Papa.« Sie drückte ihrem Vater einen Kuss auf die Wange, winkte ihrer Mutter zu und sauste los, Jan im Schlepptau. Im Nationalparkhaus gab es ein tolles Programm. *Wieso, weshalb, warum? – Küstenschutz für kleine Forscher.* Wirklich super. Fanden ihre Eltern auch. Darum hatten sie sie gehen lassen. Das Dumme war nur, dass sie dort gar nicht hin wollten. Aber das konnten ihre Eltern nicht wissen. Weil sie es ihnen nicht verraten hatten. Sie wollten sich nämlich mit Ömmel treffen. Ömmel hieß natürlich nicht Ömmel, sondern Peter. Wurde aber so genannt. Er war mit seinen Eltern aus Großdornberg bei Bielefeld nach Baltrum gekommen und wohnte auch bei den Claaßens. Auch er hatte seinen Eltern von dieser wunderbaren Veranstaltung im Nationalparkhaus erzählt. Damit sie ihn gehen ließen. Was hoffentlich klappte. Das wünschte sich Maren sehr. Sie mochte Ömmel. Der war total cool. Warum, wusste sie nicht so richtig. Er trug ganz normale Klamotten. Sah ganz normal aus mit seinen dichten, blonden Locken und redete ganz normal. Trotzdem war der cool. Und das Größte war, dass Jan noch gar nicht bemerkt hatte, wie cool sie Ömmel fand. Also hatte er sie bisher noch nicht damit aufziehen können.

Als sie vor Claaßens Haus ankamen, war von Ömmel nichts zu sehen. Jan schaute auf seine Armbanduhr. »Fünf Minuten hat er noch.« Genau in diesem Moment bog Ömmel mit seinen Eltern um die Ecke.

»Seid ihr so weit?«, fragte er mit unschuldigstem Gesicht. »Das Nationalparkhaus wartet.«

»Ich muss schnell etwas aus der Wohnung holen«, erklärte Maren. »Das wollen wir den Mitarbeitern dort zeigen. Weil wir nicht wissen, was das ist.« Sie lief rasch die Stufen zur Eingangstür hinauf und verschwand. Hoffentlich waren Ömmels Eltern gleich weg. Es war eigentlich nur ein Ablenkungsmanöver gewesen. Inzwischen bezweifelte sie die Notwendigkeit zwar, aber sie musste etwas finden, was sie vorzeigen konnte. Falls seine Eltern immer noch auf der Straße standen. Sie schaute sich um. Was sollte sie nur nehmen? Ihr Blick fiel auf die seltsam geformte Wellhornschnecke, die ihr die alte Frau mit dem Rollator in die Hand gedrückt hatte. Sie steckte die Schnecke ein und das Feuerzeug, das ihr Vater immer als Reserve seitlich im Koffer hatte. »So sind Raucher eben«, hatte ihr Vater ernsthaft erklärt. »Das Wichtigste muss man immer doppelt dabei haben.« Als sie wieder vor der Tür stand, waren Ömmels Eltern nicht mehr zu sehen. Maren lachte. »Jetzt brauchen wir nur noch das Holz.« Sie zog eine Plastiktüte hervor. »Kommt mit!« Sie lief hinter das Haus in den Garten. Dort lagen, neben dem Anbau aufgestapelt, viele Holzscheite. »So. Einpacken!« Auffordernd öffnete sie die Tüte.

Die Jungs starrten sie entgeistert an. »Das ist völlig dämlich. Das fällt sofort auf, wenn wir damit über die Insel laufen.« Ömmel tippte sich an die Stirn.

Auch Jan schien nichts von der Idee zu halten. »Ist außerdem viel zu schwer. Wir können uns in den Dünen Holz suchen. Da liegt genug rum. Bestimmt.«

Maren wusste, wann es an der Zeit war nachzugeben. Es stimmte, was die Jungs sagten.

»Hast du das Feuerzeug?«, fragte Jan.

Sie nickte.

»Dann sollten wir aber wenigstens so etwas wie Grillanzünder mitnehmen. Bekommen wir den auf der Insel?«, fragte Ömmel.

»Keine Ahnung, ob die Kindern so etwas verkaufen. Vielleicht hat der Claaßen was im Anbau stehen.« Marens Blick war auf einen alten Grill gefallen, der im hintersten Winkel des Gartens vor sich hin rostete. Nicht mal die Kohle hat der Mann entfernt, dachte sie angeekelt. Den Rost hat er bestimmt nicht saubergemacht. Das würde ihren Eltern nie passieren.

Die alte Holztür gab ein widerspenstiges Knurren von sich, als Ömmel den Knauf umfasste und kräftig zog. Maren schaute sich um. Durften sie hier eigentlich rein, so als Ferienwohnungsmieter? Oder gehörte der Anbau und was darin war einzig und allein den Claaßens?

Jetzt stand die Tür offen. Gerade so weit, dass die beiden Jungs sich hineinzwängen konnten. Sie folgte ihnen. Es war dunkel in dem Raum. Nur durch ein kleines, verdrecktes Plastikfenster fiel ein Streifen Licht hinein und beschien ein wildes Durcheinander von Farbe, Werkzeug, alten Lappen und kleinen Holzkisten mit Nägeln, Schrauben und Muttern. Dazwischen lag eine große Wasserpistole und auf einem Stapel einige Mausefallen. Auch die wurden nur noch durch Rost zusammengehalten, wie Maren erleichtert feststellte. So würden sie für die kleinen, süßen Tiere bestimmt nicht mehr zur Gefahr werden. Ganz hinten stapelten sich blaue, spitze Latten. Bestimmt zwanzig Stück. Dazwischen ein paar gelbe und rote. Ein alter Heizlüfter stand daneben und etwas Großes, Rundes, das sie aber nicht genau erkennen konnte. Es sah aus wie ein Hüpfball. Aber was sollte der hier im Schuppen? Maren konnte sich kaum vorstellen, dass der Claaßen damit über die Insel hüpfte. Sie musste lächeln bei dem Gedanken. Aber nun war anderes wichtiger. »Siehst du Grillanzünder?«, flüsterte sie.

Ömmel antwortete nicht. Er hatte sich einen windschiefen Hocker herangezogen.

»Vorsicht! Das ist gefährlich!«, zischte sie.

Er schaute sie lächelnd an und winkte ab. »Geht schon. Ist nur für kurz.«

Maren schaute nach oben. Tatsächlich. Dort auf dem Regal lag ein angebrochenes Paket, aus dem eines dieser kleinen, weißen Rechtecke herausschaute, die auch ihr Vater zum Anzünden des Grills verwendete. »Kommst du dran?«

Ömmel nickte und bestieg leicht schwankend den Hocker. Jan hatte seine Taille umfasst und hielt ihn im Gleichgewicht. Er musste sich kräftig recken, um an das Paket zu gelangen. Gerade, als er es fassen konnte, schlug die Tür weit auf.

»Was macht ihr hier?«, brüllte es von draußen.

Herr Claaßen. Auch das noch. Wie sollten sie ihm das jetzt erklären? Es krachte. Ömmel war vor lauter Schreck vom Hocker gefallen und lag vor Maren auf dem Boden. Jan hatte ihn nicht halten können.

»Raus hier. Aber dalli. Bevor ich die Polizei hole!«

Verdammt, sie würden ja – aber der Typ stand wie eingemauert im Türrahmen und machte den Weg nicht frei. Langsam rappelte sich Ömmel mit Jans Unterstützung wieder hoch.

»Hast du dir wehgetan?« Die Angst würgte Maren fast die Stimme ab.

»Verdammt noch mal! Raus!« Wenn es überhaupt möglich war, fegte die Stimme noch lauter durch den dunklen Raum. Langsam kam der Mann auf sie zu. Sonnenlicht, das mit ihm hereingekommen war, beleuchtete seine kräftige Figur. Er hatte einen Spaten in der Hand. Holte langsam aus.

Maren heulte auf. Ja. Raus. Nichts lieber als das.

Bevor der Alte völlig ausrastete. Aber wie sollten sie an ihm vorbeikommen? Würde er zuschlagen, wenn sie nahe genug waren?

»Wird's jetzt endlich?«

Sie mussten versuchen, sich an ihm vorbeizudrängeln. Sie machte ein paar Schritte auf ihn zu, Jan und Ömmel dicht hinter ihr. Dann sauste etwas an ihrem Ohr vorbei und landete direkt in der Magengrube vom Claaßen. Der Mann ließ den Spaten mit einem dumpfen Stöhnen fallen und griff sich an seinen Bauch. Ein weißer Plastikeimer zerbrach auf dem Schuppenboden, der Deckel trudelte ein, zwei Meter weiter und ein großer, blauer Fleck breitete sich aus. Auch auf Claaßens Hemd, an seiner Hand und in seinem Gesicht hatte die blaue Farbe ihre Spuren hinterlassen.

»Los kommt«, rief Ömmel. »Nichts wie weg.« Er zog sie zur Seite, schob sich an ihr vorbei und drängte Claaßen weg von der Tür. Und das Erstaunlichste war: Der Mann ließ es anstandslos über sich ergehen. Mit einem Angriff hatte der nicht gerechnet.

Sie rannte hinaus, hörte noch wie Jan rief: »Du Idiot«, und hoffte, damit habe ihr Bruder den Mann und nicht Ömmel gemeint. Als sich die beiden Jungs draußen stolz die Hände schüttelten, war sie dann sicher, wer der ›Idiot‹ war.

»Wir haben uns ohne Worte verständigt«, erklärte Jan. »Ich habe Ömmel den Farbtopf gezeigt. Weil Ömmel näher dran war, hat er den geworfen.«

»Schließlich bin ich in der Schulmannschaft im Basketball. Da kommt es auf Kraft und Genauigkeit beim Abwurf an«, sagte er stolz.

»Aber vielleicht sollten wir einige Meter zwischen den Gruselfaktor und uns legen und nachdenken, was wir jetzt machen«, schlug Maren vor.

Sie rannten vom Grundstück, die Straße herunter zur Inselglocke und ließen sich dort auf die Bank fallen. Maren atmete tief durch und schaute sich um. Familien mit kleinen Kindern in Bollerwagen liefen fröhlich vorbei. Vor der Bäckerei gegenüber saßen die Menschen gemütlich draußen an den Tischen und schlürften ihren Kaffee.

»Ob der bei unseren Eltern petzen kommt?«, überlegte Maren.

»Das soll der mal wagen. Wenn ich erzähle, dass der uns mit dem Spaten angegriffen hat, dann kannst du meinen Vater in Höchstform erleben«, protestierte Ömmel.

»Meinen auch«, ergänzte Jan.

»Und – was machen wir mit dem angebrochenen Nachmittag?«, fragte Maren vorsichtig. »Ehrlich gesagt, unsere Idee, unser ganz kleines privates Osterfeuer in den Dünen zu veranstalten, finde ich jetzt nicht mehr lustig. Mir reicht die Aufregung für diesen Tag.«

So schnell wollten die beiden Jungs jedoch nicht aufgeben. Doch alle Sprüche wie »Die Gelegenheit kommt so schnell nicht wieder. Schließlich ist Ostersamstag!« und »Wir kriegen das auch ohne Grillanzünder an!« prallten an ihr ab. Sollten die beiden machen, was sie wollten. Sie schaute auf die Uhr. Noch war Zeit, ins Nationalparkhaus zu gehen. Die Veranstaltung begann in genau zehn Minuten. Sie sprang auf. »Entweder kommt ihr mit oder ich gehe allein. Was ist nun?«

»Okay. Dann kommen wir eben mit«, sagte Jan zögerlich. »War sowieso 'ne dämliche Idee. Das mit dem Feuer. Ehrlich jetzt. Wenn unsere Eltern erfahren hätten, dass wir alleine in die Dünen gegangen wären …« Er schüttelte sich.

»Die Gefahr ist noch nicht vorbei, Jan. Warte ab, was der Idiot erzählt. Natürlich müssen wir unseren Eltern nicht beichten, was wir in dem ekligen Anbau wollten …«

»Genau. Lass den Typen man reden. Immerhin weiß der nicht, was wir wirklich gesucht haben«, lachte Ömmel.

»Und was wollten wir rein ausredetechnisch da drin?«, forschte Maren.

»Ganz einfach. Gar nichts. Die Tür hat offen gestanden. Da ist ein Vogel reingeflogen und dem wollten wir helfen«, erklärte Ömmel.

»Na, prima. Das mit dem Vogel konnten wir natürlich prächtig beobachtet haben. Weil wir schließlich vor dem Haus gestanden haben und nicht dahinter, wo der Garten mit dem Anbau ist. Großes Kino. Aber jetzt kommt. Die Muscheln und Schnecken warten.« Maren rannte los, am *Seehund* vorbei direkt zum Nationalparkhaus.

*

Sie drückten den Klingelknopf. Immer und immer wieder. Nichts rührte sich. Wie ausgestorben lag das Haus der Harms' da. Aus den Fenstern schauten sie lediglich die Tiere auf den Plakaten der Tierschutzorganisation anklagend an.

»Vielleicht sind sie wirklich nicht da. Sie können einkaufen sein«, überlegte Gero Schonebeck.

»Ach ja, hier geht das. Habe ich gelernt«, sagte Eilert Thedinga.

Gero lächelte. »Die Menschen, die mit dem Schiff ankommen, wollen schließlich auch einkaufen.«

»Ein letzter Versuch, dann streichen wir die Segel.« Thedinga wollte gerade seine Hand ausstrecken, als hinter der Glastür ein Schatten auftauchte. Dann drehte sich quietschend ein Schlüssel im Schloss und Melissa Harms stand vor ihnen.

Ihre Augen sahen müde aus. Immer wieder strich sie sich mit der linken Hand über ihre graue Strickhose. Nach einem Moment sagte sie: »Was wollen Sie?«

»Frau Harms, wir kennen uns bereits. Polizei. Wir hätten gerne Ihren Sohn gesprochen. Aber zuerst eine Frage an Sie: Haben Sie gestern Abend etwas von Familie Opitz mitbekommen?«

»Nein. Anke Hasekamp war hier. Sie hat mir etwas gebracht. Ansonsten nichts. Ich konnte gar nichts hören.« Schon wollte sie die Tür wieder schließen, aber Eilert Thedinga stellte geistesgegenwärtig seinen Fuß dazwischen.

»Sie sagen ›hören‹. Hätte es denn etwas zu hören geben sollen? Ich sprach nur von ›mitbekommen‹. Man kann auch Dinge sehen, Frau Harms. Bitte lassen Sie uns jetzt hinein.« Er schob die Haustür mitsamt Melissa Harms zur Seite und trat ein.

Ganz schön energisch, der Kollege, dachte Schonebeck und folgte ihm. »Wo ist Ihr Sohn?«

»Nicht da«, antwortete sie knapp.

»Das glauben wir nicht. Dürfen wir oben nachsehen?« Bevor sie antworten konnte, war Schonebeck bereits die Treppe hinaufgesprungen. Es war ihm klar, dass das nicht unbedingt sachgemäßer Polizeiarbeit entsprach, aber er war es leid, dass sie immer wieder von dieser Frau vertröstet wurden. Er wollte den jungen Mann namens Jonas befragen. Und das sofort.

Oben angekommen orientierte er sich schnell. Nur die Tür hinten links konnte die richtige sein. Denn nur von dort aus hatte man einen Blick auf die Straße. Und von der Straße aus hatte Anke Hasekamp den Mann hinter der Gardine gesehen und singen hören.

Sein Kollege diskutierte unten noch immer mit Melissa Harms. So war die wenigstens abgelenkt. Er donnerte gegen die Tür, drückte die Klinke und fand sich plötzlich in einem Tonstudio wieder. Ein junger Mann saß mit Kopfhörern hinter einem Mischpult und schlug mit dem linken Fuß einen Takt, den nur er selbst hören konnte. Erst als der Kommissar energisch auf das Pult klopfte, blickte der Mann ihn an und nahm langsam die Kopfhörer ab.

»Jonas Harms?«

Der Mann nickte verhalten, reagierte aber sonst nicht weiter.

Gero Schonebeck schaute sich abwartend um, ging langsam durch das Zimmer, bückte sich und zog mit einem Ruck das Kabel aus der Steckdose.

»Sind Sie wahnsinnig? Ich bin bei der Arbeit! Sehen Sie das nicht, verdammt noch mal?«, schrie Jonas Harms.

»Ich auch!«, antwortete der Kommissar trocken. »Und wenn Sie nicht möchten, dass ich Sie an Ihren Kopfhörern aus dem Raum schleife, dann beantworten Sie mir auf der Stelle ein paar Fragen!«

»Ich habe nichts zu sagen.« Jonas Harms schob den Ärmel seines Sweatshirts hoch und kratzte sich.

Gero Schonebeck bemerkte einige rote Streifen auf Jonas' Arm. Es war wohl nicht das erste Mal, dass der junge Mann sich auf diese Weise abreagierte. »Fragen Sie mich doch erst einmal, worüber ich etwas wissen will«, schlug er vor. Seltsam, Jonas Harms war bestimmt schon über zwanzig, aber er kam ihm vor wie ein Junge mitten in der Pubertät, verletzlich und trotzig, abweisend.

»Warum? Sie sind hier eingedrungen, nicht ich bei Ihnen.« Jonas Harms stand auf, ging an dem Kommissar vorbei und legte sich mit dem Gesicht zur Wand auf sein Bett.

Gero Schonebeck wartete eine Weile, dann rief er in den Flur: »Eilert, rufst du die Kollegen an? Wir müssen diesen Knaben mit zur Wache nehmen. Zu zweit allein wird das etwas schwierig. Ist zwar peinlich für ihn, wenn wir ihn mit vier Mann über die Insel transportieren, aber offensichtlich will er es so.«

Ein Schrei folgte, dann wütende Schritte auf der Treppe. Kurz darauf stand Melissa Harms im Raum. »Was machen Sie mit meinem Sohn? Er hat nichts getan. Lassen Sie ihn in Ruhe. Er ist mitten in den Vorbereitungen für seinen großen Auftritt.« Sie eilte zum Bett und streichelte ihrem Sohn über die Haare. »Komm, mein Lieber. Die Herren gehen jetzt. Ich mache dir einen Kakao, das ist gut für die Stimme.«

»Die Herren gehen nicht, ehe Ihr Sohn uns einige Fragen beantwortet hat. Und wenn wir hier unser Nachtlager aufschlagen«, erklärte Eilert Thedinga.

Melissa Harms schaute ihn entsetzt an. »Das werden Sie nicht ...«

»Nein, das werden wir tatsächlich nicht«, erwiderte er. »Aber wir werden Ihren Sohn mitnehmen. Machen Sie ihm das klar. Und zwar zügig.«

»Schon gut, Mutter.« Jonas Harms schob die Hand seiner Mutter zur Seite, drehte sich um und hob die Beine aus dem Bett. »Was wollen Sie wissen?«

»Wir möchten gerne wissen, ob Sie gestern Abend etwas Auffälliges bei Ihrem Nachbarn Hartmut Opitz mitbekommen haben.«

»Bei dem und seiner bescheuerten Frau?« Melissa Harms war zum Fenster gerannt. »Schauen Sie sich das doch mal an. Eine doppelte Umzäunung haben die um ihren dämlichen Garten gemacht. Nur damit kein Reh und kein Kaninchen da reinspringt. Die sind doch völlig bekloppt. Was bilden sich solche Menschen eigentlich ein? Dass sie die Herrscher der Welt sind? Das wüsste ich aber.«

»Na gut, wenn Sie diese Leute nun so gar nicht ausstehen können, dann müsste es Ihnen doch ganz besonders wichtig sein, Ihre Erkenntnisse über die gestrige Nacht weiterzugeben«, antwortete Eilert Thedinga.

»Ich weiß nicht mehr als das, was ich Ihnen gesagt habe«, erklärte sie. »Und Jonas auch nicht.«

»Wenn er das bitte selber ...«

»Wenn Jonas etwas gehört hätte, würde er es Ihnen sagen. Er kann die beiden genauso wenig ausstehen wie ich.«

»Ich werde jetzt mit ihm reden«, sagte Thedinga entschlossen. »Ob er will oder ...«

Jonas hörte nichts. Oder tat zumindest so. Er hatte seine Kopfhörer aufgesetzt und den Stecker in die Dose geschoben.

»Ein letztes Mal, was ...«

Der junge Mann riss die Kopfhörer runter und drückte wie wild auf seiner Anlage herum. Laute Musik erstickte Thedingas Satz. Gero Schonebeck erkannte sie sofort: Der Gefangenenchor aus *Nabucco*. Wenn das kein Omen ist, dachte er. Wenn der Mann nicht bald meine Fragen beantwortet, kann er sich da schon mal vorsorglich um einen Platz bemühen. Singen soll er angeblich können und das mit dem Gefangensein würde er auch hinkriegen. Diesmal riss er den Stecker mit aller Kraft aus der Wand. Im gleichen Moment wurde es wieder still im Raum. »So, los jetzt. Haben Sie etwas gesehen oder gehört? Ich erwarte eine Antwort von Ihnen, nicht von Ihrer Mutter!«

Melissa Harms atmete scharf aus, schwieg.

»Nein, abgesehen davon, dass die Opitz' ständig meine Mutter nerven – gesehen habe ich nichts und gehört habe ich gestern Abend auch nichts.« Jonas Harms zeigte auf sein Mischpult. »Die Musik war laut. Da bekommt man von außen nichts mit. Ich weiß nur, dass dieser Petri in letzter Zeit öfter dort auftaucht. Harms und er verschwinden dann immer in der Gartenlaube. Was die machen, weiß ich aber nicht. Manchmal kommt der Petri mit Fahrrad und Wippe. Er fährt die leere Wippe in das Gartenhaus und wenn er wieder wegfährt, dann liegt irgendwas darin. Zugedeckt mit einer blauen Plastikplane. Ich habe aber keine Ahnung, was das sein könnte. Interessiert mich auch nicht.«

»Sehen Sie? Ich sagte doch, er hat nichts gehört.« Melissa Harms zog die Gardine zur Seite und öffnete das Fenster. »Ich will natürlich, dass die für den Mist bluten müssen, den sie veranstalten. Ansonsten sind die es nicht wert, dass man sich über sie Gedanken macht. Wer so mit unseren wildlebenden tierischen Gefährten umgeht wie Ingeborg und ihr Mann, behandelt Menschen auch nicht besser. Wir waren mal befreundet, aber jetzt nicht mehr.«

»Warum nicht?«

Sie zuckte mit den Schultern. »Ich habe ihr gesagt, was ich von ihren Aktionen halte. Das muss es wohl gewesen sein.«

Gero Schonebeck konnte sich gut vorstellen, dass es nicht einfach war, so eine ›Freundschaft‹ auszuhalten. Wenn zwei Frauen wie die Opitz und die Harms aufeinanderprallten, brannte die Luft.

»Sie muss doch wissen, dass ich im Recht bin, oder?«

Er war es leid. Er war sich sicher, dass er von der

Harms und ihrem Sohn nichts mehr erfahren würde. Und auf Sprüche hatte er einfach keine Lust.

»Können Sie uns etwas zu Mark Tiesler sagen? Hatte er Freunde? Feinde? Frau Harms, Sie waren doch mit ihm bei den *Proniggels*.« Eilert Thedinga wollte offensichtlich nicht lockerlassen.

»Er war nett. Allerdings zu nachgiebig. Er hatte einfach keinen roten Faden. Genau wie die anderen *Proniggels*. Kaum bellt einer, ziehen sie den Schwanz ein«, sagte Melissa Harms.

Eilert Thedinga blickte Jonas an. »Und – was sagen Sie, Herr Harms?«

»Der hat's echt geschafft gehabt. Bei den *Proniggels*, im Theater, überall war der beliebt. Aber es war ganz schwierig, sein Freund zu werden. Mehr weiß ich nicht.«

Gero Schonebeck nickte seinem Kollegen zu. »Das war's dann. Kann aber gut sein, dass wir uns noch einmal melden. Wenn Ihnen etwas einfällt – Sie wissen, wie Sie uns erreichen.«

»Legen Sie denen das Handwerk.« Mit einem Ruck zog Melissa Harms die Gardine wieder vor das Fenster.

»Zuerst einmal versuchen wir, die Todesfälle aufzuklären«, sagte der Hauptkommissar ruhig.

»Sollte mich nicht wundern, wenn Sie nebenan schon ganz richtig sind mit Ihren Ermittlungen. Die Edith konnten die auch nicht leiden.«

»Frau Harms!«, donnerte Eilert Thedinga. »Reden Sie nicht so einen Blödsinn. Das sind uns die rechten Zeugen. Keinerlei Auskünfte bekommt man. Bis auf eine: nämlich genau zu wissen, wo der Täter sitzt. Ohne Sinn und Verstand!«

Als sie wieder auf die Straße bogen, hörten sie lauten Gesang. Jonas Harms stand am offenen Fenster, lächelte und ließ etwas herunterrieseln. Was war das? Papierfetzen? Er konnte es nicht erkennen.

»Sammeln Sie das gefälligst wieder ein, sonst schicke ich Ihnen das Ordnungsamt vorbei«, rief Gero ihm zu. Ein seltsamer Vogel. Er war froh, als er wieder auf seinem Fahrrad saß, und er wusste, dass es Eilert ähnlich ging. »Was nun?«

»Zurück zu den Kollegen und schauen, ob Aurich etwas Neues zu berichten hat?«

Gute Idee. Ermittlungsergebnisse zusammentragen und auswerten. Nur so ergaben sich Widersprüche, denen es sich lohnte nachzugehen.

»Weißt du, was ich seltsam finde? Es ist vermutlich völlig unwichtig, aber ich fand Jonas' Satz: ›Die Musik war so laut‹ irgendwie fremd. Die Mutter hat behauptet, er sei es, der für einen Wettbewerb übt. Dann sagt man nicht so neutral: ›Die Musik war laut‹, sondern: ›Ich habe laut gesungen‹, oder?«, überlegte Eilert Thedinga, als sie an der Schule vorbeifuhren.

Gero Schonebeck dachte nach. »Prinzipiell hast du recht. Ich denke mir, der Typ ist derart verklemmt, dass der einfach nicht über seine Übungsstunden reden wollte. Vielleicht hat er in dem Moment seine Anlage voll aufgedreht.«

»Und er hat singen lassen. Natürlich. Aber warum erzählt seine Mutter dann so etwas?«

»Wir werden im Laufe der Ermittlungen bestimmt noch einmal mit denen reden. Dann werden wir nachhaken.«

Im Clubraum wartete bereits Arndt Kleemann auf die beiden. »Tatsächlich haben wir Blut in Opitz' Gartenhaus gefunden. Tierblut. Und rote Farbe.«

»Dann hat der Mann uns also nicht angelogen«, sagte

sein Kollege. »Zumindest, was die Geschichte mit dem Igel betrifft. Und den Schreien des Tieres. Was die rote Farbe angeht: Opitz hat dazu erklärt, dass im Frühjahr jeder Gärtner irgendwas anzustreichen hat. Gut und schön. Aber die Art, wie er das erklärt hat, gibt mir zu denken. Außerdem – wo war etwas rot angestrichen? Habt ihr nichts bemerkt, als ihr euch nach dem toten Igel umgeschaut habt?«

Arndt Kleemann schüttelte den Kopf. »Da ist mir gar nichts aufgefallen. Kein großer Gartenschnickschnack, keine Zwergenkolonie, kein wasserspeiender Metallfrosch mit goldenem Krönchen und auch nichts Rotes. Ich denke eher, dass es deren Philosophie ist, die Pflanzen mit ihren Blüten wirken zu lassen.«

»Das hast du aber fein ausgedrückt. Ich hätte es besser nicht sagen können«, lächelte Gero Schonebeck. Auch er würde nichts dergleichen in seinen Garten setzen, wenn er einmal mit Marlene … Was war das? Was hatte er da gerade in Erwägung gezogen? Das war ihm noch nie passiert. Darüber musste er nachdenken. Spätestens, wenn sie die Todesfälle hier auf der Insel aufgeklärt hatten. Aber er befürchtete, dass das eine ganze Weile dauern konnte.

Sein Kollege zog einen Zettel zu sich heran. »Danke. Anderes Thema. Wir haben Neues über Tiesler. Ich habe mit seinem Chef aus Wilhelmshaven gesprochen. Er hat mir etwas Interessantes erzählt. Ist ihm heute erst wieder eingefallen, als er auf die Insel gekommen ist. Mark Tiesler hat sich neulich recht seltsam benommen, als er einen alten Bekannten wiedergetroffen hat.«

»Wer war der alte Bekannte?« fragte Gero Schonebeck gespannt. Auch seine Kollegen starrten Kleemann erwartungsvoll an. Wenn er es nicht besser gewusst hätte, hätte er fast vermutet, dass Arndt die Situation genoss. Oder doch nicht?

»Gronewald, der Mann vom Landkreis.«

»Du meinst, der Mann, der am Dienstag zur Ratssitzung hier erschienen ist, kannte Tiesler von früher?«, fragte Eilert Thedinga.

»Genau. Gronewald kam zur Deichschau rüber. Genau wie Tieslers Chef. Bevor sie sich mit den anderen zum Deichebegucken trafen, kam es zu einem wohl sehr unangenehmen Zusammentreffen der beiden Männer vor dem Nationalparkhaus.«

»Worum ging es in dem Gespräch?«

»Tieslers Chef berichtete mir, dass Gronewald Mark Tiesler mit so einem seltsamen Spruch begrüßt hat«, begann Arndt Kleemann. »Der ist daraufhin stocksauer geworden und hat gebrüllt, dass die alten Zeiten endgültig vorbei seien und er davon nichts mehr wissen wolle. Gronewald hat nur gelacht und gesagt, er solle sich nicht so aufregen. Und es wäre vielleicht ganz gut, wenn sie die ganzen Erlebnisse einfach mal aufarbeiten würden. Gronewald ist dann weg und Tiesler hat seinem Chef erzählt, dass er als Jugendlicher mit Gronewald zusammen in einer Clique war. In Wilhelmshaven. Da haben die allerhand dummes Zeug gemacht. Sehr dummes Zeug. Wie das so ist, falsche Kreise, das geht dann schnell. Als Jugendlicher war er offensichtlich mit sich und der Welt etwas uneins.«

»Wer war das nicht?«, warf Thedinga ein. »Wenn ich an diesen Jonas Harms denke, der ist aus dem jugendlichen Alter beinahe raus, aber immer noch extrem uneins mit der Welt, soweit ich das beurteilen konnte.«

Arndt Kleemann fuhr fort: »Für Gronewald endete das Ganze damals in einer Jugendstrafe. Tiesler kam davon. Gronewald ist weggezogen und die beiden haben sich aus den Augen verloren. Tiesler hat die Schule zu Ende gebracht. Hat sogar Abitur gemacht und Biologie studiert. Dann war er einige Jahre im Ausland, bevor er seine Arbeit in Wilhelmshaven antrat.«

»Tiesler hat sicher ganz schön blöd geguckt, als er plötzlich Gronewald gegenüberstand und der seinen Spruch aus alten Zeiten losließ«, überlegte der Hilfssheriff.

»Da kannst du von ausgehen. Der Chef sagte, so habe er Tiesler noch nie erlebt. Er kannte ihn nur als ruhigen, freundlichen Menschen.«

»Ob Tieslers seltsame Telefonate etwas mit seiner aufgefrischten Bekanntschaft zu tun hatten?«, überlegte Michael Röder. »Ist schon manchmal dämlich, wenn man von seiner längst vergessenen oder auch verdrängten Vergangenheit eingeholt wird.«

»Vielleicht erfahren wir ja, was es damit auf sich hat.« Gero Schonebeck nahm sein Telefon aus der Tasche. »Soll ich Gronewald anrufen?«

»Nein. Um den sollen sich die Kollegen vom Festland kümmern. Es könnte von Vorteil sein, wenn der Mann vor einer Befragung nicht aufgeschreckt wird. Wir sollten in Erfahrung bringen, wo er hier gewohnt hat und ob er tatsächlich am Mittwoch wieder ans Festland gefahren ist. Sicher nicht einfach, aber es wäre gut, wenn wir den Festländern ein paar Informationen liefern würden. Michael, sprichst du mit den Ratsmitgliedern, die sich nach der Sitzung im *Strandhotel* getroffen haben? War Gronewald dabei? Hat er getrunken? Hat er was Besonderes gesagt? Das Übliche eben.« Arndt Kleemann nickte dem Inselpolizisten zu. »Und nimm Eilert mit.«

»Und wie gehen wir weiter vor?« Gero Schonebeck

schüttelte die Thermoskanne, nachdem sich seine beiden Kollegen auf den Weg gemacht hatten, und stellte erfreut fest, dass der Inhalt gerade noch für eine Tasse voll Kaffee reichte.

»Erst einmal beschreibst du euren erfolgreichen Versuch, etwas aus Familie Harms herauszuquetschen. Dann sehen wir weiter«, erklärte sein Kollege.

Gero Schonebeck goss Milch in seinen Kaffee, warf zwei Stücke Zucker hinterher und rührte andächtig um. Dann berichtete er von den Ermittlungen. Als er beschrieb, wie Jonas die Schnipsel aus dem Fenster geworfen hatte, stieg wieder Ärger in ihm hoch. Was wollte der Kerl damit sagen? »Ich verstehe es nicht. Die könnten hier so klasse und friedlich auf der Insel leben. Dabei machen sie sich das Leben zur Hölle.«

»Aber bestimmt nicht alle. Die meisten gehen ganz friedlich miteinander um, oder?«, widersprach Arndt Kleemann. »Zumindest hat Michael mir das so erklärt.«

»Ich möchte deinen Traum von der heilen Welt nicht kaputtmachen, aber im Moment habe ich ein ganz anderes Gefühl«, machte Gero Schonebeck deutlich. Er würde so gern Licht am Ende des Tunnels sehen, aber noch erschien ihm alles düster. Sie hatten viele Insulaner befragt und trotzdem keine Ahnung, ob hinter den Mordfällen überhaupt Inselbewohner zu suchen waren oder Festländer. Seine Ungeduld stieg. Aber seine Gedanken brauchten eine Auszeit. Er würde sich eine halbe Stunde ausklinken und Marlene anrufen. Würde sie vielleicht doch auf die Insel kommen?

*

Ein Schlüssel klapperte. Kurz darauf stand Kommissar Kockwitz in der Zelle. »Herr Akkermann, wenn Sie mitkommen würden?«

Müde erhob er sich. Seine Beine waren das Laufen nicht mehr gewohnt nach den paar Tagen in der Zelle. Sie hatten ihn immer wieder befragt. Er hatte geschwiegen. Diesmal brachten sie ihn in einen Raum, der von einem rechteckigen Tisch und vier Stühlen beherrscht wurde. Auf dem Tisch lag ein Gewehr. »Gehen Sie ruhig näher ran und verraten Sie mir, ob Ihnen das Gewehr bekannt ist.«

Er erkannte die alte Winchester 70 sofort. Wunderschön. Bedächtig strich er über den hölzernen Schaft. Warum lag sie hier in Aurich im Vernehmungszimmer?

»Kennen Sie das Gewehr?« Kockwitz Stimme war schärfer geworden. »Wir haben es in Ihrer Wohnung gefunden. Unter dem Bett. Wir fragen uns und Sie natürlich, wie es dort hinkommt. Und wir fragen uns weiterhin, wer schuld ist am Tod Mark Tieslers. Ob die beiden Fälle miteinander in Zusammenhang stehen. Nur bei einer Sache bin ich mir ganz sicher: Wenn Sie endlich die Schnauze aufmachen würden, wären wir ein ganzes Stück weiter.«

Hajo Akkermann war unsicher. Dieser Repetierer war ein beliebtes Jagdgewehr und Sammlerobjekt. Was war, wenn es doch nicht …? Wenn lediglich der Zufall eine Rolle spielte? Durfte er seinen Verdacht äußern, um so weiteres Unglück zu verhindern? Oder würden Menschen wie dieser Kommissar über eine Familie herfallen und sie womöglich zu Unrecht für den Rest ihres Lebens mit einem Makel versehen? Er musste nachdenken. Wieso war dieser Mann sich sicher? Er, Hajo, hatte zugegeben, Edith erschossen zu haben. Mehr nicht. Wieso kam der Mann auf die Idee, dass er andere Dinge wissen könnte, die zur Aufklärung beitragen würden? War das Polizeitaktik, Leute zu beschuldigen, um sie aus der Reserve zu locken? Er wusste nichts. Hatte nur eine Ahnung. Keine Beweise.

»Herr Akkermann. Was jetzt mit Ihnen passiert, nennt man bei einem Prozess Beugehaft. Sie werden so lange hierbleiben, bis Sie aussagen. Und noch einmal: Ziehen Sie einen Anwalt zu Rate. Er wird Ihnen und uns weiterhelfen. Vielleicht.«

## *Ostersonntag*

Tino Middelborg konnte es nicht fassen. Schon wieder war die Nacht vorbei. Dabei war er recht früh zu Bett gegangen. Ostersamstag hin oder her. Das Osterfeuer war ausgefallen, also hatte er die Gunst der Stunde genutzt und sich mit seiner Frau einen ruhigen Abend gemacht. Natürlich konnten sie in ihren Gesprächen die Ereignisse der letzten Tage nicht ausklammern, dazu waren die viel zu präsent. Tieslers Tod war ja der Grund dafür, dass sie den Abend in ihrer Wohnung bei einem Glas Rotwein beendet hatten und nicht fröhlich vor einem Bier im *Strandcafé*.

Vor dem Schlafzimmerfenster zwitscherten Vögel und ein schmaler Streifen Sonnenlicht fiel durch den Schlitz zwischen den beiden Gardinen. Es würde ein schöner Tag werden. Zumindest, was das Wetter anbelangte. Der Heimatverein hatte beschlossen, seine Veranstaltung durchzuziehen. Da würde er sich auf jeden Fall blicken lassen müssen.

Kaffeeduft stieg ihm in die Nase. Lene war bereits aufgestanden. Was schade war. Aber wenn sie das Frühstück bereitete, konnte er damit leben.

Er stand auf, zog seine Hose an, die er am Abend zuvor neben das Bett hatte fallen lassen, und fuhr sich schnell durch die Haare. Mit jedem Schritt Richtung Küche wurde der Duft des Kaffees stärker. Da hinein mischte sich das Aroma gebratenen Specks. Auch eine Note von Rührei und frisch aufgebackenen Brötchen meinte er wahrzunehmen, noch ehe er die Küchentür geöffnet hatte. So konnte der Ostersonntag beginnen. So konnte eigentlich jeder Tag beginnen! Der Unterschied war nur, dass es jetzt bereits neun Uhr war und er an normalen Arbeitstagen bereits um acht im Büro saß. Und so früh am Morgen hatte er einfach noch keine Lust auf ein ausgedehntes Frühstück. Da blieb es meist bei einem Müsli und einem Glas Orangensaft. Den Kaffee bereitete ihm dann meist Thea Holle zu. So gegen zehn.

»Guten Morgen, mein Schatz.« Er drückte seiner Frau einen Kuss auf die Stirn.

Lene lächelte, während sie das Rührei aus der Pfanne in die Schale kippte, die sie aus ihrem letzten Türkeiurlaub mitgebracht hatten. Auf dem Tisch dampften Speckstreifen. Seine heißgeliebte Quittenmarmelade wartete bereits auf ihn. Genau wie Käse, Schinken und Wurst. Ein Festmahl. An der Seite, so, dass sie nicht im Wege war, stand eine große Vase mit Zweigen darin. Die ersten roten Blüten waren bereits aufgegangen. An den Zweigen hingen bunt bemalte Ostereier mit Motiven von der Nordseeküste.

»Habe ich selbst bemalt«, sagte Lene stolz und hielt ihm ihre Kaffeetasse zum Einschenken hin.

Das Telefon klingelte. Middelborg stand auf.

»Muss das sein?«, fragte sie enttäuscht.

»Bin gleich wieder da.« Er meldete sich. Als Antwort hörte er ein seltsam schrilles Lachen. »Hallo, wer ist dran?«, fragte er. Wieder war da nur das Lachen. Er legte auf. Dämlicher Anrufer. Wenn einer was zu sagen hatte, sollte er das tun. Ansonsten hätte er jetzt gerne in Ruhe gefrühstückt. Er schenkte seiner Frau den Kaffee ein, füllte die eigene Tasse und nahm sich einen großen Löffel voll Rührei.

»Hast du heute schon was vor?« Auch Lene langte kräftig zu. »Ich könnte mir sonst vorstellen, mit dir die Insel zu umrunden. Das Wetter ist prächtig und wenn nicht jetzt, wann dann.«

Eine gute Idee. Sie könnten gleich nach dem Frühstück aufbrechen und den Ausflug beim Fest des Heimatvereins beschließen. Ein ganzer schöner Tag draußen an der frischen Luft.

Wieder klingelte das Telefon. Er war versucht, nicht ranzugehen. Aber man wusste ja nie, ob es nicht wichtig war. Als Bürgermeister war man halt selten Privatperson. »Middelborg.« Diesmal hörte er kein Lachen, sondern Michael Röders Stimme. Der Polizist bat ihn, zum Rathaus zu kommen. »Kann ich mein Frühstück erst beenden?«, fragte er ohne allzu große Hoffnung. Und tatsächlich ließ Röder keinen Zweifel daran, dass zügiges Erscheinen angebracht war. Middelborg schob sich ein Stück Speck zwischen die Zähne, berichtete seiner Frau des Wenige, was er wusste, und lief die Stufen hinauf nach oben, um sich in seinen Sonntagsstaat zu werfen. Der sah allerdings nicht anders aus als seine Alltagsklamotten. Hemd, Jeans, Jackett und trotz der Sonne, die durch das Fenster schien, eine warme Jacke. Der Wind konnte unangenehm kalt sein.

Als er losfuhr, zwitscherten die Vögel noch immer auf den noch ziemlich kahlen Ästen der Bäume. Aber er hatte kein Ohr mehr dafür. Was würde ihn erwarten?

Er bog bei *Fisch Feldmann* rechts ab, am Wasserwerk und am Rosengarten vorbei und auf die lange Straße, die vom Hotel *Strandhof* bis zur evangelischen Kirche und letztendlich bis zum Hafen führte. Die Insulaner nannten sie D-Straße. Durchgangsstraße. Das hatte er erst lernen müssen. Dann an der Schule wieder rechts. Gleich hatte er es geschafft. Die Bremsen quietschten, als er sein Fahrrad in den Ständer vor dem Rathaus stellte.

Als er näher kam, sah er, dass jemand einen Strandkorb direkt unter seinem Bürofenster aufgestellt hatte. Darum herum standen jede Menge Menschen.

Vor der Menschentraube erwartete ihn bereits Michael Röder mit ernstem Gesicht. Auch seinen Hilfssheriff Eilert Thedinga konnte er ausmachen. Dessen energische Stimme war nicht zu überhören.

»Hallo, Herr Middelborg. Frohen ersten April.«

Der Bürgermeister blickte erst Thedinga, dann den Inselpolzisten ratlos an. Dann schoss es ihm durch den Kopf. Natürlich. Die Insulaner waren für ihre Scherze zum Beginn des Monats April bekannt. Und heute war der erste April. Daran hatte er heute Morgen überhaupt nicht gedacht. Er lachte. Dann wurde er ernst. Was wollte die Polizei hier? War der Scherz aus dem Ruder gelaufen?

»Was machen Sie hier? Was ist …?«

»Kommen Sie mit«, sagte Röder. »Wir versuchen gerade, die Menge zu zerstreuen, was aber gar nicht so einfach ist. Es kommen immer wieder neue nach, die von dem, ich sage mal: Arrangement … angelockt werden.«

Die Leute lachten, zeigten immer wieder auf ein Plakat. Jung und Alt hielten den Aufbau offensichtlich für einen grandiosen Scherz. Einige schüttelten allerdings die Köpfe und gingen wortlos weiter. Middelborg wusste nicht genau, ob er da eigentlich hin wollte. Was wäre, wenn er nun im Mittelpunkt dieses Scherzes stand? Eigentlich konnte er Spaß gut ab. Aber von den Leuten ausgelacht zu werden, dass musste er an diesem schönen Frühlingsmorgen nicht haben. Doch er folgte Röder. Es musste wichtig sein, sonst wären die Polizisten nicht hier.

»Vorsicht, bitte!« Michael Röder bahnte sich einen

Weg durch die Menge und Middelborg folgte ihm. Bald standen sie vor einem Zaun aus gelben, roten und blauen Latten, der um einen Strandkorb herum aufgestellt war. Im Korb saß etwas, das aussah wie eine Vogelscheuche. Man hatte ein Holzgestell mit einer alten Schlabberhose, einem weißen Hemd und einem Jackett bekleidet. Die Arme und Beine waren mit Stroh ausgefüllt. Anstelle eines Kopfes war oben an dem Gestell ein roter, nicht allzu großer Hüpfball befestigt. Die beiden Griffe ragten wie zwei schwarze Hörner links und rechts neben einer Baseballkappe auf. Vorne auf der Kappe prangte das Logo der Kurverwaltung. Der ballonförmige Kopf war mit einem Foto beklebt. Darauf das Gesicht des Bürgermeisters. Sein Gesicht. An der Wand des Rathauses links und rechts vom Strandkorb waren Plakate befestigt. Auf einem stand:

*Einladung: Eissurfen mit dem Bürgermeister. Jedes Jahr ab November.*

*Grog und Surfbretter werden von ihm gestellt.*

Darunter waren Bilder zu sehen, wie sich Eisschollen auf dem Strand zu einem Berg auftürmten.

Auf einem anderen sah man eine Familie mit einer hoch beladenen Wippe und hilflosem Gesicht verloren auf der menschenleeren Hafenstraße stehen. Darunter stand:

*Winter und keiner hat offen? Kein Problem, der Bürgermeister nimmt Sie auf.*

*Kostenlos und mit voller Verpflegung*

Middelborg musste lächeln. Offensichtlich spielte da jemand auf seine Vision an, die Saison möglichst über den Winter zu verlängern. Aber was hatte die Polizei dabei auf den Plan gerufen?

*Wer hilft dem Bürgermeister? Seit Beginn seiner*

*Amtszeit ist er verzweifelt auf der Suche nach guten Ideen. Bisher erfolglos. Finderlohn wird versprochen. Bewerber melden sich hier am Strandkorb.*

»Sie können sich denken, warum wir hier sind?«

Ratlos schüttelte Middelborg den Kopf.

Das nächste Plakat, das er sah, hatte allerdings mit einem Aprilscherz nicht mehr viel zu tun. Und auch das blau-rote Plastikgewehr, das an der Figur im Strandkorb befestigt war, machte ihn wütend.

*Heute: Vortrag des Bürgermeisters »Wie vernichte ich Feinde (Kaninchen) schnell und effektiv«. Haus des Gastes, 15:00 Uhr. Eintritt kostenlos*

Michael Röder zeigte auf ein Fahrrad, das halb über dem Zaun an der Wand des Rathauses lehnte.

Middelborg kannte dieses Rad. War das nicht …? Natürlich. Jetzt war ihm klar, was Michael Röder und seine Kollegen hier zu suchen hatten. Das gelbe Rad gehörte Mark Tiesler. Dem Mann, den Thomas Claaßen in dem abgebrannten Osterfeuer gefunden hatte. Das, was hier ein paar Idioten für einen lustigen Aprilscherz hielten, war nicht lustig. Es war nicht einmal zynisch oder gleichgültig. Nein, es hatte eindeutig eine Beziehung zu den Morden. Deswegen war die Polizei da.

»Gehen Sie nach Hause. Hier wird polizeilich ermittelt«, donnerte Eilert Thedinga in die Runde, aber nur wenige folgten seiner Aufforderung.

»Wo können wir uns anmelden, Herr Bürgermeister? Ich hätte gerne den Winterurlaub und das Schießtraining«, grölte ein junger Mann. Die anderen lachten.

Middelborg hatte das Gefühl, dass dieser Typ die Nacht in einer der Lokalitäten und nicht im heimischen Bett verbracht hatte.

»Wir verdecken diese künstlerische Installation,

damit wir in Ruhe unsere Ermittlungen durchführen können«, erklärte Thedinga und nahm eine große Plane und einige Metallstangen aus der Wippe, die hinter seinem Fahrrad hing. Der Hilfssheriff schaute seinen Kollegen und den Bürgermeister auffordernd an. »So, jetzt brauche ich Hilfe.«

»Es ist Tieslers Rad, oder?«, fragte der Bürgermeister zur Sicherheit, nachdem auch der letzte Zuschauer hatte feststellen müssen, dass ihm die Sicht nun durch eine nicht sehr stabile, aber blickdichte Stellwand versperrt wurde.

»Wir gehen davon aus«, bestätigte Röder. »Wir werden das Fahrrad ordnungsgemäß verpackt ans Festland geben. Zwecks Spurensuche. Aber nun etwas anderes: Wer wollte Ihnen hier an den Kragen?«

Tino Middelborg überlegte. Wer sollte ihm was Übles wollen? Wem war er so auf den Schlips getreten, dass man sich die Mühe machte, ihn derart vorzuführen? Oder schlimmer, ihn mit den Morden in Zusammenhang zu bringen? Jedes Teil, das hier aufgebaut war, sollte schließlich auf etwas hinweisen. »Ich weiß es nicht. Das ist kein Scherz mehr. Das ist üble Nachrede vom Feinsten. Wenn man es so überhaupt nennen kann. Ich habe jedenfalls mit den Ereignissen, die hier passiert sind, nichts zu tun, auch wenn die Installation etwas Derartiges nahelegt.«

»Nun mal gemach. Auch wir gehen nicht davon aus, dass Sie darin involviert sind«, sagte Thedinga. »Haben Sie denn wirklich keine Idee im Hinterkopf?«

Vor der Schutzwand waren Kinderstimmen zu hören. »Los, mach schon. Wir müssen das sagen. Hallo.«

»Ruhige Arbeit geht anders«, murmelte Röder, bevor er hinter der Stellwand hervortrat.

Middelborg folgte ihm.

»Was gibt's?«

»Wir müssen Ihnen was sagen. Unbedingt«, sagte einer der Jungen eifrig.

»Mit wem habe ich denn das Vergnügen?«, wollte der Inselpolizist wissen.

»Ich bin Jan Schmitz, das ist meine Schwester Maren und das ist Ömmel, äh, Peter.«

»Und was wollt ihr mir nun berichten?«

»Also«, fing Jan an, »ich bin heute zum Bäcker. Das ist immer so, wenn wir Urlaub auf Baltrum machen. Da habe ich die Leute hier gesehen. Und den Strandkorb. Und die Schilder. Dann bin ich wieder nach Hause und wir haben gefrühstückt. Danach habe ich Maren erzählt, was hier los war und sie wollte das unbedingt sehen. Also haben wir Ömmel abgeholt. Auf dem Weg hierher sind wir dann auf die Idee gekommen, dass wir wissen, wer das war.«

»Wegen der bunten Zaunpfähle«, warf Ömmel ein.

»Als wir ankamen, haben wir gesehen, dass die Polizei schon da war«, fuhr Jan fort.

»Und weil Jan erzählt hat, dass auf den Schildern was mit Schießen steht, haben wir beschlossen, dass wir mit Ihnen reden müssen«, erklärte das Mädchen eifrig.

»Aber was müsst ihr mir sagen?«, fragte Röder geduldig.

»Wir wohnen alle bei der Familie Claaßen und gestern sind wir aus Versehen in den Anbau von dem Herrn Claaßen gegangen …« Ömmel wurde leiser.

Maren fuhr fort: »Da haben wir alles gesehen. Die grüne Farbe, den Hüpfball, die Stöcker und die Wasserpistole. Der muss das gewesen sein.«

»Warum sagtet ihr, wart ihr da drin?«, fragte Tino Middelborg. Er wusste nicht, warum er fragte. Es war eigentlich völlig belanglos. Vielleicht deswegen, weil er als Kind auch gerne mal fremde Schuppen durchforstet hatte. Damals in Bochum.

»Das ist doch jetzt egal«, rief Jan eifrig. »Wichtig ist …«

»Wissen eure Eltern von eurem Ausflug?«, fragte der Inselpolizist.

Die drei schauten sich verschwörerisch an, dann erklärte Maren: »Nein. Sie wissen nicht, dass wir hier sind, und natürlich nicht, dass wir in dem Anbau waren. Wir waren offiziell im Nationalparkhaus.«

»Wo wir hinterher auch aufgeschlagen sind, nachdem uns der Claaßen rausgeschmissen hatte«, fügte Jan hinzu.

»So, der hat euch also erwischt?«

»Ja. Und der war total irre stinkig sauer. Dabei haben wir gar nichts kaputtgemacht. Wir wollten nur …« Ein Schubs von Marens Ellenbogen brachte Ömmel zum Schweigen.

»Habt ihr in dem Stall ein Fahrrad gesehen?«, fragte Röder.

Auch Gero Schonebeck und Arndt Kleemann waren eingetroffen. Beide hörten interessiert zu, was die Kinder zu sagen hatten.

»Jahaaa«, nickte Jan.

»Wie sah das aus?«

»Ganz alt und vergammelt. Die Kette hing runter und der Sattel war nicht mehr drauf. Wieso?« Jan bekam keine Antwort, aber Middelborg sah die Enttäuschung in den Gesichtern der Polizisten.

Michael Röder und Eilert Thedinga schauten sich kurz an. »Geht ihr schon einmal vor zu euren Eltern«, sagte Röder. »Auch wir werden uns im Anbau von Claaßen umsehen. Es wäre schön, wenn wir dann noch einmal miteinander und mit euren Eltern reden könnten.«

»Muss das sein, das mit unseren Eltern? Können wir nicht …«, bettelte Ömmel.

»Nein, ich denke, sie werden davon erfahren müssen. Ob ihr ihnen erzählt, warum ihr wirklich da reingeschaut habt, das bleibt vorerst einmal euch überlassen, okay? Wie lange bleibt ihr auf der Insel?«

»Bis morgen«, sagten alle drei gleichzeitig.

»Und – hat euch euer Urlaub gefallen?« Middelborg merkte im selben Moment, wie unpassend diese Frage war. Aber er war eben nicht nur Bürgermeister, sondern auch Kurdirektor. Und das ließ sich natürlich nicht so schnell ausschalten.

»Klar. Bis darauf, dass wir beim Schatzkofferspiel wieder nicht den ersten Preis gekriegt haben, war alles okay« erklärte Jan. »Nur so'n doofen Essensgutschein hat Papa gewonnen.«

»Aber im nächsten Jahr kommen wir bestimmt wieder«, erklärte Ömmel. »Schließlich sind wir hier fast zu Hause.«

Tino Middelborg hatte eine Idee. Er würde die Kinder mit einem Abschiedsgeschenk überraschen. Dafür, dass sie ohne Zögern, auch auf die Gefahr, dass ihre Eltern davon erfuhren, ihr Wissen an die Polizei weitergegeben hatten.

*

»Verdammt noch mal!«, schimpfte Arndt Kleemann, während er sich den Weg bei Lottmanns hoch zwischen den angekommenen Gästen hindurchquälte. »Wir haben zwei Tote, einen grässlichen Aprilscherz, einen fast toten Hund und keine Ahnung, wer für alles verantwortlich ist. Nicht einmal, ob das eine mit dem anderen in Verbindung steht.«

»Wir wissen nicht einmal, wie das Fahrrad zum Rathaus gekommen ist«, schnaufte Eilert Thedinga hinter ihm her. »Hat der Mensch, der dort alles aufgebaut hat, das Rad irgendwo gefunden und gemeint, dass es ganz wunderbar dazu passe? Oder hat er es gar nicht dort abgestellt, sondern der Mörder von Tiesler? Ich bin völlig ratlos! – Dieser Thomas Claaßen müsste inzwischen beim Rathaus angekommen sein. Bin gespannt, was der zu dem Fahrrad zu sagen hat.«

Nachdem die Kinder von ihren Beobachtungen berichtet hatten, waren Arndt Kleemann und Eilert Thedinga sofort aufgebrochen. Sie hatten sich unter den wachsamen Augen von Helma Claaßen in deren Anbau umgesehen und einiges gefunden, was darauf schließen ließ, dass Thomas Claaßen tatsächlich an der Sache beteiligt war. Er selbst war nicht anwesend. Seine Frau behauptete, sie wisse nicht, wo er stecke. Kleemann hatte sie aber telefonieren sehen und war sich sicher: Der Mann wusste, dass es gerade ziemlich eng für ihn wurde.

Sie hatten kurz mit den Eltern gesprochen und sich das Versprechen abnehmen lassen, dass sie mit ihren Kindern nicht all zu hart ins Gericht gingen. Jans und Marens Vater hatte es augenzwinkernd versprochen.

Vor der evangelischen Kirche standen viele Menschen, mitten unter ihnen Pastor Untied. Er schüttelte Hände, lächelte und winkte ihnen zu, als sie vorüberfuhren.

»Der Ostergottesdienst ist vorbei.« Arndt Kleemann wich geschickt einer Familie aus, die ihren Jüngsten im Bollerwagen zog. »Hoffentlich kommt diese Insel allmählich wieder zur Ruhe.«

»Das will ich hoffen«, erwiderte Eilert Thedinga. »Hätte ich mir nicht träumen lassen, dass mich hier so viel Aufregung erwartet. Heute Mittag kommt übrigens meine Frau. Meinst du, ich kann sie vom Schiff abholen?«

»Das müsste gehen. Wir nehmen uns jetzt Claaßen vor und sehen dann, ob sonst noch jemand auf der Liste steht.« Seine Frau Wiebke würde nicht kommen. Sie hatte ihm stattdessen vorgeschlagen, dass sie ihren Sommerurlaub auf der Insel verbringen könnten. Er hatte gerne zugestimmt.

Als sie am Rathaus ankamen, sah er zufrieden, dass sich die Zahl der Gucker beinahe in nichts aufgelöst hatte. Nur seine Kollegen und der Bürgermeister waren noch da. Zu seiner großen Zufriedenheit kam gleichzeitig ein weiterer Radfahrer an. Thomas Claaßen. War das ein gutes Zeichen für den Mann?

Bedächtig stellte Claaßen sein Fahrrad an den Zaun und schlurfte heran. »Was soll ich hier?«, grummelte er.

»Herr Claaßen, das wissen Sie genau«, sagte Kleemann bestimmt. Er wollte endlich weiterkommen. »Wir haben gerade grüne Farbe und etliches mehr in Ihrem Anbau gefunden, was sich eindeutig mit diesem – soll ich wirklich Aprilscherz sagen?– in Verbindung bringen lässt. Es wäre für uns einfacher, wenn Sie zugeben, dass das hier auf Ihrem Mist gewachsen ist. Und reden Sie bitte nicht lange drumherum.«

»Ich wüsste nicht, was die Polizei hier zu suchen hat. Aprilscherze sind hier üblich und wenn jemand keinen Spaß versteht …«

»Herr Claaßen! Fakten bitte! Los! Schauen Sie sich um!«

Gelangweilt schlurfte Claaßen noch ein Stück näher, stieg über den Holzzaun – und schwieg.

»Haben Sie das hier aufgestellt?«

»Okay. Ja. Aber mit einer Sache habe ich nichts zu tun. Mit dem Fahrrad da nämlich. Das kenne ich nicht.«

Arndt Kleemann atmete tief durch. Er hatte es sich fast gedacht. »Wer war noch an der Sache beteiligt?«

Wieder schwieg Claaßen.

»Herr Claaßen, Sie stehen kurz vor Ihrer Festnahme. Wenn Sie uns nicht auf der Stelle Namen nennen, die Sie vielleicht sogar entlasten könnten, nehme ich Sie fest wegen – ach, das können Sie sich aussuchen: Verdacht auf Mord, Totschlag, Vertuschung einer Straftat, Behinderung von Polizeiarbeit. Wollen Sie noch mehr hören?«

»Ist schon gut. Hartmut Opitz und Reinhart Petri. Wir haben uns das zusammen ausgedacht. Opitz hat die Zaunpfähle zugeschnitten und einige rot angestrichen.«

Aha, da lag der Hase begraben, oder vielmehr der Igel, dachte Kleemann. Daher die rote Farbe überall in Opitz' Werkstatt.

»Petri hat die Plakate gemalt. Und zusammen haben wir das heute Nacht aufgebaut. Aber ohne das Rad. Und ohne das Plakat, das da dran hängt. Das ist nicht von uns. Da könnt ihr die anderen ruhig fragen«, sagte Claaßen trotzig laut.

»Das werden wir. So lange bleiben Sie hier und geben alles zu Protokoll. Gero, du fährst zu Hartmut Opitz, und Michael, du holst Petri aus dem Bett. Dann erscheint ihr hier wieder. Ich gehe mit Herrn Claaßen und Herrn Middelborg in dessen Büro. Eilert, du bleibst hier und sicherst das Gelände. Alles klar?«

Die Kollegen nickten.

»Wir gehen rein. Das Gespräch muss nicht in aller Öffentlichkeit stattfinden«, erklärte Arndt Kleemann. »Ich hätte da nämlich noch einige Fragen mehr.«

»Dem kann ich mich nur anschließen.« Middelborg ging voraus und schloss die Bürotür auf. »Nehmen Sie Platz.«

»Ich bleibe lieber stehen.« Thomas Claaßen lehnte mit den Händen in den Hosentaschen und gekreuzten Beinen am Schreibtisch des Bürgermeisters, als ginge ihn die Sache rein gar nichts an.

»Setzen!« Arndt Kleemann machte einen Schritt auf den Mann zu. Der drehte den Kopf zur Seite und ließ sich aufreizend langsam auf einen Stuhl gleiten.

»Jetzt fangen wir behutsam an.« Die Stimme des Hauptkommissars klang bedrohlich leise. »Und zwar ganz am Anfang. Warum das Ganze? Wer hatte die Idee? Und so weiter und so weiter. Und Gnade Ihnen Gott, wenn Ihre Aussage von der der anderen abweicht. Dann sind Sie so was von fällig ...« Arndt Kleemann widerstrebte es, Menschen derart einzuschüchtern. Er war der Meinung, mit freundlicher Konsequenz käme man letztendlich viel weiter. Aber bei diesem Mann hatte er die Hoffnung auf Kooperation bereits aufgegeben, bevor das Gespräch überhaupt begonnen hatte.

Umso mehr wunderte er sich, dass Claaßen anfing zu erzählen. Er berichtete von einem gemeinsamen Abend im Haus *Sonnenstrand* an der Theke, wo aus einer Bierlaune heraus die erste Idee entstanden war. Wie sich das Ganze weiterentwickelt hatte und dass sie sich alle zu größtem Stillschweigen verpflichtet hatten. Dass sie dem Bürgermeister eins auswischen wollten. Aus ganz unterschiedlichen Gründen.

»Wir machen hier seit Jahren unsere Arbeit. Und das nicht schlecht. Und jedes Mal, wenn ein frischer Bürgermeister kommt, meint der, er müsse uns neue Arbeitsweisen aufdrängen. Das ist totaler Blödsinn. Wir wissen schon, wie es muss!«, versuchte Claaßen eine Erklärung. »Da haben wir gesagt, wenn der Mann es nicht auf normalem Wege begreift, dann eben mit einem Aprilscherz.«

Tino Middelborg schüttelte den Kopf. »Wie wäre es denn, wenn Sie mal zu mir gekommen wären, statt sich solch einen Blödsinn auszudenken.«

»Bitte tragen Sie Ihre internen Streitigkeiten später aus«, unterbrach Kleemann. »Ich möchte hören, was sich heute Nacht abgespielt hat.«

»Wir haben uns nachts um zwei getroffen«, sagte Claaßen. »Da war keiner mehr unterwegs. Es war auch lausig kalt. Ein Strandkorb stand ja bereits seit einigen Tagen links von der Eingangstür. Den haben wir einfach genommen, unter das Fenster vom Bürgermeister gestellt und die Puppe reingesetzt. Ich habe die Puppe gebastelt. War ganz schön schwierig. Sie sehen also, Herr Bürgermeister, wir haben uns richtig Mühe gegeben.«

»Herr Claaßen, weiter im Text.«

»Ist schon gut. Hartmut hat den Zaun aufgebaut und Reinhart die Plakate angebracht. Dann sind wir wieder weg. Ganz einfach.«

»Das Fahrrad?«

»Damit haben wir nichts zu tun, verdammt noch mal!« Claaßen war laut geworden. »Und mit diesem vierten Plakat auch nichts. Sagte ich doch schon! Wir klauen keine Räder, wenn Sie das meinen. Warum sind Sie eigentlich so wild auf das Rad?«

»Weil es Mark Tiesler gehört hat.«

Von einer Sekunde auf die andere veränderte sich Claaßens Haltung. Plötzlich schien er angespannt, er saß aufrecht, seine Schultern gerade, und stierte den Hauptkommissar an. »Sie glauben also, dass wir etwas mit dem Mord zu tun haben. Deswegen eben der Hinweis von Ihrem Kollegen. Das sollte das also bedeuten. Nee, nee, das können Sie uns nicht anhängen. Sie werden nicht einen Fingerabdruck von uns darauf finden, das können Sie mir glauben.«

»Oh, Sie scheinen sich mit Polizeiarbeit bereits auseinandergesetzt zu haben«, erwiderte Arndt Kleemann. »Dann dürfte Ihnen klar sein, wie wichtig die Aussage Ihrer Freunde sein wird. Bis dahin erzählen Sie mir bitte, wann Sie genau nach Hause oder wohin auch immer gegangen sind. Wem Sie gegebenenfalls begegnet sind und wer das alles bezeugen kann.«

Claaßen stöhnte auf. »Mensch, nachts sind hier alle Katzen grau. Ich habe keinen gesehen. Und wenn ich einen gesehen habe, dann habe ich ihn oder sie nicht erkannt. Wir haben bei Hartmut Opitz inner Bude ein Bier auf den Erfolg getrunken und das war's. Als ich nach Hause kam, schlief meine Frau natürlich schon. Außerdem nächtige ich zurzeit auf dem Sofa«, erklärte er missmutig. »Helma hat gesagt, ich stinke so nach Farbe, das kann sie im Schlafzimmer nicht vertragen. Scheiße auch, dass ich das hier jetzt so erzählen muss. Aber es ist so. Sie hat nicht einmal mitbekommen, dass ich weggegangen bin.«

Arndt Kleemann schaute auf die Wanduhr im Bürgermeisterbüro. Gleich zwölf. Bald müssten die anderen kommen. Eine Frage wollte er aber vorher noch loswerden. »Stimmt es, dass Sie mit einem Spaten auf die Kinder losgegangen sind, als sie die drei bei Ihnen im Anbau erwischt haben?«

Der Mann nickte. »Stimmt. Verdammtes Blagenzeug. Beinahe hätten die schon vorher alles rausgekriegt, als die bei mir rumgeschnüffelt haben. Das konnte ich auf keinen Fall zulassen. So kurz vor der Zielgeraden. Aber Sie können sich beruhigen – ich hätte nicht zugeschlagen. Die hatten auch so die Hosen voll und sind abgehauen. Aber vorher – das müssen Sie sich mal vorstellen – haben die mich mit einem Farbeimer beworfen. Unverschämtes Pack!«

»Wo wir gerade beim Thema sind, Herr Claaßen: Lassen Sie die Kinder und deren Eltern trotzdem in Ruhe. Keine Drohungen, keine Anbrüllerei, verstanden?« Arndt Kleemann konnte nur hoffen, dass seine Anordnung Erfolg hatte.

Thomas Claaßen nickte kaum merklich. »Werde mich bemühen.«

»Sie haben echt den Schuss nicht gehört, Herr Claaßen!« Tino Middelborg schlug mit der Faust auf den Tisch. »Ich habe weiß Gott nichts gegen Aprilscherze. Aber eines sage ich Ihnen: Wer sich zu weit aus dem Fenster lehnt, der könnte sehr schnell fallen. Wenn Sie hier mit der Polizei fertig sind, dann beginnen wir mit einem Gespräch. Einem längst überfälligen Gespräch. Sie, ich, die Mitarbeitervertretung und der Ratsvorsitzende. Und ich vermute stark, dass das ein sehr ernstes Gespräch sein wird.«

In diesem Moment sah Kleemann durch das Fenster, dass seine Kollegen eingetroffen waren. Und in deren Begleitung Hartmut Opitz und Reinhart Petri. Er war gespannt, wie die sich äußern würden. »Haben wir Zugang zu den anderen Büros?«, fragte er den Bürgermeister.

»Natürlich. Ich schließe die Räume auf«, erwiderte Middelborg.

Arndt Kleemanns Telefon klingelte.

Es war Kockwitz. »Wir haben Gronewald endlich erreicht. Aber er hat ein wasserdichtes Alibi. Er kann Tiesler nicht umgebracht haben, weil er am Mittwochmorgen tatsächlich wieder zurückgefahren ist. Dann hat er sofort seine Arbeit beim Landkreis aufgenommen. Er ist im Büro erschienen und abends hat er eine Biker-Versammlung geleitet. Alle Motorradfans aus Norden und Umgebung können das bezeugen.«

»Dann können wir diese Spur wohl aufgeben«, sagte er resigniert.

»Ich denke mal. Außerdem hat er steif und fest versichert, dass er nicht mit Tiesler telefoniert habe. Der Kontakt habe sich auf die beiden Treffen beschränkt – das erste während der Deichschau und das zweite bei der Ratssitzung.«

»Also ist unter Umständen noch jemand im Spiel, von dem wir keinen Anhaltspunkt haben. Hat die Auswertung von Tieslers Handydaten schon etwas ergeben?«

»Nein. Bisher nicht. Aber ich habe etwas. Ich glaube, der Akkermann weiß, wem das Gewehr gehört. Er streitet es zwar ab, aber das Erkennen in seinen Augen war deutlich. Es war bestimmt nicht nur so, dass er diese schöne, alte Waffe bewundert hat. Der wusste ganz genau, bei wem er die gesehen hat. Da bleibe ich aber hartnäckig dran. Das ist mal sicher«, machte Kockwitz deutlich. »Keine Sorge, den kriege ich weich.«

Arndt Kleemann nervte zwar schon wieder die Wortwahl seines Kollegen, trotzdem berichtete er ihm, was sich in den letzten Stunden auf der Insel abgespielt hatte. Nützte ja nichts, sie mussten zusammenarbeiten. Solange der Mann nicht auf die Insel kam, war es okay. Noch immer hielt ihr gemeinsamer Chef Müller die Hand über Kockwitz.

»Oder soll ich rüberkommen? Zur Unterstützung?«, fragte Kockwitz.

»Nein, nein, danke. Kümmere du dich um Akkermann. Und vergiss nicht, neue Erkenntnisse zu schicken.«

Im Nebenzimmer fand er Reinhart Petri und seinen Inselkollegen. »Hat Herr Röder Ihnen erzählt, warum wir Sie hergebeten haben?«

Petri nickte. »Hat er. Allerdings trifft es das Wort ›hergebeten‹ nicht so ganz genau. Er hat mir in Wirklichkeit keine Entscheidungsfreiheit gelassen. Und falls auch Sie mich fragen wollen: Den Strandkorb, den Zaun, ja das haben wir aufgebaut. Wir mussten ein Zeichen setzen. Der Mann gehört einfach nicht hierher. Und da passte uns der erste April gut in den Kram. Aber mit dem Fahrrad habe ich nichts zu tun.«

»Wie ging der Abend weiter? Nach dem Aufbau?«

»Nach einem Bier bei Hartmut sind Thomas und ich getrennt nach Hause. Es war verdammt dunkel. Keine Straßenlaterne hat mehr gebrannt. Nur bei dem Nachbarn gegenüber, Jonas Harms, war noch Licht an«, erklärte Reinhart Petri. »Und ich meine, dass ich leise Musik gehört habe. Mag mich aber geirrt haben. Ist kein Wunder, dass diese Typen nachts wach sind. Wer den ganzen Tag nicht arbeitet, kann eben nachts nicht schlafen.«

Arndt Kleemann war es vorher klar gewesen, dass er von Petri und Opitz nicht viel mehr erfahren würde. Die Berichte über den Verlauf der Nacht würden weitgehend übereinstimmen. Die hatten sich bestens abgesprochen. Trotzdem wollte er von Hartmut Opitz noch ein paar Fragen beantwortet haben. Er ging ins Nachbarzimmer und nickte Gero Schonebeck zu.

Hartmut Opitz saß auf der Fensterbank und starrte auf den Fußboden. »Ich musste doch von den roten Zaunpfählen ablenken. Ich durfte nichts verraten. Sonst wäre der ganze Aprilscherz im Eimer gewesen«, sagte er anstatt einer Begrüßung.

»Worum geht es gerade?«, fragte Kleemann etwas verwirrt.

»Um den Igel. Ich wollte den nicht töten. Und wenn ich gewusst hätte, dass der so fürchterlich schreit, dann erst recht nicht. Aber in Wirklichkeit hat meine Frau den gefunden und hat gesagt, ich solle den entsorgen. Endgültig.«

»So, wenn Ihnen Ihre Frau was sagt, dann machen Sie das«, hakte Gero Schonebeck nach.

»Meistens schon. Sie hat vor einiger Zeit mal angedeutet, dass sie auch ohne mich kann, wenn ich mich nicht genug kümmere. Das war, als ich gewagt hatte, den zweiten Zaun um unser Grundstück als etwas übertrieben zu bezeichnen. Ein Fehler. Das weiß ich heute. Seitdem habe ich immer versucht, ihr möglichst alles recht zu machen.«

»Gar nicht so einfach, was? Haben Sie deswegen die Show bei der Gemeinderatssitzung abgezogen, als sie den Inhalt Ihres Wasserglases so freigiebig verteilt haben?«, fragte Kleemann.

»Was blieb mir anderes übrig? Der Mann hat meine Frau so aufgeregt. Da musste ich etwas tun. Alle wollen die größten Fachleute sein und auf meine Frau hört keiner. Dabei hatten wir so viele Unterschriften gesammelt«, erklärte Opitz empört.

»Ach, und weil Sie Ihrer Frau imponieren wollten, haben Sie Mark Tiesler beleidigt, als er seine Führung am Rathaus vorbei machte. Was mich veranlasst, darüber nachzudenken, wie weit Sie gehen würden, um Ihre Frau zu beeindrucken. Würden Sie auch vor ein oder zwei Morden nicht zurückschrecken?«, überlegte Schonebeck laut.

Hartmut Opitz sprang auf die Füße. »Sie ... Sie spinnen ja wohl. Igel, Kaninchen, von mir aus eines dieser viel zu vielen Rehe – aber ich würde keinen Menschen töten. Nicht mal für Ingeborg. Soll sie ihr Geld alleine verjubeln. Ich habe meine Rente. Nicht viel – aber es reicht.«

»Darf ich fragen, um welches Geld es sich handelt?«

»Es ist ein Erbe. Eine ganz alte Nenntante ist kürzlich gestorben. Sie hat ihr kleines Vermögen Ingeborg vermacht. Weil sie keine eigenen Kinder hatte. Sie können Ingeborg fragen.« Opitz' Stimme zitterte.

»Das werden wir ganz bestimmt«, erwiderte Kleemann.

»Und – bitte sprechen Sie sie nicht drauf an – aber sie hat tatsächlich von mir verlangt, dass ich in nächster Zeit ein Netz über unser Grundstück ziehe. Wegen der Tauben, die sich über die Saat hermachen. Das ist ein bisschen viel, oder? Und ich weiß nicht, was ich tun soll.«

»Was Sie tun werden, weiß ich nicht. Aber ich wüsste, was ich machen würde«, antwortete Gero Schonebeck. »Ist Ihre Frau zu Hause? Wir hätten da tatsächlich ein paar Fragen. Sagen Sie ihr bitte, dass wir in Kürze vorbeischauen werden.«

*

»Es sind eigentlich zwei verschiedene Dinge«, stellte Gero Schonebeck fest, nachdem sie die Männer entlassen hatten. »Einmal haben wir da diesen Aprilscherz, der für sich alleine ganz lustig hätte sein können. Und dann haben wir das Fahrrad und das eine Plakat, das tatsächlich vom Schriftbild und von der Art von den anderen abweicht. Ich glaube den Männern, dass sie damit nichts zu tun haben. Ebenso wenig denke ich, dass die drei etwas mit den Morden zu tun haben.«

»Ich bin gespannt, wie die Sache für Claaßen ausgeht. Ich denke, bei Middelborg hat der inzwischen seinen Ruf verspielt«, überlegte Röder. »Wenn er entlassen wird, wird er jedenfalls nicht arbeitslos. Sein Ruf als Fußbodenleger und Tapezierer ist legendär.«

»Ich frage mich bloß, warum der zu Hause so einen Saustall hat. Soll der da erst einmal aufräumen. In seinem Anbau sah es wirklich schlimm aus«, beschrieb Arndt Kleemann den Raum, den er und sein Kollege vorgefunden hatten.

Gero und Michael lachten. »Kennst du das nicht? Für Männer ist es normal, Ordnung zu halten – solange es nicht im eigenen Heim ist. Dort glaubt ›Mann‹ unerschütterlich an die sieben Zwerge, die ganz bestimmt kommen und aufräumen.«

»Und wenn er nicht an die sieben Zwerge glaubt, dann an die eigene Ehefrau. Das klappt nur nicht immer«, bestätigte er. Wiebke würde ihm ganz schön was husten, wenn sie ständig hinter ihm herräumen müsste.

*

»Nein. Versprochen. Diesmal haue ich nicht wieder ab.«

Er hatte es getan. Er, Enno Seeberg, war ins Ostdorf zu *Blumen Hinrichs* gefahren und hatte einen Strauß Rosen gekauft. Jetzt stand er bei Anke vor der Tür, mit bittendem Blick, und sie zögerte, ihn reinzulassen. Das konnte nicht wahr sein. »Bitte. Es tut mir leid.«

Langsam, ganz langsam zog Anke die Tür etwas weiter auf. Sie sah knuffig aus in ihrem zerbeulten Nickihausanzug.

»Ich bin noch nicht angezogen«, sagte sie leise.

Er lachte. »Es wäre nicht das erste Mal, dass ich dich so sehe.« Beinahe wäre ihm rausgerutscht, dass er sie allerdings ohne den Nickianzug noch weitaus anziehender gefunden hätte. Er verkniff es sich. Erkannte an ihrem kritischen Blick, dass er die Situation dadurch nicht verbessern würde.

»Na gut, komm rein.«

»Ich … ich habe dir etwas mitgebracht.« Ungelenk, fast grob, drückte er ihr den Strauß in die Hand. Er was es einfach nicht gewohnt, Blumen zu verschenken.

»Geh schon mal ins Wohnzimmer. Ich stelle die Blumen ins Wasser.« Anke verschwand in der Küche. Nach kurzer Zeit war sie wieder da. Ohne die Blumen.

»Wo hast du …?«, fragte er verunsichert.

»Ehrlich gesagt, ich habe keine Vase. Muss mir erst eine leihen. Bis dahin liegen sie in der Spüle. Es passiert nicht so häufig, dass ich Blumen geschenkt bekomme«, erklärte sie.

»Ich hoffe, du freust dich trotzdem«, sagte er lächelnd.

Sie zögerte. »Nun ja. Darüber, dass du dir Gedanken gemacht hast, schon. Aber über die Blumen? Ich weiß nicht. Ich habe neulich einen schönen Satz gehört: ›Ich habe dir keine Blumen mitgebracht. Ich schenke dir ihr Leben.‹«

Enno Seeberg schaute Anke ratlos an. Was wollte sie ihm denn damit schon wieder sagen?

»Verstehst du nicht? Diese Blumen wurden abgeschnitten und leben in der Vase höchstens eine gute Woche. Dann sind sie hin. Am Strauch hätten sie noch wochenlang leuchten können. Mal ganz abgesehen, unter welchen Umständen manche gezüchtet worden sind.«

Ging das schon wieder los? Gab es nicht ein Gespräch, ohne die Probleme der Umwelt zu beleuchten? Konnten sie nicht einfach mal nur leben? Am liebsten wäre Enno schon wieder aufgestanden.

»Aber die Blumen, die du mitgebracht hast, sind Wildrosen und wunderschön. Ich danke dir dafür.« Anke drückte ihm einen Kuss auf die Wange und ließ alle Fluchtpläne in der Sonne schmelzen. Es waren eher genau gegenteilige Gedanken, die ihn beherrschten.

Anke aber schob ihn von sich. »Nicht so schnell, mein Lieber. Hattest du nicht versprochen, dass wir reden?«

Resigniert nickte er. Da musste er durch. Sonst würde das nie was werden. Doch zuerst musste er ihr erzählen, was er auf der Fahrt durchs Dorf erfahren hatte. Das mit dem verunglückten Aprilscherz. Und dass Marks Fahrrad aufgetaucht war.

»Mir ist etwas klar geworden. Ich hätte wissen müssen, dass es sich bei dem Vermissten auf dem Plakat, das die Polizei ausgehängt hat, um Mark handeln musste. Die gelben Sneakers – er liebte die Farbe. Darum hatte er sich den Rahmen seines Rades auch in Gelb ausgesucht, verstehst du?«, sagte Anke traurig. »Ich bin echt gespannt, was hier noch alles passiert, wenn die Polizei nicht bald Erfolg hat. Man mag wirklich nicht mehr vor die Tür gehen.«

Er nickte nur. Es fiel ihm nichts Tröstliches ein. Es gab einfach nichts.

Einen Moment war nur leise der Wind und das Schlagen der Wellen zu hören, dann sagte Anke: »Sag mir einfach, wo du am Dienstag warst. Warum bist du nicht zur Arbeit gegangen? Und warum warst du nicht auf der Ratssitzung? War es wirklich der Beginn einer Erkältung?«

»Nein. Keine Erkältung. Es war so: Ich habe mich am Montagabend mit Werner Gronewald getroffen. In der *Alten Liebe*. Danach waren wir im *Sturmeck*. Das weißt du. Dann war ich bei dir und du hast laut darüber nachgedacht, ob ich etwas mit dem Mord an Edith zu tun habe.«

Anke versuchte zu protestieren, aber er redete einfach weiter.

»Hinterher haben mir die beiden Polizisten aufgelauert und mich nach einem kleinen Zwischenspurt in die Mangel genommen. Danach war ich so genervt, dass ich die Flasche Whisky aus dem Schrank geholt habe. Genau die, die du mir mal geschenkt hast. Und als ich fertig war, war von dem edlen Getränk nicht mehr viel übrig.«

Anke schaute ihn entsetzt an. »Du hast die ganze Flasche leer gemacht?«

»Nein, ein Rest ist noch drin. Es hat aber gereicht, dass ich am nächsten Tag fix und fertig war. Ich habe nur noch gekotzt. Das bin ich einfach nicht gewohnt. Dazu der Stress mit Mark …«

»Was für ein Stress? Hast du etwa …?«

»Nein, verdammt noch mal. Du und Mark. Mit anzusehen, wie gut ihr beiden Tierfreunde euch verstanden habt, das war wirklich nicht mehr auszuhalten.«

Vermutete diese Frau neben ihm auf dem Sofa immer noch, dass er etwas mit den Morden zu tun hatte? Das durfte nicht wahr sein. Er beschloss, ab sofort den Mund zu halten. Sollte sie doch denken, was sie wollte. Er gab es auf. Schwieg. Doch in sein Schweigen mischte sich plötzlich ein kleines Lachen, ein Kichern, das nicht aufhörte.

»Du, du bist tatsächlich eifersüchtig? Deswegen bist du immer so ekelig gewesen, wenn Mark dabei war? Ich glaube es nicht.« Anke lachte jetzt aus tiefstem Herzen. »Dann bist du überhaupt keiner, dem die Tiere völlig egal sind? Du hast nur so getan, weil Mark die Tiere liebte? Ich hätte es wissen müssen.«

Was war das wieder? Hatte Anke ihn als Tierfreund geoutet, ohne dass er ein Mitspracherecht hatte? Das musste er unbedingt geraderücken. Was hatte sie neulich mal gesagt? Eine Beziehung ohne falsche Voraussetzungen. Das ist es, was zählt. Er hatte wirklich nichts gegen Tiere. Aber er würde nicht den Rest seines Lebens als Veganer verbringen, nur um Anke im Arm halten zu dürfen. Doch das war ein anderes Thema.

Er wollte endlich die Geschichte vom Blaumachen zu Ende bringen. »Du wolltest hören, warum ich nicht zur Arbeit gegangen bin? Warum ich mich nicht einmal bei meinem Chef abgemeldet habe? Ich habe mich geschämt. Das war das erste Mal in meinem Leben, dass ich wegen eines Katers gefehlt habe. So. Das war der Grund. Den Grund, warum ich abends vor dem Rathaus rumgeschlichen bin, kannst du dir denken.«

Anke schluckte immer noch, konnte sich kaum beruhigen. »Du bist ein Blödmann. Wenn ich Mark wirklich gewollt hätte, dann wäre ich mit Mark zusammengewesen. Und nicht mit dir.«Zusammengewesen. Das klang nicht gut. ›Zusammensein‹ klang besser. Aber waren sie das wirklich? Waren sie nicht viel zu unterschiedlich, um miteinander zu leben? Tofu und Bratwurst – passte das langfristig?

»Hast du deinem Chef erzählt, was wirklich mit dir war?«, wechselte Anke das Thema.

»Nein. Es war so viel los in der Reederei. Der Osteranreiseverkehr. Der kaputte Kran auf der *Baltrum I*. Mein Chef hatte genug um die Ohren. Außerdem hätte das an der Sache nichts geändert. Ich habe einen Tag gefehlt. Was schlimm genug war.«

Er stockte. Der defekte Kran. Die dadurch entstandenen Verspätungen. Viele Gäste hatten ihre Zuganbindung in Norden verloren. Auch in der Woche zuvor hatte es bereits Probleme gegeben. Obwohl das Schiff da gerade erst aus dem Winterquartier zurück gewesen war. Genau. Mittwochs mit Beginn der Osterferien war es von der Werft gekommen und am Donnerstag hatte der Kran, mit dem die Container an Bord gehoben wurden, gestreikt.

Donnerstag. Das war es, was wie ein Schatten vor ihm aufgetaucht war. »Anke, erinnerst du dich an unsere Sitzung am letzten Mittwoch?«

»Wie sollte ich die wohl vergessen?«, fragte sie zurück.

»Pass auf! Melissa war da. Erstaunlicherweise. Obwohl sie sich eigentlich von uns getrennt hatte. Richtig?«

»Richtig. Hat mich auch gewundert. Aber man braucht halt jede Hand im Kampf gegen …«

»Und sie hat gesagt, dass sie am Donnerstag zuvor zu ihrer Tochter nach Stade gefahren ist. Und das alles gut geklappt hätte.«

»Und?«, fragte Anke erstaunt.

»Es kann mit der Verbindung aber nicht geklappt haben. Weil der Kran kaputt war und sich dadurch das Abladen des Gepäcks verzögert hat. Also lügt sie. Aber warum? War sie gar nicht in Stade? Oder ist sie an einem anderen Tag gefahren?«

»Was weiß ich? Sie hat sich wohl versehen. Kann schon vorkommen. Möchtest du etwas essen?« Anke stand auf. »Außerdem – warum ist das wichtig?«

»Weil genau in dieser Zeit Edith ermordet wurde. Am Samstag haben die Jäger sie gefunden. Merkst du denn nicht, dass hier etwas stinkt? Warum lügt die Frau uns alle an?«

Anke zuckte mit den Schultern. »Ich glaube nicht, dass sie gelogen hat. Warum sollte sie? Es war sicher ein Missverständnis. Das mit dem Mord in Verbindung zu bringen, ist verdammt weit hergeholt. Du hörst echt die Flöhe husten. Was ist, willst du was essen?

Ich habe mir, bevor du kamst, Müsli machen wollen. Möchtest du auch?«

Müsli. Der Härtetest. Wenn er jetzt wieder ablehnte, käme das nicht gut an. Aber er hatte anderes im Sinn. »Glaube bitte nicht, dass ich dein Müsli nicht möchte. Aber mir geht dieses ›Missverständnis‹ nicht aus dem Kopf. Ich werde der Polizei davon erzählen.« Es hielt ihn nicht mehr auf dem Sofa. »Es mag wirklich eine Fehleinschätzung sein, aber ich habe das Gefühl, es steckt mehr dahinter. Frag mich nicht warum.«

Anke fragte nicht. Sie sagte gar nichts, schaute ihn nur an, als hätte gerade ein Außerirdischer ihre Wohnung besetzt.

»Ich bin gleich wieder da. Auf ein Müsli.«

*

Sie hatten es geschafft. Es reichte. Er würde reden. Unruhig saß er auf seiner Pritsche und schaute durch das vergitterte Fenster in einen grauen Ostersonntag.

»Herr Akkermann? Kommen Sie bitte mit?«

Er stand auf und folgte dem Beamten, der heute auf seinem Flur Dienst hatte. Er hoffte, dass es diesmal nicht Kockwitz war. Die raue Art würde wieder ihn sprachlos machen. Das wusste er.

Doch er hatte kein Glück. Der Mann wartete im Vernehmungszimmer bereits auf ihn.

»Nehmen Sie Platz. Und ich hoffe, Sie haben mir Wichtiges mitzuteilen. Normalerweise hätte ich tatsächlich mal frei gehabt«, blaffte der Kommissar, kaum, dass sich die Tür hinter ihm geschlossen hatte.

»Ich weiß nicht, ob es wichtig ist«, murmelte Hajo Akkermann.

»Sprechen Sie lauter«, blaffte Kockwitz zurück.

»Es ist wegen … Ich glaube immer noch, dass ich

Edith erschossen habe. Aber – Sie müssen mir versprechen, dass Sie vorsichtig mit meinen Überlegungen umgehen! – mir geht etwas durch den Kopf, das mich nicht ruhig schlafen lässt.«

»Kommen Sie zur Sache, Herr Akkermann. Bitte!«

»Wenn mich jemand besucht und in einem passenden Moment Munition von mir mitgenommen und in ein eigenes Gewehr gesteckt hätte, dann wäre doch ...«

»Herr Akkermann. Wenn Sie nicht gleich sagen ...«

»Was ist hier los?« Ein fremder Mann stand plötzlich neben dem Kommissar.

»Der Akkermann ...«

»Herr Kockwitz, machen Sie Feierabend. Ich übernehme. Gehen Sie!«

Und tatsächlich. Kockwitz verschwand.

Der neu hinzugekommene Mann gab Hajo Akkermann die Hand. »Müller mein Name. Ich bin der Chef von Herrn Kockwitz. Wir machen jetzt weiter. Bitte seien Sie so nett und lassen Sie uns an Ihren Überlegungen teilhaben. Wir werden Ihre Auskünfte mit aller Zurückhaltung auswerten. Das verspreche ich Ihnen.«

Plötzlich ging alles ganz leicht. Er erzählte und Kommissar Müller hörte zu. Ruhig und ohne ihn zu unterbrechen.

»Die Winchester gehört Melissa Harms. Sie hat sie von ihrem Vater geerbt. Sie hat sie mir gezeigt. Damals.«

»Was meinen Sie mit ›damals‹, Herr Akkermann?«

Er erzählte, dass er vor vielen Jahren mit Edith zusammengewesen war und dass ihn in der Zeit danach Melissa Harms ab und zu aufgesucht hätte. »Ich hatte das Gefühl, als ob sie mich mit diesem Gewehr, wie soll ich sagen, einfangen wollte. Mir zeigen wollte, dass sie gar nicht so eine glühende Tierfreundin sei. Sie deutete an, dass Edith ihr einmal von meinen Ausflügen in die Dünen erzählt hatte. Aber ich wollte nichts von ihr. Sie müssen mir glauben, dass ich zu Anfang überhaupt nicht begriffen habe, dass Melissa es ernst mit mir meinte. Eigentlich wollte ich nur, dass sie meinen Vogel füttert, wenn ich mal auf Borkum bei meiner Schwester bin. Auch Jonas war in dieser Zeit öfter bei mir. Ich habe Melissa damals den Schlüssel für mein Haus gegeben. Ich dachte, dass es gut sei, wenn jemand bei Bedarf rein kann.«

»Wann war Jonas Harms das letzte Mal bei Ihnen?«, fragte Kommissar Müller.

»Das war ein paar Tage, bevor Edith umgebracht wurde. Ich war ganz erstaunt, als er nach der ganzen Zeit wieder mal vor der Tür stand. Heute denke ich, dass er bei diesem Besuch die Munition hat mitgehen lassen. Als er kam, war mein Gewehrschrank gerade offen, weil ich eine Waffe gereinigt hatte. Wir sind dann ins Wohnzimmer. Dort erzählte er mir, dass Edith wieder bei den *Proniggels* einsteigen wollte. Und dass seine Mutter dann wieder ständig im Haus rumlungern würde. Weil es in der Gruppe nur Platz für Edith oder sie gäbe. Er hat tatsächlich ›rumlungern‹ gesagt. Ich habe nur gelacht. Die Sache nicht ernst genommen. Wie sollte ich auch. Wenn ich geahnt hätte …« Es war einfach nur schrecklich. Wenn er nur eher den Mund aufgemacht hätte!

»Was wollte Jonas Harms bei Ihnen? Hat er Ihnen den Grund des Kommens genannt?«

»Wenn ich es mir recht überlege – nein. Er hat gesagt, er wolle einfach mal reinschauen. Um der alten Zeiten willen, hat er gesagt. Und dabei ein ganz klein wenig gelächelt.«

»Können Sie mir ein wenig mehr über das Mutter-Sohn-Verhältnis verraten?«

Hajo Akkermann überlegte. »Ich weiß es nicht genau. Es ist einfach zu lange her. Aber ein kleines Beispiel habe ich in Erinnerung. Er hat mir damals erzählt, dass er nicht singen kann. Zumindest nicht so gut, wie seine Mutter es sich wünschte. Er hat darunter sehr gelitten. Einerseits, dass sein Talent nicht ausreichte, um seiner Mutter eine Freude zu machen. Andererseits quälte ihn die erdrückende Übermacht seiner Mutter. Die war offensichtlich felsenfest von seinem Talent überzeugt. Aber Theater hätte er wohl schon gerne gespielt. Schon als Jugendlicher. Es war ein Traum von vielen. Und noch etwas – er wäre gerne ans Festland gegangen. Hätte eine Ausbildung zum Tontechniker gemacht. ›Aber meine Mutter lässt mich nicht ziehen‹, hat er traurig gesagt.«

»Wie kommt es, dass er mit Ihnen so offen gesprochen hat?«, fragte Müller.

»Auch er hatte sich wohl gewünscht, dass Melissa und ich ein Paar würden. Dass seine Mutter ihre Aufmerksamkeit auf jemanden anderen lenkte. In dieser Zeit war er oft bei mir. Und daran hat er sich wohl erinnert. Später ist der Kontakt allerdings abgerissen. Ein schwieriger junger Mensch.«

»Haben Sie den Schlüssel eigentlich von Melissa Harms zurückbekommen?«

Hajo Akkermann schüttelte den Kopf. »Nein. Ich habe es einfach vergessen. Vielleicht auch verdrängt. Erst als Ihr Kollege mir sagte, dass Sie das Gewehr unter meinem Bett gefunden hätten, fiel es mir wieder ein. Aber man darf doch nicht einfach jemanden beschuldigen, auf eine einfache Vermutung hin, nicht wahr?«

»Halten Sie Jonas für einen Mörder?«, fragte der Kommissar.

»Das ist nicht leicht zu beantworten. Ich bin nicht der Fachmann, der das beurteilen könnte. Auf der einen Seite wollte er raus aus der Enge seines Elternhauses, auf der anderen Seite tat er, glaube ich, alles, was seine Mutter ihm auftrug. Ich kann mir gut vorstellen, dass er den Zaun der Opitz' zerstört hat. Weil seine Mutter es von ihm verlangte. Aber ein Mörder?«

»Und seine Mutter, Melissa Harms, trauen Sie ihr die Taten zu?«

Akkermann schwieg eine Weile, dann sagte er: »Wer steckt schon in einem Menschen drin? Sie ist eine sehr konsequente Frau. Wenn sie etwas will, dann zieht sie das durch. So schätze ich sie zumindest ein. Es war damals gar nicht so einfach, den Abstand zwischen ihr und mir wiederherzustellen, als ich erkannt hatte, was sie wirklich von mir wollte.«

»Danke, Herr Akkermann. Sie werden heute entlassen. Bitte fahren Sie zunächst nach Baltrum. Falls die Kollegen dort noch etwas von Ihnen wissen wollen«, bat Kommissar Müller.

Akkermann nickte. »Versprochen.«

*

»Was hältst du von Seebergs Mitteilung?« Arndt Kleemann saß auf der Bank beim Deichschart in der Nähe vom Hotel *Fresena* neben seinem Kollegen und Freund Michael Röder. Sie waren auf dem Weg zu Jörg Weber, aber der hatte erst in einer guten Viertelstunde Zeit. Sie waren trotzdem losgefahren und gönnten sich eine Auszeit, obwohl das Wetter nicht gerade zu einer Pause an der frischen Luft einlud.

»Ich weiß nicht. Wir gehen inzwischen dem kleinsten

verzweifelten Hinweis nach. Also werden wir hier auch nachhaken. Aber ob das Aussicht auf Erfolg bei der Mördersuche hat?« Michael Röder gingen eigentlich ganz andere Gedanken durch den Kopf. Natürlich hätte er sich auf nichts anderes als auf die Mördersuche konzentrieren sollen. Tat er auch. Aber manchmal eben nicht. So, wie im Moment, wo sein Freund endlich einmal allein, ohne den Rest der Ermittler, neben ihm saß. Es wäre ein guter Moment, um sein Problem mit Marlene auszusprechen. Nein, nicht das Problem mit Marlene, eher das ohne sie, oder? Verdammt! Er wusste es nicht. Sollte er es wagen? »Arndt, hör mal …«

»Na, die Herren? Fall aufgeklärt?« Petine Abels stand vor ihnen, in ihrem Rollatorkorb der blaue Müllsack.

»Schön wär's«, antwortete Arndt Kleemann. »Wir arbeiten daran.«

»Sehen Sie Herr Kommissar, da haben wir drei das gleiche Ziel: die Welt von Müll zu befreien.«

Michael Röder wollte widersprechen. Menschen waren kein Müll, was immer sie auch getan hatten. Aber er konnte nicht. Es fiel ihm nichts ein, was halbwegs glaubhaft geklungen hätte.

»Auf Wiedersehen. Ich wünsche viel Erfolg.« Mit erstaunlich energischen Schritten lief sie durch das Deichschart und verschwand mit wehenden grauen Haaren hinter der Klinkerwand.

Arndt Kleemann schaute auf die Uhr. »Sollen wir?«

Natürlich. Sie mussten los, wollten sie pünktlich bei Weber sein. Marlene hin oder her. Das Gespräch musste warten. War auch eigentlich ganz gut so. Warum schlafende Hunde wecken? Denn das war es doch – oder nicht? Er hatte mit ihr Schluss gemacht. Das war Fakt. Und weiter gab es nichts zu sagen.

Wenn überhaupt, würde er seinem Freund davon erzählen, wenn der Fall abgeschlossen war. Michael Röder stand auf.

*

Die Haustür stand offen. Aus dem Wohnzimmer hörten sie eine Frauen- und eine Männerstimme, die einander an Lautstärke zu überbieten schienen.

»Was ist denn hier los? Hallo, dürfen wir reinkommen?« Der Inselpolizist klopfte vernehmlich auf das Flurschränkchen, so dass die Vase mit dem Trockenblumen bedenklich zu schwanken begann.

»Kommen Sie! Kommen Sie! Walten Sie Ihres Amtes. Hier!« Jörg Weber zeigte auf seine Frau Elena. »Hier! Diese Frau war es!«

»Was – es?« Sollte Elena Weber in die Mordfälle verwickelt sein? Die hatten sie nun gar nicht auf der Liste. Aber genau genommen hatten sie überhaupt noch keinen auf der Liste, dachte Röder. »Jörg, nun mal langsam. Was ist los?«, versuchte er den Mann zu beruhigen und stellte sich zwischen Weber und dessen Frau. Er merkte, dass Elena Weber genervt auf seine Schuhe schaute, als er den weißen Teppich betrat. Ihr Gesicht war übersät mit roten Flecken, ihre Hände geschwollen.

»Ich … ich musste es tun«, sagte sie mit erstickter Stimme. »Ich habe nichts gegen Cicero. Immer wieder habe ich es Jörg gesagt. Immer wieder. Ich bin allergisch, verstehen Sie? Ich kann diese Hundehaare einfach nicht ab.«

»Aber Cicero wohnt draußen«, wandte Röder ein.

Sie schüttelte nur den Kopf. »Das ändert nur wenig. Wenn Jörg bei ihm war und wieder reinkommt, hat er überall Hundehaare. Selbst unter den Schuhsohlen. Diese Haare sind überall auf dem Grundstück. Darum müssen alle ihre Schuhe ausziehen, wenn sie das Wohnzimmer betreten.«

»Die Frau hat echt 'nen Knall«, unterbrach ihr Mann. »Eben hat sie geschrien, ich müsse mich zwischen ihr und dem Hund entscheiden, das müsst ihr euch mal vorstellen! Da hat die einfach versucht, meinen Cicero mit vergiftetem Fleisch umzubringen. Was glaubt die eigentlich, welche Frage sich hier stellt? Ich bin Jäger, verdammt noch mal. Ich brauche einen Hund. Und ich war bereits Jäger, als wir uns kennenlernten. Also hat sie gewusst, worauf sie sich einließ.«

»Aber damals ging es mir noch gut. Das mit der Allergie entwickelte sich erst später. Das weißt du«, verteidigte sich Elena Weber mühsam. »Ich kann so einfach nicht mehr weiterleben.«

»Brauchst du auch nicht. Meine Anzeige läuft und wenn du Glück hast, gehst du in den Knast. Da triffst du bestimmt nicht auf Haustiere.«

»Mal langsam«, schaltete sich Arndt Kleemann ein. »Können wir uns einigermaßen vernünftig miteinander unterhalten, Herr Weber? Eigentlich sind wir aus einem ganz anderen Grund hier.«

»Wissen Sie was? Ihre Gründe sind mir im Moment scheißegal. Mein Hund krepiert gerade. Das ist etwas, was mich interessiert«, schrie Weber. Dann wandte er sich an seine Frau. »Und du kannst gleich die Koffer packen. Mach, dass du hier rauskommst. Ich will dich nie wieder sehen.«

»Herr Weber!« Jetzt wurde auch Kleemann laut. »Bei allem Verständnis, aber so geht das nicht. Ihre Frau hat ...«

»Lassen Sie nur, Herr Kommissar, die Koffer habe ich bereits gepackt.« Auf Elena Webers Gesicht erschien plötzlich ein Lächeln. »Das mit Cicero hätte ich nicht tun dürfen. Logisch. Aber sonst? Jetzt ist genau der Zeitpunkt erreicht, dass ich meine Koffer aus dem Schlafzimmer holen kann. Das Schiff fährt in einer Stunde. So habe ich genügend Gelegenheit, mich von dieser liebenswerten Insel zu verabschieden. Am Festland wartet auf mich ein neues Leben. Meine Adresse teile ich Ihnen selbstverständlich mit. Falls dieser Mensch da wirklich seine Anzeige aufrechterhält.« Sie deutete mit spitzen Fingern auf ihren Mann. »Würde einer der Herren mit nach oben kommen? Das Gepäck ist nicht leicht.« Elena Weber holte tief Luft und nieste. Einmal. Zweimal. Ein drittes Mal. Dann japste sie und wandte sich an Arndt Kleemann: »Ich nehme Sie mit. Michael hat auch einen Hund. Das bringt mich um.« Sie zog den Hauptkommissar am Ärmel aus dem Wohnzimmer.

Jörg Weber und der Inselpolizist schauten verblüfft hinter den beiden her, als sie die Treppe hoch eilten.

Es dauerte eine geraume Weile, bis Jörg Weber wieder zu ein paar Worten fähig war. Erst, als seine Frau und Arndt Kleemann, jeder mit zwei dicken Koffern, die Treppe herunterpolterten, sagte er: »Das kann die doch nicht tun.« Aber er machte keine Anstalten, sie zurückzuhalten. Er öffnete die Tür zum Garten, ging zur Hundehütte und strich liebevoll über das Dach. »Die Ärzte in der Tierklinik haben gesagt, ich könne morgen vorbeischauen. Dann wüssten sie mehr. So oder so. Ich fahre aber schon heute Abend. Mein Nachbar bringt mich mit dem Boot rüber. Ich muss Cicero beistehen. Das ist jetzt das Wichtigste.«

»Ihre Frau ist unterwegs.« Arndt Kleemann standen kleine Schweißperlen auf der Stirn, als er wieder hereinkam.

»Soll sie«, war die knappe Antwort.

»Wir würden dann jetzt auch gehen. Trotzdem muss ich noch zwei Fragen loswerden.« Er zog ein Foto aus der Tasche. »Kennen Sie dieses Gewehr?«

»Meine Güte, was für ein wundervolles altes Schätzchen. Eine pre64 Winchester Model 70.« Jörg Weber überlegte. »Nein. Ihr habt die Waffenbesitzkarten unserer Jäger gesehen. Da ist wohl die eine oder andere Winchester neueren Datums bei, aber bestimmt keine pre64. Das wüsste ich. Die findet man ganz selten. Wo habt ihr …?«

»Danke. Das wär's«, unterbrach Röder den Jäger. »Nein, da wäre doch noch was: Du hast erzählt, dass in der Jagdhütte eine leere Gewehrtasche rumgelegen hätte. Hast du inzwischen rausgefunden, wem die gehören könnte?«

Jörg Weber nickte. »Ein Jagdgenosse vom Festland. Er kommt sowieso am nächsten Wochenende und nimmt sie dann mit.«

*

Kleemanns Handy machte sich bemerkbar. »Müller ist dran«, flüsterte er, dann sagte er eine ganze Weile gar nichts, hörte nur zu. Als er das Gespräch beendet hatte, schaute er seine Kollegen an. »Wir müssen uns mit Familie Harms beschäftigen. Zur Not mit Türeintreten.«

Es war nicht nötig, die Tür einzutreten. Melissa Harms öffnete bereitwillig. Sie ließ die Männer ein, dann schloss sie ab. »Ich habe schon auf Sie gewartet«, sagte sie mit ruhiger Stimme und führte die drei Kommissare ins Wohnzimmer. Aus dem Obergeschoss drang laute Musik. »Jonas. Er übt wieder. Für seinen großen Auftritt.«

»Wir würden uns gerne auch mit Ihrem Sohn unterhalten«, sagte Arndt Kleemann, nachdem sie um den großen, altertümlichen Tisch mit den zwei gelblichen Spitzendecken Platz genommen hatten.

»Geben Sie ihm noch ein wenig Zeit«, bat seine Mutter, »er ist gleich fertig. Er ist Diabetiker, wissen Sie? Er muss sich regelmäßig spritzen. Inzwischen können Sie Ihre Fragen an mich loswerden.«

Michael Röder fühlte sich unwohl. Es war eine seltsame Situation hier mit seinen Kollegen in Melissas Wohnzimmer. Er kannte die Frau als scharfzüngig. Widerspenstig. Und jetzt saß sie da an dem Tisch mit den Spitzendeckchen, die Hände im Schoß gefaltet, und tat so, als wäre es das Normalste von der Welt, mit der Polizei zusammenzuarbeiten.

»Darf ich Ihnen etwas anbieten?« Sie stand auf und öffnete eine Schranktür. »Ich habe wunderbaren Apfelsaft.«

Die drei Kommissare winkten ab. Trotzdem stand sie auf und nahm eine Flasche und drei Gläser aus dem Schrank. »Bitte bedienen Sie sich doch. Er ist sehr lecker.« Sie verteilte die Gläser auf dem Tisch. »Michael, wenn du ....?«

»Nein, danke. Melissa – hast du ein Gewehr?«, fragte er ohne die Hoffnung auf eine Antwort. Doch er täuschte sich.

Melissa Harms zeigte keinerlei Überraschung. »Ich hatte eines. Geerbt von meinem Vater. Ich selber habe es nur einmal benutzt. Vor ungefähr zehn Tagen. In den Dünen.«

»Wollen Sie uns damit sagen, dass Sie Edith Oligs erschossen haben?«, fragte Arndt Kleemann.

Melissa Harms lächelte. »Ja. Es musste leider sein. Sie hat mir erklärt, dass sie die Chefin der *Proniggels* sei. Unerhört, nicht? Dabei habe ich mich so sehr eingesetzt. Zu Anfang habe ich ihr nur gedroht. Da ist sie dann auch weggeblieben. Aber dann hat sie gesagt, sie würde sich das nicht länger gefallen lassen. So musste ich handeln. Nachdem sie nicht mehr da war, bin ich natürlich wieder zu den Treffen gegangen.«

»Wie sind Sie an die Munition gekommen?«, fragte Gero Schonebeck.

»Ich habe sie bei einem Besuch bei Hajo Akkermann mitgenommen. Ich wusste, dass die Patronen passen würden. Ich habe mich im Internet informiert.«

Die drei Polizisten schauten sich schweigend an.

»Das heißt, Sie haben Frau Oligs umgebracht und lassen Hajo Akkermann dafür tagelang im Gefängnis sitzen?«

»Natürlich. Da hatte er wenigstens mal Zeit, darüber nachzudenken, was er den Tieren antut, wenn er wildert. Das war nur gerecht. Ich habe das Gewehr ein paar Tage später in seiner Wohnung versteckt. Damit sie ihn ein wenig länger dabehalten. Ich habe einen Schlüssel zu seiner Wohnung. Den hat er mir vor längerer Zeit mal gegeben, als er seine Schwester auf Borkum besucht hat. Das war übrigens auch so eine Ungerechtigkeit. Den Vogel durfte ich füttern. Aber als ich vorschlug, dass wir zusammenziehen, da hat er sich zurückgezogen. Hat von loser Freundschaft gequatscht. Wie war das denn mit Edith damals? Mit der war er doch auch zusammen, bevor sie ihm einen Tritt gegeben hat.«

»Wo war es genau in den Dünen, dass sie auf Frau Oligs trafen? Beschreiben Sie den Hergang«, forderte Kleemann sie auf. »Woher wussten Sie, dass sie in den Dünen war?«

»Ach, das war ganz einfach. Ich habe Edith angerufen und ihr erzählt, dass in den Dünen geschossen würde. Sie hat sofort reagiert und ist hingefahren. Ich hinterher. Ganz einfach. Dass Hajo Akkermann zur gleichen Zeit in den Dünen herumwilderte und sie am nächsten Tag gefunden hat, war reiner Zufall.«

»Frau Harms, hat sich das alles wirklich so abgespielt?«, fragte Gero Schonebeck.

»Meine Herren, es reicht doch, wenn ich zugebe, dass ich die Tat begangen habe. Was wollen Sie noch von mir?« Melissa Harms schaute die Männer gelangweilt an.

Doch bei näherem Hinsehen hatte Röder das Gefühl, dass alles, was sie hier an Argumenten und Gefühlen aufbot, nur vorgetäuscht war. Es war einfach nicht echt, wie sie dort auf dem Sessel saß, die Hände zwischen die Knie gepresst. »Wann bist du zu deiner Tochter gefahren, Melissa?«

»Am Freitag. Ich gebe zu, ich habe ein wenig gelogen, als ich sagte, ich sei am Donnerstag gefahren. Aber Donnerstag musste ich mich schließlich um Edith kümmern.«

»Wir hätten jetzt gerne noch gewusst, warum Sie auch Mark Tiesler umgebracht haben«, sagte Gero Schonebeck

»Das wissen Sie nicht? Mark war der Star der Baltrumer Bühne. Dabei wäre mein Sohn in der Rolle viel besser gewesen. Mein Sohn ist großartig als Schauspieler, wissen Sie? Auch ich habe erst einige Zeit gebraucht, um es zu erkennen. Aber heute weiß ich es. Nur ist von dieser Laienbühne hier keiner auf die Idee gekommen, ihn mal zu fragen. Also musste ich handeln. Ich habe Mark nach der Generalprobe abgefangen, ihn getötet und im Osterfeuer versteckt. So war der Weg frei für Jonas.«

»Melissa, wenn es nicht so tragisch wäre, würde ich jetzt lachen.« Michael Röder schüttelte ungläubig den Kopf. Auch in den Gesichtern seiner Kollegen sah er nichts als Skepsis. »Du willst den durchtrainierten Mark vom Fahrrad geholt haben und der hat sich das einfach so gefallen lassen? Das glaubst du wohl selber nicht!«

»Das tue ich – weil es stimmt. Ich habe ihn erwürgt. Stimmt doch, er wurde erwürgt, nicht wahr? Erwürgt und dann verbrannt.«

Es war richtig. Mark war erwürgt worden. Aber wusste sie das, weil sie die Mörderin war? Oder war es nur ein Schuss ins Blaue, eine Wiederholung der Gerüchte, die um die Insel kreisten? Michael Röder war sich nicht mehr sicher. Sie sah so cool, so abgeklärt aus, wie sie da auf dem Sofa saß, die Beine übereinandergeschlagen. Sie lächelte die Männer an und Röder meinte zu hören, dass sie eine kleine Melodie summte.

»Melissa, bitte. Weiter im Text.«

»Ihr wollt sie nicht hören, die Wahrheit, oder? Ihr glaubt mir nicht. Dabei hätte ich noch so viel zu sagen. Ich könnte erzählen ... na gut, ich werde erzählen. Es war ganz einfach. Mark vertraute mir. Schließlich teilten wir immer die gleichen Gedanken, was die Tierwelt anbelangt. Als ich ihn bat, mir zum Heller zu folgen, wo die Zweige für das Osterfeuer lagerten, kam er sofort mit. Ich fand, es war einfach eine gute Möglichkeit, Mark im Feuer verschwinden zu lassen. Ihn zum Beispiel in den Dünen zu verstecken, wäre viel schwieriger gewesen. Außerdem vertraute ich natürlich auf die Macht des Feuers, hoffte, dass man ihn nicht so schnell wiedererkennt.« Sie berichtete ausführlich, was sich in der Nacht abgespielt hatte, bis Gero Schonebeck sie mit einem ungeduldigen Handzeichen unterbrach.

»Frau Harms, danke erst einmal für Ihre Ausführungen. Wir werden das alles zu Protokoll nehmen. Wenn Sie mir nur noch eine Frage zum besseren Verständnis beantworten wollen: Haben Sie die Zettel abgerissen, die wir ausgehängt hatten?«

»Natürlich. Ich wollte, dass das Theaterstück stattfindet. Ich hatte gehofft, dass Wallhoff glaubte, Mark sei nur einfach verschwunden. Ich musste unbedingt verhindern, dass eine Verbindung zu dem Toten aus dem Feuer hergestellt würde. Zu Rettung der Premiere wäre Jonas selbstverständlich eingesprungen. Er kannte den Text auswendig. Aber leider wurden meine Hoffnungen nicht erfüllt. Sie haben die Premiere abgesagt. Ach, übrigens, falls Sie mir immer noch nicht glauben – wie man Feuer anzündet, weiß ich.« Sie zeigte auf einen wuchtigen Kamin. »Den hat mein Vater damals aufgestellt.«

»Falls Sie mir immer noch nicht glauben …«, wiederholte Arndt Kleemann. Er war aufgestanden und lief unruhig im Wohnzimmer auf und ab. Dann drehte er sich mit einem Ruck um und stand ganz nah bei Melissa Harms. »Frau Harms, sagen Sie uns, was wirklich passiert ist. Was Sie uns bis jetzt erzählt haben, ist bodenlos dummes Zeug. Ich weiß nicht, was Sie damit bezwecken, aber ich will diesen Bockmist nicht mehr hören. Außerdem möchte ich jetzt dringend mit Ihrem Sohn sprechen.«

»Gleich, Herr Kommissar. Gleich. Er ist gleich so weit. Nur noch einen kurzen Moment. Bitte schenken Sie sich von dem Saft ein. Sie werden es sonst bestimmt bedauern.«

Noch immer drangen die Töne unangenehm laut durch das Treppenhaus nach unten.

Und Michael Röder hatte keine Ahnung, ob das, was Melissa ihnen in den letzten Minuten erzählt hatte, der Wahrheit entsprach, und ob es sich überhaupt lohnte, nachzuhaken. Dennoch ließ ihn eine Frage nicht los: »Was ist mit dem Garten deiner Nachbarn? Hast du das auch zu verantworten?«

»Natürlich. Es war ganz leicht. Nicht einmal zwei Stunden hat es gedauert, bis ich den Weg für die Tiere freigemacht hatte. Ein Festmahl hat sie dort erwartet. Schade, dass es dunkel war. Ich hätte die Kaninchen so gerne dabei beobachtet, wie sie sich über die Krokusse hermachten.«

»Sie sagen uns allen Ernstes, dass Sie es geschafft haben, die Zaunpfähle herauszuziehen und den Zaun zu zerschneiden? Wenn ich viel glauben mag, das aber nicht!«, protestierte Gero Schonebeck.

»Doch. Glauben Sie mir. Um der Gerechtigkeit willen.«

»Ruf jetzt bitte deinen Sohn.« Michael Röder war aufgestanden.

»Moment. Ich will erzählen, wie ich das Fahrrad in der Nacht zum Rathaus gebracht habe.«

Röder meinte fast, Stolz aus ihrer Stimme herauszuhören.

»Der Bürgermeister hat es nicht anders verdient. Er hätte sich wirklich mehr auf unsere Seite stellen können. Außerdem musste das Rad weg. Ich hatte es bei uns im Schuppen versteckt. Das wurde mir auf Dauer zu gefährlich.«

»Und du willst mir wirklich sagen, dass Jonas davon nichts mitbekommen hat?«, fragte Röder.

»Nein!«, erwiderte sie scharf. »Jonas hat von alledem nichts gewusst. Er hat Wichtigeres zu tun. Der Wettbewerb.«

»Aber jetzt wird er seine Übungsstunde unterbrechen müssen. Es nützt nichts. Es gibt zu viele Dinge, die geklärt werden müssen. Ich hole ihn.«

»Michael, nein. Lass ihn. Möchtest du nicht doch ein wenig Saft? Die Herren vielleicht einen Kaffee?« Sie sprang auf. »Ich mache Ihnen alles. Nur einen kleinen Moment.«

Er antwortete nicht, sondern folgte der Musik, die mit jeder Stufe nach oben lauter wurde. Ganz plötzlich hatte er das Gefühl, dass die Zeit drängte, dass sie sich schon viel zu lange mit Melissa Harms aufgehalten hatten. Als er die Tür zu Jonas' Zimmer öffnete, erreichten ihn die Töne mit voller Wucht. Er hielt sich die Ohren zu. »Jonas?«, schrie er aus vollem Hals, doch die einzige Antwort war ein Tenor, der von der Macht der Liebe sang. »Jonas!« Michael Röder zog die Vorhänge zur Seite. Ein paar Sonnenstrahlen brachten Staubflusen zum Tanzen.

Da lag er. Mit weit offenen Augen lag er auf seinem Bett und starrte an die Zimmerdecke. »Verdammt noch mal, Jonas. Komm hoch. Wir haben Fragen. Deine Mutter tischt uns da einen Riesen… – Jonas?«, schrie er gegen die Musik.

Mit drei schnellen Schritten war er am Bett. Er rüttelte leicht an Jonas' Schulter. Der linke Arm rutschte über die Bettkante. Eine kleine gestrickte Puppe fiel auf die Erde.

»Jonas!« Röder fühlte an der Halsschlagader. Nichts. Kein gleichmäßiges Pochen, das von Leben zeugte. Er spürte nur die noch warme Haut. Jonas' Augen starrten ihn aus einem bleichen Gesicht an.

»Gero! Komm rauf! Arndt, bleib bei Frau Harms!«, brüllte er in den Treppenflur. Gleich darauf hörte er Gero die Treppe hinaufhasten.

»Was ist los?«

»Jonas«, sagte Röder erschüttert. »Er ist tot.«

»Das werden wir erst einmal sehen. Ruf die Ärztin an. Ich beginne mit der Wiederbelebung.« Gero Schonebeck zog den Pullover des Jungen hoch und begann zu pumpen.

Michael Röder riss den Stecker aus der Dose. Die Stille, die auf die durchdringende Musik folgte, wirkte beinahe erdrückend. Aber nur einen Moment, dann hörte er, wie Jonas' Rippen knackten bei Geros Versuch, den Jungen ins Leben zurückzuholen. Er benachrichtigte den Rettungsdienst, dann langte er nach der Puppe, die neben dem Bett auf dem Boden lag. »Noch eine Voodoo-Puppe. Und da«, sagte er leise zu sich selbst, »das ist kein I wie Ingeborg. Das ist ein J. J wie Jonas.«

Es knallte laut, als die Zimmertür gegen die Wand schlug. Melissa stand im Zimmer, dicht gefolgt von Arndt Kleemann. Er wollte sie halten, doch sie riss sich los, drängte sich an Gero Schonebeck vorbei und zog eine Schublade auf. »Sie sollte ihn schützen. Er hat ganz viele. Jedes Jahr habe ich ihm eine geschenkt. Weil er doch nicht gesund war.« Sie griff hinein und warf eine Handvoll Puppen in die Luft. »Seine Glücksbringer. Seine Glücksbringer«, lachte sie. »Er hätte gesiegt beim Wettbewerb. Ganz sicher.«

»Frau Harms, Kommen Sie. Gehen wir nach nebenan.« Arndt Kleemann machte einen Schritt auf die Frau zu, doch sie war schneller.

Sie kniete sich neben das Bett und strich Jonas zärtlich die Haare aus der Stirn, bevor die Kommissare eingreifen konnten. »Was sage ich, Jonas?«, flüsterte sie. »Du hast gesiegt. Du bist ein guter Junge. Ich habe die Männer lange genug aufgehalten. Er wird dich nicht wieder ins Leben zurückholen.«

»Bringt sie raus, verdammt noch mal!«, schrie Schonebeck.

In diesem Moment hasste der Inselpolizist seinen Beruf.

*

Arndt Kleemann gähnte. Er war müde. Gleichzeitig tat das Adrenalin genau das, was es immer machte, wenn sie einen Fall aufgeklärt hatten. Es machte ihn unruhig, aufgedreht. Keine schöne Mischung.

Sie saßen im Clubraum des Hotels *Sonnenstrand* und versuchten, Struktur in all das zu bringen, was sie im Laufe dieses Tages erlebt hatten.

Melissa Harms war bei ihrer Aussage geblieben, hatte jedoch angefangen zu toben, als die Männer darauf bestanden, dass sie ihren Sohn losließ – als Gero vergeblich versuchte, Jonas wiederzubeleben, bis die Ärztin eingetroffen war; als sie weinend zusehen musste, wie Jonas tot aus dem Haus getragen wurde; als Eilert und Gero sie zuerst zur Wache und dann nach Neßmersiel begleiteten. Sie bestand darauf, Edith Oligs und Mark Tiesler getötet zu haben.

Auf der Fahrt zurück nach Baltrum waren Hajo Akkermann und auch die Männer der Spurensicherung an Bord gewesen. Die Experten hatten das Haus der Harms' sorgfältig, Zimmer für Zimmer, auf den Kopf gestellt, und alles mit ans Festland zur Untersuchung genommen, was Aufklärung bringen konnte. Nur ein kleines, in schwarzes Leder gebundenes Buch, das die Männer unter der Matratze von Jonas' Bett entdeckt hatten, war auf Bitten der Ermittler zunächst auf Baltrum geblieben.

»Er hat genau beschrieben, wie und warum die beiden sterben mussten«, sagte Röder. »Hier steht es: *Ich habe Edith O. gesagt, dass A. wieder am Wildern sei. Sie ist sofort raus. Ich bin ihr gefolgt. Es war ganz einfach. Ein schöner Zufall, dass A. auch draußen war. Habe das Gewehr ein paar Nächte später bei ihm versteckt. Ich fühle mich gut. Mutter geht wieder zur Sitzung der* Proniggels. Proniggels – *idiotisches Wort!* Zu Mark steht hier Folgendes«, las Röder weiter. »*Nach der Generalprobe abgefangen und zum Osterfeuer gelotst. Habe ihm erklärt, dass ich dort ein Vogelnest gesehen habe. Hat der tatsächlich geglaubt. Der Rest war einfach. Fahrrad an den Zaun. Hinter dem Haufen ein paar Schläge. Zweige drüber und das Feuer angezündet. Ich bin stark. Keiner hat es mitbekommen. Es war gerecht. Er wollte nicht auf seine Rolle verzichten. Obwohl ich ihm von meinem Traum erzählt habe. Ich rede sonst nie über meine Träume. Sein Fahrrad habe ich in den Dünen hinter dem Friedhof versteckt. Dann am Rathaus abgestellt. Haben mich die Männer drauf gebracht. Sie haben nachts beim Bier mit ihrer großen Tat geprahlt. Habe sie belauscht.*«

Michael Röder klappte das Buch zu und legte es auf den Tisch. »Jonas hat also aus seinem Fenster heraus genau mitbekommen, was die Männer im Garten gegenüber trieben. Den häufigen Auftritt von Petri und dass der Mann die fertig bemalten Zaunpfähle dort abholte. In der Nacht zum ersten April hat er sich dann auf die Lauer gelegt und gehandelt. Der Aprilscherz kam ihm genau recht, um Marks Fahrrad loszuwerden. Als die Männer nach ihrem Abschiedsbier nach Hause gefahren sind, hat er sich auf den Weg gemacht. Frei nach dem Motto: Je öffentlicher Marks Fahrrad ausgestellt ist, desto schwieriger ist es, den Täter zu fassen. Gar nicht mal schlecht gedacht.«

»Was die Generalprobe anbelangt«, schaltete Gero

Schonebeck sich ein, »ich habe vorhin mit Olaf Wallhoff gesprochen. Sie bestätigten, dass Jonas zumindest zeitweilig anwesend war. Als Zuhörer. Er sitzt immer in der letzten Reihe, daher fällt es eigentlich nicht so sehr auf, ob er da ist oder nicht, hat Wallhoff erklärt. Dass Jonas den Traum verfolgte, selber auf der Bühne zu stehen, habe er nicht gewusst.«

»Kein Wunder, so verklemmt wie Jonas war, hat er Wallhoff sicher nichts von seinem großen Wunsch erzählt«, sagte der Inselpolizist.

»Und ich habe noch einmal mit Familie Opitz gesprochen«, fuhr Gero Schonebeck fort. »Frau Opitz hat übrigens nicht zugegeben, dass sie ihren Mann zum Igelmord angestiftet hat. Soll mich jetzt aber nicht weiter jucken. Andere Dinge sind wichtiger. Sie erzählte, dass Jonas ihr gegenüber geäußert habe, er werde bei der Premiere anwesend sein. Sie hat es aber so verstanden, das er als Zuschauer dabei sei.«

»Was sollte sie anderes annehmen?«, sagte Arndt Kleemann. »Wie sollte sie darauf kommen, dass der Junge vorhatte, seinen Konkurrenten umzubringen, nur um selber auf der Bühne zu stehen?«

»Was das Abreißen der Zettel anbelangt«, überlegte Michael Röder, »ich habe euch erzählt, dass im Ostdorf jemand so scharf an mir vorbeigefahren ist. Ich wette, dass das Jonas war.«

»Und die Papierschnipsel, die er aus dem Fenster hat fallen lassen, das waren die kleingerissenen Fahndungszettel. Der hat uns richtig auf den Arm nehmen wollen«, fügte Gero Schonebeck hinzu.

»Was ist mit seiner Mutter? Sie muss es gewusst haben.« Vor Eilert Thedinga lag die Liste der Sachen, die von der Spurensicherung mit zur Untersuchung ans Festland genommen worden waren. Sie hatten eine

Jeans mit mehreren Rissen und eine Jacke gefunden, die stark nach Spiritus gerochen hatte. Auch diese beiden Dinge hatten definitiv nicht Melissa gehört. »Entweder sie hat das Buch gelesen und so herausgefunden, dass ihr Sohn für die Morde verantwortlich ist, oder er hat es ihr erzählt. Natürlich kann sie auch an allen Taten beteiligt gewesen sein. Schwierige Kiste. Hoffentlich macht die den Mund auf und gibt uns Antworten.«

Arndt Kleemann nahm das Büchlein, blätterte darin und sagte: »Nur einer kann keine Fragen mehr beantworten.«

*Ich habe alles versucht. Zu gehen und zu bleiben. Jetzt gehe ich für immer. Danke für deine Hilfe, Mama.*

## *Pfingsten*

Michael Röder und seine Frau Sandra saßen in der dritten Reihe im Haus des Gastes. Heute würde sich der Vorhang öffnen für die verschobene Premiere des Theaterstückes, in dem Mark Tiesler hätte mitspielen sollen. Er verspürte keine große Lust, es sich anzusehen, aber Sandra hatte kurzerhand in der *Schatzkiste* zwei Karten besorgt.

Seit Ostern waren zwar schon einige Wochen vergangen, aber immer noch schweiften seine Gedanken ab, sobald er zur Ruhe kam.

Melissa Harms war zusammengebrochen, als die Ermittler sie mit dem Tagebuch konfrontiert hatten. »Jonas kannte sich aus. Er hat sich eine Überdosis Insulin gespritzt. Vorher hat er mir alles erzählt«, hatte sie ausgesagt. »Ich habe ihm versprochen, keine Hilfe zu holen. Ihn sterben zu lassen. Er war mein einziges Kind. Jonas hätte es nicht ertragen, sein restliches Leben im Gefängnis zu verbringen.«

Ob es sich wirklich so zugetragen hatte, oder ob Melissa an den Taten beteiligt gewesen war, würde vielleicht die Gerichtsverhandlung klären. Vielleicht.

Aufbrandender Beifall holte ihn aus seinen Gedanken. Der Vorhang öffnete sich und bald war er von dem Stück gefangengenommen. Ein fröhliches Verwechslungsspiel, das allerdings nicht ohne eine Leiche auskam. Schließlich war es eine Krimikomödie. Wenn doch alles nur so einfach wäre, dachte Röder.

»Lass mich in Ruhe. Nichts stimmt von dem, was du gerade sagst!«

Der Inselpolizist schreckte hoch. Er kannte diesen

Satz, den der junge Mann, der Mark Tieslers Rolle übernommen hatte, gerade seinem Kontrahenten wütend entgegenschrie.

Das war genau der Satz, den Mark Tieslers Kollegin erwähnt hatte. Den Mark angeblich hinter verschlossenen Türen in einen Telefonhörer gebrüllt hatte. Michael Röder musste lachen.

Die Person, nach der sie gesucht hatten, gab es gar nicht. Oder zumindest nur auf der Bühne. Genau das war es. Mark Tiesler hatte seinen Text geübt.

**Ende**

## Ulrike Barow

1953 in Gütersloh geboren, lebt mit ihrer Familie im schönen Leer (Ostfriesland) und auf der Nordseeinsel Baltrum.
Sie ist gelernte Buchhändlerin.
Der erste Kurzkrimi *Baltrumer Wintermärchen* wurde in der Anthologie *Inselkrimis* (Leda-Verlag, 2006, TB 2010) veröffentlicht. Dort erschienen auch ihre Kriminalromane, die alle auf Baltrum spielen.
*Endstation Baltrum* (2008)
*Dornröschen muss sterben* (2009)
*Baltrumer Bärlauch* (2010)
*Baltrumer Dünengrab* (2011)
*Baltrumer Bitter* (2012)
*Baltrumer Bescherung* (2013)
*Baltrumer Maskerade* (2014)
Außerdem ist sie in vielen Anthologien mit Kurzgeschichten vertreten, zuletzt in *Westfälisches Mordkompott* (Leda-Verlag).
Sie ist Mitglied bei den *Mörderischen Schwestern e.V.* und im *Syndikat*
Weitere Informationen unter www.barow-baltrum.de.

Ulrike Barow
**Endstation**
**Baltrum**
Inselkrimi – Baltrum
978-939689-09-6

Ulrike Barow
**Dornröschen**
**muss sterben**
Inselkrimi – Baltrum
978-939689-14-0

Ulrike Barow
**Baltrumer**
**Bärlauch**
Inselkrimi – **Baltrum**
978-939689-31-7

Ulrike Barow
**Baltrumer**
**Dünengrab**
Inselkrimi
978-3-939689-62-1

Ulrike Barow
**Baltrumer**
**Bitter**
Inselkrimi
978-3-86412-000-8

Ulrike Barow
**Baltrumer**
**Bescherung**
Inselkrimi
978-3-86412-014-5

Ulrike Barow
**Baltrumer Maskerade**
Inselkrimi
978-3-86412-070-1

Peter Gerdes
**Der Fluch der goldenen Möwe**
Inselkrimi
978-3-86412-013-8

Peter Gerdes
**Wut und Wellen**
Inselkrimi
978-3-939689-34-8

Peter Gerdes
**Sand und Asche**
Inselkrimi
Langeoog
978-3-939689-11-9

Peter Gerdes
**Solo für Sopran**
Inselkrimi
Langeoog
978-3-939689-63-8

Peter Gerdes
**Langeooger Lügen**
Inselkrimi
978-3-86412-067-1

RAGE ET VOLONTÉ !

♥GALS! ③
PRONTO
Dining Bar
パレットプラザ
AH, SATSUKI ? C'EST RAN...
JE PENSAIS QU'ON POURRAIT ALLER AU DANCE CLUB, RIEN QUE LES FILLES DU HÔNAN, QU'EST-CE QUE TU EN PENSES ?
APPELLE RIE AUSSI, OK ?
ON VOUS ATTEND AU MACDO DU CENTRE DE SHIBUYA !
ELLES ARRIVENT !
YAY !
AH... JE RENTRE À LA MAISON !
HÉ ? POURQUOI ?
MAIS... IL PARAÎT QUE LES DANCE CLUBS SONT PLEINS D'INDIVIDUS LOUCHES...
JE NE PEUX PAS ALLER DANS UN ENDROIT AUSSI DANGEREUX...
QU'EST-CE QUE C'EST QUE CES BÊTISES ?!
KYAAH !!
EUH... ATTENDS...
AUJOURD'HUI C'EST LE JOUR OÙ L'ENTRÉE DES LYCÉENS EST PERMISE, ALORS IL N'Y A PAS DE PROBLÈMES ! ON Y VA !!
AHH, JE CROIS QUE JE VAIS MANGER UN CHEESE BURGER, MOI.

# GALS!

## LISTE DES PERSONNAGES PRINCIPAUX

### REI OTOHATA

EN SECONDE AU LYCÉE MEISHÔ DAIICHI. IL EST LE GAGNANT DU CONCOURS DU "SUPER LYCÉEN", ET L'IDOLE DE TOUTES LES KOGALS.

### YÛYA ASÔ

EN SECONDE À MEISHÔ DAIICHI LUI AUSSI, IL EST ARRIVÉ N°2 AU CONCOURS. ET DU COUP RAN ET LES AUTRES NE L'APPELLENT QUE "N°2".

### YAMATO KOTOBUKI

LE FRÈRE AÎNÉ DE RAN, POLICIER À SHIBUYA.

### RAN KOTOBUKI

EN SECONDE AU LYCÉE HÔNAN. TOUS SES ANCÊTRES ÉTAIENT POLICIERS, ET C'EST AUSSI LE CAS DE SES PARENTS ET DE SON FRÈRE. QUANT À SA PETITE SŒUR (SAYO), ELLE COMPTE BIEN RENTRER DANS LA POLICE ELLE AUSSI. MAIS RAN NE RÊVE QUE DE CONTINUER À ÊTRE LA KOGAL LA PLUS FORTE DE SHIBUYA, LE QUARTIER BRANCHÉ DE TÔKYÔ. ELLE PASSE D'AILLEURS SES JOURS À S'Y AMUSER, BIEN QU'ELLE N'AIT PAS UN ROND...

### MIYU YAMAZAKI

EN SECONDE AU LYCÉE HÔNAN, ELLE AUSSI, MIYU ÉTAIT TOUJOURS MÊLÉE À DES BAGARRES QUAND ELLE ÉTAIT AU COLLÈGE (CF. VOLUME 1), MAIS GRÂCE À SON AMOUR POUR YAMATO, ELLE S'EN EST SORTIE. RAN ET ELLE SONT AMIES DEPUIS CETTE ÉPOQUE. C'EST LA PETITE AMIE DE YAMATO, LE FRÈRE DE RAN.

### AYA HOSHINO

DANS LE MÊME LYCÉE ET LA MÊME ANNÉE QUE LES DEUX AUTRES, AYA EST STUDIEUSE, SÉRIEUSE, ET LA MEILLEURE DE LA CLASSE. ELLE A FAIT DE L'ESCORT, ET C'EST RAN QUI L'A FAITE SORTIR DE CETTE MAUVAISE VOIE. ELLE SEMBLE S'INTÉRESSER À REI OTOHATA.

# LS!

MIHONA FUJII

GALS!
[3]
CHAPITRE 9 :
LA LOI DES KOGALS !
POURSUIVRE SES OBJECTIFS AVEC C

# SALUUUUUT !

Fiest4

## LE VOLUME 3 DE GALS EST SORTI !

Yay ! Yay ! Yahooouuuuu ! Yesss !!
B'jouuuur ! C'est Mihona !!
À toi (twip) qui as acheté ce bouquin, merciiiiiiiiiiiiiiii !
À toi qui l'as emprunté pour le lire, merciii aussiiiiiii !!
Ah, je nage dans le bonheur !!

Cette fois-ci aussi, j'ai complètement rempli le bouquin de free talks ! S'il y en a parmi vous qui les lisez pour passer le temps, je serai contente ! Il y a aussi pas mal de trucs informatifs pour les kogals (entre autres sur les ongles), en plus de l'habituelle apparition de mon frère, etc. Je serai encore plus joyeuse si ça vous plaît !

Comme dans les volumes précédents, il y a aussi un épisode spécial-supplémentaire à la fin ! Cette fois-ci, la petite Sayo a beaucoup de travail (? rires)

Amusez-vous !

J'adore le n°3, c'est mon numéro porte-bonheur.
Il y a aussi le "mi" de Mihona, donc..
(En japonais, "Mi" est l'une des lectures du numéro 3)
Je suis d'autant plus heureuse qu'on soit arrivés au volume 3 ! Je veux que plein de monde le lise...

Amusez-vous donc bien....

Mihona. F

C'est soudain, mais... Voilààà ! L'art des ongles à la portée de toutes !! Yay ! CLAP CLAP CLAP ! Comme il y a eu une énorme demande, j'ai créé ce petit coin où je vais vous expliquer comment se faire des ongles super sans se ruiner pour autant (et par conséquent, sans avoir d'inquiétudes !). Je vais vous emmener en voyage avec l'art des beaux ongles...

**☆ PREMIER POINT ! (LE MATÉRIEL)**

- De l'adhésif double face (pas trop fort) (uniquement pour les personnes utilisant des faux ongles, et selon les cas)
- Du vernis à ongles (de vos couleurs préférées)
- De la peinture (à l'eau ou bien acrylique, selon vos préférences)
- Un pinceau (le plus fin possible)
- Un cure dent
- Du vernis transparent protecteur (pour recouvrir le tout quand ce sera prêt)
- Des faux ongles (suffisamment pour deux mains...) (ça, c'est uniquement pour ceux qui en utilisent)
- Des petites pierres et autres (uniquement pour ceux qui veulent en utiliser) (Les toutes petites pierres pour bijouteries sont parfaites !)
- De la colle à ongles ou des petits adhésifs pour faux ongles déjà dans le bon format.

Avec tout ça, ça devrait être suffisant !

L'AMOUR EST COMPLIQUÉ, MÊME QUAND C'EST RÉCIPROQUE. TU TE DEMANDES S'IL NE VA PAS TE TRAHIR, TU TE DEMANDES S'IL N'EST PAS FÂCHÉ CONTRE TOI... C'EST UNE SUCCESSION D'INQUIÉTUDES.
VRAAAIMENT !
HÉ !
VOUS ÊTES ENCORE BIEN JEUNES, POUR VOUS FAIRE MENER PAR LE BOUT DU NEZ PAR LES MECS COMME ÇA !
QU'ELLE HORREUR !
PTRR
SI J'AVAIS SU QUE ÇA ALLAIT ÊTRE SI DOULOUREUX...
...J'AURAIS PRÉFÉRÉ NE JAMAIS TOMBER AMOUREUSE...
TU DEVRAIS TE DIRE QUE C'EST TON DESTIN QUI T'A FAIT TOMBER AMOUREUSE D'UN MEC QUI PLAÎT À TANT DE FILLES !...
...ET PUIS OTOHATA NE T'A JAMAIS DIT QU'IL TE DÉTESTAIT, APRÈS TOUT, N'EST-CE PAS ?
S'IL M'AVAIT DIT ÇA, JE SERAIS ENFERMÉE CHEZ MOI EN TRAIN DE PLEURER...!
OUIN !
ARRÊTE UN PEU AVEC TA "GAL HYPER PURE" !
"BOUHOUHOU" !
IL NE FAUT PAS ABANDONNER, TU PEUX ENCORE ESPÉRER !
JE CROIS QUE JE VAIS RESTER SOUS LE CHOC PENDANT ENCORE UN BON MOMENT.

C'EST VRAI...
TANT QUE JE N'ABANDONNE PAS, J'AI ENCORE UNE CHANCE.
MAIS BIEN SÛR, ÉNORME !
MOUAIS !!
J'AI REPRIS DU POIL, MON APPÉTIT EST REVENU, RENDS-MOI MES PATATES !
J'AI TOUT BOUFFÉ !
QUELLE HORREUR !
SLURP
SLURP
HE !
ON VOUS A FAIT ATTENDRE ?
OH, VOUS AVEZ L'AIR PLUS QU'EN FORME !
VOUS ÊTES PRÊTES ?
ON LE FAIT ?
VOUIIIIII !
ON Y VA, HÔNAN !!
OUI !!
ON VA S'ÉCLATER, HÔNAN !!
OUI !!
LES HÔNAN GIRLS...
...SONT LES N°1 DU JAPON !!

OUIIII !!
YES!!
C'EST BIEN TROP TARD...
...POUR TE LAISSER RENTRER !
TAP TAP TAP TAP TAP TAP
AHHHH !!
TWID !
BON, JE RENTRE !
HARREM
TIENS, RAN !
RAN, ÇA FAIT UN BAIL !
T'ES AUSSI SEXY QUE D'HAB' !

ÇA FAIT SUPER LONGTEMPS QUE T'ES PAS VENUE !
TU NOUS A MANQUÉ !
C'EST PARCE QUE J'AI PAS DE THUNES ...
TU PLAIS AUTANT QUE D'HABITUDE AUSSI !
BOF, C'EST...
...TIENS ?!
JE SENS QUE QUELQU'UN VEUT ME TUER !
TAP TAP TAP TAP TAP
ZWOOM
ZWIP !
RAN KOTOBUKI, TU ES INTERDITE D'ENTRÉE !
ZAM ZAM ZAM
INTERDITE D'ATTIRER L'ATTENTION !!
ZAM
INTERDITE DE PARLER AUX MECS !!
HÉ...?
QU'EST-CE QUE VOUS ME VOULEZ ENCORE ?!

SI TU RESTES ICI, PERSONNE NE VIENDRA PLUS NOUS DRAGUER !
OUI, INTERDICTION ABSOLUE !
C'EST UNE SOLUTION…
ABRUTIES ! VOUS N'AVEZ QU'À DRAGUER LES MECS, ALORS !!
TRALALA !
T'ES VENUE ICI POUR ESSAYER DE DRAGUER REI, SALETÉ !!
HAA ?!
AH !
J'AI PIGÉ.
MOI AUSSI.
MOI AUSSI.
?
OTOHATA VIENT DANS CE CLUB ?
COMME SI TU NE SAVAIS PAS ! IL EST L'ASSISTANT DU DJ !
C'EST VRAI ?? TROP BIEEN !
ON VA VOIR, ON VA VOIR !
AHH, NE VOUS APPROCHEZ PAS DE REI !
OUCH, NE TIREZ PAS !
ON T'INTER-DIT !
KYAAH !
BADABABOOM
AOUILLE !

Y2K

C'EST QUI, CETTE MEUF ?...
BEURK !
CH'AIS PAS...
T'AS VU COMME ELLE LE COLLE ?!
JA-MAIS VUE ...
...
Y22K
RHAAA, REEIII...
LA JALOUSIE VA ME TUER !

EX... EXCUSEZ-MOI !
JE RENTRE PLUS TÔT !
DAN
HEP ! AYA ?!
ATTENDS-MOI !
MOI AUSSI !
...
AYA !

HEP HEP !
TU VAS PAS NOUS REFAIRE TA DÉPRIME !
TU NE SERAIS PAS EN TRAIN DE TE DIRE QUE LA FILLE DE TOUT À L'HEURE EST SA PETITE AMIE, SI ?
C'EST FOUTU...
NON SEULEMENT IL M'A JETÉE, MAIS EN PLUS...
...EN PLUS...
...IL N'A JAMAIS SOURI EN ME REGARDANT DE LA FAÇON DONTIL A SOURI À CETTE FILLE TOUT À L'HEURE.
...
UNE FILLE AUSSI SOMBRE ET PLEINE D'HÉSITATIONS QUE MOI NE SERAIT QU'UN POIDS POUR OTOHATA...
BOF...
C'EST VRAI.
UNE ESPÈCE D'INSECTE COMPLEXÉ COMME TOI N'ATTIRE AUCUN MEC.

JE... JE NE SUIS PAS COMME TOI, RAN !
JE N'ARRIVE PAS À AVOIR UNE ATTITUDE OPTIMISTE TOUT LE TEMPS !
TU LE SAIS TRÈS BIEN, POURTANT.
ALORS POURQUOI TU ME DIS CES CHOSES HORRIBLES ?!
C'EST PARCE QUE JE SUIS TA COPINE QUE JE TE PARLE AUSSI OUVERTEMENT !
EST-CE QUE TU T'AIMES, QUAND TU NE FAIS QUE DIRE DU MAL DE TOI-MÊME ?
!
...
NON...
ET TU CROIS QUE LES AUTRES VONT T'AIMER SI MÊME TOI TU TE DÉTESTES ?
NE TE FAIS PAS TROP D'ILLUSIONS !

LES FILLES, IL FAUT QUE ÇA AIT DU COURAGE !
IL FAUT SUIVRE SES RÊVES SANS JAMAIS ABANDONNER, C'EST LA LOI DES KOGALS !!
T'AS PIGÉ ?
J'ATTENDS LA RÉPONSE !!
EUH, AH !
OUI !
TIENS, AU FAIT... RAN, TOI TU N'AS JAMAIS DE PROBLÈMES NI DE MOMENTS TRISTES, N'EST-CE PAS...
TIENS, C'EST VRAI, ÇA...
DITES PAS DE BÊTISES ! J'AI DES MOMENTS TRISTES MOI AUSSI !
PAR EXEMPLE, J'AI PERDU L'UN DE MES FAUX ONGLES PRÉFÉRÉS RÉCEMMENT... HIER J'AI VU UN MEC TROP BEAU MAIS IL S'EST BARRÉ AVANT QUE JE NE L'ATTRAPE...
...J'EN AI PAS MAL...
ON NE PEUT PAS CONSIDÉRER ÇA COMME DES PROBLÈMES.
OH, ET PUIS TU VAS DEVOIR ALLER À DES COURS SUPPLÉMENTAIRES PENDANT CES VACANCES !
DES COU...
RHAA !!
C'EST VRAI !

LE BONJOUR DE MIHONA

YESSS !

Rebonjour, c'est toujours Mihona. On est en avril (au moment où l'auteur a écrit ce free talk), et les cerisiers ont commencé à fleurir. Au moment où ce volume sera mis en vente, je pense que l'année scolaire aura déjà commencé et vous serez donc plus tranquilles, les affres de la rentrée passées, non ? Pour nous les mangakas, ça ne change rien, quel que soit le moment de l'année, on bosse toujours de la même façon.

L'autre jour je suis allée à Shibuya, et j'ai été surprise de voir que les gals portaient... du denim !

De toutes les couleurs, et avec des motifs fleuris. Je suis partie en courant m'acheter un pantalon jeans tout mignon moi aussi, bien sûr. Et puis un petit chemisier lavande, un manteau à manches mi-longues vert, des accessoires, une ceinture, etc. Tout plein de trucs pour le printemps ! Mais au fait, l'été aussi arrive bientôt, ce qui me rend très heureuse à l'avance !

NAKASEN = LE SURNOM DONNÉ PAR RAN AU PROFESSEUR NAKANISHI (SON PROFESSEUR PRINCIPAL).

KOTOBUKI...
...L'ÉDUCATION PHYSIQUE EST LA SEULE MATIÈRE OÙ TU AS DES BONNES NOTES, N'EST-CE PAS ?
HM...?
OUAIP ! JE SUIS FIÈRE DE MA FORCE PHYSIQUE !
TU ES LA DERNIÈRE DE QUI JE VEUX ENTENDRE ÇAAA !!
IL NE FAUT PAS USER DE LA VIOLENCE ! PAS DE VIOLENCE !
GRR
TADADAH
ÇA ME RAPPELLE QUE LE FESTIVAL DU SPORT DE L'ÉCOLE VA BIENTÔT AVOIR LIEU À LA RENTRÉE.
C'EST PAS CHIANT, ÇA ?
JE NE SAIS PAS POURQUOI, MAIS MA CLASSE EST TOUJOURS PERDANTE À CE FESTIVAL.
CETTE ANNÉE ENCORE, CE SERA PEUT-ÊTRE BIEN LE CAS...
PROBA-BLEMENT.
ET LE PIRE, C'EST QUE C'EST TOUJOURS LA CLASSE DU PROFESSEUR GUNJÔ QUI GAGNE.
VICTOIRE
LA SECONDE 4 ?
TOUS LES ANS, ÇA ME CHAGRI-NE...
J'AURAIS VOULU GAGNER, NE SERAIT-CE QU'UNE SEULE FOIS...
...

HÉ NAKASEN !! SI JE FAIS GAGNER NOTRE CLASSE CETTE FOIS-CI, TU OUBLIES MON ABSENCE ?!
QUOI ? TU FERAIS ÇA POUR MOI ?
BIEN ! SI TU RÉUSSIS, JE NE DIRAI RIEN, MÊME PAS À TES PARENTS !!
À NOUS LA VICTOIRE AU FESTIVAL !
LAISSE-MOI FAIRE !
C'EST LA SECONDE 2 QUI PORTERA LA COURONNE DE LAURIERS CETTE ANNÉE !!
ET J'ÉCHAPPERAI AU "GIANT SWING" DE PAPA.
Donny's
RAN, C'EST TOI QUI SERAS LA LEADER DE NOTRE CLASSE POUR LE FESTIVAL DU SPORT ?
QUOI ?!
OUAIP ! ET JE ARTICIPERAI AUX 100M, AUX 400M, LA COURSE EC RELAIS, À ATTRAPAGE BOULES ET COMBAT À CHEVAL* !
* À CHEVAL SUR LE DOS DES AUTRES ÉTUDIANTS, PAS SUR DE VRAIS CHEVAUX, CELA VA DE SOI

...QU'EST-CE QUE VOUS AVEZ COMME DEVOIRS DE VACANCES ACCUMULÉS, PURÉE !
ÇA N'A RIEN À VOIR, MAIS...
TU SAIS, IL Y AURA DES FEUX D'ARTIFICE APRÈS LA CÉRÉMONIE DE FERMETURE DU FESTIVAL.
OUAIP !!
CH'UIS PAS MAL NON PLUS POUR LA COURSE ! ON VA FAIRE DE NOTRE MIEUX !
'SCUSZE-NOUS.
OH, TIENS, PEUX-TU FAIRE AUSSI CELUI D'INTERPRÉTATION DE LA LANGUE CLASSIQUE ET CELUI D'INTERPRÉTATION DE TEXTE EN ANGLAIS ?
OK OK.
N°2 EST SUPER INTELLIGENT, C'EST VACHEMENT PRATIQUE...
AU FAIT, LE FESTIVAL EST DIMANCHE, TU VIENDRAS NOUS SOUTENIR ? AMÈNE OTOHATA AUSSI.
OK...
...PAS DE PROBLÈME, MAIS...
RAN ?
TU TIENS À CE QUE REI VIENNE ?

MOI ? PERSONNELLEMENT JE M'EN FOUS, MAIS...
C'EST VRAI QUE...
?
OUAIS.
COMME AYA EST UNE PEU DÉPRIMÉE À CAUSE DE LUI...
AH BON, C'ÉTAIT DONC ÇA ?...
OUF (SOULAGÉ)
HEU
AU FAIT, IL BOSSE COMME DJ, MAINTENANT ?...
JE N'ÉTAIS PAS AU COURANT DU TOUT.
OUI, EN FAIT IL REGARDE FAIRE LE DJ POUR APPRENDRE.
IL A UNE SUPER OREILLE MUSICALE, TU SAIS ?
AH BON ?
BOF...
...C'EST VRAI QU'IL NE PARLE PRESQUE JAMAIS DE LUI-MÊME.
PAUVRE AYA, JE LA PLAINS.
ELLE EST TOMBÉE AMOUREUSE D'UN MEC PLUTÔT CHIANT.
DIS, RAN, MOI AUSSI JE SUIS À PLAINDRE..
LES VACANCES D'ÉTÉ SONT PRESQUE FINIES ET ON N'A ENCORE RIEN FAIT ENSEMBLE POUR GARDER DES SOUVENIRS À DEUX, ET...
RHOO, PURÉE ! J'AI OUBLIÉ D'IMPRIMER L'ÉNONCÉ DE MATHS !!
EUUUH ?

MAIS C'EST LE PLUS CHIANT, ÇA !
TIENS, PHOTOCOPIE DONC MES RÉPONSES, TU N'AURAS QU'À RECOPIER CHEZ TOI.
THANK YOUU !
AH, IL ME RESTE ENCORE L'HISTOIRE DU JAPON AUSSI !
ÇA FAIT RIEN ...
...JE T'AIME QUAND MÊME...
LA RENTRÉE
SALUT !
ÇA FAIT LONGTEMPS !
VOUS AVEZ PIGÉ ? C'EST NOTRE CLASSE QUI VA GAGNER AU FESTIVAL CETTE ANNÉE !
TOUT CE DONT ON A BESOIN POUR GAGNER, C'EST D'UN ESPRIT D'ÉQUIPE FORT, DE GENS POUR NOUS SOUTENIR, ET PUIS DE NOTRE ÂME ENFLAMMÉE !
À N'IMPORTE QUEL PRIX
LA VICTOIRE !
LA VICTOIRE !

HAA !
SECONDE 2
À PARTIR D'AUJOURD'HUI, ON VA SE SÉPARER PAR ÉQUIPES QUI SERONT TOUJOURS ENSEMBLE !
NE CRITIQUEZ PAS VOS CAMARADES D'ÉQUIPE, MÊME QUAND ILS FONT DES ERREURS !!
TU RIGOLES ?
ON SE DOUTE BIEN QU'IL DOIT Y AVOIR UNE RAISON LOUCHE POUR QUE TU T'EMBALLES AUTANT POUR LE FESTIVAL !
NE FAITES PAS ATTENTION ! RÉPÉTEZ APRÈS MOI ! SI ON VEUT, ON Y ARRIVERA !
MAINTENANT !
LA SECONDE 2 DOIT GAGNER !!
MAINTENANT !
QUE C'EST BEAU, LA JEUNESSE...
"LA SECONDE 2 DOIT GAGNER !!"
ON DIRAIT QUE LA CLASSE 2 EST PLUTÔT ANIMÉE, CETTE ANNÉE.
MAIS JE NE SAIS PAS SI C'EST UNE BONNE IDÉE DE DONNER LE POSTE DE LEADER DE LA CLASSE À CETTE GAMINE PROBLÉMATIQUE.
PROFESSEUR GUNJÔ...
VOTRE CLASSE EST BIEN DÉSORGANISÉE, PROFESSEUR NAKANISHI.

JE... J'AI CONFIANCE EN MES ÉLÈVES !
ON N'EST PAS PROFESSEUR RIEN QUE POUR FAIRE CONFIANCE.
ET D'AILLEURS, QUANT À DIRE QUE CETTE KOTOBUKI EST DIGNE DE CON-FIANCE...
BON, ÇA NE FAIT RIEN, FAITES DE VOTRE MIEUX...
DE TOUTES FAÇONS, C'EST MA CLASSE QUI VA GAGNER, COMME TOUS LES ANS !
GUNJÔ, ORDURE, TU VAS VOIR !!
NAKA-SEEEN !
ON PEUT SE BARRER ?
AAH...
...J'EN PEUX PLUS...

ÇA FAIT À PEINE 30 MINUTES QU'ON S'ENTRAÎNE !
UN PEU PLUS DE COURAGE, ALLEZ !
ARGH ARGH
OH, LA SECONDE 2 MET LE PAQUET, CETTE ANNÉE.
ÇA SERT À RIEN, ILS AURONT BEAU S'ENTRAÎNER, ILS NE POURRONT PAS GAGNER CONTRE LA SECONDE 4 !
FERMEZ-LA ! ON VA VOUS FAIRE FLIPPER, PENDANT LE FESTIVAL !
OUI, C'EST ÇA !
IL PARAÎT QU'IL Y A PLEIN D'ÉTUDIANTS DANS LA CLASE DE GUNJÔ QUI FONT PARTIE DE CLUBS DE SPORTS.
ILS ME TAPENT SUR LES NERFS...
BLBLBLBL
TANT QUE LA GÉNIALE RAN KOTOBUKI SERA ICI, ILS NE POURRONT PAS GAGNER CONTRE NOUS.
BIEN ! ON A REPRIS DE L'ESPRIT COMBATIF !
FAISONS DE NOTRE MIEUX !
YESS !!

Je me suis demandé récemment si je ne serais pas par hasard un peu trop familière dans mes écrits. Je m'inquiétais à ce sujet-là, et des lectrices m'ont écrit en me disant que ça ne les dérangeait pas et qu'au contraire c'était même très sympathique et cool. Mais bon, mes inquiétudes n'ont pas complètement disparu, alors cette fois-ci je vais tout écrire comme d'habitude, mais d'ici la prochaine fois, je vais réfléchir là-dessus. En tout cas, je ne veux pas que ça devienne un style lourd non plus !!

## LES NOUVELLES DE MIHONA

Tiens, l'autre jour, je suis allée à un concert des Morning Musume, en emmenant mon frère et notre bande de fans/proches de Sayaka. (emmenant, tu parles, j'étais planquée derrière eux...). Un copain de mon frère nous a trouvé des bâtons lumineux qu'on pouvait secouer à droite et à gauche, wooshh, wosshh ! Les spectateurs du concert étaient presque tous des hommes, et quand je sautais le plus haut possible, je voyais la salle entière qui remuait ensemble, c'était en quelque sorte très effrayant, en fait...

20ème édition au LYCÉE HÔNAN
FESTIVAL DU SPORT
À TOUS LES ÉTUDIANTS QUI VONT PARTICIPER AU 100M, VEUILLEZ VOUS RÉUNIR SUR LA PELOUSE DEVANT LES TENTES...
JE RÉPÈTE...
QU'EST-CE QUE C'EST CHIANT, LE FESTIVAL DES SPORTS !
RÉPÉTEZ APRÈS MOI !
EN PLUS, ON CRÈVE DE CHAUD.
C'EST VRAIMENT POUR-RAVE ET...
ON VA GAGNER !
LA VICTOIRE ASSURÉE POUR LA SECONDE 2
BÊTES DE COMBAT
SI ON VEUT, ON Y ARRIVERA !
LA SECONDE 2 DOIT GAGNER !!
YESSS !!
C'EST QUOI ÇA ?
J'EN SAIS RIEN...

ALLEZ-Y !! LE 100M, C'EST DE LA RIGOLADE !
COMPTE SUR NOUS !
AH, LES VOILÀ.
LA CLASSE DE RAN EST À FOND DEDANS.
GO!
POURQUOI IL FALLAIT QUE JE VIENNE AUSSI ?
'FAIT CHAUD ...
BAH, DE TOUTES FAÇONS C'EST DIMANCHE, T'ES LIBRE, NON ?
AH ! RAN EST SI RAPIDE !
BLAM
TIENS, REGAR-DE !
C'EST AYA QUI COURT LÀ-BAS, NON ?

QUEL GÂCHIS...
...REFUSER DE SORTIR AVEC UNE FILLE AUSSI MIGNONNE...
TES MAUVAISES HABITUDES TE RETOMBENT SUR LA FIGURE, REI.
TU DEVRAIS SUIVRE UN PEU MON EXEMPLE.
ÇA, CE SONT DES MOTS QUE TU NE DEVRAIS DIRE QU'UNE FOIS QUE T'AURAS RÉUSSI À CONQUÉRIR RAN.
TSHAK!
EUH...
VOILÀ LES RÉSULTATS PROVISOIRES...
POUR LA SECONDE...
GROUPE 4 : 195 POINTS, GROUPE 2 : 180 POINTS, GROUPE 5...
YAHOOOU !!

ENCORE UN PEU PLUS ET ON RETOURNE LE RÉSULTAT !
DONNE-TOI À FOND DANS LE 400M !!
PRÊTS... PARTEZ !
あんたが大将
TROP FASTOCHE !
WOW ! WOW !
VAS-Y, KOTOBUKI !
CONTINUE COMME ÇA !
TAPTAPTAPTAP
...
ET ALORS, PROFESSEUR GUNJÔ, VOUS NE TROUVEZ PAS QUE CETTE SECONDE 2 EST DIFFÉRENTE DE CELLE DES ANNÉES PRÉCÉDENTES ? YOUPIII !!

ME... MERDE !
NE PERDEZ EN AUCUN CAS ! VOUS SAVEZ CE QUI VA VOUS ARRIVER SI VOUS PERDEZ !
O...OK !
SECONDE 2 LA VICTOIRE !
SECONDE 2 LA VICTOIRE !
LA SECONDE 4 ET LA SECONDE 2 ONT FAIT MATCH NUL LORS DE LA COURSE AVEC RELAIS...
...LA DERNIÈRE ÉPREUVE DE LA JOURNÉE EST LE COMBAT À CHEVAL !
ÇA VA ÊTRE LA DÉCISION ! PROTÉGEZ NOTRE FORTERESSE AVEC VOS VIES SI BESOIN, MES BRAVES GUERRIERS !!
BIIIEN !

BADABAM
À L'ATTAQUE !!
ET D'UNE !
ET DE DEUX !
AHH !
TROIS !
QUATRE !
EEK !
LA SECONDE 2 ATTRAPE L'UN APRÈS L'AUTRE TOUS LES BANDEAUX DE L'ENNEMI !
TABADAM
EEK !
IL NE RESTE PLUS QU'EUX ! CHARGEZ !!
OK !!

GAIP !!
FILE-MOI ÇA !
HUUH... AIE DONC PITIÉ, KOTOBUKI !
EUH... C'EST-À-DIRE...
C'EST QUE... CE PROF EST FLIPPANT !
NOUS AUSSI ON AURA DES PROBLÈMES SI ON NE GAGNE PAS !
ON NE SAIT PAS CE QUE LE PROFESSEUR GUNJÔ VA NOUS FAIRE SI ON PERD ! S'IL TE PLAÎT, NE NOUS PRENDS PAS NOTRE BANDEAU !!
あんたが大将
AH ? IL VOUS MENACE ?
ZWIK
ALORS ON VA GAGNER, PEU IMPORTE TOUT LE RESTE !
AH !
SI GUNJÔ ESSAIE DE VOUS FAIRE QUOI QUE CE SOIT, VIENS M'AVERTIR ! C'EST OK ?
EUH... OUI.
JE L'AI !
TAP TAP TADADAM...
WAAAAAAAA

YAAAY !
VOUS AVEZ RÉUSSI, PROFESSEUR NAKANISHI !
CETTE PREMIÈRE VICTOIRE TANT ATTENDUE !
BYE BYE DÉFAITE !
YAHOU !!
WAAAAAAA...
GRRR
CETTE PESTE...
...RAN KOTOBUKI !
NOUS ALLONS MAINTENANT PROCÉDER AU LANCER DE FEUX D'ARTIFICE...
...QUE TOUS LES ÉLÈVES SE RÉUNISSENT SUR LE CAMPUS...

Ça faisait longtemps que je n'allais pas à un concert d'artistes populaires, alors c'était très amusant. Le 20 mai, elles seront au Budôkan. Je sais que ce concert est très important pour Sayaka et les filles, alors je tiens à y aller pour voir ce feu dans leurs yeux ! (mon frère aussi viendra). Je compte soutenir Sayaka de mon mieux dans sa vie, dorénavant, et j'espère que celle-ci sera de plus en plus lumineuse. Ça n'a rien à voir, mais il y avait une chose qui m'inquiétait un peu...

Je me sers toujours de mes illustrations spéciales pour les couvertures des volumes reliés (merci à mes fidèles lecteurs qui s'en étaient aperçus), et du coup j'ai dessiné celle de ce volume-ci en pensant au thème du printemps... sauf que du coup, elle ressemble pas mal à celles des deux volumes précédents...!!

→ NEXT.

AYA !
LES FILLES, IL FAUT QUE ÇA AIT DU COURAGE !
SUIS TES RÊVES SANS JAMAIS ABANDONNER !!
TU TE SOUVIENS ?
...OUI !
HÉ...

J'AI VU LE 100M.
ÇA A ÉTÉ UNE SUPER COURSE.
BOOHOOO !
QUE... QU'EST-CE QUE T'AS ?
J'AI DIT QUELQUE CHOSE DE MÉCHANT ?
HA !
JE... JE PENSAIS QUE TU NE ME PARLERAIS PLUS...
JE... JE NE SERS À RIEN, JE SUIS SI NULLE...
...JE M'ÉTAIS MIS DANS LA TÊTE QUE TU ME DÉTESTAIS PROBABLEMENT, MAINTENANT...

MAIS JE N'AI JAMAIS DIT QUE JE TE DÉTESTAIS OU QUOI QUE CE SOIT...
BOOHOO SNIF WOOH BOOH
LA... LA FILLE... L'AUTRE JOUR....DANS LE DANCE CLUB... C'EST QUI ?
HIC
AH ? CE N'EST QU'UNE CHANTEUSE DU CLUB.
CE N'EST PAS MA PETITE AMIE NI RIEN DU TOUT !
MAIS ?! POURQUOI JE SUIS EN TRAIN DE M'EXCUSER ?
BOOHOO WOOH BOOH SNIF
OH... JE SUIS... SI CONTENTE...
RHAAA, TU L'AS ENCORE FAIT PLEURER !
HM !
OUI, TU FAIS TOU-JOURS PLEURER LES FILLES !
...
BON, ARRÊTE DE PLEURER...
...RELÈVE TON VISAGE.
NON !! JE SUIS SÛREMENT HORRIBLE !
JE NE VEUX PAS QUE TU VOIES MON VISAGE COMME ÇA...
BON, JE LA RAMÈNE CHEZ ELLE.
ALLEZ, VIENS.
WOUIN SNIF BOOHOOH
AH, OK OK, FAIS COMME TU VEUX !
BONNE CHANCE !

T'AS VU COMME IL L'A PRISE PAR LA MAIN NATURELLEMENT ? IL Y A UNE BONNE ATMOSPHÈRE !
C'EST SÛREMENT GRÂCE À MES MOTS D'ENCOURAGEMENT. ♡
ILS SONT À L'ÉTAPE OÙ ON AVANCE D'UN PAS, RECULE D'UN AUTRE ET PUIS RECOMMENCE À AVANCER ENCORE. ♡
BON, IL FAUT QUE MOI AUSSI JE M'Y METTE SÉRIEUSEMENT ET QUE JE CHERCHE DES BÔ MECS !
EUH ! SI TU EN CHERCHES, JE SUIS LÀ JUSTE À CÔTÉ DE TOI...!
J'AI UNE SOUDAINE ENVIE DE VOIR YAMATO, MOI ! ♡
Fin du chapitre 9
HÉ, RAN !
EST-CE QUE MON CŒUR ARRIVERA UN JOUR ...
...À TOUCHER LE TIEN ...?
YÛYA ASÔ, LYCÉEN EN SECONDE AU MEISHÔ DAIICHI.
(J'AI TROP DE PIEDS POUR FAIRE UN VERS)
J'Y VAAIS !
RAN ! TU M'ÉCOUTES ?
ALLÔ ? YAMATO ? EST-CE QUE TU ARRIVES À ÉCOUTER LE SON DES FEUX D'ARTIFICE PAR TÉLÉPHONE ?

# LA CHAMBRE DE TIMOTHY

← C'est une photo prise avec un polaroïd !

→ Il est dans un jardin près d'ici !

'97 LA PREMIÈRE PROMENADE DE TIMOTHY À L'EXTÉRIEUR, EN 1997

Cette fois-ci, j'ai pensé à mettre une photo de Timothy quand il était bébé.

C'est la photo commémorative de la première fois qu'il était sorti dehors, et avait marché sur de la pelouse !!

À l'époque, il n'était pas encore obèse (c'est terrible) et il secouait sa queue, il était tout mignon !! Comme c'était un bébé Chiwawa, il était adorable (bien entendu, il l'est toujours).

Ces derniers temps, plusieurs personnes m'écrivent en joignant les photos de leurs chiens ou leurs chats, ça me rend très heureuse ! Je souris tout le temps ! Mais bon, il ne faut pas que vous fassiez des folies pour essayer de m'envoyer des photos différentes, les photos étant avant tout un souvenir à conserver.

GALS!
CHAPITRE 10 :
LA CHASSE AUX HOMMES
N'EST PAS SI FACILE QUE ÇA ?!

# LES LOISIRS DE MIHONA !!

Pour tous ceux qui s'en fichent, veuillez passer à la page suivante !

En fait, j'adore la radio. J'écoute surtout Nippon Hôsô et J-Wava (Fm) ! Le matin, en général je ne branche que ces deux-là ! Il n'y a pas longtemps, j'ai rencontré Yûichi Suzuki, qui est DJ à la radio, alors que je recherchais des informations sur les DJs pour le manga. Il est aussi DJ dans un night club, et il est très beau (mais il n'est pas du genre "Kogal-mec"). Il paraît que les DJs de la radio ont une image cool et réservée qui leur vaut d'avoir plein de fans parmi les filles. Quand j'écoute la radio, je me sens remplie de paix. Je devrais peut-être me mettre à en faire aussi (propos au sens inconnu...hé hé) !

Par ailleurs, il y a environ 3 ans, je me suis rendu compte de la beauté des spectacles musicaux, à l'occasion de la représentation des "Misérables" au Japon. Je me suis même dit que si je venais à renaître, je voudrais être star de spectacle musical ! (Comment ça, je raconte n'importe quoi ?)

J'ai toujours admiré les personnes talentueuses qui se réunissent et créent une œuvre, mais commme d'habitude je travaille seule, ça me marcherait pas trop bien. Les Misérables, c'est si beau que je pourrais aller voir le show 50 fois et je pleurerais quand même à chaque fois (c'est vrai !). C'est vrai que je pleure facilement.

Je collectionne toutes les versions du CD du show, l'anglaise, celle de la Broadway, la française, l'internationale (je me demande où ils vendent les packs avec les trois CDs ?), celle pour les dix ans du show, en version concert, les versions japonaises (il y a deux CDs). Je collectionne aussi les CDs "d'Evita", la version américaine, l'anglaise, l'allemande, celle du film (avec Madonna) et la japonaise.

Pour "Elisabeth", j'ai la version live enregistrée à Vienne, celle avec le cast original, et les versions hongroise, hollandaise et japonaise (Takarazuka). Ouf ! J'aime aussi "Rent", "Cats", "Si on parlait à la pluie". Je collectionne pas mal d'autres trucs sur les musicaux, pour m'insérer petit à petit dans ce monde. Et puis j'oublie vite tout ce qui ne me plaît pas (une femme heureuse).

Si vous voyez une femme pâle devant le rayon de Cds du 4ème étage du HMV de Shibuya, c'est peut-être moi... (rires)

Si vous venez à Shibuya, nous nous verrons peut-être ! Bonne chance (euh...) En avril, j'irai voir ""Annie".

Ces derniers temps, j'aime de plus en plus la Para Para. Ma maman a maîtrisé une musique, elle aussi. Elle fait de son mieux tout en disant qu'elle a mal aux bras... moi aussi je danse beaucoup avec les bras.

Maintenant ils sortent plein de vidéos sur la Para Para, donc les adultes comme les enfants peuvent s'amuser sans problèmes, alors invitez votre grande sœur, votre petite sœur, votre mère ou n'importe qui et dansez ! Voilà, c'est fini pour mon bavardage sur mes hobbies. Il n'y a que du texte, ça fait mal aux yeux...

☆ **Voilà la deuxième partie du cours sur l'art des ongles !!**
(cette fois-ci, des explications spéciales pour les gens qui utilisent des faux ongles)

BASEZ-VOUS LÀ-DESSUS !!
DES PETITES PIERRES ET UNE FLEUR DESSINÉE

**1** Collez un demi-cercle de scotch sur une boîte puis collez votre faux ongle dessus, de façon à pouvoir bien le tenir.
! Il faut choisir des faux ongles qui recouvrent bien les vrais.
GWIP
Adhésif

**2** Choisissez une couleur de base et passez-en deux couches.
Vernis à ongles
SLAP SLAP
! Il faut attendre que la première couche sèche avant de passer la seconde !

**3** Il faut coller les petites pierres et autres avant que le vernis ne sèche.
Si ça a séché trop vite, vous n'avez qu'à passer un peu de vernis de la même couleur au même endroit pour pouvoir coller les petites pierres.
cure-dent
petites pierres et autres
En tordant le bout du cure-dent, on peut s'en servir pour tenir et presser les pierres en place.
Hop, voilà.

**4** Quand c'est sec, vous pouvez peindre et dessiner dessus.
Je recommande plutôt la peinture acrylique (pas de mauvaises surprises quand ça sèche).

**5** Quand tout est sec, vous pouvez recouvrir de vernis transparent protecteur et c'est prêt ! complètement !
☆ Si vous avez utilisé de l'aquarelle pour peindre, il vaut mieux mettre deux couches de vernis protecteur !

*Sorte de mini-supermarché, avec des heures d'ouverture très larges et où on trouve un peu de tout. Le nom vient de l'anglais, "convenience store"

J'ESSAIE DE FABRIQUER MES PROPRES BIJOUTERIES...
COMME JE N'AI PAS DE SOUS, JE ME SUIS DIT QUE ÇA POUVAIT ÊTRE UNE BONNE IDÉE, MAIS...
GRR GRR
GRRRRR
...SAUF QUE C'EST BEAUCOUP TROP DUR !
URRRGH !!
SALOPERIES DE PIERRES, Z'ÊTES TROP PETITES !
POURRITURES ! VOUS OSEZ ME DÉFIER ?!
BAM
EUH... ÇA NE SERT À RIEN DE CRIER SUR LES PETITES PIERRES...
C'EST NORMAL QUE TU N'Y ARRIVES PAS SI TU ESSAYES DE FAIRE ÇA EN PORTANT DES FAUX ONGLES...
AYA, TU ES DOUÉE POUR CE GENRE DE TRUC ?
TU VEUX QUE J'EN FASSE POUR TOI ?
VRAIMENT ?! SUPER, JE VEUX UN BRACELET AVEC DES PIERRES ARGENTÉES !!

QUAND J'ÉTAIS PETITE, JE M'AMUSAIS BEAUCOUP À CONSTRUIRE DES CHOSES AVEC CES PETITES PIERRES, TRANQUILLEMENT DANS MON COIN.
ÇA ME RAPPELLE CETTE ÉPOQUE.
HÉÉ, AYA...
CES DERNIERS TEMPS, T'AS L'AIR SUPER HEUREUSE...
QUELQUE CHOSE EST ARRIVÉ ENTRE OTOHATA ET TOI ?!
VAS-Y, ACCOUCHE ! ACCOUCHE !
AH... BON... OK, JE VAIS VOUS DIRE !
OTOHATA...
...M'A DIT QU'IL NE ME DÉTESTE PAS...
OUI, OUI, ET ALORS ?
ET ALORS ? BAH C'EST TOUT.
COMMMMMEEENT ?!
AH, VOUS ÉTIEZ LÀ ?

YOUHOOU, RAN !
'LUT !
BONJOUR, GRAND FRÈRE YAMATO !
"GRAND FRÈRE" ?
BON-JOUR !
ZWIP
ZWIP
T'ES TOUT SEUL AUJOURD'HUI, N°2 ?
OUI, REI FAIT LE TOUR DES BOUTIQUES DE DISQUES POUR PRÉPARER LE FESTIVAL CULTUREL DE NOTRE LYCÉE.
AU FAIT...
LES DJ UTILISENT DES DISQUES...
...TA-DAAM ! DES ENTRÉES POUR LE FESTIVAL CULTUREL DU LYCÉE MEISHÔ DAIICHI !!
087
086
明匠第一高校 文化祭
入場券
OH ! TROP DE LA BALLE !
J'AI ENTENDU DIRE QUE L'ANNÉE DERNIÈRE, L'ÉCOLE AVAIT ÉTÉ ENVAHIE PAR DES FILLES ET LE FESTIVAL AVAIT DÛ ÊTRE INTERROMPU.
AVIS DE ECHERCHE
OUI, DU COUP, À PARTIR DE CETTE ANNÉE, IL FAUT DES ENTRÉES POUR VENIR.

YAAAAY ! TROP BIIIEN ! ON VA Y ALLER !!
HÉ, ATTENDEZ UN PEU ! LE MEISHÔ DAIICHI EST UNE ÉCOLE POUR GARÇONS, NON ?
MOI AUSSI J'IRAI !
MOI AUSSI !
J'AI RAMENÉ AUSSI DES TICKETS POUR DES BOISSONS GRATUITES !
YES !
KYAAH KYAH
ELLES VONT ALLER DANS UN ENDROIT DANGEREUX ET PLEIN D'HOMMES... ...JE MEURS DE SOUCIS À L'AVANCE !
KOTOBUKI ! IIDA !

BONJOUR.
KIKOU, NAKASEN !
ON NE DIT PAS "KIKOU" ! ON DIT "BONJOUR".
BONJOUR, NAKASEN !
...
BON, ÇA NE FAIT RIEN...
VOUS AVEZ VRAIMENT ÉTÉ MERVEILLEUSES PENDANT LE FESTIVAL DES SPORTS !
J'AI ÉTÉ TRÈS FIER DE VOUS.
OUAIS, ON ÉTAIT SUPER !
ON A MIS LE FEU !
LE FEU !
LE FEU !
COMME ÇAA ?!
BOING
BOING
EUH, ÇA IRA, ÇA IRA !
LES ÉTUDIANTS, DE NOS JOURS, NE S'INTÉRESSENT À RIEN.
J'AI ÉTÉ VRAIMENT TRÈS FIER DE VOUS.
ET EN PLUS, J'AI PU GAGNER GRÂCE À ÇA CONTRE MON ENNEMI JURÉ, LE PROFESSEUR GUNJÔ...
WOWOW ! ENNEMI JURÉ ?!
NAKASEN N'EST PAS COMME D'HABITUDE !

* MOINS DE 10 EUROS.

TIENS !
JE T'AI FABRIQUÉ UN BRACELET COMME PROMIS !
WOOW !
IL EST SUPERBE !!
OHH, TROP MIGNON !
C'EST TOI QUI L'AS FAIT, AYA ?
TOP !
ESSAIE-LE, VAS-Y !
IL ME VA SUPER BIEN !
C'EST VRAI !
MERCI BEAUCOUP, JE LE GARDERAI PRÉCIEUSEMENT !
TU M'EN FERAS UN AUSSI ?

RHAA, ON A GYM MAINTENANT...
LES COURS DU PROF GUNJÔ SONT TOUJOURS HYPER SÉVÈRES...
J'AI LA DALLE...
BLA BLA
RAN, ALLEZ !
PAR-DON !
ALLEZ-Y AVANT MOI, JE VOUS REJOINS AU VESTIAIRE !
OK~
'LUT !
KOTO-BUKI...
T'ÉTAIS LA DERNIÈRE FILLE DANS LA BATAILLE À CHEVAL L'AUTRE JOUR, NON ?
ÇA ROULE ?
...
?
ÇA NE VA PAS ?

EN CE MOMENT...
...LA GRANDE MAJORITÉ DE LA CLASSE M'IGNORE COMPLÈTEMENT...
VRAIMENT ?
ILS FONT COMME...
...COMME SI LA DÉFAITE LORS DU FESTIVAL DU SPORT ÉTAIT ENTIÈREMENT DE MA FAUTE...
LES ORDURES...
AU DÉBUT, C'EST LE PROFESSEUR GUNJÔ QUI S'EST MIS À M'IGNORER TOTALEMENT...
...ET PUIS TOUTE LA CLASSE L'A IMITÉ...
COMMENT...?
TU VEUX DIRE QUE LA CLASSE LUI OBÉIT AU DOIGT ET À L'ŒIL ?!
COMME IL Y A BEAUCOUP DE SPORTIFS DANS NOTRE CLASSE, LE PROFESSEUR MALTRAITE CEUX QUI NE SONT PAS DOUÉS POUR LES SPORTS.

ET COMME JE SUIS NULLE EN SPORTS...
JE VIS UN VÉRITABLE ENFER...
...
PENDANT LES COURS D'ÉDUCATION PHYSIQUE, J'AI L'IMPRESSION DE CESSER D'EXISTER...
TU SAIS... ILS ESSAIENT DE TE FAIRE UN LAVAGE DE CERVEAU !
ÉCOUTE-MOI.
SI TU LES LAISSES TE CONVAINCRE QUE VOUS AVEZ PERDU PAR TA FAUTE, ALORS C'EST GUNJÔ QUI AURA EU LE DESSUS.
ILS NE POURRONT PAS CONTINUER À T'IGNORER PENDANT LONGTEMPS, CE N'EST PAS UNE CHOSE QUI PUISSE DURER UN AN OU DEUX.
GARDE TON CALME ET RETOURNE LA SITUATION.
ET PUIS SI C'EST TROP DOULOUREUX DE RESTER AVEC TA CLASSE, ALORS TU N'AS QU'À VENIR VISITER LA SECONDE 2 DE TEMPS EN TEMPS.
IL N'Y A QUE DES GENS SYMPAS.

DING-DONG DING-DONG
OK... MERCI POUR TES PAROLES.
JE VAIS ESSAYER DE GARDER LE COURAGE.
OUAIS !
BYE.
KOTOBUKI.
T'AS CINQ MINUTES DE RETARD.
COMME PUNITION, FAIS 10 FOIS LE TOUR DU CAMPUS.

AH, 10 FOIS ?
OK, C'EST FASTOCHE !
TON COMPORTEMENT N'EST PAS CORRECT.
20 TOURS DU CAMPUS AU LIEU DE 10.
20 TOURS ?
OKAAAY !
PROFESSEUR GUNJÔ...
VOUS LUI FAITES FAIRE 20 TOURS SANS MÊME LUI DEMANDER POURQUOI ELLE EST EN RETARD ? CE N'EST PAS UN PEU TROP ?
C'EST MOI QUI DÉCIDE DES RÈGLES QU'ON SUIT DANS MA CLASSE.
TU N'AS PAS À Y METTRE TON GRAIN DE SEL.
GRRR
BON, JE VAIS FAIRE LES 20 'TITS TOURS EN COURANT ET JE REVIENS TOUT DE SUITE !
ATTENDS UN PEU !
GRAP
SNAP

QU'EST-CE QUE C'EST QUE ÇA ?
JE SUIS UN PROFESSEUR, ALORS TU FERAIS MIEUX DE CHANGER DE FAÇON DE PARLER AVEC MOI.
C'EST PLUTÔT VOUS QUI DEVRIEZ ARRÊTER UN PEU DE PRENDRE VOS ÉLÈVES POUR DES CONS TOUT LE TEMPS COMME ÇA.
NE RÉPONDS PAS !
ET PUIS J'AI DÉJÀ DIT QUE LES BIJOUTERIES ÉTAIENT INTERDITES !!
PLAF !
SHWOM

ÇA NE SERT À RIEN DE PARLER AVEC UNE ENFANT PROBLÉMATIQUE COMME TOI !
TU FERAS 30 TOURS EN PUNITION !
PFF...
FAIS-MOI RIRE !
QU'EST-CE QUE TU APPELLES UN ENFANT À PROBLÈMES ?
C'EST COMME ÇA QUE TU PARLES DES ÉLÈVES QUI N'OBÉISSENT PAS AU MOINDRE DE TES ORDRES ?
ET CEUX QUI FONT TOUT CE QUE TU VEUX SONT DES "BONS ÉLÈVES" OU DES "ENFANTS MODÈLES" ?
SI C'EST ÇA, ALORS ILS NE SONT QUE DES PANTINS !...
...ET C'EST TOI QUI ES PROBLÉMATIQUE !!

COMMENT TU...
ATTENDEZ UN PEU !
GNIP
VOUS FERIEZ MIEUX DE DESSERRER VOTRE POING.
NOUS VOUS AVONS À L'ŒIL.
...
ALLEZ, COURS VITE !
40 TOURS DU CAMPUS !!
NANÈRE...
J'EN FERAI 50 AU LIEU DE 40 COMME BONUS !!

Toujours au sujet des couvertures, je me suis dit que ce serait un peu triste si je ne mettais que Ran toute seule sur la couverture, c'est plus sympa d'avoir 3 personnes, mais à ce moment-là, je ne peux pas mettre l'accent sur Ran. C'est un vrai casse-tête chinois, excusez-moi pour tout ça. En tout cas, ce que j'aime le plus, ce sont les illustrations couleur. J'adore mélanger les teintes, etc. C'est comme si on les arrangeait de notre mieux afin qu'elles ne se battent pas entre elles. Ces derniers temps, j'aime beaucoup le jaune, et je compte donc m'en servir pour la base de la prochaine couverture.

Quant aux moments pendant lesquels je ne dessine pas, je suis une personne tout ce qu'il y a de plus normale. Je lis, je joue à la peluche avec Timothy, je me balade dehors, je conduis la voiture, etc, tout ça normalement ! Mais je ne ressens pas le poids de la routine quotidienne, au contraire, je suis heureuse ! Et vous ?

PURÉE ! IL Y A VRAIMENT QUELQU'UN CAPABLE DE COURIR 50 TOURS AUTOUR DU CAMPUS ?!
DE L'EAU ! DONNEZ-MOI DE L'EAU !
J'AI TROP LA RAGE CONTRE CE PROF !
ÇA IRA.
MAIS JE DÉTESTE CE GENRE D'ADULTE QUI SE PREND POUR LE NOMBRIL DU MONDE.
SI JE ME LAISSE DÉCOURAGER, C'EST LUI QUI GAGNERA.
ÇA RISQUE DE DEVENIR UNE GUERRE LONGUE, ALORS VOUS FERIEZ MIEUX DE RESTER À L'ÉCART.
JE SERAI TOUJOURS À TES CÔTÉS POUR TE SOUTENIR.
MERCI...
OH, AYA...
...EXCUSE-MOI, TU VENAIS JUSTE DE ME DONNER CE BRACELET...
AH ! NE T'EN FAIS PAS !

LA PROCHAINE FOIS, J'EN FABRIQUERAI UN SI SOLIDE QU'ON NE POURRA PAS LE CASSER À MAINS NUES !
BOOON !
ON VA ALLER S'ÉCLATER AU FESTIVAL DU MEISHÔ DAIICHI POUR OUBLIER CES ENNUIS-LÀ !
ARGHHH !
OUIII !

第三十三回
明匠第一高校文化祭
HEISHOU 1
MODE
WOW ! LES ÉCOLES POUR GARÇONS SONT VRAIMENT DIFFÉRENTES DES MIXTES ! C'EST TOUTE UNE ATMOSPHÈRE PARTICULIÈRE.
LES BÔ MECS, LES BÔ MECS !
N°2 DEVRAIT ÊTRE DANS LE COIN, D'APRÈS CE QU'IL A DIT...

BLAM
KYAAH ! ASÔ ! JE L'AI VU !
ASÔÔÔÔ !
OUCH !
ARGH ARGH
KYAAAH, C'EST ASÔ EN PERSONNE, IL EST TROP BEAU !
JE VEUX PRENDRE UNE PHOTO AVEC TOI !
S'IL TE PLAÎT, SIGNE-MOI UN AUTOGRAPHE !
DONNE-MOI TON SAC !
DONNEZ-MOI UN DES BOUTONS DE VOTRE UNIFORME !!
DONNE-MOI TON BADGE DE L'ÉCOLE !
N°2... ...SEMBLE PLUTÔT CÉLÈBRE...
C'EST VRAI QU'IL ÉTAIT ARRIVÉ 2ÈME AU CONCOURS DU SUPER LYCÉEN.
AH, J'AVAIS OUBLIÉ... C'EST POUR ÇA QU'ON L'APPELAIT N°2...
DABADAA——AM
LE SUIVANT ! IL FAUT QU'ON TROUVE OTOHATA !
OTOHATAA !!
OÙ ES-TU ?!

ZURK
N°2...
HAA... SALUT... HAAA...
HAA
HAA
ÇA VA ?
MOUAIS...
C'EST DÉJÀ LA TROISIÈME VAGUE DE LA JOURNÉE...
JE PENSE QUE JE VAIS BIENTÔT ALLER ME CACHER DANS UN ENDROIT PLUS SÛR...
PLUS AUCUN BOUTON SUR SON UNIFORME.
C'ÉTAIT PAS DE LA RIGOLADE, L'HISTOIRE COMME QUOI ILS ONT ÉTÉ OBLIGÉS D'INTERROMPRE LE FESTIVAL À CAUSE DE L'INVASION DES FILLES L'ANNÉE DERNIÈRE.
OUAIP ! ET PUIS LE POURCENTAGE DE BEAUX MECS EST ÉLEVÉ DANS LE COIN !!
ZWIP
ZWIP
EUH... TU SAIS OÙ EST OTOHATA ?
REI EST PARTI SE PLANQUER DÈS LA PREMIÈRE VAGUE. IL DEVRAIT ÊTRE DANS LA SALLE DE LA RADIO DE L'ÉCOLE, AU 2ÈME ÉTAGE. C'EST LUI QUI S'OCCUPE DE LA MUSIQUE.

## JOURNAL DE LA CRÉATION DE "GALS"

Bon, on va faire un petit quizz !!

Devinez quelle est la chose que je finis par presque oublier de dessiner à chaque épisode ! J'en ai des palpitations d'inquiétude à chaque fois.

Chik chik chik chik chik B ooong, Time over ! (idiote)

La réponse était... la mèche rouge de Ran !

Je ne rigole pas, c'est vraiment terrible, à chaque fois ! C'est toujours ça que je trame en dernier, mais il y a des moments où j'oublie, c'est la panique !!!

Je regarde mes originaux en me disant qu'il y a quelque chose d'étrange avec ma page, mais sans réussir à trouver ce que c'est. Ce n'est que dans les dernières minutes que je sursaute en remarquant que je n'ai pas fait les mèches, et je cours pour tout finir à temps ! C'est vraiment terrible ! (rires)

Mais il y a vraiment des moments où je finis par oublier (ou bien la trame se décolle et part). Avant que le volume relié ne sorte, je m'efforce de tout corriger, mais si jamais vous trouvez une page où Ran n'a pas sa mèche, alors pardonnez-moi...

→ NEXT.

BON BAH JE VAIS VOUS MONTRER L'ÉCOLE !
N°2, JE VEUX DU THÉ OOLONG !
OK OK...
J'EN VEUX AUSSI.
TROIS THÉS S'IL TE PLAÎT...
J'ARRIVE.
たこ焼き
AH !!
GLOMP
KWIP
LA CH'TITE MAMIIII !!
KO... KOTOBUKI ?! QU'EST-CE QUE TU FOUS LÀ ?!
ET POURQUOI M'APPELLES-TU COMME ÇA ?!
HELLO~!!
MEEUH ! ON EST AMIES, NON ? T'ES VENUE À LA CHASSE AUX HOMMES ?
URRGH !
BOING!

* 20.000 YENS = PLUS DE 150 EUROS.

ON VA PARTICIPER !!
NON MERCI... (ON N'A AUCUNE CHANCE DE GAGNER AVEC ELLES DANS LE COIN...)
ALORS INSCRIVEZ-VOUS !
LA SALLE E, LA RADIO AU 3ème ÉTAGE...
C'EST ICI, JE CROIS...
RADIO
KLIK !
PARDON, JE PEUX ENTRER ?
C'EST QUI ?

AYA ?
TIENS.
T'ÉTAIS VENUE ?
EUH... OUI ! ON M'A DIT QUE TU ÉTAIS ICI, ALORS JE SUIS VENUE VOIR...
HMM.
EUH...
CETTE MUSIQUE...
IL N'Y A QUE DES SUPER MORCEAUX.
C'EST TOI QUI LES AS TOUS CHOISIS ?
OUI.

JE T'ENNUIE ? SI C'EST LE CAS, JE PEUX REPARTIR...
PASSE-MOI...
EUH ?
PASSE-MOI CE DISQUE À LA JAQUETTE BLEUE PRÈS DE TOI.
O... OUI ! CELUI-CI ?
MERCI.
70s DISCO HITS DELUXE
TU PEUX RESTER, SI TU VEUX.
FAIS COMME IL TE PLAÎT.
VRAIMENT ? SUPER !
ALORS JE VAIS RESTER ICI À TE REGARDER.
CECI DIT, TU VAS T'ENNUYER, SI TU RESTES SIMPLEMENT À REGARDER.

ÇA NE FAIT RIEN.
JE SUIS HEUREUSE...
...SIMPLEMENT DE POUVOIR RESTER À TES CÔTÉS.
TU ES VRAIMENT UNE JEUNE FILLE PURE À L'ANCIENNE.
C'EST RARE, DE NOS JOURS.
EUH... VRAIMENT ?

MAIS À VRAI DIRE...
...POUR MOI, C'EST PLUS FACILE DE ME LIER AVEC DES FILLES PLUS LÉGÈRES...
...LA PRESSION N'EST PAS AUSSI FORTE...
QUELQU'UN QUI NE MET PAS AUTANT DE PRESSION...
TU VEUX DIRE, QUELQU'UN COMME RAN ?
BOF...
SI...SI C'EST LE CAS, ALORS JE DEVIEN-DRAI COMME RAN !
JE... JE PEUX VOIR L'AIR PLUS LÉGÈRE, SI TU VEUX ! JE PEUX ME TEINDRE LES CHEVEUX EN BLOND, ET PUIS JE NE ME MÊLERAI JAMAIS DE CE QUE TU FAIS !
CE N'EST PAS CE QUE JE VEUX DIRE.
TU ES BIEN COMME TU ES.
MAIS ALORS...
...COMMENT PUIS-JE M'APPROCHER DE TOI ?
C'EST PARCE QUE JE SUIS DU GENRE QUI N'EN FAIT QU'À SA TÊTE.

JE NE SAIS PAS...
...SI JE SUIS LÉGÈRE OU LOURDE...
C'EST LA PREMIÈRE FOIS QUE JE TOMBE AMOUREUSE...
...C'EST LA PREMIÈRE FOIS QU'IL M'ARRIVE D'AIMER AUTANT QUELQU'UN...
TU CHIALES À NOU-VEAU...
BOUH

IL SE PEUT QUE PAR MON COMPORTEMENT, JE TE BLESSE SANS QUE JE LE SACHE...
...TU VEUX TOUJOURS ÊTRE PROCHE DE MOI MALGRÉ CETTE POSSIBILITÉ ?
OUI...
MÊME SI TU ME BLESSES... JE T'AIME QUAND MÊME...

MEISHÔ.1
5ème EDITION
CONCOURS DE LA REINE DU FESTIVAL
NOUS CONTINUONS AVEC NOTRE CONCOURS ANNUEL DE LA REINE DU FESTIVAL...
...LE CONCOURS APPROCHE DE LA FIN, IL NE RESTE PLUS QUE DEUX CANDIDATES MAINTE-NANT !!
LA FINALE SERA ENTRE RAN KOTOBUKI, DU LYCÉE HÔNAN, ET MAMI HONDA, DU LYCÉE HIGASHI-IKEBUKURO
URA
WOOOOH
BON, JE VOUS LAISSE ESSAYER DE SÉDUIRE VOTRE AUDIENCE !!
JE SUIS RAN KOTOBUKI ET JE VAIS DANSER LA PARA PARA !
JE SUIS MAMI HONDA ET JE VAIS DANSER LA PARA PARA !

* AYUMI HAMASAKI = CHANTEUSE JAPONAISE

MEISHÔ.1
5ème ÉDITIO
CONCOURS DE LA REINE DU FESTIVAL
OK, JE ME CHARGE DE RACCOMPAGNER RAN.
PRENDS BIEN GARDE À TOI.
ZU-ZU-TCHAC-TCHAC
ZU-ZU-TCHAC-TCHAC
IL EST TARD, JE VAIS RENTRER.
EUH... BISOU BYE POUR TOI AUSSI.
HARUE BISOU BYE !
C'EST À MOI !
JE VAIS IMITER LES 8 MORNING MUSUME À MOI TOUTE SEULE !
LOVE MACHINE !
ARG ! ÇA NE VAUT PAS !
JE VAIS LE FAIRE AUSSI !
WAAAAH
LE CONCOURS PART EN EAU DE BOUDIN !...
QU'EST-CE QU'ELLES FONT, CES DEUX-LÀ ?...
EN PLUS, YAMATO DOIT ÊTRE EN TRAIN DE SE FAIRE DU SOUCI...
JE SUIS FATIGUÉE...
RHAA, JE ME DEMANDE POURQUOI JE SUIS VENUE À CETTE FÊTE...
YAMATO !

La deuxième chose que j'oublie le plus souvent est le dégradé sur les cheveux de Miyu !! C'est bizarre, car sans ce dégradé elle ne serait pas vraiment Miyu... Sinon parfois je panique aussi pour ne pas me planter sur les accessoires portés par les personnages (rires).

Mais bon, je m'amuse malgré tout, car j'adore dessiner les fringues et les accessoires !

## JOURNAL DE LA CRÉATION DE GALS

Ah, au fait ! L'autre jour, je me suis encore ramassé la figure par terre en beauté ! C'était affreux... En plus, j'ai fait ça pile devant le Q-Front ! Trop mauvais, terrible !! (rires)

Et pile devant l'entrée aussi ! C'est terrible, vraiment misérable !! (rires)

→ NEXT.

T'INQUIÈTE !
SI DES MECS LOUCHES S'APPROCHAIENT DE MOI, LA FORCE DE NOTRE AMOUR LES EXPÉDIERAIT VITE FAIT AU FIN FOND DE LA GALAXIE !
HÉ !
JE NE RIGOLE PAS, JE ME FAISAIS VRAIMENT DU MOURON POUR TOI !
HAAA... IL N'Y A VRAIMENT AUCUN HOMME DANS CE MONDE QUI SOIT PLUS CHOUETTE QUE TOI !
NE TE FICHE PAS DE LA GUEULE D'UN ADULTE.
NOUS ALLONS MAINTENANT VOUS DONNER LES RÉSULTATS DU CONCOURS...
COMME VOUS L'AVEZ VU, NOS DEUX CANDIDATES ÉTAIENT VRAIMENT À ÉGALITÉ, ET POUR FINIR...
HAAAA
HAAAA

WAAAAAA
C'EST UN MATCH NUL !
QUOOOOI ?
JE REFUSE DE PARTAGER LES 20000 YENS EN CDS !!
JE REFUSE DE PARTAGER LA COURONNE !!
AH ? MAIS ALORS C'EST FACILE DE S'ARRANGER !
TIENS... MAIS OUI, TU GARDES LES CDS ET MOI LA COURONNE !
ON VOUS REVERRA AU FESTIVAL DE L'ANNÉE PROCHAINE, BISOU ET BYE BYEEE !!
HA !!
ATTENDS UN PEU ! ON A OUBLIÉ DE CHERCHER DES MECS !
ON EST VRAIMENT DES GOURDES !
ARGH!
"LA CHASSE AUX HOMMES N'EST PAS SI FACILE..."
C'EST CE QU'ELLES ONT FINI PAR SE DIRE APRÈS TOUTE CETTE COMPÉTITION DÉPOURVUE DE SENS... (ELLES SERAIENT DÉBILES ?)
Fin du chapitre 10

LE LAVAGE DE LINGE SALE DES FUJII, MÈRE ET FILLE...

VERS L'ENFER DU CHAMP DE BATAILLE (2) →

GALS!
CHAPITRE 11 : NOTRE FORCE N'EST PAS DE LA RIGOLADE !

L'ENFER DU CHAMP DE BATAILLE (2)

* SORTE DE FLIPPER JAPONAIS, PLUS PROCHE DE LA MACHINE À SOUS.

VERS L'ENFER DU CHAMP DE BATAILLE (3) →

☆ **L'ART DES ONGLES** - 3ème partie - application de la théorie

- Une fois le faux ongle prêt, il suffit de le coller en place !

Au fait, "l'art des ongles" n'est pas vraiment recommandé pour les enfants, dont les vrais ongles sont encore délicats, et qui vont à l'école, jouent avec leurs mains, etc. En plus, les faux ongles collés doivent être enlevés en utilisant un produit spécial, etc. Ça risque de devenir un problème pour eux.
Pour eux, il vaut mieux utiliser les petits autocollants permettant de mettre en place et enlever facilement des faux ongles. Ils peuvent tout aussi bien utiliser simplement du scotch double face, c'est encore plus simple. Mais il faut y aller d'un seul coup, parce que si on essaye de mettre l'ongle en place plusieurs fois en enlevant et recollant, la colle du scotch va partir et ça ne tiendra pas bien en place !

Il y a pas mal d'autres versions possibles...

PETITES PIERRES

PETITS STICKERS ET AUTRES

Vous pouvez essayer de décorer avec des petites pierres pour bijouteries, ou bien avec d'autres choses, (comme des tout petits rubans, des stickers, etc.)

Vous pouvez aussi utiliser une autre couche de vernis à ongles, métallisé, par-dessus la base.

← Du métallisé encore plus brillant !

FAITES COMME VOUS PRÉFÉREZ !!

WOW ! TROIS VERNIS À ONGLES, DU GLOSS, DU FARD À PAUPIÈRES, UNE MINI-BOÎTE, UN MIROIR ET UNE BAGUE POUR...
...SEULEMENT 1000 YENS !!
YOUHOUU !
LES BOUTIQUES OÙ TOUT EST À 100 YENS SONT VRAIMENT UN PARADIS POUR TOI, RAN.
JE VAIS PEUT-ÊTRE M'ACHETER DU EYE-LINER...
AH ! MAIS JE DEVAIS ALLER À MATSUKIYO M'ACHETER DU DÉCOLORANT POUR MES CHEVEUX !
J'AURAI PAS ASSEZ !
J'AI ENCORE UN RESTE DE DÉCOLORANT À LA MAISON. SI TU VEUX, TU PEUX VENIR CHEZ MOI ?
GAAAAH
OH ? OK, ON Y VA !
AYA AUSSI ?
OTOHATA ET MOI NOUS SOMMES DONNÉ RENDEZ-VOUS PRÈS D'ICI.
OHH, VOUS AVEZ UN RENDEZ-VOUS AMOUREUX ?
AH, LE VOILÀ !

OTO-HATA !
YO.
IL FAIT FROID, NON ?
TU VEUX ALLER OÙ ?
BLAN
AH, EXCUSE-MOI.
FINALEMENT, JE DOIS BOSSER, JE NE PEUX PAS SORTIR AUJOURD'HUI.
AH BON... ALORS IL N'Y A PAS LE CHOIX.
BOSSE BIEN !
ON SE VERRA LA PROCHAINE FOIS !
À PLUS !

HAAAAAAA
JE N'AI PU QUE LE VOIR VITE FAIT AUJOURD'HUI, MAIS ÇA M'A DÉJÀ REMPLIE DE BONHEUR... ♡
OH, IL PLEUT DES FLEURS !
C'EST LE TYPE DE FILLE QUI SE TRAÎNE AUX PIEDS D'UN MEC.
ON REEENTRE !
C'EST PETIT, MAIS INSTALLEZ-VOUS.

TA MÈRE N'EST PAS LÀ AUJOURD'HUI ?
JE PEUX PRENDRE UN JUS DE FRUIT ?
VAS-Y.
ELLE M'A LAISSÉ 2000 YENS, ÇA VEUT DIRE QU'ELLE VA PASSER AU MOINS 4 JOURS CHEZ SON PETIT AMI.
PFTOO!!
2000 YENS POUR QUATRE JOURS ?!
MA MÈRE EST DU GENRE QUI PENSE QU'IL SUFFIT DE LAISSER DE L'ARGENT ET QUE TOUT IRA POUR LE MIEUX.
ET TON PÈRE ?
ILS SE SONT SÉPARÉS QUAND J'AVAIS TROIS ANS.
IL S'EST DÉJÀ REMARIÉ DEPUIS UN BAIL.
AH BON...
C'EST ÇA, TON DÉCOLORANT ?
OH, IL T'EN RESTE ENCORE PLEIN !
MAIS ÇA NE FAIT RIEN.
C'EST COOL, C'EST COMME SI JE VIVAIS TOUTE SEULE.

C'EST COOL...? C'EST PEUT-ÊTRE VRAI... MES PARENTS SONT TOUS LES DEUX DES EMPLOYÉS TOUT CE QU'IL Y A DE PLUS NORMAL... ...DU COUP IL PASSENT LEUR TEMPS À ME FAIRE DES SERMONS.
JE T'EMPRUNTE UNE SERVIETTE.
OK, JE COMMENCE MA DÉCORATION !
AYA...
TU DIS TOUJOURS À TES PARENTS QUE TU VAS AUX COURS DU SOIR AU JUKU EN PLUS DU LYCÉE ?
TU N'AS PAS PEUR QU'ILS SE RENDENT COMPTE QUE CE N'EST PAS VRAI ?
OUI, MAIS BON... DE TOUTES FAÇONS, ILS NE COMPRENNENT RIEN DE CE QUE JE LEUR DIS. ILS ATTENDENT BEAUCOUP TROP DE MOI, TOUT ÇA PARCE QU'ILS SONT TOUS DEUX DES GENS NORMAUX, ALORS IL FAUT QUE JE SOIS LE PETIT GÉNIE DU COIN.
J'AI VU QUE HITOE, DE SPEED, AVAIT UNE SUPER COIFFURE BLONDE, AVEC DES CHEVEUX LONGS ET DES MÈCHES ROUGES. JE ME DEMANDE SI JE NE VAIS PAS ME LAISSER POUSSER LES CHEVEUX !
RAN©
MAIS AU MOINS VOUS NE VOUS ÊTES PAS ENCORE ÉLOIGNÉS LES UNS DES AUTRES. MA MÈRE NE ME PARLE MÊME PAS.
DE NOS JOURS, IL SUFFIT DE S'ACHETER UNE EXTENSION, ET HOP, ON PEUT AVOIR DES CHEVEUX LONGS D'UN COUP SANS AVOIR À ATTENDRE, VOUS SAVIEZ ÇA ? MAIS ÇA COÛTE HYPER CHER. LES PERRUQUES AUSSI, D'AILLEURS ! C'EST TERRIBLE...

HÉ HO, VOUS AUTRES !! VOUS M'ÉCOUTEZ UN PEU, QUAND JE PARLE ?!
URG URG URG
OUI OUI, ON T'ÉCOUTE.
HÉ AYA, AU FAIT... OTOHATA ET TOI VOUS ÊTES DÉJÀ EMBRASSÉS ? IL A L'AIR D'ÊTRE UN RAPIDE !
NE RACONTE PAS CE GENRE DE BÊTISES ! CE N'EST PAS DU TOUT LE CAS !
TIENS, JE VEUX QU'ON FÊTE LE FAIT QU'OTOHATA ET TOI ÊTES ENSEMBLE MAINTENANT ! PAYE-NOUS À BOUFFER QUELQUE CHOSE !
OUIII !
ATTENDEZ UN PEU ! NORMALEMENT, C'EST LA PERSONNE QUI FAIT LA FÊTE QUI PAYE, NON ?
LOVE×2
BON, ON FAIT UNE PIZZA PARTY CE SOIR !
AH MAIS ÇA ME FOUT EN ROGNE !!
JE SUIS LA SEULE QUI N'AI PAS DE MEC !
TAK
OOTCH
JE VEUX UNE PIZZA AUX FRUITS DE MER AVEC LA PÂTE "CRISPY".

REGARDE UN PEU... MES CHEVEUX SONT TOUT SECS !
J'AI UTILISÉ TROP DE DÉCOLORANT HIER...
C'EST PARCE QUE TU NE T'OCCUPES PAS ASSEZ BIEN DE TES CHEVEUX.
CECI DIT, CETTE COULEUR CHATAIN EST PLUTÔT PAS MAL, NON ?
OUI. SI TU ESSAIES DE TE LES REDÉCOLORER POUR DEVENIR BLONDE, TES CHEVEUX NE SURVIVRONT PAS !
MES CHEVEUX SONT SUPER COSTAUDS...
TAKAZAWA...
T'ES VRAIMENT UNE CRÉTINE.
RIEN QUE DE TE VOIR JE SUIS FURIEU-SE !

* IJIMÉ = PHÉNOMÈNE MALHEUREUSEMENT ASSEZ FRÉQUENT AU JAPON, DANS LEQUEL LES ÉLÈVES D'UNE CLASSE FONT DE L'UN D'ENTRE EUX LE SOUFFRE-DOULEUR DU GROUPE.

HÉ HO, ATTENDS UN PEU !
QU'EST-CE QUE TU ES EN TRAIN DE FAIRE À L'UNE DE MES COPINES ?
VOUS AVEZ L'AIR GENTILLES, MAIS EN FAIT VOUS ÊTES POURRIES !
UGH... RAN KOTOBUKI !
ET ALORS ?
TU VEUX TE METTRE DU CÔTÉ DE TAKAZAWA ?
SI TU FAIS DU PROFESSEUR GUNJÔ TON ENNEMI, TU LE REGRETTERAS.
VOUS PARLEZ COMME SI VOUS ÉTIEZ SES LARBINES.
RÉFLÉCHIS UN PEU.
ON NE FAIT QU'OBÉIR AUX ORDRES DU PROFESSEUR.
!
SI ON ESSAIE D'AIDER TAKAZAWA, LA MÊME CHOSE NOUS ARRIVERA À NOUS.
ÇA NE MÈNE À RIEN D'ESSAYER DE DÉSOBÉIR AU PROFESSEUR.

RHAA, J'EN PEUX PLUS.
PARTONS.
TU TE DONNES DES AIRS DE JUSTICIÈRE ?
KOTOBUKI.
TU ES LE PIRE TYPE DE PROFESSEUR POSSIBLE.
TÔT OU TARD LES GENS VERRONT AU TRAVERS DE TES APPARENCES.
PARCE QUE TU AS DES PREU-VES ?
PERSONNE N'IRAIT ÉCOUTER CE QUE RACONTE UNE ENFANT À PROBLÈ-MES COMME TOI.
HÉ...
ARRÊTE, MIYU.

RAN...
CE VIEUX ME TAPE SUR LES NERFS.
CA VA ?
OUI... MERCI.
DEUX BOÎTES DE TAKOYAKI, S'IL VOUS PLAÎT (AVEC PLEIN DE SAUCE).
OHH !
C'EST VRAI QUE TOUS LES ÉTUDIANTS DE SA CLASE ONT DES NOTES EN SPORTS PLUS ÉLEVÉES QUE CELLES DES AUTRES.
ET EN PLUS, GUNJÔ A UNE SOLIDE RÉPUTATION AUPRÈS DES PARENTS D'ÉLÈVES, COMME ÉTANT UN EXCELLENT PROFESSEUR...

TU NE TROUVES PAS QUE LES ÉLÈVES DE SA CLASSE ONT TOUS UN REGARD VIDE ?
T'EN VEUX, REI ?
NAN, MERCI.
GUNJÔ UTILISE SON INFLUENCE POUR ÉCRASER TAKAZAWA EN LUI DISANT "VOILÀ CE QUI T'ARRIVERA SI TU ME DÉSOBÉIS" ?...
C'EST TROP POURRI ! ET IL SE PREND POUR UN PROF ?!
QU'EST-CE QUI SE PASSE ?
VOUS AVEZ DES PROBLÈMES AVEC L'UN DE VOS PROFS ?
MOUAIS !
RESTER LÀ À RÉPÉTER DES TRUC POUR SE METTRE ENCORE PLUS HOR DE SOI...
...T'ES VRAIMENT SIMPLETTE...
TU LA FERMES ! LA FERME !!
TIENS, TIENS, MANGE UN TAKOYAKI ET CALME-TOI.
MIAAAAMM !
DÉBILE.
JE M'INQUIÈTE, MOI !
SI TU T'ATTIRES DES PROBLÈMES, TU NE RISQUES PAS DE TE BLESSER ?
POPSI

* ÔOKA ECHIZEN = SÉRIE TV JAPONAISE CÉLÈBRE.

1

Au moins, il faisait encore froid à ce moment-là, donc j'avais une excuse. Et puis une bonne chose avec Shibuya est que tu as beau te casser la figure par terre, personne ne s'arrête pour te regarder. C'est même un peu gênant de se dire qu'ils s'en fichent (ils pourraient au moins se dire "tiens, elle remet ça" etc. -rires-)
C'est vraiment dur de marcher quand une fine pellicule de glace se forme sur les pavés de Shibuya, qui sont déjà assez glissants naturellement.

Même si on est sur son 31, il faut quand même être prêt à tout et rester sur ses gardes pour ne pas tomber !!
Pour revenir au sujet d'origine, -à savoir le manga-, ma mère est devenue un peu moins timide ces derniers temps. Elle est allée l'autre jour prendre des photos pour notre documentation à Ikebukuro, et elle a réussi à jouer parfaitement les photographes pro, en prenant plein de photos des bâtiments et autres, sans être intimidée par la foule de jeunes passant par là !

C'est cool, ensuite je n'ai plus qu'à utiliser ces photos !

→ NEXT.

TU SAIS, MIYU...
QUAND ON COMMENCE SA VIE D'ADULTE DANS LA SOCIÉTÉ, ON FAIT FACE À UNE ÉNORME QUANTITÉ DE CONTRAINTES...
JE ME DEMANDE SI PAR HASARD L'ÉCOLE NE SERAIT PAS UN ENDROIT OÙ ON PEUT APPRENDRE À S'HABITUER À CES CONTRAINTES PEU À PEU.
SANS ÇA, LES RENCONTRER TOUTES D'UN SEUL COUP UNE FOIS QU'ON DEVIENT ADULTE SERAIT DOULOUREUX, MÊME POUR TOI, MIYU.
JE NE SUIS PAS UNE GAMINE NON PLUS.
JE SAIS CE QUE C'EST, D'AVOIR DES CONTRAINTES.
BU-I
TU ME COMPRENDS, DONC !
QUOI QUE TU FASSES, IL NE FAUT PAS METTRE LA FAUTE SUR LES AUTRES PLUS TARD.
IL FAUT AVOIR LE COURAGE D'ASSUMER SES RESPONSABILITÉS DANS LA VIE.
TU NE TROUVES PAS ?
VOUIIII !
YAMATO, T'AS L'AIR D'UN VIEUX, QUAND TU PARLES COMME ÇA !
HARGH
UN VIEUX ALORS QUE JE N'AI QUE 25 ANS ?!
C'EST TERRIBLE, CE QUE TU DIS !

REGARDE UN PEU ! DU MAQUILLAGE DE LA MARQUE D'AYUMI HAMASAKI !
MOI, J'EN AI D'OLYMPIA !
COMME C'EST COOL, LE MAQUILLAGE D'AYU !
...ON PEUT LE PORTER DANS L'ESPOIR DE DEVENIR COMME ELLE.
CE PETIT MIROIR EST PLUTÔT MIMI AUSSI, NON ?
JE VAIS EN METTRE UN PEU AUSSI...
ZWIK
HÉ ! VOUS AUTRES ! C'EST INTERDIT DE SE METTRE DU MAQUILLAGE À L'ÉCOLE !
ARGHH, ON EST DÉCOUVERTES !
FUYONS !!
RENDEZ-VOUS, PUISQUE VOUS ÊTES DÉCOUVERTES !
OUI, FUYONS !

HAAA.... JE N'AI PAS LA FORCE DE LEUR COURIR APRÈS AUJOURD'HUI.
PFF ...
OUAIP.
IL EST PARTI ?
COMME JE DISAIS, CE MASCARA DONNE PLEIN DE VOLUME AUX CILS.
VRAIMENT ? PRÊTE-LE-MOI !
LES FILLES ! LES FILLES !
TADAM
TADADADAM
SWIP
TWIP
BAD NEWS !
LE PROFESSEUR HOSOKAWA NE PEUT PAS VENIR ET C'EST GUNJÔ QUI LE REMPLACE DONC POUR LE PROCHAIN COURS !!
TU CROIS QU'IL VA REMARQUER QUE J'AI MIS DU MASCARA ?
ÇA SAUTE AUX YEUX !
EN PLUS, C'EST LE MODÈLE QUI PART DIFFICILEMENT.
SECONDE 2

COMME LE PROFESSEUR HOSOKAWA EST MALADE AVEC LA GRIPPE, JE LE REMPLACE AUJOURD'HUI.
COMME LE COURS PORTE SUR LA MORALE...
...J'EN PROFITERAI POUR VOUS DEMANDER VOS OPINIONS SUR LE RÈGLEMENT.
ÇA Y EST !
ÇA A ÉTÉ RAPIDE !
KOTOBUKI.
TU ENFREINS BIEN SOUVENT LES RÈGLES, N'EST-CE PAS ?
VOUDRAIS-TU NOUS DONNER TES OPINIONS SUR LE RÈGLEMENT ?
OK. JE NE PENSE PAS QUE LES CHEVEUX TEINTS, LES BIJOUTERIES OU LES LOOSE SOCKS SOIENT UN PROBLÈME.
PUISQUE ÇA NE CAUSE DE PROBLÈME À PERSONNE.
VRAIMENT ?
ON DIT BIEN QUE "LE MANQUE DE SÉRIEUX DANS LA TENUE REFLÈTE LE MANQUE DE SÉRIEUX DE L'ESPRIT".
ÇA TE VA TERRIBLEMENT BIEN, COMME EXPRESSION.

TU N'ES PAS CAPABLE DE T'HABILLER CORRECTEMENT, TU N'ES PAS CAPABLE DE PARLER CORRECTEMENT...
...ON PEUT VOIR QUE TU ES COMPLÈTEMENT POURRIE À L'INTÉRIEUR.
TU CONNAIS L'HISTOIRE DE LA POMME POURRIE ?
SI UNE SEULE POMME POURRIE SE RETROUVE À L'INTÉRIEUR D'UN CAGEOT DE BONNES POMMES, ELLE CONTAMINE TOUTES LES AUTRES.
C'EST TOI LA POMME POURRIE.
PFF...
JE VOUS TROUVE BIEN PRÉTENTIEUX...
QUOI ?!
TAK!
VOUS PARLEZ COMME SI VOUS ÉTIEZ TOUT BLANC TOUT PROPRE...
...ALORS QU'EN FAIT, CE N'EST QU'UNE FAÇADE, DÈS QU'ON ENLÈVE LA PREMIÈRE COUCHE DE PEINTURE, TOUT EST POURRI EN DESSOUS...
...N'EST-CE PAS ?

JE VAIS T'ENSEIGNER UN TRUC, PROFESSEUR PRÉHISTO-RIQUE...
LES ÉTUDIANTS NORMAUX NE DISENT PAS CE QU'ILS PENSENT, DE NOS JOURS, MAIS...
...CE N'EST PAS POUR AUTANT QUE TU DOIS PENSER QU'ILS SONT TOUS EN TRAIN DE DEVENIR COMME TU VEUX. ILS NE FONT QU'AVOIR L'AIR.
SI ON T'ENLEVAIT TA FORCE DE PRESSION, TOUTE CETTE INFLUENCE S'ÉCROULERAIT AUSSITÔT !
SKWIP
TAK

SHBAF
!?
KYAAH !
SHBLAM !!
SI TU OSES M'AFFRONTER, VOILÀ CE QUI T'ARRIVERA !
DÈS QU'ON EST UN PEU GENTIL, CE GENRE D'ORDURE SE CROIT TOUT PERMIS !
POURRI-TURES DE GOSSES !

SI LA COMMUNICATION N'EST PAS BONNE IL FAUT AUTOMATIQUEMENT RECOURIR AU CHÂTIMENT CORPOREL ?...
...EST-CE QU'IL T'EST DÉJÀ ARRIVÉ DE CROIRE EN TES ÉLÈVES ?
"CROIRE" ?
TU ME DIS DE CROIRE AUX ÉLÈVES ?
BLA BLA BLA BLA BLA BLA BLA
C'EST POUR ÇA QUE CETTE GÉNÉRATION D'ENFANTS EST SI CORROMPUE !
DES GOSSES CAPABLES DE SE PROMENER AVEC UN COUTEAU COMME SI C'ÉTAIT PARFAITEMENT NORMAL...
...ET QUI NE RECONNAISSENT JAMAIS LEURS TORTS !
UNE BANDE DE CHIENS ENRAGÉS SANS AUCUNE CERVELLE ET QUI SE CACHENT DERRIÈRE DE BELLES PAROLES !!
C'EST POUR ÇA QUE JE DOIS VOUS CONTRÔLER PAR LA FORCE !
ET ÇA A TOUJOURS MARCHÉ TRÈS BIEN !
MAIS AU FAIT, YAMAZAKI, TU CROIS QUE JE NE SUIS PAS AU COURANT ?
TOI AUSSI, TU AS CAUSÉ ÉNORMÉMENT DE PROBLÈMES, DANS LE PASSÉ...
...OU TU PENSES PEUT-ÊTRE QUE TOUTES TES FAUTES SE SONT EFFACÉES PARCE QUE DU TEMPS S'EST ÉCOULÉ ?

SHBA
VOILÀ...
...TOUT CE QUE J'AI À TE DIRE !!
BAM
KYA !
ARGH !
ELLE L'A FAIT !!

NE TE TROMPE PAS !
C'EST POUR NOTRE BIEN QU'ON S'EFFORCE DE DEVENIR QUELQU'UN...
...OU POUR LES GENS QUI CROIENT EN NOUS !! PAS POUR TOI PAR LA FORCE !
C'EST TOI QUI DÉTRUIS LE POTENTIEL DES ÉLÈVES EN AGISSANT COMME ÇA !
REGARDE UN PEU LES YEUX DE TES ÉLÈVES, ET DEMANDE-TOI S'ILS SONT VIVANTS OU MORTS !
ET N'OUBLIE PAS DE BIEN TE LAVER LES YEUX AVANT DE LE FAIRE !!
BADADAM !
T'AS COMPRIS, PAUVRE C...?!
CALME-TOI, KOTOBUKI !
À L'AIDE !

J'AI PAS FINI !!
AHH, ARRÊTE DE T'AGITER !
POUR-QUOI...?
MON IDÉE DE L'ÉDUCATION N'EST POURTANT PAS ERRONÉE...
POUR-QUOI VOUS...
...ME REGARDEZ COMME ÇA...?

APRÈS ÇA, J'AI ÉTÉ SUSPENDUE DE L'ÉCOLE PENDANT 5 JOURS... (OUCH)
BIZARREMENT, NAKASEN A DEMANDÉ SPÉCIALEMENT À LA DIRECTION DE L'ÉCOLE DE NE PAS M'EXPULSER, ET DE ME LAISSER RÉINTÉGRER L'ÉCOLE SI J'ÉCRIVAIS 50 FOIS UNE LETTRE D'EXCUSES ET DE RÉFLEXION SUR MON ACTE.
NAKASEN EST MONTÉ EN MON ESTIME.
OUCH... MON PÈRE M'A FOUTU UNE DE CES BAFFES...
ÇA FAIT UN "DOUBLE PUNCH", AVEC LE COUP DE L'ABRUTI DE PROF.
J'EN AI MARRE... ON VA S'AMUSER À SHIBUYA ?
T'ES OBLIGÉE DE RESTER ENFERMÉE À LA MAISON.
TU SAIS, POUR GUNJÔ...
DES ÉLÈVES DE SA CLASSE ONT TÉMOIGNÉ CONTRE LUI, IL PARAÎT QU'IL VA ÊTRE MUTÉ DANS UN AUTRE ÉTABLISSEMENT.
T'AS GAGNÉ LE COMBAT DOUBLEMENT, RAN.
CE SERA COOL SI ON PEUT DEVENIR COPINES AVEC TAKAZAWA ET COMPAGNIE, DU COUP !
CUI CUI

MAIS VRAIMENT, ALLER CHERCHER LA BAGARRE DU CÔTÉ DES PROFS, 'FAUT LE FAIRE !
TU NE RIGOLES PAS, RAN !
JE NE CHOISIS PAS LES GENS QUI M'IRRI-TENT...
YAMATO M'A DIT...
...QUE L'ÉCOLE EST UN ENDROIT POUR APPRENDRE À SUPPORTER LES CONTRAINTES DE LA VIE.
AH BON ? IMBÉCILE DE FRÈ-RE !!
IMBÉCILE IMBÉCILE IMBÉCILE !
MAIS EN FAIT...
...AU MOMENT OÙ IL T'A FRAPPÉE, J'AI FAILLI EXPLOSER.
MAIS MAINTENANT, J'AI DES GENS QUI CROIENT EN MOI.
C'EST POUR ÇA QUE J'ARRIVE À ME RETENIR.
J'AI MÊME RÉUSSI À AVOIR PITIÉ DE GUNJÔ.
HÉ... C'EST VRAI QU'ON NE SE LAISSE VRAIMENT PAS ABATTRE !

Mais ce n'est pas de ma faute, si je dois faire ça ! Je suis hyper nulle pour prendre des photos ! Je finis toujours par mettre le doigt devant l'obturateur sans m'en rendre compte, ou bien par oublier de régler quelque chose, etc.

Maman est super douée ! Mais je me suis mise à m'entraîner aussi récemment. (s'entraîner avec une caméra ?!) On m'a dit que j'avais progressé ! Je suis aussi allée chasser des informations et des décors à dessiner dans un grand magasin, c'était super ! Je me suis beaucoup amusée, et après que j'aie dessiné l'endroit, j'ai reçu une lettre de remerciements de leur service Marketing. C'est plutôt à moi de les remercier !! Pardon d'avoir utilisé votre magasin. J'y reviendrai à coup sûr !! Le prochain endroit où je compte aller chercher de la documentation, c'est Machida (à Tôkyô) !! Ça fait bien 3 ou 4 ans que je n'ai pas mis les pieds là-bas, alors j'ai hâte d'y être !! Youpii ! Voilà, j'ai fini, c'était le journal de la création de Gals !

♡

☆ ☆ ☆ ☆ ☆ ☆

RAN !
VLAM
OAUIIIIS ! YOUHOOOU !
J'AI RAMENÉ PLUS DE MONDE POUR T'AIDER À ÉCRIRE TA LETTRE DE RÉFLEXION !
LA CHAMBRE DE RAN ! ♡
OH, GOOD TIMING ! (T'ES ARRIVÉE AU BON MOMENT) ♡
S'IL Y A UNE LETTRE DE RÉFLEXION, C'EST QUE RAN A BIEN FINI PAR SE CRÊPER LE CHIGNON AVEC LE PROF...? AH ! QU'EST-CE QUI EST ARRIVÉ À TON VISAGE ?!
NE DEMANDE PAS, PLEASE.
KYAAA, REI, REI !!
CINQUANTE LETTRES À RECOPIER... ÇA VA NOUS PRENDRE DANS LES TROIS HEURES.
C'EST SUPER DE NOUS AIDER !

- LETTRE DE RÉFLEXION - PAR RAN KOTOBUKI, SECONDE 2
Z'AI LA DALLEUH...
TOI, TU N'AS VRAIMENT PAS L'AIR DE REGRETTER TON ACTE...
MEUH SI, MEUH SI...
ALLEZ, ON PREND UNE PHOTO AVEC REI !!
JE PASSE LA PREMIÈ-RE !!
DIS, RAN, C'EST QUOI CETTE BOSSE SUR TON FRONT ?!
IL FAUT QU'ON S'Y METTE SÉRIEUSE-MENT !
YAMATO ? JE SUIS CHEZ TOI EN CE MOMENT ! DEPÊCHE-TOI DE RENTRER !
"IL Y A QUELQUES JOURS, JE ME SUIS QUERELLÉE AVEC LE PROFESSEUR GUNJÔ POUR DES MOTIFS TRIVIAUX.
JE REGRETTE ÉNORMÉMENT D'AVOIR SOUDAINEMENT FRAPPÉ LE PROFESSEUR AU VISAGE."
"LE FAIT QUE NOUS AYONS DES OPINIONS CONTRAIRES NE REPRÉSENTE PAS UNE EXCUSE.
JE SUIS CONSCIENTE D'AVOIR COMMIS UNE GRANDE FAUTE, CAR UN PROFESSEUR N'EST PAS SEULEMENT UN MAÎTRE, MAIS AUSSI UN AÎNÉ DANS L'ÉCOLE DE LA VIE, ET DONC QUELQU'UN À RESPECTER ABSOLUMENT, ET QU'ON NE DEVRAIT JAMAIS BLESSER..."
IL Y A QUELQUE CHOSE DE BIZARRE...

LA LETTRE EST BIEN ET TOUT, MAIS JE N'ARRIVE PAS À CROIRE QU'ELLE AIT ÉTÉ ÉCRITE PAR TOI !
C'EST BIZARRE !
QUOI ? C'EST POURTANT MON ÉCRITURE, NON ?
AHH, NAKASEN, TU N'AS PAS CONFIANCE EN MES CAPACITÉS POUR ÉCRIRE UNE LETTRE EN JAPONAIS CORRECT ?
C'EST MARQUÉ ICI "JE NE LE REFERAI PLUS".
JE PEUX TE FAIRE CONFIANCE LÀ-DESSUS ?
OUIIII ! I PROMISE !! JE L'F'RAI PLUS !
TU CONNAIS LE MOT "PROMISE" ?
ÇA VEUT DIRE QUE JE PROMETS !
TU AS VU ?! J'APPRENDS PLEIN DE CHOSES !
HAA... L'ENSEIGNEMENT DANS CE PAYS DEVIENDRA DE PLUS EN PLUS COMPLIQUÉ DANS LES ANNÉES À VENIR...
NAKASEN EST INQUIET.
QUELQUES JOURS APRÈS...
MAIS C'EST VRAI, ÉCOUTE-MOI ! UN PROF ABSOLUMENT INSUPPORTABLE VIENT D'ÊTRE MUTÉ DANS MON ÉCOLE !!
MAMI
GUNJÔ A ÉTÉ ENVOYÉ AU LYCÉE HIGASHI-IKEBUKURO...
PAUVRE PROFESSEUR GUNJÔ...

REI !
ÇA Y EST, JE SUIS DÉCIDÉ !
JE VEUX PASSER UN NOËL PLEIN D'AMOUR ! JE VAIS ALLER AVOUER MA FLAMME À RAN !
AIDE-MOI UN PEU À M'ENTRAÎNER POUR LA DÉCLARATION !
RAN... JE... JE... J'T'AI... JE T'AIM...
ARRÊTE DE ROUGIR COMME ÇA ALORS QUE TU NE FAIS QUE T'ENTRAÎNER.
ET PUIS JE TE SIGNALE QUE LES GENS QUI NOUS REGARDENT VONT S'IMAGINER DES DRÔLES DE CHOSES !
HÉÉÉ, SALUT ! ON VA S'AMUSER ?
TU DISAIS QUELQUE CHOSE À MON SUJET ?
AHHH, NON ! RIEN DU TOUT !
C'EST FOUTU D'AVANCE.

GALS!
CHAPITRE 12 : "A-CHI-CHI !!" 'ZE CHRISTMAS !

## L'ENFER DU CHAMP DE BATAILLE (3)

JE ME DEMANDE SI NOUS SOMMES LES SEULES À VIVRE CE GENRE DE SITUATION...? **END**

**L'ART DES ONGLES - CONCLUSION**

Alors, comment c'était ? Ça vous a aidées ? Quand je me mets à expliquer des trucs, je me laisse souvent emporter par ce que je dis, et ce n'est pas toujours évident de comprendre, mais je serai heureuse si ça a été utile pour quelqu'un. Les faux ongles et les petits autocollants pour ongles sont faciles à trouver de nos jours, même dans les supermarchés ou dans les 100 yens shops. En plus, ce n'est vraiment pas cher. N'hésitez pas à essayer d'en faire, ne serait-ce que pour le challenge !
J'ai reçu énormément de demandes d'explications là-dessus, surtout de la part des collégiennes (bien sûr, des lycéennes aussi). Il y a de plus en plus de filles qui sont super coquettes et féminines dès le collège. Je veux les aider à être encore plus mimi !
Comme l'été arrive, vous pouvez aussi vous peindre les ongles des doigts de pied et les montrer à tout le monde !
Voilà, c'était le coin sur "l'art des ongles", par Mihona !

TAM TA-DAM... ♪

*HARAJUKU = AUTRE QUARTIER BRANCHÉ DE TÔKYÔ.

HAAAARG
HUIT ?!
COMMENT ÇA SE FAIT QUE T'EN AIES DÉJÀ AUTANT ?...
BWHE HÉ HÉ !
JE VAIS TRAÎNER DANS TOUTES LES FÊTES POUR ALLER À LA CHASSE AUX BÔ MECS... ♡
RAN, TES PARENTS TE LAISSENT FAIRE ÇA ?!
HO HO HO ! ILS NE PEUVENT PAS M'EN EMPÊCHER, ILS SONT DE SERVICE PENDANT TOUTE LA FIN DE L'ANNÉE !
JE SUIS TROP HEUREUSE, C'EST LA LIBERTÉ COMPLÈTE ! ♡
EH BIEN MOI JE NE SUIS PAS HEUREUSE...
HAA...
POURQUOI FALLAIT-IL QUE YAMATO SOIT FLIC À SHIBUYA ?
L'ANNÉE DERNIÈRE, ON N'A PU SE VOIR QUE PENDANT 5 MINUTES, CE JOUR-LÀ.
MAIS C'EST AUSSI GRÂCE À SON BOULOT QUE VOUS VOUS ÊTES RENCONTRÉS, NON ?
HAAAA, VOUIIII !!!! ♡
WIP !

BON, BAH IL FAUT QUE J'ESSAIE DE LE VOIR LE PLUS POSSIBLE EN ATTENDANT !
J'Y VAIS ! BISOU ET BYE !
AH, AU FAIT... LA VEILLE DE NOËL, JE DOIS BOSSER AU DANCE CLUB.
ON NE POURRA SE RENCONTRER QU'APRÈS ÇA, ÇA TE DÉRANGE PAS ?
OK !
MÊME SI JE NE PEUX QUE T'APERCEVOIR, ÇA ME REMPLIRA DE JOIE.
ILS SONT SUPER AMOUREUX.
COMME C'EST BEAU, ET PUR !
EUH, ÉVITE DE DIRE CE GENRE DE TRUC DEVANT DES GENS.
J'AI HONTE
BON, ON DOIT ALLER À UN MAGASIN DE DISQUES.
BONNE CHANCE.
MERCI ! À PLUS !

BRRR... IL FAIT FROID ! ÇA Y EST, JE SUIS D'HUMEUR À ALLER ME RÉCHAUFFER, TOUT D'UN COUP !
ET POURTANT IL N'Y A PAS LONGTEMPS TU ÉTAIS ENCORE EN MANCHES COURTES !
EH OUI, C'EST LA MODE...
C'EST MA CHANCE !
VAS-Y, VAS-Y !
AU FAIT, RAN...
TU SAIS, LA VEILLE DE NOËL...
TU NE VOUDRAIS PAS SORTIR AVEC MOI CE JOUR-LÀ ?
OUAIP, SUPER !
HEU?
POURQUOI ?
EUH, POURQUOI T'AS ACCEPTÉ SI VITE...?
HÉ !
JE VAIS ÊTRE SUPER OCCUPÉE À COURIR D'UN ENDROIT À L'AUTRE, NON ?
AU MILIEU DE LA FOULE, IL Y AURA FORCÉMENT QUELQUES PICKPOCKETS, ALORS SI TU VIENS AVEC MOI, TU POURRAS SURVEILLER LES ALENTOURS ET LES ATTRAPER AVANT QU'ILS N'ATTAQUENT !

PETITES CONVERSATIONS DÉCOUSUES

## LA COLLECTION DE PERRUQUES DE MIHONA

MA COLLECTION A ENCORE AUGMENTÉ ! JE VOUS PRÉSENTE LES PETITES NOUVELLES...

♡ **LA PERRUQUE AUX CHEVEUX LONGS ET LISSES**

Sur la mienne, il y a des mèches rouges et un serre-tête, qui permet de la porter naturellement et en toute simplicité.

♡ **LA PERRUQUE TOUTE PLEINE DE BOUCLES**

¥5000

Celle-ci aussi a des mèches rouges, et les cheveux sont châtains.

Celle-ci est spectaculaire ! Mais si on ne met pas trop d'accessoires etc., on peut la porter normalement aussi (je crois...) Mais en fait, je ne m'en sers pas trop.

♡ **MON ADORABLE PERRUQUE BOUCLÉE**

C'est une version plus courte de celle au-dessus. Mon dessin est bizarre, en réalité elle est bien plus mignonne.

¥4 000

Les perruques sont devenues moins chères ces derniers temps. Et puis si on s'en occupe bien, elles peuvent avoir une bonne durée de vie. Collectionnez-en vous aussi !

* ELLE PARLE D'UNE PARTIE DE LA DANSE PARA PARA.

C'EST PAS TERRIBLE !
VOUS DEVRIEZ METTRE PLUS D'ÉNERGIE DANS VOTRE COUDE !
TATSUKI KUROI (16 ANS), LE ROI DE LA PARA PARA À MACHIDA, VA VOUS DONNER UNE LEÇON !
ZWIIT

MACHIDA ? DE LA PROVINCE DE KANAGAWA ?
NON, PAS DU TOUT.
MACHIDA FAIT PARTIE DE TÔKYÔ, À UN POIL PRÈS. JE SUIS UN HABITANT DE LA CAPITALE !
?
SPAF !
JE SAIS UN OU DEUX TRUCS. ♡
OH, JE CROIS QUE J'AI DÉJÀ ENTENDU CE NOM.
J'HABITE À ATSUGI, ALORS J'AI DÉJÀ ENTENDU PARLER DE "BLACK" DU LYCÉE MACHIDA NISHIKÔ.
OH YES ! SALUT, FRIEND !
TROP HEUREUX D'TE CONNAÎTRE !
??
TWIK !
LE BLACK DE MACHIDA !
IL S'APPELLE "BLACK" À CAUSE DE SON NOM DE FAMILLE !
ON DIRAIT PLUTÔT UN PERSONNAGE DU GENRE "SAUVEUR DE LA PLANÈTE AVEC DES CHEVEUX ÉLECTRIFIÉS" !
* "KUROI" = NOIR, LA COULEUR
T'AS PIGÉ ? T'AS PIGÉÉÉ ?
OUAIS, J'AI PIGÉ, J'AI PIGÉE !
AU FAIT...
...TA FAÇON DE LEVER LE COUDE N'EST PAS PARFAITE, ALORS...
¡CI
HURG
TU OSES FAIRE DES CRITIQUES SUR LA FAÇON DE DANSER DE RAN KOTOBUKI ?!

HÉ BLACK !
SI TU METS RAN EN COLÈRE, TU VAS LE REGRETTER !
MAIS C'EST LA BASE MÊME DE L'ACHICHI, IL DOIT ÊTRE DANSÉ DE FAÇON SEXY ET SAUVAGE !
ALLEZ-Y, ESSAYEZ DONC !
LE PETIT DOIGT, HOP !
HOP !
HOP
LA DANSE DU SINGE DOIT ÊTRE GAIE !
COME ON !
OK !
TU ES PLUTÔT DOUÉE.
JE DEVRAIS PEUT-ÊTRE FAIRE DE TOI MON ÉLÈVE !
NON MERCI, ESPÈCE DE DÉBILE !
HEY COME ON !
EEK !
C'EST TROP RAPIDE POUR QU'ON PUISSE LES SUIVRE !
OK !
A-CHI-CHI !
A-CHI-CHI !

TSUTAYA
HAA... QU'EST-CE QUE J'AI DANSÉ !
HÉ, J'AI PAS DE BLÉ, PAYE-MOI UN JUS DE FRUITS !
JE N'AI RIEN NON PLUS, JE NE REÇOIS LE FRIC DE MON JOB QUE DEMAIN.
渋谷センター街
TSSS, T'ES QU'UN NAZE DE MEC SANS FRIC ?!
CROTTE, JE M'ACHÈTERAI MON JUS MOI-MÊME.
GROWWWR
AH ! JE ME SENS PERDRE MES FORCES EN ENTENDANT ÇA ! J'LES PEERRDS !
QU'EST-CE QUE T'ES VENU FAIRE SI LOIN DE MACHIDA ?
J'AI EU L'IMPRESSION QU'IL NE RESTAIT PLUS RIEN DE SUFFISAMMENT AMUSANT POUR MOI À MACHIDA.
ALORS J'AI DÉCIDÉ DE VENIR CHERCHER L'AVENTURE À SHIBUYA.
OK, C'QUE T'AS DIT TOUT À L'HEURE M'A ATTRISTÉ, MAIS BON...

TU PARLES, T'AS DÛ VENIR ICI POUR FUIR APRÈS AVOIR TROMPÉ UNE MEUF OU FAIT UN SALE COUP QUELCONQUE !
COMMENT ? MAIS T'AS TOUT FAUX !!
MA DEVISE EST "LOVE PEACE", TU SAIS ?
ÇA VEUT DIRE "AMOUR PAIX" !
TU TROUVES PAS QUE J'AI L'AIR TROP COOL, LÀ ?
PTOO
PFFFFF, ÇA FAIT TROP CAMBROUSSARD !!
QUELLE MÉCHANCETÉ !!

SWIP SWIP
MAIS BON ! SHIBUYA EST VRAIMENT TROP BIEN !
ET PUIS JE PEUX RENCONTRER DES FILLES COMME TOI, RAN ! MÊME POUR UN GÉNIE, UN BEETHOVEN COMME MOI, C'EST SUPER !
HÉ HO, FICHE LA PAIX À MON NOM.
C'EST QUOI, CETTE HISTOIRE DE BEETHOVEN ?!
TIENS, ATTENDS UN PEU !
WIP WIP
ZUNIKSH
BLA BLA BLA BLA
BLAM
KLING
C'EST PEUT-ÊTRE NOTRE DESTIN QUI A CAUSÉ CETTE RENCONTRE, TU NE TROUVES PAS ?
JE T'AIME BIEN, TU NE VOUDRAIS PAS DEVENIR MA PETITE AMIE ?

...
PFFF
T'ES VRAIMENT TROP LOUCHE !
MAIS ÇA M'AMUSE, ALORS JE VEUX BIEN SORTIR AVEC TOI !
YES !
FILE-MOI UNE GORGÉE DE CE JUS.
HÉ ! BOIS PAS TOUT ! !
J'T'EN PAIERAI UN QUAND J'AURAI REÇU MON SALAIRE.
Z'AVEZ ENTENDU ÇA ?
MAIS OUIII...
LES TROIS SŒURS GONGURO, QUI CONTINUENT DE S'EFFORCER MÊME APRÈS LEUR DÉFAITE CONTRE LES TROIS FRÈRES GONGURO.

DABLADAM ! ROLL ROLL ROLL !
CETTE CONNE DE KOTOBUKI S'EST TROUVÉ UN MEC !!
YAAAA
HA
ÇA ME FOUT EN ROGNE MAIS C'EST GÉNIAAAAL !
YAHAAAAA
COMME ÇA, REI SERA À NOUS !!
ALLEZ, ON DANSE !
NOTRE VICTOIRE EST ASSURÉE !
YESSS !
FAITES PASSER LE MESSAGE !
FAITES-LE SAVOIR À TOUT SHIBUYA !
HÉ, TOUT LE MONDE ! L'IMBÉCILE KOTOBUKI S'EST TROUVÉ UN MEC !!
LE 24 DÉCEMBRE
RAN !

# POSTFACE

Merci à vous tous,
qui m'avez encore une fois accompagnée tout au long de mes bavardages sans intérêt ! Et nous sommes déjà arrivés au volume 3 !

J'enfonce une porte ouverte, mais c'est grâce à vous, aux lecteurs, si on est arrivés si loin.

Merci à vous, qui m'envoyez tous les mois des tonnes de lettres hilarantes (je les lis toutes soigneusement). Merci à mon responsable éditorial, Tomy'tchou, qui fait tout son possible pour rendre la série encore plus amusante chaque mois. Merci aux étudiants qui travaillent comme coursiers et qui viennent toujours chercher mes manuscrits avec le sourire, ainsi qu'aux gentils coursiers de chez Sagawa qui sont patients et me laissent toujours un peu plus de temps pour finir des retouches avant d'envoyer les originaux. Merci à tous ceux qui me soutiennent, et à ma famille chérie, du fond du cœur. Merci ! !
Je ferai encore plus de mon mieux dorénavant !! (?!)

Rendez-vous dans le volume 4 ! (Quoi ? Un volume 4 ? Pour de vrai ?! Oh oui, oh oui !!!)

**LA VIE EST COMME LE FEU !**

Seeyou next!!!

Mihona.F 2000. spring

IL VIENT DE MACHIDA, ET COMME IL DANSE BIEN LA PARA PARA... ...IL SE DIT LE BEETHOVEN LOCAL.
C'EST QUOI, CE TRUC ?!
SON SURNOM EST "BLACK".
HAA ?!
MON NOUVEAU MEC : TATSUKI !
TENEZ, VOILÀ DES PELLICULA.
ON DIRAIT UN SINGE !
IL A PAS DE BLÉ, MAIS IL EST MARRANT !
IL EST PLUTÔT PAS MAL !
IL S'APPELLE TATSUKI, ALORS ?
BON, IL FAUT QUE JE RENTRE ME PRÉPARER !
ATTENDS, KOTOBUKI, JE N'AI PAS ENCORE DISTRIBUÉ LES POLYCOPIÉS !
HA !
TADA
MEUH, J'EN VEUX PAS.
DE TOUTES FAÇONS, ILS ME SERVIRONT À RIEN.
JUSTEMENT !
JE VAIS TE RETENIR POUR DES COURS SUPPLÉMENTAIRES CES VACANCES D'HIVER AUSSI !
HAA...
ÇA VA ÊTRE DUR DE PASSER EN PREMIÈRE, POUR ELLE...

MERRY CHRISTMAS, HACHIIII !!
TU NE TROUVES PAS QUE JE L'AI SUPER BIEN DÉCORÉ ? ♡
OUI...
...MAIS CE N'EST PAS UN PEU TROP ?
MEUH NON, C'EST MIGNON !
SHIBUYA STATION
LUCKY STRIKE
Adecco

TATSUKI, TU ES EXACTEMENT CONFORME À L'IDÉE QU'ON SE FAISAIT.
SEXY ET SAUVAGE ?
MAIS NON, HYPER DÉBILE ET C'EST TOUT !
HOP !
DIS, RAN, TU ES SÛRE QUE C'EST UNE BONNE IDÉE DE SORTIR AVEC LUI ?
CÂLIN CÂLIN
POURQUOI ?
BEN... TU SAIS, RAN, TU N'ES PAS TRÈS OBSERVATRICE, MAIS IL Y A PEUT-ÊTRE QUELQU'UN PRÈS DE TOI QUI T'AIME.
PRÈS DE MOI ?! OÙ ÇA ?!
CE N'EST PAS CE QUE JE VEUX DIRE...
JE NE SUIS PAS DOUÉE POUR LES ÉNIGMES, DONC JE N'ARRIVE PAS À COMPRENDRE, MAIS...
...TOUT CE QUE JE ME DIS C'EST QUE ÇA RISQUE D'ÊTRE MARRANT DE L'AVOIR POUR PETIT AMI, VOUS NE TROUVEZ PAS ?
DONNE LA PAPATTE !!

GO!!
ON Y GO, TATSUKICHI !!
J'M'APPELLE PAS TATSUKICHI MAIS TATSUKI !
ILS SONT TOUS LES DEUX IDIOTS...
BON BAH NOUS ON VA À LA FÊTE ! À PLUS !
À PLUS !
ON N'A PLUS QU'À ATTENDRE NOS PETITS AMIS À NOUS.
OUAIP.
DIIING !!
C'EST LE DÉBUT DU CONCOURS POUR VOIR QUELLE FILLE ARRIVE À MANGER LE PLUS VITE UN GÂTEAU DE NOËL !
カラオケ BIG ECHO
ロッテリア ハンバーガー

LA GAGNANTE REMPORTERA CE SAC À MAIN D'UNE MARQUE ITALIENNE !
VAS-Y, RAN !
FAIS-NOUS UN MUNCH MUNCH COMBO !!
MUNCH MUNCH !!
QUELLE VITESSE !
ELLE L'A MANGÉ EN 30 SECONDES !!
WAAH
WIN!
TATSUKICHI, ALLEZ, ON COURT JUSQU'À LA PROCHAINE !!
OK !!
F'ESFT FAH FWAA !!
(C'EST À MOI !!)
ET ALORS, VOUS ÊTES DÉJÀ SUFFISAMMENT ENFLAMMÉS ?!
CEUX QUI NE SAVENT PAS DANSER, REGARDEZ-NOUS ET ESSAYEZ DE NOUS IMITER !!

LES COLLÉGIENS AUSSI SONT LES BIENVENUS !!
DANSONS TOUS ENSEMBLE !
GRAND CHAMPIONNAT DE PARA-PARA
SPÉCIAL DE NOËL
LANCE LA MUSIQUE !
WAAAH
LE PROCHAIN, LE PROCHAIN !
OUAIS !
A-CHI-CHI !!
HA HA HA HA
LE ROI DIT : LA PERSONNE AU PREMIER RANG DOIT IMITER MAÎTRE SAKATA !
IDIOT ! IDIOT !
LE CONCOURS DE GRIMACES BIZARRES !!
AH ! IL Y A UN SINGE ICI ! UN SINGE !!
X'mas
KARAOKE
Points
20
POURQUOI JE N'AI QUE 20 SUR 1000 ?!
BWAHAHA, T'AS VRAIMENT PAS L'OREILLE MUSICALE !!
JOYEUX NOËL !
TÂCHE DE BOSSER UN PEU !!

BON, MAINTENANT ON DOIT ALLER À UNE FÊTE QU'ILS FONT PRÈS DE LA FORÊT.
ON VA BOIRE UN JUS DE FRUITS OU QUELQUE CHOSE COMME ÇA LÀ-BAS.
BIEN !
C'EST IMPRESSIONNANT DE TE VOIR TENIR UN TEL RYTHME SANS UNE GOUTTE D'ALCOOL !
MAIS TOI AUSSI TU ES IMPRESSIONNANT POUR RÉUSSIR À SUIVRE MON RYTHME !
TU SAIS...
...JE RISQUE DE FINIR PAR M'AMOURACHER VRAIMENT DE TOI.

TU N'AS PAS ENCORE COMPRIS...
...LA PROUESSE QUE CELA REPRÉSENTE D'AVOIR FAIT DE RAN KOTOBUKI DE SHIBUYA TA PETITE AMIE, JE CROIS...
TIENS, C'EST ROMANTIQUE, TOUT D'UN COUP.
ET SI ON S'EMBRASSAIT ?
CRÈVE !!
NA-NÈRE !
T'AS VRAIMENT UNE GARDE SOLIDE !
TSSS !
JE VEUX BIEN TE LAISSER ME TENIR PAR LA MAIN, PAR CONTRE.
Bunkamura
Restaurant・Gallery

QU'EST-CE QUE CET ARBRE EST BEAU, NON ?
ON SE SENT HEUREUX EN LE REGARDANT !
OUI, C'EST VRAI !

EN NOUS VOYANT COMME ÇA, LES GENS DOIVENT SE DIRE QUE NOUS SOMMES DEUX MALHEUREUSES FILLES SANS PETIT AMI.
OUI, MAIS COMME ON NE FAIT QU'ATTENDRE QUE NOS AMOURS ARRIVENT, ON N'EST PAS DU TOUT MALHEUREUSES.
AU FAIT...
...C'EST ICI QUE J'AI PARLÉ SÉRIEUSEMENT AVEC RAN ET TOI POUR LA PREMIÈRE FOIS.
EN TANT QU'ESCORT J'ATTENDAIS UN CLIENT, QUAND RAN EST VENUE ET M'A MIS UNE BAFFE.
OUI ! C'EST VRAI !
MAINTENANT, C'EST PRESQUE IMPOSSIBLE DE CROIRE QUE TOUT ÇA S'EST PASSÉ COMME ÇA !
C'EST FOU CE QUE J'AI CHANGÉ TOUT AU LONG DE CETTE ANNÉE.
CE SOIR MÊME, MES PARENTS M'ONT GRONDÉE ET M'ONT DIT DE RESTER À LA MAISON, ET J'AI DÛ VENIR EM CACHETTE.
BIEN SÛR, JE ME SENS UN PEU COUPABLE, MAIS...JE NE PENSE PAS ÊTRE DANS MON TORT EN FAISANT ÇA.

C'EST GRÂCE À VOUS SI J'AI PU CHANGER AINSI.
C'EST VRAI !
ARRÊTE, TU ME GÊNES !
TOI ALORS ...
HÉ HÉ...
AYA !
PARDON.
T'AS ATTENDU LONGTEMPS ?
ZAM!
OTOHATA !!

T'AS ATTENDU TOUT CE TEMPS-LÀ DANS UN ENDROIT AUSSI FROID ?! BALÈSE...
L'ARBRE EST SI BEAU QUE J'ÉTAIS RESTÉE À LE REGARDER.
BON, ON VA ALLER MANGER QUELQUE CHOSE.
AH, ATTENDS UN PEU...
...JOYEUX NOËL ! C'EST UN CADEAU POUR TOI !
COMME JE NE SAVAIS PAS QUEL TYPE DE DISQUES TU AIMAIS, J'AI PRÉFÉRÉ T'ACHETER UNE AIGUILLE POUR MAGNÉTOPHONE.
IL PARAÎT QUE CELLE-CI A UNE SUPER DURÉE DE VIE.
OH, MERCI.
C'EST UNE TRÈS BONNE AIGUILLE EN EFFET.
UN CADEAU, HM...?
JE SUIS NUL POUR CHOISIR LES CADEAUX, ALORS...

TIENS...
...JE TE DONNE ÇA. C'EST CELUI QUE JE PORTAIS EN PERMANENCE, MAIS BON...
JE... JE PEUX VRAIMENT L'AVOIR...?
À MOINS QUE TU N'EN VEUILLES PAS...
MAIS NON ! JE SUIS TRÈS CONTENTE...!
'FAUT PAS LES DÉRANGER, 'FAUT PAS LES DÉRANGER...
...YAMAZAKI.
QU'EST-CE QUE TU FAIS DEPUIS TOUT À L'HEURE ?
AH ! TU SAVAIS QUE J'ÉTAIS LÀ ?!

JE NE VOULAIS PAS VOUS DÉRANGER, ALORS...
ÇA SAUTAIT AUX YEUX DEPUIS LE DÉBUT, QUE TU ÉTAIS LÀ.
HÉ, LES GARS !
VOUS N'AURIEZ PAS VU RAN ?
J'ARRIVE PAS À L'APPELER SUR SON PORTABLE DEPUIS TOUT À L'HEURE.
JE ME DEMANDE OÙ ELLE A BIEN PU ALLER.
N°2 !!
REGARDE UN PEU ! CE SONT LES BASKETS QUE RAN VOULAIT TELLEMENT, EN PEAU DE BUFFLE !
JE ME SUIS LANCÉ ET J'AI FINI PAR LES ACHETER.
GWAP
...TU AS ENTENDU LES RUMEURS QUI CIRCULENT EN CE MOMENT ?
N°2...
RUMEURS ?
OUI...
SELON LESQUELLES RAN SE SERAIT TROUVÉ UN PETIT AMI...
PFF !
MEEUH NON, IL NE FAUT PAS CROIRE DES BÊTISES PAREILLES !
HA HA HAHA
ET PUIS D'ABORD, IL N'Y A PERSONNE CAPABLE DE METTRE LE GRAPPIN SUR NOTRE RAN AUSSI FACILEMENT !

GAYAH
YOU HOOUU !!
TIENS, ON FAIT LES PRÉSENTATIONS ! VOILÀ TATSUKI KUROI !
COMME TU PEUX VOIR, C'EST MON MEC !
SUPER HEUREUX DE TE CONNAÎTRE.
TU PEUX M'APPELER BLACK, BROTHER !
GNIP
..."BROTHER" ?

...POURQUOI...
...COMMENT ÇA SE FAIT QUE TU SOIS LE PETIT AMI DE RAN, TOUT D'UN COUP ?
COMMENT ?
BAH, J'LUI AI SIMPLEMENT DIT "J'T'AIME BIEN, TU VEUX ÊTRE MA PETITE AMIE ?"...
...ET PUIS ELLE M'A DIT OK. TU NE VAS PAS ME DIRE QUE JE SUIS CENDRILLON-BOY, PAR HASARD ?!
DA BA!
C'EST PAS VRAIIIIIIII ?!
JE ME SUIS FAIT DEVANCER PAR UN MEC AVEC UNE APPROCHE AUSSI CRÉTINE ?!
ET PUIS POURQUOI FALLAIT-IL QUE CE SOIT UN NAZE PAREIL ?!
BON, J'AI COMPRIS !!
JE DOIS D'ABORD TE TESTER POUR SAVOIR SI TU ES DIGNE DE RAN !!

* UKI = BRUIT TYPIQUE DU SINGE AU JAPON.

*SHIBUYA "EKIMAE" FAIT RÉFÉRENCE AU POSTE DE POLICE PLACÉ DEVANT LA STATION DE MÉTRO DE SHIBUYA. IL Y EN A PLUSIEURS PAR QUARTIER.

KOTO-BUKI !
TA PAUSE EST ANNULÉE ! ON Y VA !
ERGH ! BIEN COMPRIS !!
ZOOM
ZOOM
AH !
YAMA-TO !!
KYAA
KYAA
TU TRICHES, SALAUD !
NE TIREZ PAS !
...
ON NE SAIT PAS TROP POURQUOI, MAIS UNE SORTE DE COMPÉTITION POUR SAVOIR QUI SORTIRAIT AVEC RAN A ÉCLATÉ TOUT D'UN COUP...
...TU NE POURRAIS PAS FAIRE QUELQUE CHOSE À CE SUJET ?
FRÉROT ! ALORS, BON BOULOT ?

RAN, TU ES...!
MAIS POURQUOI FAUT-IL QUE TU CRÉES DES PROBLÈMES À CHAQUE FOIS, VRAIMENT À CHAQUE FOIIIIS ?!
BONG
AOUCH !
N'AUGMENTE PAS ENCORE DAVANTAGE LE BOULOT QUE J'AI DÉJÀ !!
LES ENFANTS !!
DESCENDEZ DE LÀ TOUT DE SUITE !!
MERDE, IL Y A LES FLICS, FICHONS LE CAMP D'ICI !
J'AI OUBLIÉ QUE C'ÉTAIT HYPER HAUT...
AHH, J'AI LA PHOBIE DES HAUTEURS !!
JE VAIS CHERCHER L'ÉCHELLE...
HEP !
C'EST VRAAAIIII ??
EUH, PARDON...

HAAAAA...
BON, VOUS AVEZ COMPRIS ?
SI CET ARBRE VENAIT À TOMBER OU MÊME À ÊTRE SIMPLEMENT ENDOMMAGÉ, VOUS AURIEZ UNE GROSSE AMENDE !
NE RECOMMENCEZ PAS !
PÂÂR-DOON...
RAN !
MONTRE UN PEU DES REGRETS, TOI AUSSI !
RE-GRETS...
YAMATO.
JE PEUX TE PARLER UNE MINUTE ?

REGARDE, CE SONT DES PETITES POUPÉES NOUS REPRÉSENTANT.
C'EST MOI QUI LES AI FABRIQUÉES. ♡
JE PORTERAI TOUJOURS AVEC MOI CELLE À TON EFFIGIE, ET TU FERAS LA MÊME CHOSE AVEC LA MIENNE !
COMME ÇA, ON PEUT ÊTRE ENSEMBLE EN PERMANENCE ! ♡
MIYU...
PARDON...
JE N'AI JAMAIS ASSEZ DE TEMPS POUR RESTER AVEC TOI...
SURTOUT À CAUSE DE MON IMBÉCILE DE PETITE SŒUR !
TROP LA RAGE !
ÇA NE FAIT RIEN ! JE T'AIME D'AUTANT PLUS PARCE QUE JE SAIS QUE TU FAIS TANT D'EFFORTS POUR LE BIEN DE LA SOCIÉTÉ !
MIYU...
YAMATO... ♡

AGENT KOTOBUKI, RÉPONDEZ !
IL Y A TROIS HOMMES SOÛLS TOMBÉS DEVANT HMV, VEUILLEZ-VOUS Y RENDRE !
BIEN COMPRIS !
ZWOOP
MUSIQUE DE FOND : "DONA DONA"
AH ! TIENS, C'EST UNE MONTRE POUR TOI !
PORTE-LA TOUT LE TEMPS !
À PLUS !
JE LA PORTERAI TOUJOURS SUR MA PEAU !
YAMAAA-TOOOO ! ! (PLEURS)
ET POURTANT ÇA Y ÉTAIT PRESQUE !
TLIC !
HÉ...
JE NE T'AI PAS ENCORE ACCEPTÉ COMME PETIT AMI DE RAN !
HEY, BROTHER, ET SI ON DEVENAIT AMIS ?
ALLEZ, ON VA DANSER LA PARA PARA.
SURTOUT PAS !!
N°2...
..T'ES VRAIMENT UN MEC BIEN.
HÉ ?

BEN... T'ESSAIES MÊME DE VOIR SI TATSUKICHI EST DIGNE D'ÊTRE MON PETIT AMI ET TOUT...
...T'ES VRAIMENT HYPER GÉNIAL !!
TA-TSU-KI !!
ÇA ME REND HEUREUX D'ENTENDRE ÇA, MAIS EN FAIT JE NE SUIS PAS HEUREUX DU TOUT !!
BIIIIEN, ON VA S'AMUSER TOUTE LA NUIT !!
S'AMUSER, S'AMUSER !!
L'ANNÉE DERNIÈRE JE N'AI PU PARLER À YAMATO QUE PENDANT 5 MINUTES... MAIS CETTE ANNÉE, NOUS N'AVONS EU QUE 2 MINUTES !!
MAIS ÇA NE FAIT RIEN... J'AI MA PETITE POUPÉE YAMATO... JE SUIS FAIBLE, MAIS JE M'ACCROCHE À MON COURAGE...
TOUT LE MONDE A FINI PAR RESTER EMSEMBLE...
C'EST VRAI !
LA VENGEANCE... LE COMBAT DE N°2 POUR DEVENIR N°1 DANS LE CŒUR DE RAN VIENT DE COMMENCER...
YOU HOUUU !
LE JEUNE YÛYA ASÔ (16 ANS), EST ENVAHI D'UNE DÉTERMINATION NOUVELLE À L'APPROCHE DE L'AN 2000...

LA TRÈS CÉLÈBRE SÉRIE PAS ENCORE COMMERCIALISÉE !

# OFFICIER KOTOBUKI FOREVER

CAST

TRANSFORMATION !

| | | | | |
|---|---|---|---|---|
| LE HÉROS : YÛYA ASÔ | LE CONDUCTEUR DE TRAIN DE LA CORPORATION : REI OTOHATA | L'AGENT KOTOBUKI : YAMATO KOTOBUKI | LA FÉE À LA BOISSON MAGIQUE : MIYU YAMAZAKI | SHIBUYA GIRL : RAN KOTOBUKI |

Œuvre de la première année de l'ère Heisei (pour rigoler)

"OFFICIER KOTOBUKI FOREVER" ?! MAIS QU'EST-CE QUI S'EST PASSÉ ? À VOIR L'ÉTAT DE SON BÉRET, IL A DÛ SE BATTRE ! ET QU'EST-CE QUE LA MYSTÉRIEUSE SHIBUYA GIRL ? LE BOULOT DE REI N'EST PLUS EXACTEMENT LE MÊME ! JE ME FAIS BEAUCOUP DE SOUCIS POUR LE PROCHAIN ÉPISODE ! JE N'EN PEUX PLUS D'ATTENDRE !

ISH I
GALS!
HORS SÉRIE : LA FASCINANTE INVESTIGATION SCIENTIFIQUE DE SAYO ET MASATO

RAAAH
RHAAAAA, J'AI PAS UN ROND !!
HYPER LA RAGE !
L'EXPLOSION !!
RAN EST PRÊTE À EXPLOSER...
ET POURTANT ELLE N'A JAMAIS D'ARGENT DE TOUTES FAÇONS !
CE MATIN, JE ME SUIS MÊME MISE À GENOUX FACE À TERRE DEVANT MON PÈRE, ET TOUT CE QU'IL M'A FILÉ, C'EST 150 YENS !!
COMMENT VEUT-IL QUE JE RENTRE DANS L'AN 2000 AVEC 150 YENS ?!
BLA !! BLA !!
BLA BLA BLA BLA
AH !
EEK ?!
ZANG BLANG
KLANG
KLONG BONG
BONG

COFFEE SHOP
KYAAAH !
UGHH...
RAN ! EST-CE QUE ÇA VA ?!
OHH... ÇA FAAAIT MAL...
QU'EST-CE QUI S'EST PRODUIT ?
!!?

OHHH NON, QU'EST-CE QUE JE VAIS FAIRE ?! JE COMPTAIS ALLER MAINTENANT AU COURS SPÉCIAL DU PROFESSEUR NAKANISHI...
...ET JE N'AI MÊME PAS MES LIVRES...
ET POUQUOI SUIS-JE HABILLÉE D'UNE FAÇON AUSSI TAPE-À-L'ŒIL ?...
EST-CE POUR UN CONCOURS DE DÉGUISEMENTS ?
EEEEEEK
TAP TAP TAP TAP
?
SA PERSON-NALITÉ EST COMPLÉTEMENT DIFFÉRENTE !!
ROLL ROLL ROLL ROLL
INSPECTEUR KOTOBUKI ! ON DIRAIT QUE NOUS AVONS UNE AFFAIRE EN COURS ICI !
OUI, DATCHU ! JE VIENS D'ARRIVER SUR LE LOCAL !
TIENS ?

SAYO ! TU ES TOUJOURS SI SÉRIEUSE ! TA GRANDE SŒUR EST FIÈRE DE TOI !
...
HAP
INSPECTEUR MASATO !
ELLE NE RÉAGIT PAS AVEC VIOLENCE, MÊME APRÈS AVOIR ÉTÉ AGRESSÉE ! CE N'EST PAS MA SŒUR MAIS UN "E.T." QUI A PRIS SON APPARENCE !
C'EST... C'EST UNE AFFAIRE D'IMPORTANCE CAPITALE, ALORS !!
PSHIIII
SPLASH
!!
IL NE FAUT PAS FAIRE DE BLAGUES COMME ÇA...
...PETITE RIGOLOTE !!
HMM...
TWIK !

NE DIS PAS UNE CHOSE PAREILLE...
JE SUIS BIEN RAN KOTOBUKI, J'AI 16 ANS, J'ADMIRE LE RÉGENT SHÔTOKU ET EDISON, ET LES CHOSES QUE J'AIME LE PLUS SONT LA PAIX ET LES ÉTUDES !
TU CONTINUES À DOUTER DE MOI ?
BRICK
LE RÉGENT SHÔTOKU ?!
EDISON !
ELLE EST BIEN UN "E.T." DATCHU !!
NOUS DEVONS AVERTIR LES ETATS-UNIS !!
MAIS COMMENT FAIRE...?
BON, C'EST L'HEURE DES ÉTUDES, LÀ LÀ LÀ...
MÊME SA FAÇON DE MARCHER EST DIFFÉRENTE...
INSPECTEUR CHEF YAMAZAKI !
QUE S'EST-IL PASSÉ EXACTEMENT ?
VOYONS...
CETTE PLAQUE EST TOMBÉE, ET...
HMM ! ÇA A L'AIR D'ÊTRE UNE PREUVE TRÈS IMPORTANTE, DATCHU !!
TWIM !
BOOM
LE ET A PROBABLEMENT FAIT ÇA POUR TESTER SI SES POUVOIRS ÉTAIENT AUSSI EFFICACES SUR TERRE, DATCHU !!
NOUS DEVONS VOIR S'IL Y A DES EMPREINTES DIGITALES DESSUS !
FLAP FLAP

EUH, CE N'EST PAS COMME ÇA QUE ÇA S'EST...
FLAP FLAP
LES JEUNES DÉTECTIVES DOIVENT SE BATTRE POUR PROTÉGER LE JAPON DE L'INVASION EXTRATER-RESTRE, TCHU !
DASH
NOUS PARTONS MAINTENANT À LA POURSUITE DU COUPABLE QUI S'EST EMFUI !
X-FILES À FOND !
BIEN COMPRIS !!
BADABAM
OWW !
INSPEC-TEUR KOTO-BUKI !!
...
KAWANO
EST-CE QUE ÇA VA, INSPECTEUR ?!
ÇA AUSSI...
...ÇA AUSSI, C'EST L'ŒUVRE DES ENVAHISSEURS EXTRATER-RESTRES !

MAIS AU FAIT, PROFESSEUR NAKANISHI...
LA RAISON POUR LAQUELLE L'UNIFICATION DE L'ALLEMAGNE N'A PAS PU AVOIR LIEU AU DÉBUT DU XIXème SIÈCLE EST-ELLE SEULEMENT LE FAIT QUE LE PAYS AVAIT UN RETARD TECHNOLOGIQUE PAR RAPPORT AUX AUTRES PAYS INDUSTRIALISÉS DE L'EUROPE OCCIDENTALE, OU EST-CE AUSSI À CAUSE DE LA FORTE PRESSION CONTRAIRE DE LA PART DE PERSONNES COMME METTERNICH, QUI NE VOULAIENT PAS L'UNIFICATION ?
ドイツの統一と発展
EUH... C'EST... QUANT À ÇA, C'EST...
IL EST VRAI QU'EFFECTIVEMENT, AVEC 67 BARRIÈRES DE DOUANE RIEN QU'EN PRUSSE, ET 119 TYPES DIFFÉRENTS DE MONNAIE EN CIRCULATION, IL DEVENAIT PLUTÔT DIFFICILE D'ENVISAGER UNE UNIFICATION.
SECONDE 2

* POÈME ANCIEN DONT L'ORDRE DES SYLLABES A LONGTEMPS SERVI D'ORDRE ALPHABÉTIQUE AU JAPON.

EEEK
PROFESSEUR NAKANISHI !!
NOUS SOMMES DE JEUNES DÉTECTIVES, DATCHUU ! DE QUOI VOUS AVEZ PARLÉ, TOUS LES DEUX ?
QUE... QU'EST-CE QUE VOUS VOULEZ ? JE LUI AI SIMPLEMENT DONNÉ UN COURS, POURQUOI ?
TIENS ? VOTRE VOIX TREMBLE... OÙ ÉTIEZ-VOUS IL Y A ENVIRON 5 HEURES ?
VOUS VOULEZ SAVOIR SI J'AI UN ALIBI ?
RÉPONDEZ DIRECTEMENT À LA QUESTION !!
SI VOUS MENTEZ, VOUS SEREZ VOUS AUSSI SUSPECT D'ÊTRE UN "E.T." !
JE SUIS RESTÉ À L'ÉCOLE DEPUIS CE MIDI...
C'EST TRÈS BIZARRE ! CONFESSEZ DONC QUE VOUS ÊTES UN MARTIEN !!
LEVEZ LES BRAS, VOUS ÊTES CERNÉ !!

NE VOUS MOQUEZ PAS DES ADULTES ! RENTREZ CHEZ VOUS, MAINTENANT !!
KAAII !
UE SEAL
BAKERY CAFE
LE SURLENDEMAIN...
HISTOIRE DU JAPON
PSSSss...
HÉ REGARDE UN PEU ÇA !
ALORS C'EST VRAI QUE RAN A ARRÊTÉ D'ÊTRE UNE KOGAL !
J'AI ÉTÉ TERRIBLEMENT CHOQUÉ.
J'AI SURVEILLÉ MA SŒUR TOUTE LA JOURNÉE HIER, MAIS JE N'AI OBSERVÉ AUCUM CHANGEMENT PAR RAPPORT À CET ÉTAT.
MES PARENTS ET YAMATO ÉTAIENT TELLEMENT HEUREUX AVEC ELLE QU'ILS FAISAIENT PLEIN DE BOUCAN...!
ÇA AUSSI, ÇA FAIT PROBABLEMENT PARTIE DU PLAN D'INVASION DES "E.T.", C'EST POUR SÉDUIRE LES FAMILLES.

PREMIER MINISTRE... ♡
BOBOOM
KYA! ♡
SI JE RENTRE À TÔDAI, J'AI DES CHANCES D'ARRIVER À FAIRE MON CHEMIN ET À DEVENIR LE N°1 DU PAYS !
YOUPIII, JE VAIS M'Y METTRE DE TOUTES MES FORCES ! ♡
PRE... PREMIER MINISTRE !!
HISTOIRE DU JAPON
L'EXTRA-TERRESTRE COMPTE DEVENIR UNE PERSONNE EXTRÊMEMENT IMPORTANTE, ET PUIS APPELER LES OVNIS POUR QU'ILS DÉTRUISENT LE JAPON !!
BOOM
BOOM BOOM
BOOM
NOUS DEVONS UTILISER NOTRE TECHNIQUE SPÉCIALE MAINTE-NANT !!
SHAM SHBAM
ATTAQUE SPÉCIALE DES MINI-INSPEC-TEURS !
CROSS ATTACK-ALPHA !

CE RUBAN EST EN FAIT UNE ANTENNE TE PERMETTANT DE RESTER EN CONTACT AVEC LES AUTRES EXTRATER-RESTRES, NON ?!
AAAAHHHHN !!
ET CE LIVRE CONTIENT CERTAINEMENT DES MESSAGES SECRETS ENVOYÉS PAR LES MÊMES !
HMM... ? MAIS CE CHEVEU QUE J'AI PRÉLEVÉ NE SEMBLE CONTENIR AUCUNE MICROPUCE, COMMENT ÇA SE FAIT ?! LA SUPERFICIE EST TOUT AU PLUS UN PEU ESQUINTÉE, DATCHU !!
VRAIMENT ? JE RÊVE D'AVOIR DE BEAUX CHEVEUX LONGS ET LISSES, POURTANT...
Faisons des recherches tous ensemble - Kit pour enfants
MINAMOTO YORITOMO, TAIRA NO KIYOMORI...! CE LIVRE NE SEMBLE AVOIR RIEN D'ÉCRIT EN LANGUE EXTRATERRESTRE NON PLUS !
QU'EST-CE QUI SE PASSE ?
TU ES ÉTRANGE CES DERNIERS JOURS, SAYO...
......

PAPAPAPA
OR... ORDURE... RENDS-MOI MA SŒUR !!...
(ATTAQUE SPÉCIALE DE SAYO)
SAYO ?!
...POUR PLUS QU'ELLE SOIT COLÉRIQUE, INCAPABLE D'ÉTUDIER ET DÉPENSIÈRE...
...JE PRÉFÈRE MA VRAIE SŒUR !!
JE NE COMPRENDS PAS... QUE...
NE PLEURE PAS, MA SAYO !
OUIIIIN !
RAN ?
SEGA/MARUHAN
MARUHAN PACHINKO TOWER
...
QUE... QU'EST... C'EST QUOI CES VÊTE-MENTS ?!
AH ? ILS SONT BIZARRES ?

MAIS NON, PAS BIZARRES... ...EN FAIT, ILS TE VONT PLUTÔT BIEN.
TU RIGOLES ?
C'EST UNE BLAGUE, TU VEUX DIRE, NON ?
VRAIMENT ?
HÉ
MERCI BEAUCOUP.
HÉ HO, C'EST MA MEUF ! T'AS PAS LE DROIT DE LA FAIRE ROUGIR COMME ÇA.
FERME-LA ! REGARDE-TOI AVEC TA BANANE, T'ES RÉELLEMENT UN VRAI SINGE, TOI !
DE PIRE EN PIRE !
MEUH, C'EST MON FRUIT PRÉFÉRÉ. UKII...
BEN QUOI ?
DIS, DIS, TU FAIS QUOI POUR LE NOUVEL AN ? ON POURRAIT FAIRE LE DÉCOMPTE POUR L'ARRIVÉE DU NOUVEAU MILLÉNAIRE ENSEMBLE, SI ÇA TE BRANCHE.
NON, JE VAIS RESTER À LA MAISON À CAUSE DU PROBLÈME DE L'AN 2000.

LE PROBLÈME DE L'AN 2000 ? C'EST QUOI ÇA ?...
LES ORDINATEURS RISQUENT DE NE PAS RÉUSSIR À CHANGER DE DATE CORRECTEMENT, ET ÇA POURRAIT PROVOQUER UN BUG GIGANTESQUE. À L'IDÉE QUE ÇA PUISSE BLOQUER MÊME LES HÔPITAUX ET LA CURCULATION, JE TREMBLE DE PEUR.
HOOO... C'QUE T'ES INTELLIGENTE !!
N'IMPORTE QUI SAIT ÇA...
TADAM
BAM
GYAHAHA HAHAHA !! REGARDE-MOI CE THON !
BWAHAHA, C'EST NAAAZE !
?!
RAN KOTOBUKI EST TOMBÉE HYPER BAAAS !!
AH !
KYAAHHH... QU'EST-CE QUE VOUS ME VOULEZ ? AVEZ-VOUS QUELQUE CHOSE CONTRE MOI ? POURQUOI VOUS DITES CES CHOSES HORRIBLES ?
QUI EST "NAZE" ?
ZWIP ZWIP
TU N'ES PLUS GRAND-CHOSE !!
ET DIRE QUE TU PRÉTENDAIS ÊTRE CELLE QUI FAISAIT À ELLE SEULE L'UNION DES GALS... J'AI ÉTÉ BIEN DÉÇUE !!

ZWIT
?!!
BAM
EEK ?!
AH !
YORITOMO
ALLE-MAGNE
÷
1/2
METTERNICH
PROMESSE TENUE !
BWAHA, ÇA POUVAIT PAS ÊTRE PLUS NAZE QUE ÇA !!
ELLE S'EST PÉTÉ LA GUEULE PAR TERRE EN GLISSANT SUR UNE PEAU DE BANANE !
GAH !
IL Y A QUELQUE CHOSE QUI TOMBE DE TA TÊTE, RAN !
...
1/3
POEME
x y
PREMIER MINISTRE
QU'EST-CE QUE...
...VOUS AVEZ DIT...?

QUI VOUS AVEZ TRAITÉ DE SUPER NAZE ?!
VENEZ ICI ET RÉPÉTEZ UN PEU ÇA POUR VOIR !!
GROOOH
TSS, C'ÉTAIT VRAIMENT QU'UNE BLAGUE !
IDIOTE !
DÉBILE À LA BANANE !!
NA-NA-NÈRE
GRANDE SŒUR ! TU N'ÉTAIS DONC PAS UN "E.T.", DATCHUU !
LA TÉLÉPATHIE AVEC EUX S'EST ROMPUE AVEC LE CHOC, DATCHU ?
HÉÉ ?
QU'EST-CE QUE TU RACONTES ? ON N'Y COMPREND RIEN À TES SALADES !
COMME JE SUIS HEUREUSE, TCHUU !
AFFAIRE RÉSOLUE !
ERGH ! C'EST QUOI CES FRINGUES ?!
C'EST POUR UN CONCOURS DE DÉGUISEMENTS ?!
BEN C'ÉTAIT UNE BLAGUE, NON ?
LES MINI-DÉTECTIVES, SAYO MASATO...
IL VAUT MIEUX QU'ON NE LUI RACONTE PAS LA VÉRITÉ...
...CONTINUERONT À PROTÉGER LA PAIX DU JAPON, DORÉNAVANT AUSSI.
Fin du volume 3

GALS !

First published in Japan in 1999 by SHUEISHA Inc., Tokyo.

Edition française
Traduction : Kodachiko Kureru
Adaptation graphique & lettrage : Vincent Léone & Bakayaro!


BP 177, 38008 GRENOBLE Cedex.
ISBN : 2.7234.4234.9
ISSN : 1253.1928
Dépôt légal : septembre 2003

**Imprimé en France par Maury-Eurolivres**
**45300 MANCHECOURT - FRANCE**

封